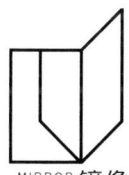

朱燕玲工作室

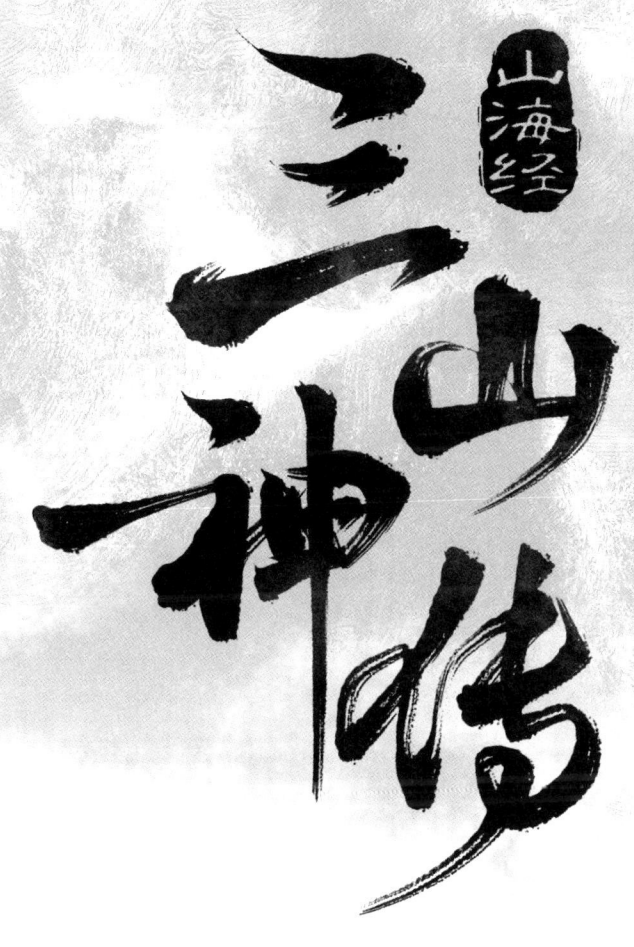

阿菩

著

中信出版集团｜北京

图书在版编目（CIP）数据

山海经·三山神传 / 阿菩著. —北京：中信出版社，2023.10

ISBN 978-7-5217-5951-8

Ⅰ.①山… Ⅱ.①阿… Ⅲ.①长篇小说–中国–当代 Ⅳ.①I247.5

中国国家版本馆CIP数据核字（2023）第154115号

山海经·三山神传

著　者：阿菩
出版发行：中信出版集团股份有限公司
（北京市朝阳区东三环北路27号嘉铭中心　邮编100020）
承　印　者：北京启航东方印刷有限公司

开　本：787 mm×1092 mm 1/16　印　张：22.5　字　数：304千字
版　次：2023年10月第1版　印　次：2023年10月第1次印刷
书　号：ISBN 978-7-5217-5951-8
定　价：69.80元

版权所有·侵权必究
如有印刷、装订问题，本公司负责调换。
服务热线：400-600-8099
投稿邮箱：author@citicpub.com

# 目 录

| 序章 | 阪泉神战 | 001 |

【上卷】

| 第一章 | 觉醒 | 010 |
| 第二章 | 见道 | 026 |
| 第三章 | 立庙 | 040 |
| 第四章 | 地灾 | 051 |
| 第五章 | 天灾 | 065 |
| 第六章 | 巨鱼 | 077 |
| 第七章 | 天书下半部 | 090 |
| 第八章 | 斩妖 | 096 |
| 第九章 | 秘银之叶 | 104 |
| 第十章 | 血池旋涡 | 110 |
| 第十一章 | 伪装 | 115 |
| 第十二章 | 劫后 | 121 |
| 第十三章 | 入史 | 127 |
| 第十四章 | 妖王过境 | 135 |
| 第十五章 | 本来面目 | 142 |
| 第十六章 | 小世界 | 149 |
| 第十七章 | 大王娶亲 | 155 |
| 第十八章 | 阴火灭身 | 162 |

【下卷】

| 第十九章 | 界石神 | 174 |
| --- | --- | --- |
| 第二十章 | 雷电致太平 | 181 |
| 第二十一章 | 妈祖 | 187 |
| 第二十二章 | 鹡鸰 | 193 |
| 第二十三章 | 我道人 | 199 |
| 第二十四章 | 绝地天通 | 206 |
| 第二十五章 | 见佛 | 212 |
| 第二十六章 | 得道 | 222 |
| 第二十七章 | 破山 | 230 |
| 第二十八章 | 镜通 | 243 |
| 第二十九章 | 炎帝陵 | 249 |
| 第三十章 | 围城 | 262 |
| 第三十一章 | 逆胜负 | 276 |
| 第三十二章 | 造明君 | 292 |
| 第三十三章 | 天下大变 | 308 |
| 第三十四章 | 和"我"的战争 | 323 |
| 第三十五章 | 人灾 | 338 |

尾声　　350

## 序章　阪泉神战

"我敕尔，八方千山，听我炎帝号令！"
"独山神，俊，愿奉帝命，率鯈鱅①应战！"
"明山神，轩，愿奉帝命，率孟槐②应战！"
"带山神，杰，愿奉帝命，率㻌疏③䳨鵌④应战！"

时在上古神农氏统治末期，轩辕氏强势崛起，炎黄二帝战于阪泉之野，上古诸神卷入者数以千计。炎帝姜榆罔命千山之神应敕，命刑天为前锋，命祝融为殿后。

却见对面阵地上，熊、罴、貅、貙、虎举有熊氏大旗严阵而来——那是黄帝姬轩辕的本部五军。千山山神在炎帝大旗下，随刑天勠力而前，却见青天之上，忽现重重翼影，跟着对阵之中，出现雕、

---

① 鯈鱅（tiáoyóng），出自《山海经·东山经》，独山之兽，其状如黄蛇，鱼翼。
② 孟槐，出自《山海经·北山经》，谯明山之兽，形如豪猪，音如榴榴。
③ 㻌疏（huānshū），出自《山海经·北山经》，带山之兽，形如马，一角有错。
④ 䳨鵌（qíyú），出自《山海经·北山经》与《山海经·西山经》，带山、翼望山之鸟，形如乌鸦，五彩而赤纹，三首六尾而善笑。

鹖、鹰、鸢四军。

千山山神都惊惶了起来。

"这怎么可能！"

"难道东夷的鸟师诸神也都归顺轩辕氏了吗？"

"不会的，不会！这些是东夷偏师，凤鸟玄鸟、伯赵青丹、东方五大神都没出现，没事的，没事的！只要凤鸣不作，没事的，没事的……"

可那两句重复的"没事的"，就像自我安慰一般。就在这时，对阵之中，忽传出凤凰之声！

炎帝阵营诸神不知道那是乐圣伶伦以清口作凤凰之鸣，东方山系和东北山系两百余山神闻得凤鸣，登时如鸟兽散。

就连一向坚毅的带山之神，他头顶的鸟神兽鹠鹠，听到凤鸣之后也动摇了。带山神企图喝阻它，鹠鹠犹豫徘徊，对面凤鸣再起——那凤凰乃万鸟之尊，鹠鹠终于对抗不住血脉深处的印记力量，听凤令弃主而去。

刑天大怒，率阵前冲，却见有飞龙从天而降，双翼延展遮天蔽日，仰天长啸水汽盈野，龙威凌逼所及，方圆五百里山河皆震。

"应龙！是神兽应龙！"

眼看刑天被应龙困住，一时之间，东南山系和南方山系中，又有两百余山神畏惧应龙威名，或逃窜，或投降。

眼看千山之神逃了一半，炎帝姜榆冈惊怒交加："祝融！祝融！还不燎天，更待何时！"

火神祝融能召天火焚城，能放神火燎天，神火一发，不但山河崩坏，烧到尽极处，就连天地都可能受损。一旦祝融出手，这场战事不论胜负，都势必两败俱伤、生灵涂炭。

这是炎帝阵营的大杀器！

然而燎天神火并未出现，祝融军中甚至偃旗息鼓了。

难道祝融叛变了？他也是姜姓子孙啊——那可是炎帝的嫡系！

目睹此变，还幸存于战场的山神又逃散了三百有余。

对面夔鼓响起，熊、罴、貅、貔、虎五军唱着轩辕族的战歌，踏步而前，雕、鹖在左，鹰、鸢在右，鸟师四军从两翼包抄，应龙水汽弥漫了阪泉之野的天空。

黄帝麾下猛将力牧率领五军神将，冲散了炎帝麾下诸神将兵，围住了刑天。刑天是不死之身，战斗到身体三度肢解却仍不死，挥舞干戚继续鏖战。举目望去，祝融火旗一动不动；八方千山，已经散去了九百九十七座，只剩下三个山神还在抵抗：正是带山之杰、明山之轩和独山之俊。

三山神退到了刑天身侧，刑天咧嘴一笑，喷出了一口血沫："你们还不走？"

带山神那张斯文清逸的脸，这时已满是硝烟之色。虽然他的守护神兽臛疏已经身负重伤，守护神禽鵸鵌更是因凤鸣而叛逃，可他的眼神却坚毅不屈，声音也依旧平稳："既应帝命而来，帝命未销，不可私逃。"

明山神吹动一脸的大胡子，喝道："正是如此。"可是他的护山神兽孟槐也已经奄奄一息。

唯独山神豪气十云，大笑着叫道："说什么走不走！我独山之俊一日不死，这一战就胜负未知！战战战！"他不但不退，反向前冲。

独山的护山神兽儵螭应和着主人，呼出一口干燥的旱气，百丈之内土地龟裂，几十个逼近的轩辕士兵血脉中的水分都即刻枯竭。

这是独山神兽的强大能力，只可惜它面对的是更强大的龙系祖神。

对面升起一面应龙旗，应龙之力夹杂水汽卷来，在轩辕士兵枯死之前就补满了他们身体所需的水分。应龙旗再动，水汽逆势涌入儵螭的体内，倏螭是旱神兽，喜干厌湿，应龙水汽入体，就像硫酸渗入它的肌肤，腐蚀它的血肉。独山神与神兽感应相连，也不由得闷哼了一声，半跪在地。

轩辕战车冲了过来，孤军难逆大势，独山神最后的反击被挡回来了。

熊、罴、貅、貙、虎五军神将再次挺进，明山神发出怒吼，叫道："孟槐，努力！"

豪猪状的神兽孟槐发出"榴榴"之声，展开红色的鬣毛，千万鬣毛挺直得如铜如铁——这鬣毛因此叫刚鬣——挡在了前方。但五军神将手里的轩辕族之刃却能斩铜开石，手起刃落斩刚鬣而进，刚鬣断一根，孟槐就流一滴血，明山神就如被砍了一刀。

眼看万鬣尽断，孟槐发出了惨呼。明山神与护山神兽痛楚相连，他怜惜神兽，一张战到狰狞的脸上也忍不住垂下男儿之泪，却仍然不愿舍下战友独逃。

"轩！撑住！"独山神大吼着，不顾伤痛冲了过来，掀翻了两驾战车，与倏螭一起挡在了明山神与孟槐的前面。

带山神长叹了一声，他已知胜败难以逆转，却仍然撮口长啸。长啸声中，伤痕累累的胧疏也挨了过来。

三神三兽，肩并肩，背靠背，顽强抵抗。

刑天哈哈惨笑，笑声中已带着无奈。

神战打到这个地步，输赢已见分晓。唯一可以作为翻盘依仗的祝融，偏偏又不知出了什么岔子。

就听对面传来了轩辕黄帝的声音："榆罔！投降吧！你我都是伏羲之后，同出少典，一脉相承，兄弟同胞血浓于水。如今胜负已定，何必再添无谓的死伤？你降了，我仍尊你为兄。"

炎帝姜榆罔大怒，却听身后传来祝融的声音："事已至此，为苍生计，不如降了吧。"炎帝姜榆罔一回头，目眦欲裂——就见祝融不知什么时候已经站在了自己的身后。

　　阪泉之战终于结束了。

　　轩辕黄帝没有食言，战后仍尊炎帝姜榆罔为兄，世称"炎黄"——神农氏与轩辕氏重归一族，炎黄一统，二帝并尊。

　　但这场神战仍然有些余波。

　　对这群上古山神中抵抗到最后的带山、明山、独山神，轩辕黄帝非但不恼，反而深为赞赏，有心移他们镇守帝丘，作为护都大神。

　　三神被带上大殿，祝融宣读了黄帝的旨意。带山神默然不语，独山神盯着祝融，忽然怒道："祝融！你也是姓姜的，为什么要做倒戈之人？为什么当时不发神火？为什么？"

　　祝融不与他目光相接："我发了神火，此战也未必能胜，到时候只落得个生灵涂炭。"

　　"可你发了神火，这一仗输赢就难说了！说到底，还是你自己没种，不敢死战，只想保你祝融氏的富贵延绵。"独山神昂首面向轩辕黄帝，"这一战是祝融临阵倒戈，我们战败却非战之罪。我心中不服，不愿为你守山！"

　　轩辕黄帝面露惋惜之色，环顾周围诸神圣。木神句芒道："败军之将，不服则死。"

　　祝融道："死罪太过，不如流放吧。"

　　"祝融，不用你来假惺惺。"独山神冷笑着，"死就死，你们动手吧。"

　　冰神禺强道："虽然是个好汉子，可他心中有怨，个性又如此刚强，留他性命，只怕会养虎为患。"

　　轩辕黄帝一时迟疑起来，问带、明二山神："你二人又如何？"

带山神微一沉吟，站在了独山神的身边，说道："千山散尽，只余我仨，富贵不敢奢求，生死但望与共。"

　　明山神一张红脸宛如裂开了一般，哈哈大笑，站在了独山神的另外一边："我也一样！"

　　轩辕黄帝的双眼微微一合。他是万族之祖，并非一味滥慈之人，既有春生之仁慈，亦能作秋杀之决断。

　　祝融暗中吃了一惊，赶在黄帝开口前踏出一步，说："恐其有怨的话，就抹了他们的神识吧。"

　　木神句芒道："他们是辟地以来与地共生的古神，神识与山峰依存，山峰与大地一体，大地在山峰就在，山峰在神根就存——这神识抹掉了，难保不会恢复。"

　　祝融道："那就把他们连根拔起，离地之后再抹神识，然后连山体一起流放吧。"

　　三山神听了这话都大吃一惊，神识抹掉了，与死何异？且连根拔山又抹掉神识，那可比死还难受！

　　祝融，你好毒啊！独山神正要发作，忽然咽喉莫名一窒，竟说不出话来。

　　那边祝融已经向黄帝禀道："忠勇之人，杀之不祥，还是流放吧。"

　　句芒还想说什么，轩辕黄帝已微微颔首："那就这么办吧。"

　　医圣鬼容区调了三剂灭神汤，跟着力牧化身巨人，将三山连根拔起。三神被灌服灭神汤抹掉了神识之后，山体被置放到了东海之西南角、南海之东北隅。山体虽被流放，却仍然留下自然异象让百姓猜知三神之名号：三山之首的带山神因其山顶常飘着如巾带一般的云彩，当地人望见，就依当地方言将之称为巾山；明山本在谯地，因此又称谯明山，离了中原便去了"谯"字，从此只称明山。

这便是岭之南海之北、粤东三山的来源。

三山落粤东，震动南岭，南岭崩裂处涌出三道水脉，奔流入海形成三道河流，这便是韩江、榕江、练江。

三江带着河沙，经数千年冲积而形成一片沃土，这片沃土便是今日广东境内仅次于珠江三角洲的第二大平原——潮汕平原。

而三山古神的灵感，也在千年沉睡后重新凝聚。

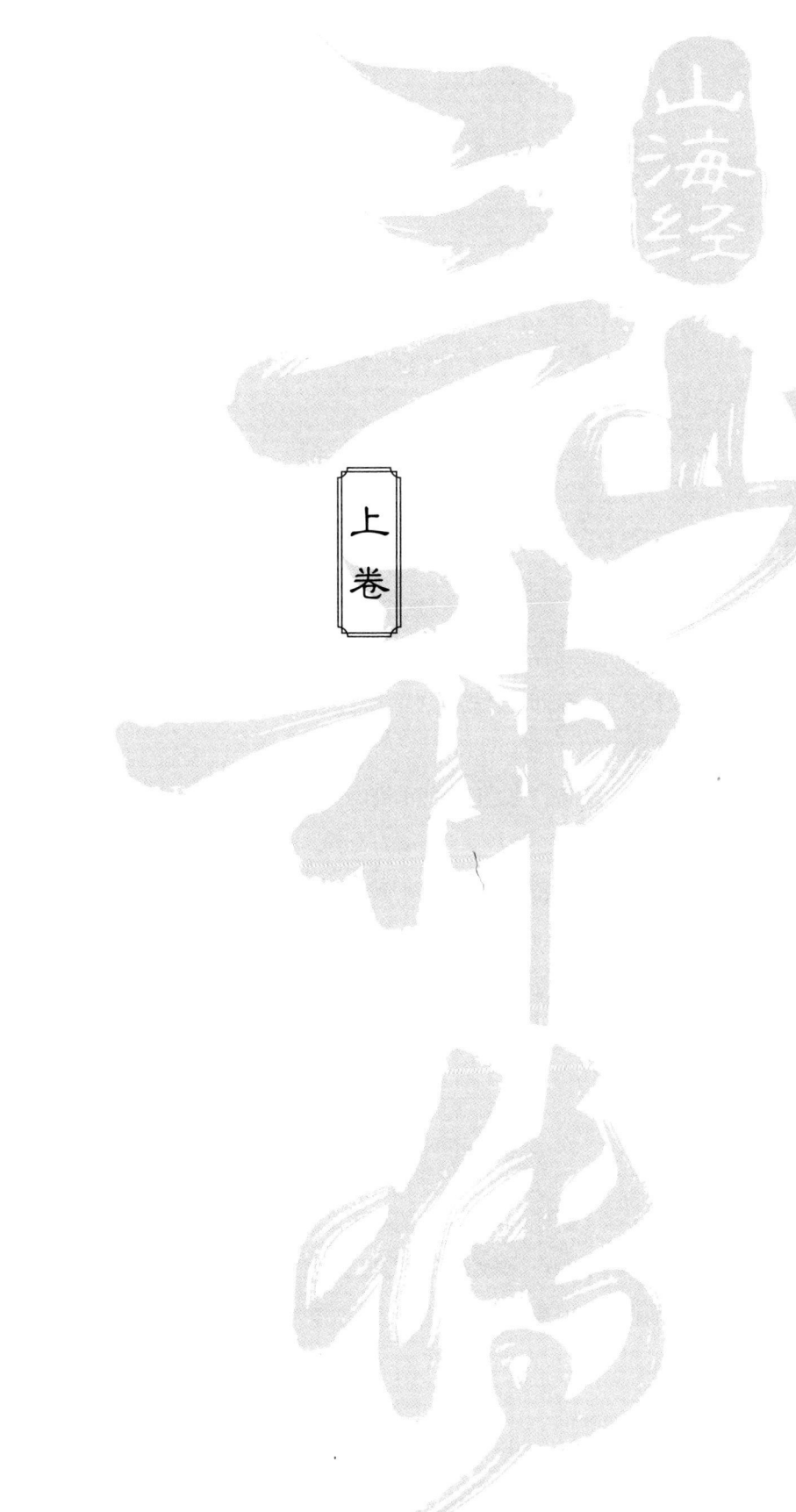

上卷

# 第一章　觉醒

海涛拍岸，海洋的水汽越过三江冲积的平原，卷入平原北部的山岭之中。这片新生平原如今已经形成州郡，秦皇开边命名为"揭阳"，唐宗定鼎又改名为"潮州"，故而这片土地在后世虽以"潮汕"为名，实以"揭阳"为祖，以"潮州"为宗。

州城的北部，有三座挺拔的高山：城西两百里那一座尤其峻秀，叫作独山；独山之右众石激湍，以奇石为界，渡河而为明山；明山再过去为巾山。三山鼎立，展布五百里山河灵气。

据道教经典记载，在宇宙形成过程中，天圆十二纲，地方十二纪，天纲运关，三百六十轮为一周，地纪推机，三百六十轮为一度，天运三千六百周为阳勃，地转三千六百度为阴蚀，天之气极于太阴，地之气穷于太阳。

又记载：天关在天西北之角，与斗星相御。

阪泉大战后数十年，姜姓的水神共工不服轩辕氏统治，起而与黄帝之孙颛顼争位。颛顼命祝融讨伐共工，双方一场水火激战，导致西北天关处天柱崩折，天倾西北，地陷东南。天关灵气尽泄，注入东南。那时天地面临崩坏之危，天上地下诸神圣都瞩目于女娲族补天的大事，便没关注到那巾、明、独三山恰好镇在东南，三山顺势一挽，竟将这股天关灵气收了一半。

水火之战后共工战败，颛顼建统，其后又传帝喾，帝喾又传尧舜。从炎黄直至尧舜。道统皆以《河图》一书为宗，所以这千年时间在道统上叫"河图时代"。尧舜后期，洛水有灵龟驮书而出，这就是《洛书》。大禹得之，综《河图》《洛书》而推演出《连山》，建立夏朝，所以夏朝在道统上叫作"连山时代"。夏朝末年，名相伊尹综合东夷遗法，从《连山》之中推演出《归藏》，辅佐商汤引发鼎革之战，建立商朝，所以商朝在道统上叫作"归藏时代"。商朝末年，周文王又从《归藏》之中推演出《周易》，其后武王伐纣引发封神之战，建立周朝，从此开创了道统上的"易经时代"。

周朝后期，道祖老子又从《周易》之中推演出《道德经》五千言，道教宗统正式建立。

这真是千年变迁、沧海桑田，中原道统都变了几轮，唯那粤东三山巍峨千年不动。直到阪泉之战后两千余年，三山灵气汇聚成形，竟于南朝刘宋元嘉年间成苞。元嘉十八年二月十五日，一朵绛白色莲花在巾山率先成形，莲花绽放之后，巾山顶的巾带状云彩就散了。

两年后，元嘉二十年六月十五日，明山深处绽放了一朵红莲。

又过一年，即元嘉二十一年九月二十五日，那最深远也最偏僻的独山，其幽明石穴之中又开出了一朵玄莲来。

三莲相继绽放，三山的峰顶也随着灵气而长高，日长千尺，夜长百丈，山巅弥漫的灵气更是直冲霄汉，这才惊动了上界。一番查探，方知是被遗忘了几千年的上古山神遗种。这山神遗种生于辟地之时，长于封神之前，故而当今的神仙法统无法约束他们。且三山位处省角国界，无人关注，因此避开了诸大神战，又食尽了天关之气，至今已成气候。上界恐其灵气散逸影响天地平衡，又见三山日长夜长，怕是什么时候山顶要顶破天！

当下上界聚千神施法立界，不但将三山给笼罩住了，不使三莲灵气外泄，又将已经长了三天三夜的山顶削了六百丈。三莲灵气被神明界限制，不能向上生长，又无法向周边播散，但因其是辟地之种，竟然转而向下，以"大地之根"从海底萌发，山根向下长了万余丈，然后又转而向东，越过海底，连上了海东一百八十里外一座大海岛——后世名为台湾岛者，然后艮力再往上发，于其岛上萌生出一脉高山，山峦不断隆起，直到延绵六百里，山高万二尺，竟形成了东南部最高的山脉——后世名为玉山山脉者，这才停歇。

那三朵莲花虽然绽放，莲心之中却还都藏有一苞。在三莲绽放一百余年后，隋朝年间，白莲莲心花苞展开，里头竟躺着一个少年。少年现身之时，山顶忽现五彩祥云，状如巾带，云彩之中传出"奇吁奇吁"的鸟鸣声。待得少年睁开双目，那片五彩祥云便散了。

又过百年，红莲莲心花苞绽放，里面也醒来了一个少年。少年睁目之时，北方谯地出了异象——那是明山原本的位置，被拔起后形成一个湖泊——湖中一头怪鱼冲天而起，飞越数千里，扎入东大洋之中。

又过百年，独山深处的幽明石穴之中，玄莲莲心的花苞也终于绽放了。与此同时，山东境内忽现百里干旱，一股黑气从龟裂的地缝中涌了出来。

"醒了……醒了……你终于醒了！"

一个肤色黝黑的少年在玄莲之中睁开双眼，莲花褪落为衣，莲叶褪落为裤。少年开眼之后却双目迷蒙，就像初生婴儿第一次看这个世界一般。

然后他就听见一个粗豪的声音叫道："三弟出世了，三弟出世了！"

循声望去，却见发出这粗声的也是一个少年，长着一张红脸，看模样似乎比自己大一点儿。红脸少年身边又有一个少年，肤白胜雪，眉目如画，身着一袭白衣。

白衣少年指着红脸少年说:"他是明山之轩,我是巾山之杰,我们都是生来就知道自己的名字……弟弟,你叫什么?"

这句"你叫什么"似乎就是一把钥匙一般,开启了锁在玄莲少年记忆极深处的某个涟漪。他的脑袋一下子剧烈疼痛起来,极度疼痛之中,他仿佛看到一片山海苍茫中,一个伟岸的声音传来:"汝立此莫大功勋,吾许你以吾之名为名。自今日起,独山名俊!"

少年便脱口而出:"我依天为名,叫独山俊!"

"独山之俊啊,"俊逸的白衣少年微微一笑,"那么这座山,应该叫独山了。"

"不说那么多了!"红脸少年说,"咱们快点结拜,结拜完之后就能让师父传我们法术了。"

"结拜?法术?谁是师父?"

"我们的师父,可是一个老神仙。"红脸少年说,"老神仙住在巾山脚下一座大房子里。两百年前大哥出世就是他上山接引,一百年前我出世是他让大哥来接引。今天老神仙又算准了时辰,知道你要出世,所以让我们来接你。老神仙告诉我们,咱们三个是这三座山孕育出来的精灵,三座山的山根在地底紧密相连,所以咱们天生就是兄弟。"

独山俊这时脑子一半是清明的,一半是混沌的。清明的那一半让他自然而然就懂了很多事情,一点不像刚刚出生的人。混沌的那一半则像是久远的记忆被什么东西给锁住了,他想拨开迷雾,那迷雾却越拨越浓。

不过对红脸少年的说法他却毫无抵触。不知道为什么,他对眼前这两个哥哥很有好感,明明第一次见面,却感觉认识了几千年一样。明山轩拉着他要结拜,他也觉得本该如此,就问:"那该怎么结拜?"

"老神仙说了,咱们不用拜别的,上拜天,下拜地,跟着我们合围对拜,就可以了。"

独山俊点了点头。白衣少年手指了指,地面就长出三朵莲花来:"我

第一章 觉醒 013

们就以莲为香吧。"

独山俊眼睛亮了："这就是法术吗？"

"偏心，偏心！老神仙偏心！"红脸少年叫道，"他不是说要等三弟出世，再一起教我们法术的吗？我都为这个苦等了一百年，谁知道老头子竟然私下里教你。"

"这不是师父教的。"白衣少年说，"这应该也不是法术吧，是我自然而然就会了的。"

红脸少年这才作罢。独山俊心想："大哥脾气真好，说话温文尔雅，让人打心里感到舒服。二哥冲了点，但这直率性子也叫人喜欢。"

他拔了一株莲花，便与两个哥哥一起，朝着洞口三拜拜了天，又朝着洞底三拜拜了地，然后三人围成一团，互拜了三拜，发誓有福同享、有难同当。从此定下兄弟名分，巾山杰最早出世，是大哥，明山轩次之，独山俊最迟，便是么弟。

"结拜完了，咱们可以去找老神仙传道修炼了。"明山轩这个红脸少年，永远都那么活跃，"老神仙说了，别的山川孕育出灵识来，如果没人教导，会变成精怪。咱们有幸遇到了他，他手里又刚好有一部经文，依法修炼，将来也能做神仙呢。"

独山俊今日刚刚出世，但有些事情他自然就懂，而另外一些事情他则听不明白："神仙是什么？"

"神仙啊……就是……大哥，神仙是什么？"

白衣巾山想了想，说："我听山下的人讲，神仙能飞天遁地，能呼风唤雨，能降龙伏虎，而且长生不死。"

"哦，对对，就是这样。咦！等等！大哥，你居然能下山？你还跟村里的人说话了？老神仙不是说我们不能下山、不能随便跟人说话的吗？"

"我没有出山，只是悄悄到巾山山脚下的村子里去。我也没跟村民说话，我只是化作一朵莲花，静静地听他们说话。"

独山俊有些不明白了："二哥，为什么我们不能下山？"

"老神仙说，我们三个是山中精灵，离开了孕育自己的大山会死的。"

"哦，那你们两个怎么能过来？这里是独山吧？"

"老神仙说，我们三个是三山一体，所以可以在彼此的山上活动。"

"那为什么我们不能随便跟人说话？"

"老神仙说，我们是山精，跟人类不同，贸然在他们面前出现会吓坏他们。所以我们就算去找老神仙，也是等夜里子时之后，所有人都睡着了，才悄悄进村的。"

他们三个就在独山闲聊着，一直等到子时才出洞。此时的潮州府，府城那边虽已颇为热闹，三山所在的地方却连县城都未形成，只有巾山脚下有一个小村子巾山村，住着十几户人家。

三人下了独山，红脸二哥在前面带路，走过一片乱石急湍，忽然发现独山俊没动，反而向另外的方向踩踏。

"老三，你做什么？还不走路，可别误了时辰。"

独山俊很谨慎地向前方踩踏着，一边道："不是说我们只能在三座山上活动吗？现在已经下山走了很远了，可我们也没事啊。"

红脸二哥怔了怔："老三，你不会是在怀疑老神仙的话吧？"

"嗯……没有，我只是想确认一下。"

这时白衣少年开口了："我们能活动的地方，确实不止巾、明、独三山。下了山，三山围拢起来的平地上，我们也能去，不过也的确有一条界线是我们不能出去的。"

两个弟弟一起"咦"了一声，独山俊问："大哥，你试过了？"

"嗯。"白衣少年颔首，"这两百年来，我除了下山进村，还不断向周边踩踏，差不多试出了那条界线。"

他拿了几块石头，以石为山，以沙为界："这是巾山，这是明山，这是独山。在这三座山上，我们的精力最旺盛，灵台也最清明。"跟着他用沙子圈住了三块石头，以及三块石头接连处的平地："下山之后，在这个范围内，我们都不会有事，巾山村也在这条线里面。但出了这条线，我们就会感觉虚弱，越往外走越虚弱。"然后又用沙子在第一个圈子外多画了一层："而出了这条线……"

"会怎么样？"

"会很危险！"白衣少年的脸色凝重了起来，"我试过，只要踏出去，哪怕一步，一弹指间就不能呼吸，三弹指间就几乎断气。我是在六弹指的时候回来的，那时候我感觉自己的力气都被抽干了，几乎就要死了。"

红脸少年吐了吐舌头："这么可怕！"

独山俊道："所以我们不能离开这条界线七弹指左右，不然就会死？"

"应该是。"白衣少年点了点头，"这条沙线只是让你们知道个大概，以后我带你们亲自走走，你们就知道那条线在哪里了。现在先进村吧，师父应该在等我们了。"

两人向前走了几步，忽然发现红脸少年还在原地。

"二哥，你怎么不走？"

红脸少年回过神来，喃喃道："原来老大你早做了这么多试探，老三才出世，也想到要踩踏试探。我出世一百年了，老神仙让我们不能下山，我就真的在山上枯等了一百年，天天无聊到跟老虎、山猫打架……原来就我一个傻瓜呢！"

白衣少年微微一笑，独山俊也笑着走过来，挽住了红脸少年的胳膊："二哥，你不是傻，你是直肠子，所以没想那么多。"

巾山脚下，二三十间房屋依照地势错落铺展，只有一间是砖瓦房，其他都是草棚草寮。这时夜已经深了，鸡还没醒，狗也睡了。月亮散发银芒，洒遍了整个村子。

在村子的最东边，有一棵大榕树。他们兄弟三人绕着榕树转过去，眼前忽然一亮，就看见了一座好大好大的殿宇，门楣也有三四个人那么高。

"到了！三弟，这就是老神仙住的地方了。怎么样，阔气吧？什么时候我们也有这样的大房子就好了。"

殿宇里传出一个很和蔼的声音："会的会的，很快就会有的。"

红脸少年闻言一喜："那就是老神仙了。"

他拉着独山俊，跟着大哥进了门。殿宇之内十分幽深，又飘着迷雾，让人看不清里面的全貌。屋顶一个天窗借来了月色，把殿宇内部也染成了月银色。正对面有一层很厚的雾气，一个白眉白须的老人从迷雾中走了出来，只见他头戴宰相帽，手拄点石拐，面庞圆而丰盈，笑容福态可掬。

红脸少年见到了他，当头便拜："老神仙！我弟弟出世了，你可以教我们法术了吧？"

独山俊也跟着两位哥哥拜了拜，便见老神仙呵呵笑地说："好说好说，老夫也等你们好久了。来，来，跟我来。"

他的点石拐一指，天窗里就飞进来了一朵云。老神仙一跌足上了云，招呼他们兄弟三人。白衣少年轻飘飘迈了上去，红脸少年一个筋斗翻了上去，独山俊也跟着一跳上了云。那云看着如同棉花，踩上去却觉得虚无一物，然而偏偏就不会掉下来。

老神仙呵呵地笑道："果然是山川灵秀所毓，若是肉骨凡胎，可上不得我这云哩。"他点了点那云，叫声"走！"

云便飞了起来，直冲屋顶天窗而去。四人乘着白云冲出了天窗，他们眼前的景象为之一变：却见空旷无比的虚空中，上不见天——天都被巨大的树木枝叶遮挡住了，虽然枝叶之中漏出月色天光来；下不见地——地也被树木枝叶遮挡住了。这似乎是一个巨木藤蔓构成的世界，除了巨大的树木和枝叶，又垂着些几十个人合围不了的巨藤，空中横长着些几十个人也抱不拢的大树。那些树也不知从哪里长起来，有横着长的，有斜着长的，分杈的树枝上，又长着无比巨大的叶子，最小的叶子也比载着四人的云彩还大。

老神仙驾着云，在巨木枝叶中穿飞。夜风吹面，刮得人脸疼，却把明山轩和独山俊都羡慕得难以形容。

"老神仙，这棵大树是直接长在天上的吗？这些蔓藤，是从天上垂下来的吗？老三，看到没有？这么大的蔓藤，它到底是高高地攀上去，还是长长地垂下来？你说如果攀着它，能不能直接爬到月亮上去？还有这些叶子，做地毯都能铺七八间房子了。这里是天上吗？是神界吗？"

独山俊也兴奋极了，云飞得极快，风也吹得衣服猎猎作响。换了别人在这种高空中高速飞行定要害怕，独山俊却没有一点畏惧，只有兴奋、兴奋、兴奋！

这个巨木世界就是神仙的地方吗？这就是神仙的手段吗？这地方真好啊，这法术真妙啊！

只有白衣少年静静地坐在白云的末端，没说话。

老神仙用点石拐一点，云停了下来，带着三个少年跳上一片七八丈长的大叶子。叶子中间是一洼清水，约莫半人深浅、三丈直径。老神仙说："这是叶上甘露。"在他的指点下，四人就围着这一洼甘露坐了。

独山俊掬了一捧甘露喝，真是好清甜，只是不知道为什么不解渴。

坐定了好久，明山轩和独山俊才渐渐从方才的兴奋中平静下来。老神仙笑了笑："怎么样，想学吗？"

"想，想！"红脸少年第一个叫了起来，"快教我们啊！"

独山俊也连连点头："对，请老神仙教我们。"

白衣少年等两个弟弟的声音都落了地，才缓缓道："请师父指点迷津。"

老神仙呵呵笑道:"我不能做你们的师父,不过如果你们愿意学的话,我倒是可以为你们指条明路。只是啊——你们是愿意做神仙呢,还是做妖怪呢?"

红脸少年叫道:"那当然是做神仙,谁做妖怪?!"

独山俊正要开口,忽然顿住了,望向大哥。白衣少年缓缓道:"请问师父,神仙怎么样,妖怪又是怎么样?"

老神仙呵呵道:"若是要做妖怪,你们也不用跟我学,这就回山洞去,随着你们的本性,自己想怎么样就怎么样,自由自在,无拘无束。将来若是不成气候,就这么窝在山洞里,望天月长叹,与山石同朽。将来若是成了气候,则是天忌地凌;若犯了人间的忌讳,人王要派佛道来收你们;若是犯了天地的忌讳,天地会遣鬼神来灭你们。"

独山俊吓得心中一揪,就听二哥说:"我们不做妖怪,不做妖怪!我们要做神仙。"

老神仙道:"若是要做神仙,我这里有三卷天书供你们修习。但你们是山精,要归神位就得入神籍,要守规矩,要受天地规条的约束。"

独山俊沉吟着,问道:"做神仙有什么规矩?要受什么约束?"

老神仙笑道:"天规繁多,一时也说不尽。要言之则只有一个字,那就是一个'善'字。行得善字,便积功德。你们是山精,要做神仙就得成为山神,这个善字落到你们身上,那就是护山护灵,护山是护这山川水土,护灵是保这山川生灵。生灵之中,人类尤其是灵长。若是将来积了功德,得了人族信仰祭拜,便有机会成为守山正神。若再进一步,庇佑一方,那便是一方正神。若更进一步,庇护一国,那便是一国尊神,能受万家香火,得万民景仰。"

独山俊听到这里不由得心动,二哥已经脱口而出:"好啊好啊!我要护国庇民,受万家香火,得万民景仰。"

"那可难哩。"老神仙说,"难哩,难哩!"

白衣少年道:"千里之行,始于足下。不管有多难,我们一步步去做就是了。不过这第一步却还得老师指引我们。"

老神仙微微一笑:"那么你们三个,都决定不做妖怪,要做神仙了?"

明山轩当即点头。独山俊想了想,也点头说是。巾山杰道:"我们三人,愿意奉正道遵行。"

"说得好!"老神仙一抬手,掌心就现出三个卷轴来,飘向三人。

三人打开卷轴,却空无一字。

"老神仙,怎么没字?"

"呵呵,这是修神之卷、炼神之书,普通人怎么看得到?需要发愿力,立心志,以心为证,以血为誓,然后才能看到卷中文字,参悟到无上神机。"

三人面面相觑,老神仙道:"怎么?不懂?那你们就慢慢参悟吧。"

他点石拐一顿,整片巨大的叶子都震动了起来,叶心甘露洒向天空。叶子晃动颠覆,三人大叫着都掉了下来。这次没有祥云托着,独山俊只觉得自己不断下落,耳边风呼叶啸,巨大的树干擦身而过,中间经过好些大叶子,他死命去抓,却滑不溜手,越往下冲力越大,速度越快,到后来连续碰到几片大叶子连抓都抓不住,除了耳边呼呼的风声之外,还有就是二哥的哇哇大叫。

向下落下不知多久,终于隐约看到了地面,广阔的泥地凹凸起伏,还能看到无比巨大的木疙瘩。独山俊甚至无法看清那木疙瘩的全貌,只从那弧度猜测似乎是一棵大树的局部——那是这棵世界树的根部吗?

这时他们降落的速度已经快到难以形容,而地面也不再有任何遮挡——没有叶子,也没有藤蔓。

要死了!要死了!

就在快要摔到地面的瞬间,上面传来老神仙的一句:"遁!"

身体碰到地面没有摔砸在地的疼痛，反而像水溶于海、土融于地，跟着一阵很熟悉的地底穿梭之后，独山俊就觉得自己被弹了出来，再睁开眼睛，眼前已是一个开满白色莲花的山洞。跟着就看见二哥也被哇哇地从地底弹了出来，最后才见到一袭白衣被弹向空中，落到莲池之中。白衣少年双足一点，站在了莲叶上，手中还稳稳地拿着那卷无字卷轴。

"这是哪里？咦，这不是大哥的白莲洞吗？"

"大哥的白莲洞？"

"是啊。哦，对，你还没来过。"

听说这里是大哥家，独山俊就不慌乱了："刚才一定是老神仙作法，把我们送回来了。"

却见白衣少年坐在一片莲叶上，打开卷轴，出神了半晌，说："原来如此，我明白了。"

"大哥，你明白了什么？"独山俊走了过去，也想站在莲叶上，心想大哥能坐在莲叶上，自己站上去应该也没问题，结果一脚就踏进了泥泞之中，那莲叶也如水化去。

红脸少年哈哈大笑："那是大哥的莲叶，咱们站不上去的。"

独山俊拔了拔腿，没有上岸，却忽然整个人站在了莲池的水面上。

红脸少年"咦"了一声："哎呀，你这是什么神通？"

"我也不知道。"独山俊走在莲池上，就像在地面走动一样，转了一圈来到兄长的身旁，问道，"大哥，你刚才明白了什么？"

"发愿力，立心志……"白衣少年道，"再结合之前老神仙的指点，意思就是说，我们得先立下愿心，愿意遵守天规，行善积德，护国庇民，然后才能看到天书上的文字。"

红脸少年叫道："我们愿意啊。"

"应该不是嘴上说说就行。"白衣少年说，"必须真的立下志向才行。"他说着，合上了眼睛。半晌，他睁开双眼，咬破手指，将手指按在了卷轴上，然后整个人就怔了怔，又闭上了眼睛。

"大哥，大哥！"两个少年一起叫唤。叫了好一会儿，才见兄长睁开眼睛说："原来如此。"他指着卷轴："文字出来了。"

独山俊望过去，还是觉得卷轴空空如也："什么也没有啊。"

"有的，"白衣少年微微一笑："只不过我看见了，你们却还看不见。"说着朝红脸少年一指，喝道："遁！"红脸少年脚底的泥土倒卷上来，裹住了他往地里一扯，旋即失踪不见了。

"啊，大哥，这是什么？"独山俊微微一惊。

"土遁之术。我把他送回他的火莲洞了。"

又见白衣少年手一挥，独山俊就感到一阵风吹了过来，风很和缓，却偏偏无可抗拒，将独山俊吹离莲池，落到地上。他脚才沾到地面，又见大哥朝自己一指，喝道："遁！"

然后就是刚才的那种感觉，独山俊整个人像融于土中，跟着在地上穿梭，穿梭了不知多久被弹了出来，睁开眼睛时，已经回到了自己出世的那个山洞了。

他怔了半晌，心道："看来大哥已经学会法术了。这天书可真厉害。"他打开卷轴，卷轴上空荡荡的。回想刚才大哥的言语动作，独山俊咬破了手指，涂抹在了卷轴上，卷轴却一点反应都没有。

他又回想了一下，巾山杰的话音在脑中不断盘旋：

"发愿力，立心志……先立下愿心，愿意遵守天规，行善积德，护国庇民……"

他忽然有些懂了，心里说："我愿意。"

再往卷轴上涂抹，还是没半点反应。

所以……到底得怎么办？

他在内心深处呼喊着"我愿意"，呼喊了不知道多少次，忽然心里有个更深层的声音反问："你真的愿意吗？"

"啊？"

"你真的愿意吗，从此之后就要受天拘束，不再自由？"

"可我要受的拘束，是行善积德，是护国庇民……"

"善和德便不是一种拘束吗？国和民是责任，可也是枷锁。这些都是对别人有好处，却哪里比得上自己想怎么样就怎么样的自由！"

"别人的好处……自己的自由……可是，不在乎别人的好坏，只想着自己的自由，那不是妖怪了吗？"

"妖怪又怎么样？自由的妖怪，也好过不自由的天奴！"

"不，不！我不做妖怪，我要做神仙，我要做神仙！"

心里的声音狂吼着，吼到后来已经冲口而出，手指也按在了卷轴上。这一次卷轴起了变化，他亲眼看见那血渗了进去，内心深处，那个声音冷笑着："你会后悔的！你一定会后悔的！"

然后独山俊就觉得自己全身一紧，整个人倒了下去。

倒下去那一瞬，他瞧见了洞顶的石笋尖，正朝自己脸上滴下一滴石钟乳。石钟乳刚脱离石笋，独山俊整个人就陷入了混沌，仿佛被从身体里抽离开来。只见周围的环境变成了一片浑蒙，自己则变成了一座大山，一条锁链从山心破出，带着鲜血长长地抽出来，每抽出来一尺都是撕心裂肺的痛苦。如此抽出十万八千丈，心血之链已成漫天长索，将大山一层又一层地锁了七层，锁住了他的喜，锁住了他的怒，锁住了他的忧，锁住了他的思，锁住了他的悲，锁住了他的恐，锁住了他的惊。

跟着大山身体又凸起六颗石头牙齿来，飞出去后又返回来钉在大山的山筋上，钉紧了大山的眼让他不能看恶色，钉紧了大山的耳让他不能听乱音，钉紧了大山的鼻让他不能嗅秽香，钉紧了大山的舌让他不能尝荤食，钉紧了大山的身让他不能触碰会引发人绮念的种种触感。最后一颗牙齿，直钉到大山的山心里去，让他起妄念就会剧痛无比。

七锁六牙，一共一十三重压制，将这座灵山锁得紧紧的，钉得死死的。

  人在痛苦中的时间总会过得加倍漫长，这十万八千丈的心血之链，是经一百零八万次撕心裂肺的痛苦后才得成形。独山俊以为这痛苦是经历了千年万载，不料嘴唇一润，他睁开了眼睛，才发现方才那滴石钟乳才堪堪滴到自己的脸上。

  原来那只是一弹指的工夫。

  可是这一番折磨下来，独山俊浑身颤抖，几乎无法抬起手指。这难道就是成神的巨大代价吗？想想刚才大哥只是发了一下怔就过去了，根本就不像自己这般痛苦过，他是怎么做到的？

  眼角一斜，就看到卷轴之上果然出现了文字——那不是人间的文字，乃是雷文云篆的神文，但独山俊却偏偏看得懂。只看了一眼，他就明白了，往下一扫，卷轴上的文字尽铭于心。

  然后他就全懂了。

  "原来如此，原来如此！"

  在几十里外的另一个山头，明山的背面冒出了烈火，有一种人类无法听见、鸟兽却都惊吓得逃走的声音从大山深处传了出来。那是明山轩在哈哈大笑。

  一声鸡鸣打破了大山的寂寞，笼罩着大榕树的夜雾散去，一片树叶落下，随风飘转。大榕树的那一头，却哪里有什么巍峨的殿宇，只有一座不到一人高的土地庙，土地庙上还破了一个小洞——正是那三个少年乘云出入的天窗。

  天窗外头就是大榕树。独山俊所看到的纵横巨木，只是榕树的树枝；那些巨大蔓藤，只是榕树的气根；那托住他们的巨大叶子，也只是榕树的一片树叶；半人深的甘露池，也只是一滴水珠。他们以为的整个"世界树"，其实也就是土地庙前的那棵大榕树。

土地庙里塑了两个神像，一个是土地公，一个是土地婆。

感应到巾、明、独三山正在发生的变化，土地公忽然一个哆嗦。

"我修行三百年，才练出了土遁，修行到五百年，才练出一朵爬云，他们……竟一下子都懂了。这是什么奇才啊？我怎么就摊上这事啊?！"

土地婆也埋怨了起来："谁让你去接这种事！他们是远古留下来的艮种，与地同生的古神，你怎么敢去招惹他们！将来他们若知道了真相，来找你算账，看你怎么抵挡。"

"上面让我办事，我敢不接吗？我又能有什么办法？唉，还好上面答应了，办完这件事情就让我迁庙。"

## 第二章　见道

这一日，马蹄声踏破了山谷的宁静。一个客商打扮的中年人，背着一个沉重的包袱，仓皇地在林木之间乱窜，一抬头，发现一块大石头上镌刻"独山"二字。他倒是有些奇怪了，喃喃道："这野外荒山，居然还有名字。"

这时马蹄声越逼越近，中年客商慌不择路，窜进一个不起眼的山洞里，将沉重的包袱埋在里面，出来后没多久就被追上来的人马抓走了。

春去秋来，眨眼又是十年。巾山下的村落人丁已经越来越兴旺，明山下也形成了一个十几户人家的小村子，只有这独山依旧荒凉，这里没有奇花异草，没有虎狼猛兽，偶尔有拾柴的樵夫路过，也不曾对那"独山"二字有一点祝祷。眼看日晒雨淋、风吹沙化，"独山"的刻字也一年淡似一年。

又一日，有一个探山寻茶的茶农寻到此地，在"独山"刻字下哀叹着自己寻了千余里，也没找到什么好茶株，眼看盘缠已经用尽，再这样下去，自己只能卖身给世家为奴。忽然一阵风吹过，茶农眼神一亮，寻了过去，果然在二十余步外找到了一株茶树。

"好茶，好茶，真是好茶！这个茶种价值千金！"他欣喜若狂，但是细细查看之后，又觉得这茶树和周围的水土格格不入，"怕是凑巧飘落到这里的异种，这里不是种茶之地啊。得了这异种，却还得另外找好的水土去种。"

茶农小心翼翼地将茶树挖走，却不曾再看身后那"独山"二字一眼。

又过了不知几年，两个游山玩水的书生误到此地，见到"独山"二字有些感慨："这荒山野岭的，居然还有刻字。"另一个书生说："虽有刻字，却没什么好山水供我们抒遣情怀，白糟蹋这次远行了。算了，休息一下就回去了。"

两人在刻字下席地而坐，随口谈论起来，说起胸中志向，却是两个俗人，一个只想要娇妻美妾，另一个只想要金银财宝做个富家翁。

想要金银财宝那人恰好内急，就寻到附近那个山洞解决，正方便着，忽然发现地面有异，扒开泥土，里头是个已经腐烂的包裹，包裹里满是金银。他大喜过望，捧了金银出来，大叫："祖宗保佑，祖宗保佑！"忽然脑袋一阵剧烈疼痛就倒下了。

另外那个书生扔掉手中带血的石头，喃喃地说："虽然我要的是娇妻美妾，但有了这么多金银财宝，不就有娇妻美妾了吗？"他将尸体草草掩埋过后，就欢天喜地下山了，更不曾再看那"独山"二字一眼。

"这就是人类？这些就是人类？"

静谧的大山，竟然传出一声夹带厌恶的感叹来。

"我竟然需要受这种贪婪无义、不知感恩的人类的供奉，才能成神？"

一年又一年，转眼十年过去，独山脚下还是没有一户人烟，甚至比之前更显人迹罕至。山坡上下，连林木都平添了几分焦躁之色。

"为什么会这样，为什么会这样！"

"独山"二字的石刻下，石头中现出一个肉眼看不见的人影。

暗夜之中，一只火红色的山猫跳跃而来，山猫耳朵上栖停着一只白色

第二章 见道　027

的蝴蝶。山猫其实不是山猫，蝴蝶其实也不是蝴蝶——那是凡人能看见的形态，而在独山俊眼中，来的分明是明山和巾山的山神，他们来看自家兄弟了。

独山俊显现了少年身形，很是沮丧："大哥，二哥。"

火红色的山猫看看周围，还是没人烟，再看看石刻之下，也没有供奉的痕迹。他"嗷"了一声："老三，还没人供奉你啊。"

独山俊更加烦躁了："我领受神禄，自愿受了那七锁六钉，受尽折磨，学会了二十三门法术，领悟了五种神通，却到现在还没受过一点供奉。二哥的山脚都成村了，大哥你的山脚下都有一月一次的市集了，只有我这边，连个落户的人都没有！"

他望向山壁上的刻字："都已经三十年了，我……我恨不得现在就到山下抓几个人来给我磕头！"

火红山猫口吐人言："大哥，要不我们给信奉咱们的村民托梦，让他们来独山祭拜祭拜？"

蝴蝶还没回应，独山俊已经拒绝了："我不要！大家一样受了神禄，一样得了天书，凭什么我就不能得人信奉，还得你们来施舍？我不要！"

"可是再过三十年，甲子期限一到……"火红山猫望向那刻字，"刻字泯灭，你的神识消散，重回山体，那可如何是好？"

这是神禄的限制之一，当初独山俊也没当回事，想着自己怎么也不可能六十年里得不到一个人的信供。

黝黑少年咬着嘴唇，不肯开口说话了。

蝴蝶轻轻飞起，也发出人声："三弟，独山虽然偏僻了些，可这么多年了，难道就没有一个人经过这里吗？"

"怎么会没有？虽然少些，可也有些樵夫、农人、书生路过。"

"若是有人路过，你为什么不显现些神迹与他们？"

"怎么没有！"独山俊愤愤不平，"那樵夫每次上山，我都暗中将饿狼、山猫都赶远一些,不让他受害,又不让山中有狂风暴雨,让他每次都顺顺利利地下山回家,结果他一点感激都没有。

"有个茶农在我这刻字下面哀叹找不到好茶种,我就将前些年异鸟经过掉落的一颗种子找出来,又用'急萌'之术催着发芽,又引他发现,结果他挖了茶树后就走得无影无踪了。

"还有两个书生到我这里游玩,在我这刻字下许愿。那个要娇妻美妾的我没法给他,那个要金银的,我就引他得了金银。结果他的同伴却将他杀了,占了金银,将尸体埋在我这刻字下面,把我的山都弄臭了。

"可这些人类不管在我这里得了多少好处,到最后一点感激的念头也不曾有!"

蝴蝶轻轻飞了起来,翅膀扇了扇风,那微风仿佛喵笑:"我说都几十年了,你怎么一点进展都没有,原来如此。三弟,不说别的,只说上面这几件事,你可都做错了。"

"我做错了?"少年抬头望向蝴蝶,"我做错了什么?"

"你错在不该无求而与、见恶不罚。"蝴蝶说,"女娲造人,以水以泥,水性清明贵重,泥性浑浊卑贱,所以人性之中,同时包含了贵贱二性。"

"什么意思?"少年问。

火红山猫喵喵两声,那是在笑:"就是说有的人人性本贵,有的人人性本贱。"

蝴蝶轻轻一笑,没有否认也没有赞同,只是继续说:"人类还没向你祈求,你就给他们好处,这是不行的……太容易得到的东西,他们是不会珍惜的。"

独山俊一脸茫然:"我不懂。"

"就比如说那个来打柴的樵夫吧,他可曾在你的刻字下祈求一路平安,入林无虎豹,出入无风雨?"

"没有。"

"这就是了啊，他未曾求你，你却在暗中将独山料理得平安和顺，没有虎豹，他心中便没有恐惧，没有风雨，他也就不需要停留。你是对他好了，可这好处他半点也觉察不到，所以他为什么要感激你，供奉你？"

独山俊听得怔了怔。

"还有那茶农和那书生，他们虽然道出了期盼，然而未作恳求、未付代价，你就暗中保佑让他们愿望成真了。他们轻易得手，更加不会感恩。"

"所以……"

火红山猫代为回答了："所以就是要让他们没那么容易得到，要让他们付出代价以后再得到，要让他们走投无路之后才能得到，这样他们才会感激你，供奉你。"

独山俊扯了扯嘴角："给他们都不感激，硬是要磕头求来的才感激？二哥你这么一说，这人类可真贱啊。"

山猫"嗷嗷"叫了两声，仿佛在笑："大哥不说了吗，这就是人的泥性。"

"可是天书规定，我们是不能随随便便显化人前的。"独山俊说。

"天规是这样的，所以我们才要想办法啊。"蝴蝶说。

"什么办法？"

"下等神祇，是利用人性的浑浊卑贱处，降厄生灾，而后消灾解难，这样就能得到人们的敬畏。上等神祇，则要引导出人性清明贵重的地方，从而得到他们的崇尚，成就上等神格。而你啊，"蝴蝶借着风声，发出轻笑，"既不能让他们敬畏，也不能让他们崇尚，所以才空有五通二十三法，却三十年来一事无成。"

樵夫又上山来了，独山俊俯视着他，心想："这时我若刮起一阵风来，他就得瑟瑟发抖，下起一阵雨来，他就走不得路，再让虎狼当道，那样他就回不了家，然后就得来向我祈祷了。"

领受神禄之前，独山俊一身灵气饱满欲溢，那时候他随心所欲，只是不知道那灵气应该如何使用。

自领了神禄，受了七锁六钉，他本身灵气都被限制住了，虽然也从天书中领会了好些神术，但做什么，不能做什么，一举一动全都得有规矩。在独山范围之内，他想刮风就刮风，小范围下雨也是手到擒来，至于山上的飞禽走兽，那更是尽听他驱策。

然而正要施法给樵夫作厄，忽然胸口一股傲气生了出来："我独山俊是什么样的人！为了得到区区一个樵夫的信奉，就要作法降灾，那我不成了下等神祇了吗？和那些骗人的狐鬼有什么区别！"便不再理那樵夫，也不刻意妨害他，却也没再像以前一样保佑他。

他没有施法，天象却自己变了，忽然雷声轰隆，大风刮起，一阵大雨没预兆地就泼了下来。樵夫忙着躲雨，没留神，脚下摔了一个趔趄，好不容易捡到的柴火也都湿了。

樵夫恼火起来，指着山石吐了口唾沫："这破地方，以前都顺风顺水的，所以路远点也绕过来。谁知道也不是真个善地，以后老子再也不来了！"

独山俊微微一怒，就想降点火给他受，然而转念一想："我堂堂独山之俊，去跟一个樵夫较什么真！"竟然就让那樵夫去了。

如此又过了几年，独山俊一来不愿接受兄长的帮助，二来也不愿用下等手段去诓人敬畏，眼看限期越来越近。明山神先替他着急了，怕他因为骄傲，待六十年期限一到，刻字消散，从此神识灰飞烟灭，便又化作火红山猫，窜到巾山来。

巾山的莲池在白衣神领受神禄之后就枯萎干涸，不过此时那"巾山"

二字却深入山体，刻字下面也有残羹冷炙供奉——山里人穷苦，能供奉点残羹冷炙就很好了，香料是奢侈物，山里人没有。

火红山猫奔着刻字一跃而入，里头是人不能至的神者维度，这个维度里一切都仿佛是虚拟的。但在明山轩看来，这种虚拟才是这个世界的真实。

一个白衣青年坐在虚空之中，在这片虚无境地里，此刻之后他是实的。

听二弟说了担忧，巾山杰道："三弟连下等神祇的手段都不愿意做，如何肯接受我们帮他？三弟这么骄傲的人，我们这时帮了他，他回头也能把我们帮他的事亲手毁了。他就是这样宁毁不折的性子，难道你还不知道？"

"可是再这么下去，万一期限到了他还没得到供奉，那……那……那……那他岂不是要灰飞烟灭？"

"你放心吧。"白衣青年说，"我有预感，三弟不会有事的。"

这一年，独山俊又学会了四门法术，可他那独山上的刻字也变得越来越淡，都有一些缺笔了。这时北方发生了战乱，有一小股难民流入境内，其中十几户进了巾山村，又有四五户流入明山村。

其中有一个妇人受人排挤，在两村都待不住，竟然就到这独山里来，在那刻字下结庐而居。

妇人甚是倔强，不求天不求地，更不愿意求人，在山中艰难度日。她竟是个孕妇，临盆恰恰到了冬天。岭南地区本来很少下雪，偏偏她胎动这日雨中夹雪，那条樵夫踩踏出的小路泥泞难行，如同封山。这时候妇人想下山求援都来不及了，偏偏又遇上了难产，好不容易挣扎着在雨雪交加中诞下了一个女婴，咬断脐带后，最后一点力气也耗尽了。看着匍匐在自己胸口吸吮断断续续乳汁的婴儿，她自知难以幸存，但自己没了，孩子也难免一死，临终前哭道："我是罪人，死不足惜，可是孩子何辜？天地山川有灵，还请保佑保佑我这可怜的孩子。"

她哭泣的时候，正好对着那刻字，哭完人也就断气了。

婴儿哇哇大哭起来，哭声引来了狼群。两只狼舔着獠牙逼近，忽然庐旁刻字一震，众狼吃了一惊，再不敢动。狼群中走出一只母狼来，竟然给女婴哺乳。它哺乳的时候，又有两头狼将婴儿母亲的尸体拖出庐外。忽然山体一震，群狼惊走，坡面震落了山泥，掩埋了尸体。

如此每日早晚两次，母狼必来为婴儿哺乳——这是神卷中所记载的法术之一"驱兽"，又有一群飞鸟飞进庐内，落了羽毛粘在女婴身上避免她冻死——这是神卷法术中的"调禽"。如此过了年余，女娃儿竟天生天养，自己学会爬了。

这日，一只蝴蝶和一只山猫上山，目睹了这一切。山猫道："老三，能给你供奉的人你不保佑，却花费这么多心力在一个没法回报你的女婴身上，你想什么呢？"

"我没想什么。"山体传来声音，"她母亲临死之前向着我求告，所以我便响应这求告了。至于回报什么的，随它吧。"

山猫和蝴蝶回去后，巾山村一个姓韩的长者得了托梦，入山来寻，果然发现了那个女孩。长者大惊之下，赶紧召集族人上山，又在草庐边找到了婴儿母亲的遗体，便就近找了块地，为女孩的母亲修了个简单的坟墓。

女孩被带到村里，吃着百家饭长大，懂事之后知道自己生母葬在这里，便时不时前来祭奠。如此日复一日，年复一年，女娃长成了少女，嫁给了那位长者的儿子，不久生了子女，小姑娘也变成了韩家嫂子。

人世间悲欢离合，二十九年眨眼即过，而独山上那二字石刻，却在时间消逝中日益浅淡了。

这一日，韩家嫂子带了一双子女来祭拜生母，猛一抬头，发现那"独山"二字已经残缺不全了，几乎就要完全风化。她的女儿望见石刻，问母亲那是什么。

"那应该是两个字吧。"

此时粤东属于蛮南之地，韩愈未到，教化未开，所以一万个人里头也没有一个读过书的。韩家嫂子也不认字。

她忽然想起，自己所在的村落里也有两个字，公公说那是"巾山"，隔壁村的山上也刻着两个字，公公说那是"明山"。山字象形，从字形就勉勉强强可以辨认出来，听大伙儿说，这座山叫独山，所以这两个字应该是"独山"吧？

于是她对子女们说："这两个字应该是'独山'。"

女儿又说："明山上有山神庙，我们村的后山也有一座山神庙，那这里也有吗？"

"这里没有庙。"韩大嫂懂事后经常来祭拜母亲，也曾在山上走动过，所以知道独山上下荒凉，没有庙宇。

"没有庙宇，那也就没有山神咯？"女儿说。村里的大人告诉过她：后山的庙里供奉着巾山山神。

有没有山神呢？

韩大嫂想了想，说："多半还是有的。"她想起了小时候的事情——实际上她受狼乳鸟衣的事哪里记得了？因听长辈们说起，慢慢就变成了她脑海中的记忆，这时就将自己小时候经历过的奇事告诉了儿女："这座山这么有灵性，应该是有山神的。"

两个小孩听得出神，女娃儿又问："那么有山神，为什么又没有庙呢？"

"这……大概……大概是因为没有人住吧。"作为母亲的，几乎要回答不出女儿的问题了。

不过她抬头望了望那几乎要消失了的刻字，内心忽然涌起一股愧疚来，心想："公公说，身体发肤受之父母，所以做子女的应该尽孝。那我小时候能够活命，不也是受了这大山的恩赐吗？山若无灵，母狼怎么会不害我，反而喂养我？鸟怎么会落了羽毛温暖我？山若有灵，这些年我只知祭拜母亲，却未感念大山分毫，我岂不是忘恩负义之人？"

想到这里，她捧出了篮子里的一碗冷饭，供奉在了残缺的刻字下面，默默祝祷了一阵，便转身带着子女离开了。

"走，我们去摘些野果子，祭奠你们外婆。"

在她看不见的维度里，独山发生了天翻地覆的变化。独山俊身上的铁索都变成了金锁，山壁后的二维虚无变成了三维虚无，少年从平面的影子变成了立体的形体，只是还没有颜色。

"三弟成了！"

白衣巾山与红袍明山有所感应，借着相通相连的山根，瞬间挪移到独山虚空中来，齐声道贺。

"老三，你终于过了这一关。"

"三弟，恭喜恭喜。"巾山杰感应着空间中还残存的感恩之念，感慨道，"这是毫无杂质的感恩之心，助你成神的这个念头纯粹无比。三弟，你将来的成就一定远胜我们二人。"

独山俊当日帮助韩大嫂母女也是随性而为，并没有存着要她们回报的念心，如今得了善报，心中也涌起了从来没有过的欢欣愉悦。

"成神了的感觉怎么样？"红袍青年嘻嘻笑道。

独山俊想了想，说道："已得一人之心，愿得万人之心。"

明山轩"呀"了一声："你可真是有野心！老大山脚下的村子里才不到百户人家，我山脚下的村里才三十几户，两个村子加在一起不过三百多口人，还不是人人都敬信我们。你这独山到现在一户人家都没有，这就敢说'愿得万人之心'了？"

巾山杰道："千里之行，始于足下。三弟愿心宏大，总是好事。"

"这倒不是什么野心。"独山俊道，"我只是觉得之前大哥说，人性有如水清贵处，有如泥污浊处；二哥又说那是有的人人品高贵，有的人人品低贱；我从韩家嫂子身上却看到，也许并非如此。"

"不是这样？"在无色虚空中显现出红色光华的青年问道，"那是怎么样？"

少年抬头，望向头顶不见天的虚空之顶，再低头，看着不见地的虚空之渊。

"我觉得，不是有的人性贵，有的人性贱，而是每个人身上都自有贵贱二性。"他说这话时，身上已经慢慢显现出色彩来，那不是白色，不是红色，而是与黑同而有别的玄色，"所以我们若超脱于他们之上，则不仅要能庇护一方土地，守护一方生民，更应该使生民人性中的污浊得到消解，清贵得到发扬，这才该是我们的道。而这三山之地，就是我们的证道之地！嗯，大哥、二哥，你们为什么这样看我？"

独山俊未能自顾，然而他的两个哥哥却都已看得分明：一刹那间，眼前的少年变成了青年，玄玄之色布满了整个虚空。这个虚空不再是黑暗的，而是光明的，但这光明不是白色的光明，而是黑色的明亮。

独山与韩大嫂的缘分并未止于那一碗冷饭。从这一年开始，韩大嫂每次给母亲扫墓，都会多带一份祭品来，拜祭刻字的时候祈祷自家田亩风调雨顺，祈祷一双儿女无病无灾。她的祈祷让刻字一日比一日明晰，而她的念心，也都得到了回应，子女都平平安安地长大成人，韩大嫂也变成了韩大娘。

韩大娘年老之后，儿女分家另过。丈夫死后她搬到了独山，在那刻字下结庐而居，就像她的母亲一样。

草庐有儿子、儿媳料理，要比当年她母亲的居所好得多。韩大娘住在这里，夏采野果，冬煮米粥，虽没有富贵的生活，但有静好的岁月，依着大山度着光阴。若不是脸上皱纹渐多，她几乎都要忘记时间的流转，仿佛她自己也与这座大山融为一体了。

母亲的坟墓一年祭扫两回，山壁上的刻字她每日祝祷，初一、十五总有瓜果冷饭供奉着。她看不见独山神，却隐隐觉得山壁内有一种力量可以依归。

她念着独山,独山也看顾着她,从她为人母、为人祖,一直看顾到她垂垂老矣。不知不觉中,人和山不再是区隔的,这座山和这个家族的血脉已经有了牵连。

韩大娘的儿子很孝顺,三天两头的都会从村里赶来看她。到她老得快走不动又劝不了她回村的时候,子女们便在附近又结了个草庐,两子两媳、一女一婿轮流着来照顾。后来白日里无事可做,就在附近山坡开了两亩旱田,一亩半种庄稼,半亩种瓜菜。

韩大娘寿元很长,日子慢慢过了下来。大儿子家干脆就在这独山上落了户,便成了独山上第一户人家。大儿子年纪渐大,孙子也长大了,而韩大娘的那一天也到来了。

那一日,老人家指着独山的刻字,手指颤巍巍的。

韩大娘的儿子问母亲还有什么未了的心愿,韩大娘已经说不出话来了。这时倒是她的孙女说:"爹爹,祖母是惦记着山神的供奉。"

韩家老大一下子回悟了过来,儿媳妇连忙告诉母亲,以后她初一、十五都会去祭拜山神的,让她安心。

韩大娘的手至此才放了下来,眼睛微微合上。她仿佛听见了风在唱歌,又仿佛看到了蝴蝶。那是一只白色的蝴蝶,蝴蝶飞啊飞啊,竟然飞进石壁里去了。

白色蝴蝶飞进了山壁,就变成了一个白衣青年。山壁里面,独山俊正用透石之眼看着临终的韩大娘。

"她要死了……"独山俊有些触动地说。

他莫名地就生了,所以不知什么是生。

他虽历经了长久的岁月,却不知老为何物,所以也从来没想到死亡的事情。

以前也不是没见过人类死去,但那些人都与他无关,都是他所不关心

第二章 见道 037

的，直到韩大娘的出现。这是一个在自己的山脚下出生，陪伴了自己几十年的人。她的开局充满了神奇，但结局无比平淡，只是像一个再普通不过的人类一样，在独山俊还没来得及回味的时候就老去了，然后现在就要死了。

"人都会死的。"白衣青年说，"他们跟我们不一样。"

"因为我们是神？"

"嗯，因为我们是神。"

"就算是会死，但也太短暂了吧，这才几十年的工夫……"

"几十年，不短了，也许……是我们存在得太长久了呢。"

喟叹声没有挽回逝者的生命。韩大娘葬在了独山，她拥有如同神话一般的出场，可这却并未给她的人生带来持续的精彩，到了最后只是走向一个再平凡不过的终局。

韩大娘下葬的那一天，独山俊竟带着伤感，莫名地有些情绪需要发泄。他仰天长啸，那长啸声化作一种呜呜，人类听不见，鸟兽却被惊得漫山乱飞乱跑，将正在料理丧事的韩家儿女也都吓了一跳。

那呜呜声，带着某种觉悟的力量，冲出了三山的限制。

远处，明山山峰微震，红袍青年借山根瞬移而来："老三怎么回事？"

"他好像动了感情。"

"感情？按照天书的记载，我们神是没有感情的。"

"没有感情？如果真的没有，那我们和老三之间的牵绊是什么？"

明山轩不说话了。

"当日，如果三弟真的因为神卷的限制，一甲子无人信奉，便要神识湮灭，你会怎么做？"

"我一定不能让这种事情发生，"明山轩道，"虽然天书有种种限制，虽然老三可能会不高兴，但如果真到了那个关头，我就是犯天条也要救他。"

"那么你也是有感情了。"

明山轩再次沉默。

"你有,我也有。"

"嗯?"明山轩忽然意识到了什么,吃了一惊,"如果是这样,那天书……天书说得就不对了?"

"也许不对的不是天书,也许不对的……是我们呢?"

明山轩更是骇然:"老大,你在说什么!你知道你在说什么吗?!"

"没什么……也许是我错了吧。希望是我错了吧。"

# 第三章 立庙

巾山村韩家这一支就在独山住下了。他们住下后,陆续又有一个樵夫和一个猎户在这里搭棚,独山就出现了五六间房屋。韩家每一代人,都会出来一个聪明毓秀的女儿,韩婆婆的孙女按照祖母临终的遗愿,在刻字下用石头垒了个神龛,每逢初一、十五都准时准点地去供奉。那樵夫、猎户为求平安也跟着供奉,樵夫就供点野果,猎户就供点野味。

"我这就有三户信众了。"独山俊对来探访自己的哥哥说,"不知道什么时候,我也能像你们一样,化形下山。"

他没受神禄之前是能下山的,受了神禄之后反而被拘在山体里,现不得形,下不了山,所以每次都要两个哥哥过来探望他。

红脸神哈哈笑着,戏谑道:"你不是说要得万人之心吗,怎么才到三户人家,就开始纠结起来了?"

"老二别瞎扯。三弟你尽可宽心,事情最难的就是第一步,第一步跨过去就容易了,何况三人成众,很快你的灵验就会传出去了。依神卷所记载的天条,待你得了百人供奉,便可下山。"

白衣青年的预言非常准确,以前独山俊几十年都得不到一个拥趸,但破一之后,事情就有了变化。

韩家老大这一家子在独山住下了，独山俊对他们家十分看顾。第一年还没过，韩家老大的儿子就和隔壁村一个姑娘成亲了，成亲第一年就生了一对双胞胎，第二年又生了个女儿，第三年又生了个儿子。人家说三年抱俩已经算快了，他家三年生了四个，而且连续生产之后，韩家媳妇也没落病根，反而恢复得又快又好，四个孩子也都茁壮成长。

于是有人就开始念叨：是不是独山的水特别好，特别养人？

就是韩家多了四张嘴，家里的口粮就紧张了。幸好新开的七八亩田地，总有鸟兽来便溺，弄得土质都肥肥的，加上连续三四年风调雨顺，所以韩家非但没饿肚子，反而有点积余。放在山上养的鸡、放在山泉边养的鸭，每天下蛋都是双黄，四个孩子韩家媳妇奶不过来，一次偶然发现家里养的母狗竟能产奶，一条狗就喂饱了一个半孩子。

樵夫和猎户见韩家老大过得红火，干脆也把家人接了过来，在独山常住了。一日，樵夫入山迷了路，晚间在山上睡着，忽然被一股腥臭味惊醒，一睁开眼睛就看见两盏灯笼般的东西在自己三步之内。樵夫一下子冷汗流满了背脊，多年的经验告诉他这是可怕的猛兽。他暗道一声我命休矣，却见那灯笼般的眼睛一眨一眨地就从他身边过去了，仿佛没看见他一般。

樵夫吓得屁滚尿流地逃回了家。第二天将事情一说，三家人都啧啧称奇。猎户说："那可不是普通的野兽，多半是猛虎……可真是奇怪，咱们这边的老虎块头一般没那么大，听说北方的吊睛白额虎有这块头，怎么咱们岭东也有这样的山大王？"

"可它居然就这样从我身边走过去了。"

猎户沉思了片刻，说："多半是山神爷显灵，遮住了那猛兽的眼睛和鼻子，不然你现在就变成老虎屎了。"

樵夫一阵后怕，他老婆赶紧去煮了半碗糙米饭，拿到山神龛那供奉。

这些事情传开后，巾山村、明山村的村民，还有那些来赶集的，也就都知道了。一些生不出娃儿的媳妇听说这边的独山神能保生子，大老远地也跑来供奉，还有那些要入山的、赶远路的，也有跑过来拜的。

独山俊看到有人用几根冒烟的东西插在香灰团里，问："大哥，那是什么？"

"那是香火，可不是常见的东西呢！"

三山所在乃是穷山僻壤，村民偶尔能用糙米饭供奉就算不错了，更多的只是去摘些野果子。像这样点香供奉的，可是极奢侈的事情了。

"山民敬我，今后我当更庇护之。"独山俊说。

"正应如此！"两个哥哥齐声应和。

虽然丁口不多，人烟不盛，但山民靠山吃山，依山有衣食，以山为父母，大山和山民之间，似乎不知不觉中已经血脉相连。

往来的人多了，便有人看出了独山的好处，慢慢地又来了几户人家在这里安家。有了七八户人家之后，这里也像是一个村子了。明、独两山的人烟渐多之后，原本在巾山脚下的市集，渐渐移到了三山之间一块平地上，在一块奇怪的大石头附近形成了一个新的市集，赶集频率也从一个月一次变成了半个月一次。除了独山本村村民之外，偶尔也会有村外人上山来祭拜，数年之间，独山就得了百人供奉。

看着自己庇护下的水土日渐繁华，化形作一头黑犬下山的独山俊心中欢喜，忍不住对两个兄长说："之前虽说愿得万人之心，但看到他们平安喜乐，我心里也跟着平安喜乐。仔细想想，其实只要他们能一直如此，我们就在这里，看顾他们十年百年，乃至千年万年，也是一件乐事。"

这话一说，天上便吹下一阵暖风，满山遍野对季节的花全都开了。一时之间蔚为奇观。明山轩就奇了："老三，你是不是不小心又说对了什么？"

巾山杰笑了笑："这阵风是老三的心情。"

他突然皱了皱眉头。

明山轩问:"老大,怎么了?"

巾山杰说道:"三弟刚才没有动用法术,心有动念就影响了自然变化,这……这不对劲啊。"

"有什么不对劲?"两个弟弟一起问。

"这是与天地同体的迹象……按照天书神卷的记载,这不像我们这点神格能有的。"然而他一时也想不出能解释的原因。

"只可惜我们自那天之后,就再没有见到师父了。"独山俊说,"他老人家真是神龙见首不见尾,传了我们神卷之后就不见了。大哥,你说师父他是不是天上的大神,特地下来点化我们的,点化完了就回天庭去了?"

"老三说得对,一定如此!"


这一日,村民们正赶集,却见一个穿着打扮与众不同的邋遢人走进人群,手里拿着一把脏兮兮的拂尘,口中唱歌:"白鹤往来随白云,清茶凝聚得清果。寂静道心生长生,七链六牙锁欲锁。青鸟传来洪荒信,万里南来神仙所。三山运转开天画,且看贫道送风波。"

山民们听不懂他唱什么。他也不管别人,什么也不买,到处乱看。

便有去过州府的村民说:"那是一个道士。"众人才私下议论:"原来是个道长啊。"

巾、明、独三山偏僻穷苦,从来没有道士和尚来过。村民只听说道士是世外高人,能算命,会卜卦,还懂看风水,更厉害一点的道士,还能炼丹修仙呢。

那道士看完了市集,又走去三个村子里逛,跟着又窜到山上去。一些村民看他走路也不快,却像风一样忽然就去得老远,这才都吓了一跳。他中午才来赶集,太阳没下山就将三山一集都看完了,回到市集后就在市集中心那块大石头旁边坐下了,就此一动不动。

这道士坐个一时三刻也就罢了，不料他这一坐就是没日没夜。

出了这样的怪事，山上山下的就不免议论纷纷。这个说起看见那道士走路像风吹过一样，一日之内看遍三山。那个说起那道士在市集大石旁一动不动，既不躺下睡觉，也不张口吃饭，一天两天也就罢了，连续四五天都不动弹，就有人怀疑要出事。十天后的再一次赶集日，十里八村来赶集的人看到那道士还坐在那里，个个诧异。有个大胆的，想去探探他有没有鼻息，手才伸出去，道士就猛地睁开了眼睛，那凌厉的眼神把那个胆大的吓得跌坐在地。

这一来，三个村的村民便都知道这道士不是凡人。韩家老大的孙女这时已经五岁了，每天都喜欢来独山刻字下陪石头说话，听了家里人说这道士的事情，便跑来将这件奇事告诉石头，于是独山俊也就知道了。

自苏醒以来数百年，除了当初昙花一现的老神仙外，独山俊再没见过一个异人，不禁有些好奇。恰逢大哥、二哥也来找他说这事，三人便不约而同地决定化形下山看看。巾山杰变成一只白蝶，明山轩变成一只红猫，独山俊变成一只黑犬，一起下山。

恰好这日又是赶集日，算算那道士已经不吃不喝地在那里坐了三十天。他衣服仍然邋里邋遢的，但脸上肌肤一点病态都不曾有，他仍然坐在那儿一动不动。猫、狗跳上石头，蝴蝶停在猫耳朵上，就近看那道士，一时也看不出个所以然来。

黑犬低声说："大哥、二哥，咱们就在这里干看着？"

白蝶瞧见旁边有个村民在打盹，认得他是巾山本村一个农夫，姓陈，人叫陈大胆，上次赶集要去探道士鼻息的就是他。白蝶就问："三弟，嫁梦术和摄魂术你学会了吗？"

黑犬道："两个都学会了。"

白蝶说："那你用嫁梦术入他的梦，然后在梦中用摄魂术让那人听令行事。"

黑犬道："啊？还可以这样用的吗？"

"也罢，我来吧。"

白蝶说话的时候，别人只看到它翅膀在动。黑犬说话的时候，别人也只听到是汪汪地叫。

白蝶飞到陈大胆脸上，用翅膀在他鼻间扇了扇，陈大胆便梦见隐约有个白衣人问："你可愿听我吩咐行事？"他迷迷糊糊地就答应了。白蝶的翅膀又扇了扇，陈大胆打了个喷嚏，跳了起来，上前推搡着那道人，叫道："喂喂！你这道士，你要在这里坐到什么时候？！"

旁边的人见他造次，都吓了一跳，就有相熟的劝他赶紧停手："陈大胆你惹他做什么，这位多半是有神通的。"

陈大胆却恍若不觉，只是摇着那道士，直至那道士睁开眼睛。眼神一闪又射出了两道凌厉的精光，一下子把陈大胆给吓醒了。陈大胆倒退了两步："哎呀，我这是在干什么，我在这里干什么？"

在村民无比好奇的眼光中，那道士忽然站了起来，对着那块大石头作了一揖，然后环顾周围，对众村民说："你们这山村虽然偏僻，却有神仙哩。"

"啊，有神仙？"村民纷纷道，"我们怎么没见到？"

道士手指一指，众人就见那块石头上匍匐着一只狗、一只猫，猫的耳朵上停着一只白色的蝴蝶，却哪里有人？

村民们纷纷笑了："这道士原来是个傻子，把猫认作了神仙。"

道士也不辩驳，只是笑了一笑："你们是肉眼凡胎，所以认不得神仙的真身。"指着那陈大胆说道："你过来。"

陈大胆有些害怕，却又不敢不上前。道士取出两片茶叶，往他眼睛上一抹："你再看。"

陈大胆往石头上一看，却见大石头上站着白衣、红袍、玄衫三个青年。他大吃一惊，跌坐在地，指着大石头大叫。

众村民问他怎么了，陈大胆叫："人……有人，真的有人，那里有三

第三章 立庙　045

个人。"

村民纷纷道:"哪里有三个人?分明只是一只猫、一只狗。哦,还有只蝴蝶。"

村民猜疑不定的时候,独山俊也有些诧异:"这个道士真看得到我们?还能让人看到我们?"

就听那陈大胆说:"真的有三个人,一个白脸,一个红脸,一个黑脸……"

明山轩一惊:"不好,他真能看到我们。"

"此地不宜久留。"巾山杰说着,便作起法来。这法术叫"借风",一阵狂风呼地吹起来,吹得满市集沙飞石走,蒙了村民们的眼睛。

只有陈大胆勉强看到,石头上的三个人在狂风中随风而去了。而在众村民眼中,只发现狂风过后,那猫狗蝶就都消失了。

这风来得无缘无故,猫狗蝶更是消失得诡异无比。众人无不惊惶,有的就逃了,也有的跪下朝着那块石头磕头。

唯有道士哈哈大笑:"你们还磕什么头,神仙都已经去远了。"

众人面面相觑,许久才推了陈大胆来向道士请教。

道士摇了摇头:"这神仙不是凡神,乃是山神,是这巾、明、独三山的钟灵毓秀凝结所诞。你们虽然看不到他们,但他们却庇护你们多年了。"

众村民回想各种传说,纷纷点头。这个说独山的樵夫遇到老虎,老虎被遮了眼的,那个说明山的盲婆婆吃了怪果实复明的。这个指出几件,那个点出几件,越说越觉得道士说的是真的。

最后一个老者说道:"山神庇护了我们多年,我们初一、十五也都有拜祭。只是没想到今天竟然显化,也是道长您有本事。没有您,我们都没看出那猫、狗、蝴蝶是神仙。"

道士笑了笑道:"我南北游历五千里,这么神异的神仙,却是从未曾见。只是你们给他们设的那三个神龛,实在太委屈他们三位了,配不上这三位的灵验。"

那老者原来是巾山村的族长，便代表众人问："那我们该如何供奉？"

道士说："学供奉神仙，那可是天大的福缘。若是别人，我岂能轻易教他？不过你们却是与我有缘。我的先人欠此地一个天大人情，倒也可以说与你们知晓。"

人性天生好八卦。听了这话，便有村民问："什么人情？"

道士说："我先人原本是位茶农，曾踏遍万水千山，找不到好茶种，不料在你们这里得了一株万中无一的好茶种，移植回去，才发现那茶不是凡茶，而是上古灵草遗种，名曰华草。我先人将那华草制成茶叶，日日饮用，得了上古灵气滋润，竟开了神通，无师自通，从此领悟了道法真谛。"

众村民道："原来如此。"

老族长说："既然我们与道长有如此缘分，还请道长不吝指点，也好叫我们知道怎么供奉神仙。"

道士笑着说："这个倒也简单，你们可到三山神龛处祝愿，然后立庙以祭便可。"

说着，他便告诉村民应该怎么立庙，那庙应该建成什么规模。规模倒也不大，但砖瓦石基总要有的。可是三山村民家家穷苦，大部分人都是结庐而居，每个月赶集也都是以物易物，哪里有钱再建房子？

村民听着听着，不由得倒吸一口冷气："我们巾山、明山、独山三村就算搜尽三村家财，也建不起来这样三座庙。"

道士说："三座庙，可以合作一处祭拜，就建一座庙也可。"

明山村、独山村的人听了，还是摇头："一座庙我们怕也建不起来。"

巾山村的老族长微微一沉吟，问道："我们山里人穷苦，要建这样一座庙宇，负担不小。我们平时初一、十五到神龛处供奉，也是尽一份对

第三章 立庙　047

大山的心意。现在若要勒紧裤腰带建庙……却不知道建成之后,有什么好处?"

道士笑道:"建庙当然有好处,有大好处!"

众人便问有哪些好处。

道士说:"第一般好处,是利财。你们现在靠山吃山,整日价锄地皮找一口饭吃,还吃不饱。真在这通衢之处建了庙,人流来往必定大增,久而久之,半月市就会变成旬市,旬市就会变成五日市,五日市会变成三日市,最后变成街市,到时候房屋鳞次栉比,银钱川流不息,那收益可比现在要大十倍。"

众人听了,倒是觉得似乎有理,比较宽裕的巾山村村民首先就心动了。

道士继续说:"第二般好处,便是拓土。你们这三山太偏僻了,到了今时今日还刀耕火种,亩产无几。但若立了庙,吸得远近客流来,迟早就能买到远方的良种、好铁和栽种术,得了良种、好铁,就能开拓新田。我三十日前将这三山看遍,到处都是水土丰美的荒地,将这些荒地都开成良田,将来你们这儿,别说变成市镇,就是变成个县城也未可知。"

众人听了,就更加心动了。总听说北方有更好的种田技术、更好的好铁和良种,一亩所产是这边的几倍,那些铁器农具的打造方法如果能学来,那些良种如果能买来,那真的就太好了。

道人继续说:"第三般好处,便是益子孙。你们想,得到了更好的供奉,将来三山神必定更加庇佑你们。将来你子孙繁衍,将能远及海外,遍布四大部洲。"

众村民想起那韩家搬到独山之后三年抱四娃的事情来,想必这山神真的能宜子宜孙,然而都道:"不敢想,不敢想,我们这些人能把日子过下去就好了,子孙将来能出县就厉害了,哪里还敢想着出国界,甚至遍布四大部洲。"

道人笑道:"贫道所言若差,就让你们拆了我茶道人的招牌。"

村民们想想他之前显现的灵异，倒也觉得他必非虚言。

这市集上的人一时间也都不做生意了，所有人都在那里议论纷纷，从日间论到傍晚，最后都说："老族长，要不我们就干吧。"

虽然建庙花费巨大，但和三大好处相比，那又不值一提了，就是大伙儿过几年苦日子吧。

老族长点了点头，就要答应，茶道人忽然道："且慢！又有一番话我要先跟你们说。立了这庙，你们虽然能蒙福，可也要遭灾呢。"

众人大惊，老族长道："我们供奉神仙，这是善事好事，怎么还要遭灾？"

茶道人说："若是供奉普通神祇，或许没那么灵验，也不至于有什么灾殃，但你们要供奉的这三位不同，那是百求百应、心诚必灵的真神。你们想想，若非是这样的真神，如何能让你们财源广进、田土远辟、子孙远播？可有这样灵验的真神，你们这一立庙，则必为天地鬼神所忌。既为天地鬼神所忌，则后福虽远，建庙之时却将有三灾。"

老族长问道："哪三灾？"

茶道人道："第一灾，是地灾，或将有猛兽出没，或将有地动，或将有山泥倾泻，将你们的一切努力化为乌有，甚至还会有丁口伤亡。"

众村民听了，都说可怕。道士笑笑道："这就怕了？其实地灾却是最好过，你们要祭的是山神，山与地连，所以只要你们诚信祈祷，这地灾必定能过。难的却是第二轮了，那是天灾，这天灾或者是风灾，或是雨灾，或是雷灾，风雨雷电，大象难测。其灾若小，也就是电闪雷鸣劈得你们无家可归；其灾若大，能将你们三山地界淹成湖泊、夷为平地！"

众人更是吃惊："那这天灾，能祈神逃过吗？"

"地灾可以祈祷，天灾就要听天了。若是你们天灾都能度过，剩下还有一灾，那就是人灾。人灾为何，老道就不晓得咯。"

众人一时议论纷纷，一想起那三大好处，人人踊跃，可一想到要面临三灾，就人人害怕了。

独山韩家一家也在人群之中。韩家那个小女儿在人群中咯咯笑了起来，她爹就问她笑什么。小女孩笑道："阿爹，我笑这些大人，又想要好处，又怕担坏处。可就不想想，如果这位道爷说的三灾是真的，那么那三大好处不也就会是真的吗？"

众人一听，一下子像被点破了关窍，心里都想：没错啊！

猴性朝三暮四，人性喜福恶祸——因听说好处没有就要先担那三灾，不免不乐意，但听了韩家小女娃的话，转念又都想，没错啊——如果这道士说的不是真的，那三灾不会来。如果那道士说的是真的，也就是那三福也是真的，熬过了三灾，咱们往后就后福无穷啊。再说既然道士说的是真的，也就是大家有山神爷保佑，那还怕什么呢！

当下人心振奋。老族长看到众意已决，上前道："道长，我们愿意建庙。"

茶道人哈哈大笑："好好好，你们有这份心志，想必大事可成！"

他说着，摸出一张图纸来，交给老族长。老族长才接过，茶道人哈哈一笑，一个晃身，使个障眼法，就从所有人眼前消失了。

村民们又惊又喜，纷纷叫道："哎呀，这也是个神仙啊。"

# 第四章　地灾

因亲眼见到了这位道人的神通，三村村民信心倍增。在老族长的发动下，三村村民聚集了起来，这是三山三村第一次点算人丁，一共有三百九十余口，丁一百七八十人。说是"山民"，其实大部分祖上都是从北方迁过来的，只是这么多年下来，已经习惯了此处的山川气候。

老族长点了男丁壮妇，让所有人轮番前来建庙。三村近四百口人，几乎是倾尽了所有，卖了粮食山货，请了石匠、泥匠、瓦匠来指点，筑了地基，跟着烧砖立柱，约莫两个月工夫，一座庙宇眼看就粗粗成形了。

因为建庙需要的各种材料不少，周边的乡村就不停有人往来，甚至邻近县城也有商贾闻风而至，跑来这里贩卖。这市集便从一旬一次，变成了五天一次，而且越来越频密。庙还没建成，这市集又变成三天一次，甚至有些人想着庙成之后，要在庙旁建房屋做铺子了。

老族长是三百多口人里最有见识的，见了这情形就对众人说道："那位道长的话甚是灵验，半点不虚，庙还没建成，这财已先来了。"

村民们都说："财从何来？我们为了建庙，把家里的余粮都拿出来卖了，明年若有个天灾，全家都得饿死，哪里来的财？"

老族长说："你们这些没眼力的，就没看到这十日集变成三日集了吗？这才多久！有了市集，便有财货，咱们家里现在穷苦点算什么事，粮食很快能再长出来，只要熬过这几年，日子就会越来越好，再过半代人，我们这市集怕是要成一个市镇。到了那时候，还怕没钱吗？"

在古代社会，市集所在通常都与宗教场所相关，庙之所在通常也是市集所在，小庙之旁有小集，大寺之旁有大市。这个道理村民们虽然不懂，但他们都服膺老族长的识见，又眼看着还没建成的三山庙旁的确是越来越热闹了，当下对建庙更加积极了。

众志成城之下，建庙的速度也就更快了，眼看就要盖顶，村民们喜出望外。独山俊在冥冥之中也心中欢喜，和两位兄长在半山坡俯瞰，看着瓦片一块一块地安上了房顶。正高兴时，忽然所有人都感到地面震动，山上山下，人人立足不稳。

正在监工的老族长大惊："不好，地龙翻身了，地龙翻身了！"

独山俊心头一凛。他降生年月不多，且这方圆百里有三大神山镇着，百年来大地静好，还未经历过地震呢。他望向巾山杰，问道："大哥，什么是地龙？是什么猛兽，还是恶魔？"

巾山杰道："村里头代代相传，说大地之下有巨龙。巨龙翻身，大地就会震动。"

独山俊心里讶异："大地之下？我们脚下有这东西？"

他们三个乃是太古良种，与地脉衔接无缝，其实不需要学习什么法术，天生就能入地无碍，这些年虽然受限于那道无形界线出不去，但也曾携手向地底潜游到万丈深处，却哪里见过什么地龙？

明山轩说道："走，咱瞧瞧去！"他说着就钻入地下。

独山俊紧随其后，巾山杰也只好跟着。三人先后融入地底。大地之下无光无影，肉眼无用，但他们自带透土之眼，更有一种"艮感"——能以先天直觉察觉到地底深处的种种波动，而且潜入地底越深，这种"艮感"就越强烈。这时他们向下潜入万余丈，"艮感"就比在地面时强了百倍不止。

独山俊以前从来没有这么用心地去使用这种"艮感",这时将这先天感知能力不停地扩大开来,使用得越多,对地力的感知也就越来越深刻。这才发现原本以为的"大地不动"全属错觉,在山根之下、地底深处,大地其实无时无刻不在运动着。

天之高也,穷尽目力,不能尽其边界;而地之深竟然亦是穷三人之"艮感",亦不能究其核心。三山不过百丈高,大海却有千丈深,三山置于大海不过波涛一粟,然千丈海底之下,却又有数以万丈未能穷尽的地壤,大海置于大地之表,又不过是一层浅浅的水皮。

这时独山俊隐隐觉得,承托着山河海洋的大地,似乎又在地底深处分裂成若干板块,不同的板块又在缓慢而势不可遏地彼此挤压着。这大地挤压之力足以造山塑海。他们三人自得到天书神卷之后,学会了几十种法术,平日里颇为怡然自得,然而这时见识到地运之力后,就忽然感到那什么借风布雾,什么追魂摄魂,什么调禽御兽,什么吸水喷火,与这浑厚地力相比,简直是不值一提。

"大哥,这股力量……这股力量……"独山俊忽然吼了出来,"我觉得我们是可以使用的!"

听了他这句话,巾山杰不由得吃了一惊。

独山俊透过"艮感",觉得大地隐隐约约有一些看不见的脉络,而自己和这些脉络又是可以彼此呼应。他试着将自己的心感与这些大地脉络相互驳接,这一按上,对大地的感知能力又加强了不知多少倍。他在地面,眼睛能看到的不过十里以上,到了地底便能感应到百里之外,与地脉驳接之后,感应的距离就突破了千里。

此时但觉东方数千里外,有一股浩瀚的地力源源不绝地涌过来,涌到东面千里外才被这边的大地边缘阻挡住。此方大地巍峨不动,彼方地力源源而来,这次的地动之力就是来自那方,两大板块彼此撞击,两相角力之

第四章 地灾　053

下就产生了震动。而海峡东面那座大岛就处在两股大力的撕咬边缘，大岛在剧烈震动着，而此时粤东地面的震动就是大岛地震的余震。

"哼！"察觉到地震之力的来源后，独山俊沉心静气，凝聚神魂，尝试着牵引与自己驳接了的地脉，调动起此方地力来。这对地力的调动，不再是天书中所记载的任何法术，而是他与生俱来的一种自性本能——他要调动地母之力去反击彼方板块的进击，以平息这一次的地震。

刚才他们三人以"艮感"进行感应，天地对此反应甚微，而这时是独山俊企图去牵动大地之力，这一尝试便泄露了一丝远古神性。巾山杰察觉到什么，惊叫："三弟，不可！"

却哪里来得及！

天地仿佛被触碰到了某片逆鳞一般，一股比刚才强大十倍的逆反地力立刻反推过来。在这股地力面前，独山俊如同泰山面前的石子一般，眼看就要被碾压。明山轩大吼一声冲了过去，与弟弟并肩抵挡。然而二山联手，在这股浩瀚地力面前仍如螳臂当车。

巾山杰脑中光芒一闪，就看见了片刻之后两个弟弟被碾得粉身碎骨的未来——这是他修炼"演算"后衍生出的一种能力，偶尔通过情景出发看见碎片化的未来。在这一瞬间，巾山杰看到了数弹指后两个弟弟的惨死，而面对这场即将发生的悲剧，他却根本无能为力。

数弹指后的情景真真切切地投入巾山杰的眼中，两个弟弟粉碎了的尸体让巾山杰悲痛入骨，几不欲生。在这巨大的悲痛欲死间，一股藏于神性深处的巫歌从喉咙中吟哦了出来，那不是秦汉以后的口音，不是春秋战国的言语，不是商朝话，甚至不是夏朝语，而是更加古老的震颤音节："后土兮——"

这腔调，就像孩子在呼唤母亲。

大地在这片刻间回应了，一股无比柔和却又无比厚重的力量笼住了三人，将泰山压顶之势、大地冲撞之力全都消解，同时也让三人避开了粉身碎骨的命运。三人怔了半晌，等回过神来，同时感到后怕。

独山俊忽然想起什么，叫道："不好！"他急忙游出地底，睁眼一看，不由得暗叫一声苦也。

原来那股巨大的冲击虽被消解，但在地母发力之前，那冲击的前奏也已经非同小可，根本不是先前的余震能比的。山海之间千里范围，都被这股预备冲击搅和得不成样子，岛西海峡翻起如墙浪涛，粤东三江各有一小段被震得改道，流求岛上玉山崩了一角，海阳县城墙都塌了半边。

这三山之下、界石之旁更是一片狼藉，地面裂缝到处都是，树木倒塌了不知多少。地震停歇了好久，许多人才哇哇哭了出来。

许久许久，村民们回过神来，才记得去看即将封顶的山神庙，却见墙断壁残，不成个样子。然而奇怪的是主柱虽然歪了，却未倒下，众人都道："这么大的地龙翻身，怎么柱子竟然没倒？"

便有人说："这一定是山神爷保佑。"

冥冥之中的独山俊却知道并无此事。

老族长带人翻开瓦砾，眼皮一下子就崩垮了，垂下两行老泪——只见有一条汉子用身子骨挡在一块凸起的土块与柱子之间。不是陈大胆是谁？三山村人口稀少，村民们大多沾亲带故，这段时间协力建庙更是感情增进，彼此都如亲人一般，眼看陈大胆以身护柱，无不感动垂泪。

残瓦断壁间，人人都在哭。独山俊也不由得眼眶一热，独山上卜起了淅淅沥沥的小雨——那就是他的泪水。

明山轩低声对巾山杰道："老大，老么又动情了。他……他实在不像一块石头了。"

山之本体为土石，从高空俯瞰的话，一座山不就是一块大石头吗？天书要封尽他们的喜怒忧思悲恐惊，然而独山俊还是动了情。这一动情，他自己钉入山体深处的锁链就松动了。锁链一动，就如同锯子锯动心脏，那

第四章 地灾　　055

痛苦实非言语所能形容。巾山杰要劝，明山轩却道："老大，别劝了，他自己不怕痛，你劝他做什么？"

他抬了抬头，看着天，忽然又说："不过做兄弟的，有难同当……我们就跟着他一起痛吧。"

于是明山上也跟着下起了小雨。

独山俊痛声道："是我孟浪，害了他们！"

明山轩默然，走过去拍了拍弟弟的肩膀。

只有巾山杰依旧平静，巾山之上，唯有轻风拂林。"与其说是你鲁莽，不如说是冥冥中有什么东西在引诱着我们。刚才那股力量并不是冲着这些山民去的，而是奔着我们来的。"

明山轩心头一动，叫道："没错！没错！刚才老三一牵动大地之力，对面涌来的那股力量分明是要将我们置之死地！不过后来我们如何没事的？老大，是你出手的吗？"

巾山杰试图回想地力碾压过来的瞬间发生了什么，可这一想就头痛欲裂——他竟然忘记了那一瞬间发生的事情。

"我当时好像想起了什么，跟着牵动了什么，然后就全都忘记了。"

这场地震不但震倒了大半个庙宇，更震塌了巾、明、独三山上不知多少茅棚房屋。村民们既伤感于陈大胆的牺牲，又为家园残破而感到恐慌无助。

有个中年汉子在人群中嗫嚅着："现在都这样子了，那我们……还继续建庙吗？"

老族长抬头看了看天，低头看了看地，转头看了看夹在柱石之间的陈大胆的尸身，一股怒气勃然而发："建！建！为什么不建？我等虽然是山间野夫，却也知道事情不做便罢，既然开了头，便没有半途而废的道理！更何况现在我们有个族人死了！大胆不能白死，他的血不能白流！"

这几百个山民虽然没什么文化,却都延续了中原汉人宁折不屈的血性,在这大山中生活,又陶冶出了山民特有的执拗。这时听了老族长这话,个个心中涌现怒意,都道:"没错!没错!"

"原本建这庙是为了供神求福,现在……现在就算不求什么福报,我们也要建!"

"古时愚公敢移山,今天我们只是建一座庙罢了!"

"就是,老天爷越不想我们建,我们就越要建!"

"对!不能让大胆白死!将来我们建成了庙,不但供奉山神,也给大胆立个牌位,让他也在三位山神爷座下,跟着当个神差。"

有人嗫嚅:"能不能做神差,是我们能定的?"

"怎么不能定?!咱们给他供奉,只要生生世世供奉下去,他不就成神差了?"

"没错,没错!"

数百人同心发愿,意气凝聚,庙柱之旁竟凝出一股英豪之气来,其中暗藏灵识,只是这灵识尚在迷迷糊糊的状态。巾山杰心头一动,手一指,便将那股英气摄了过来,再张口一喷,喷出一股灵气,将这股英气凝聚成形,却就是陈大胆的模样。他望见三神,怔在那里。巾山杰道:"以后你便做护庙的神差吧。"

那边老族长已经发号施令,分出人手,一边去收拾家什以供生活,一边收拾断壁残瓦,扶正歪柱,虽在困苦之中,竟不肯中断建庙。

独山俊甚是感动,忍不住就要出手相助,然而有天条限制着他,这人间之事他只能顺势而为。比如有山民遇到老虎,他能遮住老虎的眼睛;山民迷了路,他能借风拂草指明路径——这些便都是顺势为之,不费吹灰之力,因为猛虎迷眼、山风拂草都是大自然可能发生的事情。然而此时要帮村民扶柱子,他一万斤的力气使出去,落到柱子上就只剩下一斤,只当一

第四章 地灾

阵风吹过罢了，因为大自然本无无中来力之事，所以事万功一。

巾山杰道："让他们自己努力吧，这是他们自己的功业。"

独山俊说："可他们是在为我们建造庙宇，我们是庇护他们的神祇，却在这里看着他们流血流汗，然后我们坐享其成？"

巾山杰道："我们能坐享什么？他们若做成了什么，享用的也不见得是我们，因为一砖一瓦，都是他们自己的功业。"

独山俊猛然醒悟："是，大哥说得对！"他忽然想到更远的事来，说："那立庙之后的后福，岂非也不是我们赐予他们的？"

巾山杰道："他们能立下志向，又能根据这志向砥砺而行，天下何事不可成？一群敢克天的人，天也要厚待他们；一群敢逆鬼神的人，鬼神也要亲敬他们。从他们立志开始，那福就开始来了。在他们厉行之后，那福果就会成了。"

独山俊猛然再悟，忽而又大笑："所以，他们人类其实不需要我们这些神仙的，对吗？"

"也对，也不对。"巾山杰道，"志向所在，有时候总需要一个依归。砥砺之中，有时候总要有一个慰藉。"

"所以我们就只是一个依归、一个慰藉？"

"或许是吧。"巾山杰唏嘘道，"对于我们自己是什么，我此刻也还未看得透彻。"

三山村民在困苦中劳作着，虽然饥寒交迫，建庙之事却渐渐走上了正轨。然而就在这时，山野间的野兽却渐渐多了起来，有狼群有野狗，间或窜出袭击村民。夜里村民们睡下，甚至听到不远处会传来虎啸，叫人夜不安枕。

山民们无比惊愕，他们靠山吃山，深知兽性，很快发现这些野兽不像本山本土的野兽。本山本土的野兽与本地人之间早已形成某种微妙的平衡，猎人入山打猎，一般不会弄到各兽类绝踪断种，野兽们偶尔到人群生活的地方骚扰觅食，却也不会弄到全村无法安生。而这些野兽显然是从外地来的，有狗有狼有狐有猫，全无规矩，更无界限，数量也多到离谱，狼从十几头成几十头，慢慢聚集到了上百。野狗日袭，夜猫夜窥，眼看随时就要爆发一场大范围的袭击。

三山村民都有些害怕了，婴孩常常被吓到，在夜里啼哭。老族长想起茶道人的话，对众人说："这是兽变啊，怕是地灾的一种。"

"地震不就是地灾吗？怎么还没完？"

"天道难测，"老族长说，"但应该就是这样。"

"那咱们怎么办？不如快去磕头求山神爷爷吧。"

老族长怒道："区区野兽而已，求什么神！咱们的祖宗从中原迁过来，祖上传下一句老话：尽人事，听天命。人当自助而后天助之，我们人事还未尽呢，这时候求什么神！"

当下他让三山村民都集中起来，围绕着还在建设的神庙，几百人围成一圈，将能搬来的麻袋之类都装了泥土，垒成土坝，又挖土做坑，搭竹为棚，以抵御野兽的袭击。白天兽群还消停些，到了夜晚，就满眼绿光要择人而噬。

于是老族长又让山民们在外围点起几十个篝火堆，火光冲天，震慑住了跃跃欲试的兽群。

然而野兽还是越来越多，也不知道是什么将它们吸引过来的，而且不但数量多，饥饿程度也越来越重。兽群之中不但有老虎，甚至出现了狻猊、野罴、火眼猴这些在粤东极其罕见的恶物。如果成百上千的野兽冲过来，就算山民能凭防御工事守住庙宇，伤亡只怕也不会小。

山民又害怕起来，于是老族长又想了一个办法。他让小孩们捣草弄出绿汁，挤黑豆弄出黑液，采野花弄出红粉，将各种颜色画在脸上，又穿上各种奇形怪状的衣服，装扮成各种神鬼模样。

第四章 地灾　　059

白天依旧劳作，到了晚上，老族长发下几百根短木棒，叫村民们围绕着篝火，上下左右互相对击。壮男壮妇在外，老人小孩在内，按着节拍击打着木棒。他们的动作矫健有力，气势更是阳刚恢宏。

老族长的妻子站出来，领着婆娘们张口呼唤：

"神兮——鬼兮——"

"天兮——地兮——"

"兽兮——人兮——"

"喝！喝！喝！"

仿佛是呼喝，又仿佛是吟哦，更仿佛是歌唱，数百人在篝火中傩舞，仿佛变成了几百个神鬼。

独山俊只觉得自己的神性竟被这人类的傩舞所牵动，不知不觉化作一股风，吹入傩舞中的人群。

神风入群，跳动着的男人们气势为之一变，在傩舞中怒吼了起来：

"喝喝喝！喝喝喝！"

汉子们的怒喝，在神风吹入之后变成了一种实质性的震慑。他们的目光偶尔扫过，在黑夜中显得无比凶悍；他们的怒吼声夹带着短棒对击，如同短促的电响。篝火外的狼群野狗，闻到了一种不可对敌的味道，猛虎首先退却了，狻猊跟着退却了，野羆也退却了，而后狼群腿脚皆软，野狗、夜猫更是吓得屁滚尿流，更有的直接吓死了。

背后虽有一股无名的力量驱赶它们而来，但眼前的火光神鬼却叫它们感到了死亡的威胁。

无数野兽仓皇逃窜，留下了满地便溺。

看到兽群退却，篝火中的人们爆发出了欢呼。而这一夜，这来自北方的古代巫调，融合了本地山川气势的神鬼之舞也留了下来，传到后世，成为汉民族重要歌舞——英歌舞的源头之一。

那些被无数野兽便溺过的土地污臭难当，不过大胜之余的山民们却已经顾不得了，疲惫不堪地各自倒地入睡。汉子们躺在最外围，婴儿躺在母亲身边，几十个老人老妇则睁着眼睛守夜。四更过后，外头再无声响，所有人才都在篝火范围之内睡着了。

三神在篝火的余烬中现了身。巾山杰在红脸二弟身边耳语了几句，明山轩笑道："也就老大你想得出这招。"

他钻入明山，片刻后千木震动，数以百计的鸟类都被惊醒。那是明山轩的"调禽"之法，驱使千鸟从山间噙来无数种子，扔到山下满是粪尿的泥土之中。

野兽便溺过后的土壤对人类来说是污臭的，对植物来说却是上佳的肥料。独山俊潜入地底，在地底翻一个身，方圆百丈的地面就滚了一滚。他连翻三个身，这片土地就翻转了三次，无数种子在泥土翻滚中被埋入地下。

巾山杰朝天空一吹，迷雾就笼罩了这片土地。跟着他朝天祷告道："岳渎真官，土地祇灵。元始安镇，普告万灵。悠悠上苍，怜我生民。以雨以露，黍稷长青。"

迷雾笼罩的区域内，微微的雨水洒下，在庙东一里之外，无声地滋润着那几百亩土地。

第二天村民们醒来的时候，诧异地发现庙东的那片不毛之地变得郁郁葱葱，里面有桃子，有梨树，有李子，各种果树都已经开花结果，也不管对不对季节。又有白菜、薤菜、芹菜、韭菜、芫荽，各种蔬菜都在露水中长得青葱水灵。瓜果七八分熟了，眼看再有半个月就能收。蔬菜半熟了，眼看再有数日就能吃了。另外有些黍、稷、麦、菽，还有一些野稻，或者五六成熟，或七八成熟，几百亩土地长得满满的，若是都收起来，怕也够几百口人小半年的口粮了。

众人又惊又喜，都叫道："神迹，神迹啊！"

老族长泪水纵横，纵的是流下的，横的是皱纹夹着的。他说道："现在可以去磕头了。"老族长带着山民们走到还没建好的庙前，跪下千金之膝，谢祷道："山神老爷在上如此眷顾我们，子孙们不敢懈怠，往后更当勤谨诚信，以报神恩。"

第二天恰是三日集，十里八乡来赶集的人看到这片神迹更是惊异，纷纷到还没建成的庙前磕头。一日之间，独山俊就感觉自己神气更为稳固了，两位哥哥亦有所感。明山轩恭喜他："老三，你得到千人信仰了，可喜可贺，可喜可贺！"

独山俊也是心头一喜。就在不久之前，他还在为冲击百人信仰殚精竭虑呢，不料转眼之间就破千人了，实在是没想到啊。

不过他转头再看看在神庙工地上干得热火朝天的山民，以及人来人往、日渐繁荣的市集，又脱口而出："千人百人，都是虚数，但他们以诚待我，我自然要以诚待他们。"

明山轩点头："这话不错，咱们和他们虽然神人有别，但生在这同一片天地间，也都在一个'诚'字。"

山民们继续修建着庙宇，然而修到一半，材料就用完了——原本的材料是刚好够，但一场地震下来，震塌了大半个即将封顶的庙宇，虽然有陈大胆护住了主柱，但重修再建也得花费很多材料。山民们早已穷尽所有，这时再难拿出钱财来买材料了，当下无不为难。

有人就说要不先停一停，积蓄个几年，等有钱了再继续建庙，有人说怎么可以半途而废。先前那人道："不是不想干，实在是没钱啊，正所谓巧妇难为无米之炊。"

这下子，连老族长也为难了起来。

独山俊道："大哥、二哥，我们是不是再帮他们一帮？"

明山轩听了说："能怎么帮？"

独山俊道："这位老先生说得没错，人当自助，而后天助之。他们能想到的办法已经想尽了，我们受他们的供奉，也该助他们一助。"

明山轩说:"那也不能无中生有,给他们送金送银吧?再说咱们也没有金银。"

巾山杰听到"金银"二字,心中有所触动,便掐起手指来。两个弟弟一见,就知道大哥在"演算"了。这项推演过去未来的神通,当下只巾山杰一人会。

"怎么样,老大?"见巾山杰收了手指,明山轩问。

巾山杰微笑:"三弟有一桩因果,刚好落在这里,可以帮他们渡过难关。"

独山俊有些诧异:"我有什么因果?"

巾山杰道:"还记得当初在你山上杀人夺金的那桩事不?"

独山俊皱了皱眉头:"那……那是好多年前的事情了。"

巾山杰说道:"那人在你眼皮子底下杀人夺金,如今他本人虽然死了,子孙却还在潮州府潮阳县刘家庄,还在坐享那份不义之财。这份因果,刚好在这时候了结一下。"

独山俊问:"如何了结?"

巾山杰笑道:"为善当有后福,为恶当有祸殃。天书之中有'解厄'之法,逆之就是'降厄'。你可作法降厄其子孙,也叫世人知道你的灵圣。"

独山俊道:"可我们连这三山地界都出不去,还怎么去给百里之外的人'降厄'?"

"随我来。"

巾山杰带着两个弟弟沉入地底,三人再次展开"艮感"。这一次,独山俊小心翼翼,只是感应,而不敢妄自通过地脉调动大地的力量。

"怎么样,感应到了什么?"

"没什么啊,还是跟上次一样……啊,不对!"

圈住他们三人的那个界线并不只是一条线,而是上接九天,下彻黄

第四章 地灾 063

土，所以三神就算学会了飞天遁地，也不能突破那条界线。可这时独山俊朝东南感应过去，却发现那里出现了一条微乎其微的裂缝。

"那是……啊，我明白了！那个方向——没错了！那是当初企图蹍死我们三人的那股力量！"

当初独山俊调动地力，犯了禁忌。然而同样的，天地间碾压过来的那股力量也突破那道界线，之后那股力量虽被地母所消解，那道裂缝却留了下来。

"我试探过了，"巾山杰说，"那道裂缝虽不能够让我们三个离开此间，但要将'降厄'的法力发出去，却是够了。"

## 第五章　天灾

因为建材缺乏，建庙便慢了下来，但庙旁"界石集"依旧是三日一集，热闹不受影响。方圆二十余里的乡民都习惯了往这里赶，便是县城也有商贾逢集必来贩货。

这一天又是赶集日，却见远处有一顶陌生轿子撞了进来。虽说这界石集越来越热闹了，但几个月赶下来，彼此都脸熟了，所以偶尔来了生人便引人注目。

却见轿子上走下个蒙面后生来。他左看右看，前看后看，终于走到还没完工的庙宇前面，忽然跌足，又笑又哭："是这里了，是这里了！没错，是这里了。"

庙里停工，没事干的山民、周围赶集来的父老，还有旁边做买卖的商贾见了，心里都想："原来是个疯子。"

却见那个蒙面后生对着庙宇不停磕头。眼看他举止怪异，便有人去告诉了老族长。老族长拄了拐杖走出来，正要询问这后生出了什么事，那后生见了他，却爬了过来，拉着老族长的衣角哭，连叫"救命"。

周围的人纷纷议论："这果然是个疯子呢。"

抬轿子的一个轿夫说："别胡说，别胡说，我们是潮阳县刘家庄人士，这是我们刘老爷的少爷。"

三山的村民哪知道什么刘家庄，便有见闻广的商人叫道："潮阳县刘家庄，那可是有名的大户！"

这粤东平原坐山朝海，三山位于北面山区，潮阳县却在海边。虽然都在潮州府之下，但一南一北足有上百里，潮阳县的大户人家怎么会跑到这边来？

老族长心知有异，请了那后生到棚内叙话，问起缘由。那后生一开始犹豫再三，最后终于道："罢了罢了！来到这里，就已经准备着不要这面皮了。"他将蒙面的绸缎揭下，却是一张长满毒疮的脸，把棚内的人都吓了一跳。

老族长心里不由得想：这好好一个后生，怎么长了满脸这东西？

那后生说起缘故来："老先生，你道我脸上为什么长这些物事？其实确不是天生，乃是近日忽然长的。不但我长了，我们刘家满门，不论男女老幼，个个都长了，连嫁出去的姑姑、姊妹，也都如此。"

老族长惊道："这是感染了什么恶疾？"

"一开始也以为是恶疾，多方请了医生来调理。潮州府数得上的名医都请遍了，个个都束手无策。之后有一夜，忽然全家一起做了同一个怪梦，这才知道事出有因，才赶到贵地前来求方。"

"全家一起做同一个梦？这可奇了。"老族长问，"却不知道是什么怪梦。"

"这个梦，说来却不光彩，然而为了消灾解难，也不得不说了。"刘家后生诉说那个梦境，原来是两个书生踏青游山，拾到了金银，其中一人见财起意，竟然杀了同伴的场景。

"家中最老的曾祖母，认得那杀人者的面目。全家聚在一起合计，这才推测出梦中杀人的书生就是本家祖先仁孝公。后来又请了道士问梦，道士解道，这必然是前人为祸，后人遭殃。我们问起解灾殃的办法，道长说总得找到根源，然后才能消灾解难。不料方有此念，当晚全家又做了个梦，这一次梦中没什么事件，却是一座还没建成的庙宇。我们再请道士解梦，那位道长说，我们家的这事必然要着落在这座庙上。之后派出人手寻访全县，却并未找到一座还没建成的庙宇。直到数日前忽然有人传说在府城之北数十里外，有一三山环绕之地，近期正在破土动工兴建一座新庙，庙没建成就已经传出了种种灵验之事，甚是神异。家父听说，便派了我来。今日一见，这庙宇果然就是我梦见的那座，故而知道我们全家要消灾解难，定是着落在此处了，还请老先生发慈悲，救救我们全家。"

老族长听了这后生的说法，甚是为难，就是有心帮忙，却不知道该怎么救，想了好久，说："老朽不是和尚，也不是道士，哪里知道能如何助你们全家脱困消灾？要不你就到庙前拜拜山神老爷，我们这三位老爷十分灵验，或许有所感应也未可知。"

那后生也有此意，当下就依言到庙前拜了拜，却也没什么神迹发生。眼看庙宇建了一半停了工，问起缘由，才知道是没钱，心里就有了点主意。

他花钱在市集上买了三牲纸扎，第二日盛礼参拜，然后取了两片阴阳木，许愿求告道："家中先人有罪，祸及子孙。今日求告上神，恳求消灾解难。"说着将阴阳木朝天一抛。

这一抛，两块木头都是双面朝下，这叫"闷杯"，是所许皆不可的意思。

老族长道："你这许愿，怕是心不够诚。对着山神老爷，你面罩都不取下。"

后生颇为尴尬，被迫摘下蒙面巾，一脸毒疮当众亮了出来，周围看热闹的无不哗然。后生忍着身后众人的纷纷议论，将阴阳木拾起来许愿："今日山神老爷如果保佑，为我刘家消灾解难，来日一定出资捐建庙宇，为三位老爷塑造金身。"

再一抛，两块木头都是双面朝上，这叫"笑杯"，是所许仍然不可的

第五章 天灾　067

意思。

后生更是尴尬,一时不知如何是好。老族长想了想,说道:"你们家是祖上有罪,有罪应该悔过。刚才你许的愿,没听出后悔,听着像是要跟老爷做买卖。"

后生犹豫了许久,咬了咬牙,这才又取了阴阳木,三跪九拜,诚心祝道:"听曾祖母说,刘家本来颇为拮据,是仁孝公之后才发的迹。发迹起始的金银,怕就是得的那不义之财。如今虽然田连阡陌、人丁兴旺,但阴德既损,有祸在后也是理所当然。今日遭殃才知前过,愿从此之后,刘家上下,日日行善去恶,以补前过。捐建庙宇,还此金银,再派人寻到苦主的子孙,任其惩处,以作赔罪。若刘家能行此诸般悔过之事,请三位老爷降福消灾,若不能够,罪请加倍。"

说完再抛,这次阴阳木一面朝上,一面朝下,乃是"胜杯",乃许其所愿的意思。

后生大喜,当下再拜,化了纸扎,将三牲送了山民,回家去了。

这桩事才算告一段落,山民们却不免议论纷纷。又过五日,再一次三日集,各地赶集的人既带来了货物,也带来了消息。便有南边县城的人说:"哎哟,南边潮阳刘家庄的事情,听说了没?"

刘家后生拜神许愿的事还没过几天,正新鲜热辣呢。当下人人问询:"如何了?如何了?"

"咱这山神老爷可真神了。听说那后生回去后,刘家庄的小孩就都好了,他们家大人眼看灵验,赶紧又去寻苦主了,却不知道后续如何。"

又过六天,再一次赶集日,南边又传来消息:"哎哟,神了神了,苦主家找到了,也是潮阳人,姓许。他家祖先果然是失踪在外,当年留下孤儿寡母好不可怜,幸亏这么几代人熬了下来。几代人不知先祖去向,只道是出门遇了强盗没了,直到刘家的人上门负荆请罪,这才知道了当年的事情。"

赶集的众人无不啧啧称奇，又问许家人可原谅刘家人？

"哪那么容易？虽是过了几代人，当年那寡母早去世了，但那孤儿却是高寿，现在还在堂上呢。这位许家老祖幼年失怙，是受过大罪的，知道真相后气得厉害。许家的子孙将刘家的家主又是痛骂，又是奚落，也亏得刘家的人都受了下来。那刘家人在潮阳原本也是响当当的大户，平日里也常修桥补路的，名声尚佳，可经此一事，全县的人都知道他家先祖干过什么恶事，人人提起都戳脊梁骨。"

众人听了，都叹天网恢恢，疏而不漏。祖先几十上百年前暗中干的事情，也还能害了子孙，果然天道好还，令人惊畏。

"不过也是奇了，遭了这一顿骂，听说刘家的人回去之后，家里的女眷，连同嫁出去的姑娘，毒疮也都不药而愈了，但他家的男人却还满脸毒疮未退。"

又过了两天，眼看不是赶集日，界石集却又热闹了起来，原来是刘、许两家人来了。许家人来寻先人遗骸，刘家人也来帮忙，一路上许家人都没好脸色，只是需要刘家人来印证梦中景象，不好驱赶。

三山地方说大不大，说小也不小，虽有梦里景象为指引，但几代人下来，树木繁生，山形地貌也变化很大，一时半会儿哪里找得到？便备了三牲到山神庙求告。才祷告完，庙里头钻出一条黑犬来，往独山方向跑去了。

两家人觉得怪异，尾随黑犬进了山。那黑犬跑到一处坡下忽然不见，许家就在山坡下挖了起来，不久果然挖出了一具骸骨。其实隔了几代人，许家的后辈们倒也没有多大的悲戚了，只是寻到先人遗骸，也算是了了家中老祖的一桩心愿，当下又到山神庙前祭拜谢恩。

这边刘家的人也都来许愿，求山神老爷把家里男丁的毒疮也都消了。却听"喵"的一声，众人抬头，只见盖了一半的庙顶上蹲着一只不知哪来的火红色的猫，居高临下扫了众人一眼，就窜走了，窜走时落下一根荆条棍。

第五章　天灾　069

刘家的后生颇有悟性，将荆条棍拾起来，与父亲耳语了几句。刘家家主犹豫了好久，这才接过荆条棍，走到在旁的许家家主面前，求他责打自己，说着脱了上衣，对庙而跪。

许家家主拿着荆条棍颇为踌躇，他儿子却是个火暴脾气，一直气不过自家祖宗被刘家害死，接过荆条棍就往刘家家主背后抽打。刘家家主哪吃过这苦头，被抽一棍就哎哟一声。叫了两三声，就听旁边的人叫道："呀呀，神了神了，你看他脸上的毒疮好像破了几个。"

刘家家主愕然，手摸了摸，就觉得满手污血，又问儿子。儿子仔细一看，道："确实破了三个。"

刘家家主一听，知道灵验了，赶忙求许家再打。许家那后生反而不肯了，他爹却是个厚道的，接过荆条棍再抽。这下众人都留了意，但见抽得轻了没用，得抽得重了，一棍下去，就破一个毒疮。抽了有二十几棍，刘家家主脸上的毒疮全破了，污血流尽，再不麻痒。

刘家那些长了毒疮的男丁，一个两个，全都求许家人鞭打自己，每棍下去，都求着打重一点，可别轻了，轻了没用。三四代人跪满一地，求着许家人打，这场景又是荒唐，又是怪异。许家的人打着打着，心里头的气便都消了，连许家后生也忍不住哈哈大笑。

往来之人，围观者上百，无不感叹。到第二日赶集，十里八乡的人听了此事更是无不称奇。数日，轰动方圆百里，叹息果报不爽之余，又赞三神之灵验，当下来拜神的拜神，来许愿的许愿，来添油的添油，来捐资的捐资。没两日，买材料的钱就凑够了，还有剩余，当然里面少不了刘家的。

有钱好办事，建庙的事情便再次热火朝天地干了起来，很快就垒了墙，立了柱，铺了瓦，建成了门面三间、前后两进。这等不大不小一间庙，别说长安洛阳那等大都会，就是放在潮州府，也不算什么，但在这潮北边远山村却是独一份的，巾、明、独三条村子，更没一间这么好的瓦房。

房子建好，接着便是要请匠人雕梁画壁、塑造金身了。这等细巧功夫，用不上山民了。

庙宇里面还没完工，往来信众却已经翻了几倍。独山俊在冥冥中看着这一切，心中欣然自得。正自高兴，忽然平地刮起一阵怪风。明山轩深吸了两口气，说："这风怎么有股咸味？"

巾山杰御风飞上巾山山顶，眺望东南。他运神通放开了目力，能看到两三百里之外，却见两三百里间山石树木皆清晰可见，两三百里外的海面上更是晴空万里，云呈白色，作马尾状。巾山杰掐指一算，惊道："不好，有大天变要来了！"


"天灾？"明山轩也望了望天，"能是什么天灾？"

巾山杰说道："多半是飓风。"

独山俊一听，笑了："若是这样，于我们没什么好怕的。我们这里离海两三百里呢，飓风再大也吹不到我们这里来，有灾也是小灾。若吹到我们这儿都是大灾，那沿海的潮阳、海丰那边就没活门了。"

那天书有七十二卷，每一卷是一门法术，有些法术复杂精深，有些法术简单浅显。当下独山俊已经修了二十五门，明山轩修了三十六门，只有巾山杰一人学全了。三人修炼的法术有一些重合了，但又各有偏重，如独山俊更擅长水火、斩妖、剑术等战斗类法门，天时地理、运势演算等远不如大哥。但天书中有《知时》《识地》两卷，讲的就是天时地理，这些基础的东西独山俊还是懂的。

"若按常理，我们这里也不该有那么大的地震。"巾山杰道，"然而事实如何呢？"

听他提起地震的事，两个弟弟都是心头微震。

巾山杰道："我总觉得，冥冥之中有什么力量在针对我们兄弟三个做

第五章 天灾

什么谋算，所以还是小心为好。"他似乎要透露什么，然而又点到为止。

明山轩道："那我们该怎么应对？"

巾山杰想了想："那个茶道人说建庙会有三灾，地灾应该是过去了，那么接下来就是天灾。如今飓风渐起，天灾或许就要落在这上面了，我们要托梦让山民们未雨绸缪。"

"要怎么未雨绸缪法？"独山俊问道。

巾山杰想了想，说："与飓风有关的灾变，一是风，二是雨，要让村民们加固房屋，免得被风吹倒，同时抢收粮食。如今秋收在即，别让作物烂在水里了。"

明山轩道："若是这样，就要造梦让山民知道天灾的可怕了。"

"造梦？"独山俊道，"这个我虽然学过，不过不大擅长。上次给刘家人托梦，只是将我见过的场景在他们梦中重现，却也弄得断续模糊。如今还要造个没见过的景象……不行不行，我做不来。"七十二卷天书里头，有几门功法是深邃无度，学会了也未必擅长。

明山轩道："那我来吧。"

巾山杰却道："不，让老三来，我们两个从旁指点。"

眼看老大这么说，独山俊也没办法，只好勉为其难。这七十二卷天书中有一卷叫《嫁梦》，这晚独山俊便调动元神之力，化作一头黑虎，潜入巾山村老族长的识海深处。巾山杰带着明山轩将元神化微，伴随着独山俊也进入这片识海。

老族长是个有修养的人，为人胸怀坦荡，所以夜间无梦，睡得十分香甜。三人潜入之后，发现这里空空如也。

"老人家修行得不错啊。"巾山杰的元神化为一只蝴蝶，在这片空荡荡的识海翩翩而飞。

"他不是一个凡人吗？也懂得修行？"独山俊问道。

巾山杰闻言说："凡人当然也能修行啊，在国忠于国家，在家孝敬父母，买卖童叟无欺，行事问心无愧，这便都是修行。"

明山轩的元神化作一只火红山猫，在无边无际的识海窜了几个来回，终于找到了一潭湖水："找到了，就是这里。"

"这是老人家的梦中之眼，还挺清澈的。"

潭水之中就映出了一只白色蝴蝶、一只红色山猫，以及一头黑虎——这时老人也在梦里看见了这些。

"造梦吧。"巾山杰说道，"先在你心中形成映象，然后将这映象投映到这潭湖水之中，便是梦主之梦。将汝所想，化作他人之梦，此谓'嫁梦'。"

独山俊便开始想象狂风暴雨、房屋倒塌、农田浸坏等可怕场景，想象得差不多时，黑虎便将额头靠近湖水。哗，一片幻象便如海市蜃楼一般层层叠叠地出现在了湖水上空。

巾山杰看着幻象，点了点头，翅膀轻轻扇动，在旁修改幻象中不合理的细节。

老族长就做了一个噩梦，先是梦见·蝴蝶、一山猫、一猛虎，那老虎忽然凑了过来，眼见就要凑到自己跟前。老族长正觉得心惊，跟着忽然就看见天地间风云变色，狂风袭来，村里房屋倒塌，农田里作物东倒西歪，把他看得胆战心惊，半夜吓醒了过来，想了半晌。第二日一早，老族长赶紧让儿子将三山三村能管事的十几个人都请了来，对众人说："诸位，我昨晚突做噩梦，做得胆战心惊，怕是有不好的事情要来了。"

如今皇权不下乡，三山这穷乡僻壤也没引起世家大族的注意，所以村里头的事都是村里有威望的人带头解决。老族长请来的就是这些人，他们忙问是个什么梦。

老族长说："老朽就从没做过这么真切的梦，梦中大风狂啸，雨水如泼，我们村里的屋子都被风吹塌了，农田里的粮食在水里都浸坏了，风雨

第五章　天灾　　073

过后遍地狼藉，而且收成全没了，全村上下都饿肚子。这可……这可如何是好？"

便有人道："或许只是个梦，叔公别太当回事。"

"若只是梦，从来都是梦醒就忘掉大半，哪来这么真切的？此是其一。当初那个茶道人说我们建庙有三灾：地灾、天灾、人灾……那地灾已经应验了，怕是这天灾也要应验。此是其二。另外，最近山神老爷显现出了好些灵验来，上次那茶道人让我们看见神影之前，大家都只看见那石头上有一只黑犬、一只红猫、一只白蝴蝶，如今我在梦见风灾天变之前，也是先梦见蝶、猫、虎，只是家猫变成了山猫，家犬变成了猛虎，然而也是白、红、黑三色。三物感觉类通，所以我想着，这兴许是山神老爷托梦警示我们呢。此是其三。正因此，我才请了诸位来商议。"

这时三神正在冥冥中看着呢。巾山杰不由得点头："这个老先生很有悟性啊，只是梦中一瞥，就猜到我们身上来了。"

众人听老族长这话，想起地震和兽变，也都有些后怕起来，纷纷道："若是这样，那可得小心。老祖宗有什么应对之法？"

老族长想了想，说："按照梦中警示，咱们得未雨绸缪。既知有大风雨，那就得赶紧将地里的粮食都收起来，同时房屋该加固的加固，住在低洼地方的赶紧往高处搬，好生防范才是。"

有个老者道："但是现在稻谷还没全熟，若现在收了，今年收成得损两三成。"

老族长道："损他个两三成，总比全折在地里强啊。"

又有人说："村里几百口人，有砖瓦房的还好，木头房的或许也扛得住，那些住草寮的可怎么办？"三山地面贫苦人甚多，好多人家住的都是草寮，寻常风雨还能遮挡遮挡，遇上老族长所形容的大风雨，怕就抵挡不住。

老族长想了想，说："把山神庙收拾出来，用几间来堆粮食，剩下的让老幼也住进去。若住不下，就都搬到山上去。独山上有个山洞，收拾一下可以藏人。这么大的风雨，想必不会持续很久，扛过去就好。"

有人听了说："三位老爷的金身还没塑成，山神老爷还没进庙呢，咱们就先住进去了，这不好吧？"

老族长说："咱们建庙拜神，不就是求老爷保佑庇护吗？再说如今是老爷托梦给我们呢，咱们借庙避灾，想必老爷不会见怪。"

众人都服膺老族长的见识，当下都听从了。冥冥之中三神也是同时点头。过去的这些岁月中，这些山民虽然没什么好东西供奉，有时候甚至颇为无礼，然而处得久了，彼此融洽，独山俊只觉得他们便如家人一般。

老族长让人将这事传下去。亏得这段时间因为建庙，三个村子的组织力比先前大有提高，且最近山神老爷屡显灵异，所以大伙儿听说是山神托梦，便大多信从，搬家的搬家，抢收庄稼的抢收庄稼。然而还是有几户不以为然，暗中哂笑："真是不知所谓，咱们离海几百里，飓风再大，怎么刮得到我们这边来？刮到这里也不算什么大风了。再说这大晴天的，就是有风，风也不大。"

原来飓风将起时，天地间能见度反而会变高，所以看上去晴空万里。粤东地方北面靠山、南面靠海，三山这边深入内陆两三百里，住的都是山民，不知海事，所以才有人觉得晴天起不来大风。

独山俊在冥冥中听到，就像那晚一样，再给这几户人家托梦。巾山杰却摇头："这是他们的选择，由得他们吧。"

独山俊道："那他们的庄稼都被浸坏了怎么办？"

巾山杰微笑："我们可以帮助他们，引导他们，但我们没法替他们做所有决定，他们自己的日子还是得自己过，不是吗？就算父母之待子女，强为之做决定的，到头来也不会有什么好结果啊。"

独山俊幡然有悟，想起自己刚刚做神的时候，不就犯过类似的毛病吗？明山轩笑道："老三，按天书的律条来做这神仙麻烦得紧，咱们慢慢学吧。"

村民们才忙活了两天，庄稼堪堪抢收完，猛地风云变色，起大风了。

这大风刮过没多久，跟着下起雨来。雨不是先小后大，而是一开始就瓢泼而下，哗啦啦地如倒下来一般。风助雨势，下了没一会儿，雨势越来越急，落到地面上就像鞭子抽，竟是啪啪地响。这么大的雨，人在外头站都没法站了。脆弱一点的草寮，被这雨打个两三下就打穿了。村里有几户人家在自己家都待不住，赶紧逃到山神庙来。

也幸亏山神庙虽然雕画还没做好，墙垣瓦片却都齐备了。那些草寮人家的粮食又都存在庙里，这才不算遭灾。

但先前没抢收庄稼的那几家人可就惨了，冒着雨冲入田地里号啕大哭，但此时已经迟了。去年为了筹钱建庙，全村上下都只留了口粮，其余的财物都拿出来了，今年的收成如果没了，回头那不得饿死？然而大雨之中，他们的眼泪都被雨水冲刷得看不见，他们的号哭声也被风雷给掩盖了。

虽然不听劝告是咎由自取，但瞧见他们这么惨，独山俊还是有些不忍，对巾山杰道："大哥，他们也曾筹钱为我们建庙的，回头风雨过后，还是想办法给他们一条生路吧。"

巾山杰点了点头。

那边老族长看见这几家人这样也是心有戚戚，让几个后生将他们拖回庙中。那几户人家还是忍不住号哭着，老族长道："行了行了，回头雨停，每家每户再勒紧腰带，借你们些粮食。都在三山地面过日子，总不能叫你们饿死。"

那几户人家这才哭声渐停，然而想想接下来一两年纵不饿死，怕苦日子也是难挨了，又忍不住低声啜泣。

## 第六章　巨鱼

"这雨可真大啊。"独山俊御风而起，在这狂风中御风飞行真是毫不费力，到了数十丈高空后向下方俯视，只见无数涓涓细流从北方山峰中间流淌过来，浸入巾、明、独三山中间的那块平地——那里也正是神庙之所在。

他忽然觉得不大对劲。山神庙所在的这一片虽是潮北山区间较为平坦的土地，水向这边流正常，可流到这里之后，按理就该向地势更低的东南泄去，不该在这里淤积才是。

他又向南飞去，一直飞到圈住他三人的那条界线，向南眺望，只见界线之南二十余里处，几条河流因为山泥倾泻都淤塞了，这才导致北面水流不断涌来，南面却积水不通而淹庙。

明山轩也飞了过来，对独山俊说："三弟，大哥叫你我一起到北面看看！"

两人飞往北面，来到北方界线，巾山杰已经在这里等着他们了。

"大哥！"两人同时叫喊一声，跟着独山俊就说了南面河流淤塞的情况。

巾山杰眼中神光闪动，指着北面说："你们凝神力于眼，向北望去。"

独山俊和明山轩同时将神力凝于双目,向北方高空眺望,便看见有大片的水汽借着飓风不停地往西北吹。三山这片地区算是山地与平原的交界处,再往北便是五岭群山。那股水汽从大洋卷起,借大风吹到这边,到了五岭群山刚好被挡住,便在五岭南侧形成坡面雨。

"可惜了,可惜了,这水云太低了。"明山轩觉醒得比独山俊早,虽然是同时接触天书,但不知为何,修炼法术却总比三弟更快一些,尤其对《知时》《识地》两卷,比独山俊更为擅长,所以于水云的运动细节一目了然,"如果这片水云更高一些,便可越过五岭,直往江南甚至中原去。"

独山俊这时也看出来了:"若是水汽越过五岭,那这灾就不止于三山,要落在江南、中原了。"

"那倒不会。"明山轩说,"江南、中原方圆数千里,我们这边才多大?方圆数百里而已。这片水汽如果越过五岭,就是滋润万里的好雨,可如今集中落在我们这边,就要形成雨灾了。而且据我百年来的观测,一年的水汽基本恒定,我们这边多水,中原那边就少了,这边大涝,回头那边怕是要干旱。"

独山俊眼睛一亮:"若是这样,那我们如果抬高水云,让这水汽越过五岭,则不但对我们这边有利,对江南、中原也有好处。"

"道理是这样没错。"明山轩说,"只是天地灾劫,各有定数。按照天书所载律条,有一些我们能干预,有一些我们不能干预。"

独山俊指着雨云:"那这雨云我们能不能干预?"

明山轩正要开口,巾山杰已经插话:"这个我们可以干预。"

独山俊大喜:"好,那我来!"

他说着便降落风头,立于独山之巅,准备借风吹云。

明山轩飞到巾山杰身边,低声问道:"老大,我们三个是山神,按照天书所记载的天条，我们的管辖范围只在这界线之内的三山地区。如果让这片水云越五岭而北，改变的就是江南，甚至中原的旱涝了。按照天条，这不是我们能干预的啊！"

巾山杰反问道："你觉得这片水云是自然形成的吗？"

明山轩一个愕然："什么？"

"且看看老三的'借风'效果如何，再做打算吧。"

便在这时，独山之巅涌出一股无形之力。独山俊的喝声随之传来。在人类耳中，那只是独山里忽然轰隆隆如同雷响，但巾山杰、明山轩却听得出那是三弟的怒喝："谷若龠兮——山如橐，风来，风去！"

明山和独山之间形成了一个力量旋涡，一股强风从明、独两山之间卷起，冲向高空，将水云向上冲了数十丈。过了这个高度，想必这片水云就能安稳度过五岭，飞向江南西道。

独山俊正自窃喜，忽觉得来自东南海上的狂风却无端端减弱了。这水汽的飘移主要还是靠来自海上的大风，独山俊的借风只是助之往上再送数十丈。这时风势猛缩，单靠独山俊借来的风便托不住这漫天水云，云汽下沉直接化雨，尽数往独山上倾泻下来。

这片云汽如果全部凝聚成水，能够灌满一个百丈方圆的湖泊，这时直接化水冲下来，哪里像下雨？简直是天河倒垂，而水势的中心就是独山俊。

就在云汽化水前的一刹那，巾山杰手指间隐隐发出一道丝网，渗入地底，跟着又往东南千里之外漫去。

不到一顿饭工夫，小小一个独山便多了七八个瀑布，将韩家的木屋全都冲垮了——而韩家所住的木屋造得十分结实，本来应该可以扛住风雨，却哪想到来的不是风雨，而是瀑布大水，木屋便扛不住，人被冲进山洪之中。

明山轩大惊，急运分身术。他们被天条拘束着，不能在人前随便显形，所以明山轩分出九个化身，再将化身变成三只猿猴、三只山猫和三条蟒蛇。猿猴捞人，山猫叼人，蟒蛇缠人，将韩家老小拖出洪水，撂在几处没水的山坡间，只韩家的小女儿不见踪影。

正面被大水冲倒的独山俊，无比狼狈地从水中钻出来。他对韩家比别的家族不同，很清楚这一家子的人数，低头一瞥就发现二哥救出来的人里头少了一个，不由得着急起来："二哥，二哥！还差一个，差最小那个女娃儿！"

明山轩叫道："我找不到！"

巾山杰凝神于眼，刹那间遍观三山，就是虫蚁之微亦不能逃其洞察，便看到洪水之下有一块巨石，那女娃儿被钩在那块巨石下面，所以明山轩一时未能寻得。

巾山杰手一指，喝道："禁！"

那片水面便裂开了，露出岩石。独山俊化为一只黑虎，跳入水中，咬住女娃儿的衣襟拖了出来。巾山杰收了手，那裂开的水面便合上了。

韩家的女娃儿已经被淹得濒死，迷迷糊糊中看到有个黑影将自己衔出水面，跟着一股巨力打在自己胸腹之间，憋住的水便呕了出来。小女娃勉强睁开眼睛，却见那雄壮的黑影飞跃而去，她伸手一抓，抓到了一丛黑色的虎毛，等收回手看时，虎毛已经变成一缕黑发。小女娃望着水，将毛发缠在自己的手指上，神奇的是这毛发缠手之后便隐形不见了。

独山俊救了人后飞回空中，愤愤道："今天总算见识到什么叫天象难测了，这风竟然说弱就弱的！"

巾山杰冷笑不语。明山轩也有所觉悟，说道："老大，这风不对劲啊！"

"是不对劲。"巾山杰说，"这风不是天然飓风，是有什么人借机搞事。"

"搞事？搞什么事？"独山俊道，"不会是冲着我们来的吧？"

巾山杰道："上游降雨急湍冲来，下游淤塞水势难泄，而中间水势不断上升，那里恰好是我们的庙宇所在，你说呢？"

独山俊一听，怒道："听大哥你这么说，竟是冲我们来的？冲我们来也就算了，正面来跟我们干啊！我们若干不过，自己把庙烧了就是，为什么为难这些无辜百姓？是谁？究竟是谁？他藏在哪里？哪里？"

巾山杰道："水汽从何处来，敌人就在哪里。"

明山轩、独山俊同时便朝东南望去。他们在地底，借着艮感能感应到千里之外，在这空中却只能看到数十里之外，而且风雨势大更是阻隔视线，因此放眼望去尽是水汽蒙蒙，根本看不到所谓的敌人。

巾山杰双手在面前虚招，迷蒙的水汽就在面前扭曲，折射的光线渐渐构成一个宏伟的场景来。

明山轩眼睛一亮："海市蜃楼？"他们三个被三山界线拘着，出不得这三山地界，只是偶尔潜身市集的时候听往来商人说起，在大海或者沙漠有时候会出现虚幻的幻境，叫作海市蜃楼。

然而巾山杰用水汽折光构筑的这个幻景，并不像他们在梦中无中生有虚构出来的幻象，而像是远方某处景象的重现。

明山轩心中一动，脱口叫道："移景！"

这是天书中记载的一门高深法术，明山轩和独山俊都还未能学会，不料大哥已经如此精通。

水汽中的镜景是一片大海，海面上波涛汹涌、浪立如墙，看得人胆战心惊。镜景不断向前，穿讨浪墙涛壁，眼前景象一变，惊得明山轩和独山俊都不由得发出一声惊叹。只见波涛的中心是一股巨大的旋风，旋风中有许多船只的残骸，数以百计的水妖水怪顺着旋风的螺旋之势，在风浪中有节奏地跳跃着。

独山俊叫道："原来是有妖怪！"他出生之后便有志于神道，却还从来没见过妖怪。

明山轩道："这些妖怪……好像在跳巫舞啊。"

独山俊再看时，果然发现那些妖怪在旋风中都有固定的扭动姿态，而且所有头都朝向一方，那个地方就是旋风的中心。

"这次的飓风果然不对劲，他们是在作法，群妖首向之地，必有妖王。大哥，能再靠近一点看吗？"

巾山杰似乎有些吃力了，却还是驱使镜景继续前移，进入了旋风之中。这股巨大的旋风在外部形成了直径千里的螺旋状飓风云，旋风本体也有五百余丈的直径，而进入旋风内部，只见海水被风力倒抽到半空，形成了一片螺旋水柱。螺旋水柱中有几百条鲨鱼被卷在里头，几百条鲨鱼里面是数十条巨鲸，而数十条巨鲸的中心还跳动着一头怪物。那怪物看着像鱼，然而一首而十身，每一个身躯都比巨鲸还要大。

明山轩见到这鱼怪，莫名其妙地怔了一怔。

"这是什么怪物？"独山俊叫道，"这怪物……我们三个要是撞见，给它塞牙缝都不够呢。它一个就顶十头鲸鱼了，海龙的个头，怕都没它大吧？"

忽然那巨鱼如同轮子般的眼珠下移，看向他们三人。

"糟！被发现了！"便见一个巨浪扑了过来，跟着蜃景便消失了。

巾山杰挥散眼前的水汽，说道："弄出这次飓风的，应该就是这头怪鱼了。"

"真是混账东西！"独山俊道，"我再去借风，这次将风势再强十倍，不信送不走这片水云。"

巾山杰道："对方能从几千里之外的大洋之上鼓动飓风，抽水成云，再千里迢迢送到这里来，这等逆天抽海、千里送云的威能，你办得到吗？"

独山俊为之气结："不能。"

巾山杰又道："刚才对方一发现你借风，马上减弱风势，使你送云未成，反受其殃，这份对风云掌控的精准，你能办到吗？"

独山俊抿了抿嘴唇，虽然不乐意，却还是承认得坦然："不能！"

巾山杰道："既然如此，你再借风，对方多半还是有办法化解，说不定借力打力，又添一场大灾。"

明山轩道："既然这怪物威能在我们之上，法术运用又在我们之上，要为难我们直接冲我们来就好了，何必这样鬼鬼祟祟，躲在暗处暗算我们？"

独山俊道："也许是因为它上不了岸？别忘了，它再厉害，也是一条鱼。"

明山轩笑了："有理，有理！"

这时新一波的水云又送了过来，风雨竟无止息的态势。巾山杰朝下方看了看，说道："先顾眼前的燃眉之急吧，再过不久，神庙都要被淹了。我们的庙宇毁了不打紧，村民收藏在庙中的粮食如果被淹坏，明年他们的日子就不用过了。这片土地上的男女老幼奉我们为神祇，我们总不能眼睁睁看着他们受苦受难。"

独山俊问："可现在我们阻不了风雨，却该怎么办？"

"我暂时还没想到。"巾山杰道，"且先救急吧。"他一指下方："一是要清理南面的淤塞，二是要暂时阻止北面的水势。"

明山轩微一沉吟，已有打算："北面我去。"说着便已经降落下去。

独山俊道："那南面就我来吧。"


独山俊飞到南面，直到那条拘住他们兄弟三人的界线边缘。就在这时，北方产生了巨人的响动。

独山俊一个心动，已经知道要发生什么，不由得轻叹一声："二哥真是大手笔了。"

独山上的山洞里，平原处的神庙中，村民同时感到地面似在震动，又觉得北方隆隆作响。这是又要地震吗？想到这大雨天灾已经这样难当，若同时再来一场地震，这是要三村百姓死绝死尽啊！

洞中庙中，几百个山民同时哭了出来。山洞之中，韩家的人已经聚齐，找到路，也躲进了山洞。

庙里头许多人便跑到神案前，对着还没有神像的神台不住地磕头。

在大地摇晃之中，老族长双目垂泪："难道……真的错了吗？"然而他一抬头，便看到天空中的云化成一只巨大的蝴蝶形状。他揉了揉眼睛再看，那蝴蝶状云团已经被风吹散了。

这时地震仍在继续，只是和上一次不一样。上一次的地震来得猛可也去得快，这次的地震却不同，地皮在微微震动，所有人都能感应到，却并未产生将神庙屋舍掀翻的巨震。

老族长心头一定，对庙中众人道："大家别慌，别怕！"

"怎么不怕？"一众老幼哭着道，"野兽来了我们能点火抵挡，但这洪灾、这地震……我们想抵挡也没办法啊。"

老族长道："就算再难，心里也不能失去希望！大家想想，我们从北面万里颠簸来到此处，途中所经历的艰辛，难道就比现在轻松吗？雨虽然大，毕竟还没淹到脚下，现在惊恐也是徒然啊。至于这地动，这次的地动不大啊，说不定不是什么坏事。"

庙中的众人听了老族长的话，又觉得这地震似乎真的不大，便且渐渐安心了。

独山的山洞里头，这时也是一阵骚乱，有人紧张得就要逃出洞去，害怕地震震塌了洞口被活埋。

忽然韩家那个小女儿叫道："没事的，我们不会有事的！"但她人幼言轻，没人听她说话。女娃儿低头看看手指上的几根头发——这几根头发一直缠在那里，可是她问别人，却发现除了她之外，没人看得到。

"有人在保护我……保护我们！"女娃儿昂起头，对父母说，"阿爹，阿娘，刚才我们落入水中也被救了，对吧？那是山神在保护我们，对吗？"

她的父母一听，想起刚才落入水中，跟着莫名其妙地跑来些猿猴、山猫、蟒蛇，将他们一家捞的捞，拖的拖，全都救出水面，再联系女儿的话，忽然就不怎么慌乱了。

"这次的地动,我并未心里感到慌乱。阿爹,阿娘,我觉得我们不会有事的。"她的话没头没尾的,真如孩子话一般。但韩家老小想想自家老幼全部幸免于难的神迹,忽然觉得女娃儿说的话似乎有道理。这时候他们已经错过了第一时间出洞的时机,却感到山洞虽微微摇晃,然而并未有坍塌的迹象。

"摇虽摇,可好像摇得很稳当。"韩家老大对众人说,"我也觉得不会有事的。"

地震还在持续着,却很微弱,十几个已经跑到外头的人被淋得湿透,一时还不敢进来,在外头冒雨苦挨。

忽然有个人叫道:"啊!你们看!"

循其所指,众人望去,只见视野所及,北面的地形似乎产生了很大的改变。

"北面的大地……北面的地皮好像隆了起来!"

原来就在山民们惶恐惊骇之时,北方的独山、明山、巾山之间,地面产生了大变,却是明山轩进入山根深处,脚立地底,肩膀扛山,将三座山峰连同北部的数十里大地,硬生生向上抬高了三尺,所以山上山下的村民们都感到了震动。

抬高这三尺之后,整个三山的地势大为改变。北面群山之间的低洼间隙地带,都被倾泻的泥土与拔根倾倒的大树给塞满了,因此片刻之间,山谷形成了阻塞,将北方强降雨形成的水流暂时都挡住了。

巾山杰在半空中俯瞰了这一切,不由得微微点头:"不错不错,两肩担三山,二弟,你的神力又恢复了许多。这么一来,至少能将这水势阻他三日。"

明山轩样貌粗豪,却是粗中有细。他人在地底担着山,耳朵听了这话,即与大哥神音对答:"老大,我分明是神力增进,为什么你要说我是'恢复'?"

第六章 巨鱼 085

巾山杰一时语塞，不开口。

明山轩问道："老大，你是不是有什么事情瞒着我们？"自这场变故发生以来，他心里已经有好几个疑问了。

就在这时，南面产生了一股让他们两人都心头不安的悸动来，吓得明山轩撇下这话头，叫道："老三！老三！你干什么？！你要做什么？！"

原来独山俊察觉到二哥在地底担山，将北面山谷流过来的雨水挡住，然而只要大雨不停，暂时被挡住的水势终有突破的一天，而且落在三山本地的雨水无法向南倾泻，也依旧在不停淤积。他想二哥在北阻水，那他就应该向南清淤。

若是在三山地界之内，那些河流清淤都不算个事，只是那条无形界线却扼住了独山俊南下的脚步。他很清楚地记得：只要出得这界线，一弹指间就呼吸困难，二弹指就呼吸断绝，七弹指之内就会被抽干生机——这是兄弟三人这些年冒险几次试出来的。

"所以，有七弹指的工夫。"独山俊将南面几个淤塞处牢牢记在心里，反复盘算，便算到只要挖开其中一个关键节点，其余便可靠大水一冲而散。

"可以办到！"想明白了这一点后，他使出了"大力"神通，整个人不停变大，片刻间便成了半个独山那么大的巨人。这是"大力"神通练到深处的触发法门，化为如山巨人之后，举手投足间，都能发出移山断河的大力量。

巾山杰、明山轩立刻都察觉到了，同时出声喝道："老三（三弟）！你要做什么？！"

独山俊不答。

明山轩马上就猜到了，传来神音："老三，你是打算出界清淤吗？你疯了！淤塞的地方在界外，你出去了会死的！"

独山俊见被识破，这才开口："不怕，只要我在七弹指之内回来就行。"

他这一回答，巾山杰眼前就掠过了弟弟倒地死在界外的"未来"，惊骇地叫道："不行！太危险了！快住手！停下！"

同时手一挥，一股力量如同丝弦一般射了出去，要将独山俊拉回来。

独山俊不等无形丝弦靠近，人就迈了出去。明山轩在北面地底发出惊呼，而那无形丝弦触及界线之后也都消失了。

独山俊化身山峰巨人，迅疾地向南迈去，同时伸出巨大的岩手，眼疾手快地就朝淤泥处挖。说时迟，那时快，他化身山峰巨人之后，感觉动作就比平时慢了不少，明明淤塞的地方在他两步山岩脚程的工夫，但他却没法快走。他原本想一弹指间就能赶到淤塞处，再一弹指将淤塞挖通，然后赶在生机断绝之前回去，时间绰绰有余。

可是一出界线马上就不能呼吸，跟着全身的力量都被迅速抽走，那是一种无可抗拒的吸力。不只是力量，他甚至感到生命最本源的某种东西也要被抽离了。

他到达河边时已经走出了两步，也就用掉两弹指时间，但那种生命要被拉扯出来的不适感又让他顿住了一弹指。

三弹指过去了，等他挖了淤泥，剩下的时间还能赶回去吗？

怎么办？现在回去还能活，挖了淤泥回去怕就得死了！

忽然之间，他感到了敌人对他的嘲讽，似乎连这淤塞的距离也是计算好了的。

他的脑中在身形顿住的瞬间闪过两个画面：第一个画面是颓然而返，坐在界北忍受那怪鱼的嗤笑；第二个画面就是自己挖了淤泥之后回返，脚没来得及踏回去就死在了界南。

往后退就是败，往前进就是死！

所有念头都在那一顿之间闪过，他必须在这一弹指间做出选择。

这于旁人来说是极其艰难的选择，可独山俊内心深处却只是闪过一个声音:"以天为名者,万载以来何曾退缩!"

在巾山杰的眼中,三弟没有回身,没有退缩,甚至完全没有停顿,在适应了那不适之后,马上伸手挖向了淤泥。他轻叹了一声,知道三弟已经错过了自救的机会——那一弹指的区别,决定的就是生死。

"老三!"正在地底担山的明山轩通过艮感感应到了这一切,他看到了弟弟的选择却没法阻止,也无力阻止。

他流下了两行眼泪,化作了明山上的两股泥石流。

呼啦——

岩石巨手一挥,淤塞的河道被疏通了。独山俊没有犹豫,马上回返,然而他还是低估了冥冥之中那股限制力量的强大。的确是七弹指后才生机断绝,却不意味着他的力量能维系到最后。

就在他疏通河流后反身的同时,独山俊感觉自己的力量已经被抽得几乎干瘪了。

他的身体迅速变矮变小,半弹指间山壳散尽,再半弹指他缩成了一个婴儿形状,生机还有一点残余,神力却已经被抽尽了。

对山峰巨人来说一两步路的距离,对一个婴孩来说却已是遥不可及。

还有一弹指的工夫,然而他却已经一步都迈不过去了。

"要死了吗?"

在这一瞬间,时间似乎停止了。

他仿佛看到了苍苍的云、茫茫的空,在临死的刹那,某种限制被突破了。

他仰望到了一个无形的存在,慈悲地望着自己。

"俊!为什么要这样选择?"

俊?这是在叫自己吗?那似乎是一个万年不曾再听过的声音,却又让人觉得无比熟悉且温暖,仿佛是自己的父,仿佛是自己的祖。

"老神仙说过,为神仙者,当护国庇民。这片土地,是我的土地,我当护之；这些生民，是我的生民，我当庇之！护国庇民——这本就是我应该做的事情。既然是我应该做的事情，那我就只有一个选择！"

"老神仙？那是谁啊？"

啊？

独山俊茫然了。

老神仙是谁啊？

然而他更加茫然了，抬头仰望，望向虚空："你呢？你是谁？"

"我是谁？"空旷中传来的声音，带着笑意，"我是赐你名字的人啊！"

赐我名字的人？

茫茫之中，似乎就记起了什么！

"汝立此莫大功勋，吾许你以吾之名为名。自今日起，独山名俊！"

"自今日起……独山名俊。"

啊！

忽然间头痛欲裂，仿佛脑子整个要炸开了一般。

那是几千年前，轩辕黄帝都不能彻底断绝的记忆！因为赐予这名字的存在，比起轩辕黄帝还要更加久远！

"我依天为名，独山之俊！"

"依天为名，独山之俊！"

"依天为名……"

"天之名……"

"你是大？"

"你是天！"

第六章　巨鱼　　089

## 第七章　天书下半部

"啊！啊！啊——"

独山俊捂着头醒了过来，睁开双眼，就发现自己坐在了一朵白色莲花上面。再一环顾，大哥就在身边，两人此刻所处乃是巾山之巅。

"醒了？"

独山俊茫然地点了点头，跟着就发现刚才好像做了个梦。只是这一醒来，梦中的一切就消散殆尽了，几乎完全不记得。

"我没死？"

"哼！"明山轩的神音从地底传来，"当时千钧一发，幸亏老大把你拉了回来。"

二哥这么一提，独山俊也隐隐约约记起了自己在将死的一瞬间，有一股力量硬生生将自己拖了回来。

"幸亏你化成了婴儿，不然你以山峰之体，我也没法在半弹指间将你拉回来。"巾山杰抚其头顶，手指尖散出一股柔和的神力——这是他们三四千年前所食的天关之气，如今已经化成了他们的本体神力。这股神力滋润着独山俊的全身。数弹指间，独山俊就从一个婴儿变成孩童，再变成少年，再变成青年。

独山俊感到力量恢复，站起身来，却觉得自己仿佛死而复生一般。他一站起来，脚下的白莲花枯萎消散，就见大哥看着自己问道："你刚才为什么这么做？"

"嗯？"

"你当知道，当时如果你不挖淤积而马上返身，就不会这么危险了。"

"啊！那淤塞通了没有？"独山俊却马上想到这个问题。当时他奋力一挖，之后就转身了，根本没来得及看一眼。

看到弟弟是这个反应，巾山杰内心轻轻一叹，口中说着："你自己去看看吧。"

独山俊御风而起，飞到三山南界举目望去，只见下游的河流都已经通畅，自己的冒险与努力总算没有白费，忍不住朗声一笑。

跟随而来的巾山杰，看着弟弟爽朗的笑容，也不忍再责怪了。他嘴角也微微勾起，再次问道："你刚才为什么这么选择？"

"啊？"

独山俊怔了怔，这个问题……好像被谁问过一般，只是已经记不起来了。

暂时将这个疑惑驱出脑海，他回答道："老神仙不是跟我们说，我们要做神仙，就得有做神仙的觉悟吗？我们要护山护灵，护这一方土地，护这一方生灵，这是我们的职责。"

独山俊朝着下方一划："三山上下，就是我们的土地；洞庙村民，就是我们的生民。当初我们不是及过宏愿，要护国庇民，受万家香火，得万民景仰吗？"

他指着这片狭小的土地："这片就是我们的国！"指着山洞、神庙里的村民："那些就是我们的民！"

"我等为此地之主，诸民之神，自当庇护之！"

雨云之中，猛地轰然巨响，竟是爆出连续的惊雷来。

第七章 天书下半部　　091

再跟着，云层更上方又传来了更加猛烈的雷动。

这时已经入夜，山神庙里、独山洞中，原本正要入睡的村民们一起惊醒。

在地底担山的明山轩也是一惊："怎么回事，这是什么雷？！"

"没事。"巾山杰望着九天之上，淡淡道，"三弟说了两句动地的话来，所以引得天惊，这是九天之上雷动。"

此时庙中洞中山民惊悚，天上八荒鬼神动容，明山轩若有所感。巾山杰却仿佛不将那持续不断的惊雷当一回事，在雷鸣之中盯着独山俊，继续道："但你想过没有？刚才那样做，你很可能会死的！"

"这……我就没想过。"独山俊抬了抬头，雨云还在头顶，雷声在雨云的更上面。小半天过去，这大雨依旧没停。

飘风不终朝，骤雨不终日——这句老话却似乎不适应眼前的场景，当然现在他已经知道这场飓风并非天然。

独山俊道："大哥，咱们能阻止这些水云吗？这样下去不行啊，让二哥在地底担山阻水，也不是长远之计。"他的心仍然没放在大哥所问的问题上，牵挂的仍然是眼前百姓的困境。

巾山杰便知三弟刚才那句"我就没想过"不是虚语，心中又轻叹了一声，口中答道："我们的法力出不得三山地界。雨云冲向兴宁以北的群山，然后才形成降雨，那里不是我们法力所能及处。再说，对付雨云，也只是治标。"

独山俊眼中一亮："治本之道，还是要对付那头鱼怪！"

"是。"巾山杰道，"只要斩了那头鱼怪，飓风自然停歇。"

独山俊皱了皱眉："但是那头鱼怪远在数千里外，我们连近在百里之内的兴宁群山都干涉不了，如何能去数千里之外的大海之上斩妖？"

地底忽然传来明山轩的神语："老大，你刚才是怎么救回老三的？"

被二哥一提醒，独山俊也是疑惑："对啊，大哥你刚才怎么救我的？"

他们的法力被那条界线圈住无法外传，否则独山俊就不用冒死出界去清淤了。

巾山杰微微一笑："还记得那条缝隙吗？"

"缝隙？啊！"独山俊记了起来，"那条缝隙！"

那条冥冥巨力企图将他们碾碎、无功消退后而留下的缝隙——

"对。"巾山杰道，"当时见你不回头却去清淤，我也是吓得够呛，幸亏急中生智，猛然想到了那条缝隙，便将神力从那里发出。虽然迂回了些，却总算在你生机断绝之前将你拉了回来。"

明山轩接口道："原来如此，那么'移景'也是靠那条缝隙了？"

"移景"是将远处的景象移到近处来展现，但前提是巾山杰要能"看见"那景象。

巾山杰颔首道："不错，当时三弟借风推云，要将水云推高北送之际，对方忽然改变风势。我在云汽化水的不自然变化中，察觉到了引起变化的根源所在的方向，灵机一动，便以游神御气之法，将我的一缕元神送出去，直到大海之上，观到那鱼怪的情状，跟着以'移景'之术在你们面前显现。"

独山俊赞叹不已："大哥，你可真是了得！"

不意，明山轩又追问道："大哥，什么是游神御气？"

独山俊一怔，随即想起七十二卷天书里头似乎没有这个法门。他虽然没将七十二术学全，但也曾浏览过全文，只是那些还没学的法门就不怎么放在心上。

巾山杰也不藏私，手指微动，便散发出如丝之气，道："这就是御气。"

这只是将体内先天真气外发，属于真气运用的基础。独山俊倒也能做到，并不觉得有什么。

却听明山轩道："三弟，注意大哥发出的那几丝真气。"

独山俊仔细体会，忽然惊骇起来。那几丝真气不像普通的先天真气，不只是气，而竟然是精气神皆备，气是能量，精为质体。先天真气即道典所记载的"炁"，本以为是纯粹的能量，但独山俊这时却感到这几丝真气竟还像是实体，只是以气的状态存在，再一体会，又发现这几丝真气竟然不只是能量与实体的结合——里头竟然还能感到有魂灵波动。

也就是说，这几丝真气本身，竟然就是几个有灵魂的生命体！

原来生命还能以这样的形式存在吗？

而且，那似乎还是大哥的生命……

"大哥，这是……"

巾山杰淡淡道："我以元神外发为'炁'，这些可以视为我的分身。这就是游神御气之法。"

"这游神御气之法，不在天书七十二法门之内。"明山轩在地底问道，"大哥，你又是从哪里学来的？不只这个，你那个'演算'的法门，也不在七十二法门之内。"

"对啊，"独山俊也问道，"难道是老神仙悄悄回来，传授了你新的法门？"

巾山杰笑了一笑："没有，他老人家没回来，那天晚上之后，我也没再见过他。我是学尽七十二卷天书之后，觉得天书术法虽繁，但似乎并未完满，所以就在七十二卷天书的基础上继续推演，就演出几门新的道法来，其中一项就是这'游神御气'。至于'演算'，那是我推演出来的另外一门道法——'逆知未来'的一个子项。"

明山轩和独山俊同时倒抽一口凉气，一时间都惊呆了。他们七十二卷天书都还没学全呢，可不料自家老大不但都学会了，还在已有天书的基础上，推演出新的法门来。

"不过，"巾山杰又说，"我并不觉得我推演出来的新法门是无中生有。那些法门本来就存在，只是老师藏而不授，或者是上天刻意隐瞒，所以只传了上半部，而我推演出来的这些，则都是下半部的内容。"

明山轩苦笑道："所以……老大，你还有什么事情是瞒着我们的？"

巾山杰正色道："你们是我的弟弟，我们三个同根而生，我能有什么坏心！只是有些事情我不能说。而且这些事情，时机一到你们就知道了，而且也会知道我为什么不说。"

明山轩"哼"了一声，不置可否。他倒不是不相信老大的话，只是心里头不爽——他想起老三刚刚觉醒那会儿，自己还老老实实在山上待了不知多少年，老大却已洞察了许多自己所未留心的形势。自己就是从那时候起，才凡事留多几个心眼，没想到这么多年过去，大哥终究是大哥，总是远远走在自己前面，甚至在不知不觉中又将自己甩得更远了。

独山俊微一沉吟，道："二哥且别跟大哥置气，咱们先解决眼前之事。大哥，你新推演出来的法门之中，可有什么对付那鱼怪的办法？"

巾山杰道："用不着下半部，只用上半部的法门，或许就可以了。"

"哦？哪些法门？"

巾山杰道："弄丸、斩妖！"

## 第八章　斩妖

独山俊一听，欢喜雀跃："这两门，我擅长！"

兄弟三人在山中修炼，对天书七十二卷各有擅长，其中独山俊对战斗系法术最有心得。

一百二十年前巾山杰从山根潜入地底，在地下六千尺处找到一个金矿，在九千尺下找到一个银矿，在一万二千尺下找到一个铁矿。这三个富矿在地底深处本来就被挤压得极为紧密，巾山杰又从中细细采选，在千百万斤的矿石中采出百余斤精金、千余斤秘银、万余斤玄铁带了上来。明山轩用红莲之火将本已十分精纯的精金、秘银、玄铁反复锻炼，精益求精，去掉了所有杂质，共得精金九十九斤九两九钱、秘银九百九十九斤九两、玄铁九千九百九十九斤，然后各以山力进行压缩。

独山俊用独山的重量，将九千九百九十九斤玄铁压成比小指头还小的一颗丸子，这丸子收回来时细小如豆，放出去竟能化丸为剑，穿山裂石，所以又叫剑丸——这门神通就叫"弄丸"。数十年来，独山俊以元神不间断地温养，剑丸汲取了他体内的天关之气，如今已是独山俊的本命法器。

这时巾山杰对独山俊说："自我们发现这条裂缝以来，第一次用它嫁梦，发出去的只是细微的法力；第二次我用它游神御气，探妖移景；第三次我用精金神线穿出去救你。三次下来，算是对这条裂缝越来越了解了。既然我的精金神线出得去，那你的玄铁剑丸多半也能出去。"

独山俊先是一喜，随即又说："我虽然能隔空御丸，但那妖怪远在千里之外，我如果御剑千里，威力便减，只怕摆不平那妖怪。"

巾山杰道："你以元神出窍，附在剑丸上，将剑丸当作你的分身。"

独山俊大喜："好主意，好主意。"

当下他将本体寄在独山深处，放出剑丸后，元神出窍寄在丸上。巾山杰将剑丸托在掌中，这颗黑色的玄铁丸子就在掌心滴溜溜乱转。巾山杰道："我们三个还从没出去过，不知道外面是什么样的世界，三弟你出去之后，一切小心。"

剑丸振动着传出声音："放心吧，大哥。"

巾山杰道："裂缝极小，细如汗毛，必须将你这剑丸再次压制，你忍着点。"

他将剑丸甩出，集合三山之力将丸子不停压缩。压到多小呢？如果以头发为管，这丸子能从发管通过。独山俊元神附于剑丸之上，此时人就是丸，丸就是人，等于是自身被巨力压制，所以颇为难受。

山力压制之时，巾山杰又对三弟说："拘住我们的这条诸神界线将我们内外隔绝，为防你在外失魂，我用金丝牵住你，作为你与三山的羁绊。早去早回，不要在外流连，免生意外。"

独山俊想要回应，却无法振动出声——这么小的剑丸是非常状态，要发出声音也十分艰难。

巾山杰却已经知道他的心意，手指尖飞出一根金丝——这就是他从地底取回来的那九十九斤九两九钱精金所炼的宝物。这根金丝越抽越长，越长越细，直至凡人肉眼几乎看不见，金丝内部中空，变成一条极细的管道。

"嗯，丸子似乎还不够小呢。"巾山杰将几乎已经看不见的剑丸放在掌心，双掌合十，化用大地之力，以三十倍巾山山体的巨大压力，压得独山俊感到灵体窒息，剑丸已经小得几不可见了。

巾山杰潜入地底，手指间金丝飞出，从界线裂缝中穿了出去，同时将剑丸送入金丝内部的管道。

"去吧。"

剑丸循着金丝管道，终于出了界线。

"哈哈，出来了，出来了！"

空中飞动的丸子震一震，大了数倍，又震一震，又大了数倍，这才是一颗豆子般大小，也是剑丸的正常状态。可就是这么小的一颗丸子，却有九千九百九十九斤重，其密度可想而知。这样一颗玄铁丸子，砸铁是个坑，碰石成粉末。

剑丸出了界线后，上下左右地飞旋，无比欢快。三山界内，独山俊的两个哥哥望着在外头活泼跳跃的弟弟，同时莞尔一笑。三山地界外东南二十里，一个道士抬头望见，嘴角也是露出得意的轻笑。

独山俊在界线外盘旋了好几圈，听得巾山杰催促："正事要紧！"这才哈哈一笑，发出一声金属震鸣，向东南飞去，身后则还粘着那根金丝——巾山杰的这根金线抽到极限能有八万里，越长越细，普通人已经完全看不见了。

这虽然是独山俊第二次出三山，但上次出来只有六七弹指的时间，而且处在生死大变之际，也没工夫留神外面，这次御丸飞行，飞出数十里，便看见一座成形的镇子。只见上面一间一间的屋子排列聚合，形成了一纵一横两条长长的街道，临街的是铺面，铺面后是人家，虽然大雨滂沱中街道上全无行人，但也能想象平时的热闹场景。

独山俊心想："等什么时候庙建成了，我们三山必定也能有这般繁华。"

想到这里，独山俊心中便大有成就感——那是在他眼皮子底下从无到有发展起来的聚落，从一两户人家到几百人口，将来如果户口数百、人数成千,想必是不会比这个镇子差的。

又飞出数十里,就看见了一座县城。一条护城河围住了一圈城墙,城墙圈住了一个城池,城中若干个坊市拱卫着一座县衙,虽在大雨之中,仍有士兵守护城头,又有巡者来回巡逻。三山三条村子,加起来像样的房子也没二三十座,这城中道路纵横,房屋何止千百间!

这些城墙、护城河什么的,独山俊都是第一次见。虽然他偶尔潜身于市集之中,也听来往商人提到这些,可真的亲眼见到了,心里的感触毕竟不一样。他想三山再怎么发展,大概也很难变成这般模样吧——山间那片狭小的平地都放不下这座县城。

他不由得呆了呆,在县城上空稍微徘徊,随即继续飞行。

又飞出约莫百里,前方一座大城闯入视野。此城沿着一条大河而建——大河名为员水[①]——城墙高耸,其上十步一岗、二十步一哨,越过城墙,里头是好大一座城。虽在大雨之中,仍然有坊市开张,有人冒雨在街道上穿行,那威严肃穆的府衙、宽敞齐整的街道、鳞次栉比的市井、星罗棋布的屋舍也都不提了,城中更有一座大寺,殿阁宏伟壮观,圣象庄严殊绝,虽在风雨之中,仍挡不住香火飘上来,经堂之中隐隐传来唱经之声,不知道有多少僧人在齐声诵读。

这座城,正是大唐潮州城。这座寺院,便是开元寺的前身荔峰寺。

这般大国气象、人间华景,莫说见过听过,独山俊想都不曾想象到,他便如一个在山间活了一辈子的野孩儿,蓦然见到城市繁华,眼界大开之余,又不禁怅然若失。

他不由得想起老神仙说过,等他积了功德,得了人族信仰祭拜,便有机会成为守山正神;若再进一步,庇佑一方,那便是一方正神;若更进一步,庇护一国,那便是一国尊神,能受万家香火,得万民景仰。

---

[①] 即今韩江,此时韩愈未到,尚未改名。

"受万家香火……得万民景仰……"

看看府城之中的万家灯火，感觉和自己出生以来的三山完全是两个世界，一边是穷苦贫寒，一边是富庶繁华。

剑丸忍不住在潮州府城上方来回盘旋，不愿离去。

"三弟！"身后金丝传来大哥的催促，"为何耽搁？"

独山俊定了定神，心道："正事要紧！"便继续向东南飞去，沿着员水出了海，再往前就是毫无变化的广阔海洋了，到了这里后眼界为之一阔，这种无穷无尽的感觉，只有当初以艮感体验大地的时候才堪比拟。

海上狂风呼啸，越接近飓风的中心风势就越大。如果换艘风帆船这时必定寸步难行了，但剑丸又密又小，在狂风巨浪之中穿梭却是毫无障碍，不久便冲到飓风的根源之地，在"移景镜像"中看到的那股巨大的旋风。

独山俊冲入那螺旋状飓风云里头，此时那旋风本体竟比之前还大，直径接近千丈，千百只海怪在旋风周围跳着巫舞。按理说他只是个小小山神，但内心深处却残留着几千年前留下来的骄傲，毕竟是在炎黄神战中留名的人，虽然失去记忆，却仍不愿行宵小之事，心想着："此时若施偷袭，斩了这怪，不算好汉。"

剑丸抖了一抖，膨胀延展，变成了一个玄色铁人，现出他本来面目，踏在一块在风浪中盘旋的帆船残骸上，喝道："妖怪！还不住手！"

群怪见他忽然出现，全都一阵惊骇。鱼怪那轮子般大的眼睛下移，喉咙中发出赫赫声响，便有一条修成半个人形的鲤鱼精跳了出来，站在独山俊对面的浪花上，喝道："哪来的小子，敢闯我们大王的法阵？"

独山俊冷笑道："我乃岭南道潮州北属三山山神，独山之俊。"这是他神禄上的身份，随着人间郡县名称的改变，这百年来会自然而然跟着变化。

群妖眼看他无声无息闯入此间，本来颇为忌惮，一听这话，纷纷放声大笑:"我道是谁,原来是个小小山神。"

鲤鱼精大笑:"小山神,你不在你那什么什么山赶你的野兔,捉你的野鸡,引你的樵夫,唬你的猎户,跑来这里做甚?"

独山俊自向老神仙拜师求法以来,颇以自己成为一山之神而骄傲,这时道明来历后竟被对方如此轻蔑,不由得大怒喝道:"你们在这里搅风搅雨,不顾天象,把我们三山都浇成了泽国。如果你们能够赶紧罢手,我念上天有好生之德,放你们一条生路。如若不然,哼哼!明年今朝,就是你们的忌日!"

这段话,后面那几句是一个变文僧路过三山集讲的一段古,独山俊给顺了过来。他自己觉得颇有威势,不料却引来整个海面几百只妖怪同时大笑。

鲤鱼精问道:"小山神,你几岁了,有多少修为?"

独山俊道:"我出世至今,已过百年。"

"原来是个刚刚出道的小山神,怪不得,怪不得,真是初生牛犊不怕虎。"鲤鱼精哈哈大笑道,"那你可知道爷爷几岁了?"

独山俊道:"你有几岁?"

鲤鱼精道:"爷爷我是东汉末年孕育的灵种,偶得龙涎滋润,延了岁数,自此吸日月之精华,得天地之造化,开了五窍,修为至今足足有五百年了。你一个修为不过百载的小小山神,也敢来这里摸你爷爷的老虎屁股。"

独山俊没想到这竟是个五百年的人妖怪。他见识不广,气势就有些被压住了。

又见鲤鱼精指着底下的几百妖怪道:"我们这群大仙里头,我还不是最了得的,修为最高的足足有八百年,修为最低的也有两百年,就没一个比小山神你低的。你区区一个山神,百载的修为,就敢来我们这里撒野,真是好笑啊好笑。"

第八章 斩妖　　101

独山俊冷哼道:"就算你们修为年深,可终究也只是妖怪,有什么好傲气的?"

鲤鱼精指着头顶十鲸大小的巨怪说道:"那你可知道我们这位大王,又有多少年岁?"

独山俊问:"它有多少年岁?"

鲤鱼精道:"我们这位大王年久岁深,原来中原人文初辟时,它老人家就已经在了。久远之前,当它老人家还在中原某处大泽时,也曾听过玄鸟鸣叫,也曾见伏羲路过,出生年月都已经久得忘记了,就算从依着一位上古古神修行开始算起,至今少说也有六千年了。"

独山俊心中一凛:"听说妖过百年方开窍,五百年以上方能呼风唤雨,似这等六千年以上的上古大怪物,可就不知道有多大的神力了,怪不得有这般神通。"

下方一个蟹处士叫道:"你跟他说这么多做什么!"

鲤鱼精笑道:"毕竟是受了神禄的人,咱们主公另有要事,能善了就善了吧。"

独山俊指着那巨大的鱼怪说:"它既然是上古大妖,为什么不好好修行,却掀起这大风祸害人间?"

鲤鱼精不悦道:"我家主公的事情,也是你敢置喙的?小山神,别给自己招灾惹祸了,不想死的话,快走快走。"

独山俊心道:"这些妖怪个个修行比我还久,但我费了这么大的力气出来,岂能无功而返?再说了,虽然有二哥在地底担山阻住了水势,可这大雨始终不停,二哥终有挡不住的时候。"

想到这里,便知道今日之事有进无退。独山俊捻了一个斩妖诀——这是天书所载专门克制妖物的法诀——纵身一跳,仍然化为一颗剑丸,剑丸再变,变成了一把玄铁宝剑。

鲤鱼精一见大惊:"这……这是什么神通?"

下面蟹处士是个有见识的,大叫:"斩妖剑,快走快走!"

却哪里还来得及?只见剑光一闪,鲤鱼精就身首分离,独山俊反而怔了怔,心道:"不是有五百年道行吗?怎么如此不济?"

剑光只是稍顿,随即向底下群妖斩去。他来势好快,蟹处士眼看避无可避,将修了八百年的蟹壳化为巨盾,两只巨螯同时向剑光夹去。它这巨盾能挡百顷巨浪,这螯足能辟水裂石,寻常山神水神遇到它还真奈何不了,就是修为多年的剑仙,等闲之辈也未必能破这一挡一夹,不料只是剑光一闪,便是螯足折断、巨盾洞穿的结局。

独山俊心道:"这很轻松嘛。"

这蟹处士是群妖中修为最高的一个了,它都挡不住玄铁神剑一击,其他妖怪自忖不及,哪里还敢硬挡?

眼看剑光飞至,众妖吓得鸡飞狗跳地躲闪,整个巫舞阵势登时就乱掉了。螺旋状飓风失了底部根基,风势就慢慢弱了下来。

玄铁神剑上下飞射,正面当其锋者,八百年修为立毙,五百年修为解体,就是剑芒所及之处,那些两三百年的小妖怪也都或死或伤。剑光飞闪了一圈,已经斩妖过百,伤者不计其数。

剩下的残妖败怪哭爹喊娘,却慑于巨怪的威势又不敢潜逃,最后纷纷往水柱中央逃去,闪入冲天水柱之中,要躲在巨鱼的鳃鳍之下。

独山俊这一番杀得畅快无比,对这些妖怪再无半点忌惮,心想:"看来它们走妖怪的邪路,终究远不及我们走神仙正道。什么千年百年,全是虚数!"

此刻,独山俊更无半点畏惧,驱剑直入旋风核心,穿过鲨鱼鲸群,直朝那万年鱼怪射去。

## 第九章　秘银之叶

"妖孽，看剑！"

旋风巨浪的中央，鱼怪发出古怪的叫声，有如犬吠。"斩妖"法诀对妖物有克制作用，剑光穿透风浪，在巨鱼身体上一划，便划开了好大一条口子，那血如同瀑布一般淋了下来。

独山俊原本还担心这万年老妖怪有什么古怪难以克制，眼看玄铁神剑能够伤到，他心头大定，驱使神剑上下飞斩。那鱼怪有十鲸之体，而且这么庞大的身躯就是本体，不是法术幻化出来的，这神剑虽然锐不可当，却也无法将其一剑斩杀。然而独山俊左一剑，右一剑，上一剑，下一剑，上下左右连续八剑，终于斩杀了鱼怪一身，流出的血将整片海域都染红了。

"看来也不怎么样，也就仗着个头大。"光是大就不用怕了，多斩几剑也就是了，独山俊感觉行有余力，于是更驱神剑，上下飞斩，又将鱼怪斩了一身，再斩一身，连斩了九个身躯，眼看鱼怪只剩下一头一体。独山俊冷笑着："刚才跟你好好说话，你这怪物不听好话，硬是要闹成这个下场，什么万年修为，都是枉然了。"

然而鱼怪轮子一般的眼珠子向下一睨，这一睨里头不但没有半点畏惧，甚至没有半点痛楚。这反应让独山俊心中一紧："这怪物这反应……不对路啊！"

数千里外，一直以精金神线与独山俊气脉相连的巾山杰心头一动——他的逆知未来还没练到精深地步，所以常常是被动触发——便看到了危机，神线震动，急唤独山俊："三弟！快跑！"

独山俊本身已经预感到危机，再被自家老大一催，赶紧回头，然而只退回数步，几个画面就在识海之中闪过。原来却是他与巾山杰气脉相连，巾山杰以神念唤他，紧急之际两人神识也连在一起了，所以他就看到了巾山杰的新预知：

那时他退回了三山，鱼怪施展了个什么神通，十鲸之体恢复如初，再催水汽，最后将三山北部山梁冲垮，将整个三山灌成了泽国。神庙被浸入水底，水柱从天冲下，灌入独山山洞，淹死了洞中所有人，整个三山竟成了一个死域，只剩下三个山神毫发无损地站在山巅，无奈地看着眼前这一切。

"不能退！"独山俊心头剧震，这个结局是他无论如何也不能接受的，"我既接受了他们的供奉，却放任他们死绝，那我还算什么神！"

神剑顿了一顿，掉转了锋刃，朝向鱼怪。

"三弟！不行，快回来！"巾山杰惊急交加，神线连震，独山俊却不为所动。惶急之下，他将刚才看到的画面传了过去，独山俊就看到了自己身处一片血海之中，元神被从剑丸之中抽离，再跟着独山山体内部的本体不断枯萎，最后化成了灰烬。

"那就是我的结局吗？"

后退，三山百姓死绝。向前，自己化为灰烬。

这就是大哥要我回去的原因吗？

玄铁神剑停在半空，鱼怪轮子般的眼睛闪动着嘲讽，跟着巨大而丑陋的鱼嘴微微裂开，就像是在无声地嘲笑。

"哼！化成灰烬又如何！我既出来了，就没有中途逃跑的道理。我，

第九章　秘银之叶

独山俊，不做逃兵！"

九天之上，猛地轰隆闪现一个惊雷。

这句话，似乎牵连了几千年前的记忆，那段已经被抹掉的记忆。

是啊，几千年前他是那样选择，几千年后，他仍将这般选择。尽管他不记得了，但他仍然是他！

巾山杰和明山轩同时抬头，明山轩仿佛想起了什么，却又怎么也记不起来。

巾山杰却知道对老三已经劝无可劝，神线抖动，就要将他强行拉回来。

忽然玄铁神剑一个回旋，竟然斩断了神线。

然后剑锋面向鱼怪，义无反顾地冲了过去。

"老大，老三怎么样了？"

"他斩断了神线。"

"啊！那……"

独山之内，独山俊的本体一点点地瘪下去，就像有什么力量将独山俊体内的生命本源源源不断地抽走一样。

三山一体，所以巾山杰、明山轩都能清楚地感知到独山的变化。

巾山杰飞入独山深处，将精金变成针体，连变出一百零八根，插入独山俊的一百零八个大穴上。

"我用金针刺穴，但仍然阻止不了老三生气流失，只是起到暂缓作用。"

"能够顶多久？"

"慢则一天，快则三个时辰，等他天关之气失尽，跟着就是本命之源消散，那时候就回天乏术了。"巾山杰闭上了眼睛，"我们是神，不是人，人死归泰山，我们死了……却不知将往何处去……嗯？二弟，你要做什么？"

山洞之中，神庙之内，山民们再一次微感恐慌，因为他们发现地面又在震动。

那是明山轩在低沉地怒吼。他震动着身躯，动用了"支离"——断了自己的左手，撑住了独山；断了自己的右手，撑住了巾山；断了自己的双脚，将地面往上再抬三尺；剩下的躯干撑住了明山。

跟着他的头飞了过来，飞到了巾山杰身前。

"老大！送我出去！"他一张脸涨得通红，语气却不容置疑，"我去救老三回来！"

"困住老三的，是不知名的古法，我也测不透深浅。"巾山杰说，"如果有把握，我已经出去了。"

"你不用跟我说这个！送我出去就好了！如果老三真出了什么事，你认为我能安心独活吗？"

巾山杰沉默了。

明山轩又道："我不知道你隐瞒了我们什么，但我相信你与我们并无二心。我没你看到的、想到的那么多，我只知道一件事：我不能坐视三弟就这么死去而什么都不做！所以，送我出去吧！"

"你有把握？"

"把握个屁！"明山轩叫道，"我不像你，什么事都谋定而后动。那片海浪里头发生了什么我不晓得，但总之先去了再说。就算我最后也跟三弟一起陷在里头，那也是我心甘情愿。"

他呵呵一笑："其实人活着，图个心目就够了。你说对不？"

"我们不是人，我们是神。"

"哈哈！"明山轩笑道，"我们除了活得久一点，又会些神通，其实跟人好像也没什么区别。"说这句话时，明山轩觉得体内的锁链在拉扯，疼得厉害，然而他还是将话给说完了。

"别废话了！快动手！早一刻，三弟就少受一刻的折磨。"

巾山杰不再言语了，轻轻叹了一口气，说道："其实你不用经我神线管道，你可以自己出去的。"

"嗯？"

"先元神出窍吧，和三弟一样寄灵于秘银之叶上，然后你就会明白的。"

明山轩的头颅在空中点了点，飞回明山深处，将自己的元首藏了起来，跟着元神离体，寄入秘银之叶中——这是他用九百九十九斤九两秘银炼成的宝物，平时其状如叶，用时可以变成各种平面，化用万方。

巾山杰将秘银之叶托于掌心，说道："我炼的是神金之线，你炼的是神银之面，三弟炼的是神铁之体，线最易，体最难，所以老三的铁丸很难压到虚点的地步。我现在以外力助你，你将秘银之叶展至极薄。嗯，你现在能薄至于无厚吗？"

"还不行呢。"明山轩说，"还差一点儿，不过就这一点儿，感觉永远没个尽头似的。"

"嗯，那应该也够了。"巾山杰双掌一合，压制银叶。明山轩趁势展薄，薄之如皮，再薄之如纸，再薄之如纸之十分之一、百分之一、千分之一，终于薄到不可言喻。

"够了！"巾山杰说着，就将明山轩一送。

那条界线裂缝极微极细，但明山轩的秘银之叶此时比那条裂缝还薄小得多，轻轻松松地就穿了过去。他们三个强行突破界线出去会遭受强大的反噬，从这条裂缝出去却仿佛无事。

穿过去后，秘银恢复常态，卷成了一个头颅形状——那就是明山轩的飞头。

"嗯，老大，我去了。"

"一切小心。"

明山轩呵呵一笑："小心有用的话，老三就不会出事了。"

两个弟弟中，三弟其实性格更执着些，但和自己说话时总是顺着自己来；二弟比三弟其实更稳重些，想法也跟自己接近些，然而嘴上却总是和自己抬杠。不过真到了关键时刻，老三又何曾听自己的？还不是照他的性子来！

　　想到这里，巾山杰不禁微微苦笑。

　　明山轩背向三山，朝向大海，再不顾身后之事，只身对着漫天水云的来源处，冷哼了一声，低语："老三！二哥来了！你给我撑住！"

## 第十章　血池旋涡

明山轩因为紧张独山俊，中间更不停留，一路飞向大海，路上觉得风势比之前大为减弱，然而又有恢复之势。

不久明山轩抵达那片飓风起源的核心海域，他的银颅虽然不小，但在狂风大浪之中和一粒沙子也没什么区别，很快就穿过风浪，怪不知鱼不觉地来到那条逆天而上的水柱附近，朝下张望。只见风眼内部已经恢复之前的秩序，那个大怪物仍然悬浮在逆天水柱中央，几百个水怪又在底座继续跳着巫舞，只是阵势有些稀疏，显然是数量有缺。在逆天水柱的中央偏下——也就是在那鱼怪尾巴下面，有一个红色旋涡悬在半空，这个红色旋涡是之前的"移景"中没看到的，也不知道是什么东西。

空中有一股无形的召唤力在蔓延，波及方圆两三千里，陆陆续续地就看见有新的水怪响应这召唤，补入那巫舞阵势里头去。

明山轩脑子一转，已经明白：一定是三弟一阵冲杀，让它们减员乱阵了，这时是在召唤方圆千里内的妖怪来助阵了。

一念及此，他已经有了主张，飞颅一翻，钻入水底，捻个诀用了"假形"之法，道声"变"，变成了一尾好大的红杉鱼，足足有七八尺长，应了召妖波，顺水流游到那巫阵附近。水怪们正跳着巫舞，将妖力汇入逆天水柱之中，见到他来就让出了一个位置。

明山轩就跳了上去，一到那个位置上，脑中就传入巫舞之法，自然而然就会跳了。他也不抗拒，一边跟着跳舞，一边问前后："几位老兄，这是在做什么啊？"

他身前有个古怪的鱼妖，长着鲤鱼的头、海豚的身、螃蟹的螯足，没有尾巴，怪模怪样的。

那鱼妖说："我们在帮主公布阵呢，你跟着跳就是了，回头有你的好处。"

明山轩问："主公是谁？鱼在哪里？"

"喏，那不是？"身后的怪物回答。这一个更奇怪，身子主体是螃蟹的壳，只是壳上七纵八横的都是剑气遗痕，就好像被人劈成了七八块又拼了回来。原本长螯足的地方，螯足没了，换成了两根长长的乌贼触手，这时一根触手指向了水柱上方。

明山轩从这怪物的身上感应到了三弟剑气的余意，心中已有猜测："这些怪物一定都是被三弟给杀过了，只是不知谁用了什么秘法，将它们又都复活了过来。"想到那怪物能使妖复活，明山轩心中更加忌惮，随口问道："你们怎么都长着这个怪模样，我在这大海里做了几百年的鱼，就没见过几位老兄这样子的，鱼不像鱼，蟹不像蟹。"

前面的鲤鱼精一听，就忍不住吐苦水："我们原本哪是这样，是在半日前，不知从哪里来了个愣头山神，驾驭一把好厉害的飞剑，将我们斩得七零八落。幸好主公慈悲，以大法力用血池帮我们重塑身体，我们又妖魂未散，这才得以复活。只是身体虽然拼合，却拼得乱七八糟的。我木休是五百年的鲤鱼神，却拼了豚身螯足。你后面那位是蟹处士，它的螯足拼给我了，自己却得了两条乌贼的腿。"

"我们算好了。"拼了乌贼腿的蟹处士说，"那些个修为比我们低的，妖魂散了，身形拼好也活不过来了。这不，咱这大阵才缺了数。"

明山轩道了一声："原来如此！"又问："却不知道那神剑在哪里，现在是什么下场？"

"什么下场？哈哈！"鲤鱼精哈哈大笑，"你看那血池旋涡，他就在里头呢。"

血池旋涡？明山轩心中一凛，抬头望向那一片红色，谨慎地以法眼细看，这一下才算看清了那片红色旋涡的全貌。只见这片旋涡不像是水，却像是浓稠污臭的血液，在风里的旋转中转成一片巨大的旋涡。旋涡之中有一把玄铁剑在不断飞转，三弟的灵却已经不在里头。再一细看，才发现三弟已经灵剑分离，那血池竟在构建一个新的身体，看那身体已经形成的部分，竟像三弟的身体，只是尚未完全，三弟的灵就被困在里头。

明山轩不由得心头大惊："这个血池旋涡是个什么东西，不但能复活妖怪，还能再造人身？只是这身体是怪物所造，三弟如果在里头觉醒，怕是会被怪物控制，成为它的附庸。"

就在这时，那十鲸之体的鱼怪轮子般的眼珠朝下一移，明山轩心中一吓，不敢再看，暗道："这个老怪物好厉害，我就看了一眼，它竟然也有所察觉，可得小心了。"

幸好他也只看了一眼，所产生的异动微乎其微，大鱼怪就没再理会。明山轩继续跳着巫舞，与前后两怪拉扯家常，说着说着，颂扬起这十头鲸鱼大小的怪物来，口中也称主公，叫得甜腻："就不知道咱这主公，是什么样的跟脚？像这样的大仙，可别是天河上下来的。"

前头那鲤鱼精道："不是天河，不是天河，是古谯水的源地，那里本有一座山，后来被轩辕黄帝给拔了，山根处变成了一个湖。主公日常也曾跟我们叹息过，它几千年前随它的主人在那里修行。"

明山轩得了这讯息，心道："那个血池旋涡古怪难测，既然能拿住三弟，怕是我也不能幸免。正面难以为敌，且到这怪物的跟脚之地看看，寻寻制它之机。"

他一个跟头栽入水中，身后蟹处士叫道："咦，那尾红杉呢？怎么不见了？"

那边明山轩游出数百里，跃到空中，仍化银颅。他出来的时候，巾山杰也有神线相随，这时震动神线，将刚刚得到的情报与大哥说了，随即问道："我想到那古谯水的源地瞧瞧，却不知在何处。"

神线那头，巾山杰沉默了半晌，才说："我恰好知道。"

明山轩一喜："那好那好，大哥你快给我指指。"

一念神识传来，明山轩已知方位，当下潜入海底，直入海下之地，然后展开地术，一刻就遁八千里，不多时就到了巾山杰所指之方位，飞出地面，入眼处果然见到一个人迹罕至的湖泊。这湖是谯明之山被拔起来后，山根处形成的湖泊，只是几千年沧桑变化，湖面已经缩小了许多。

明山轩在周围巡视了一周，不见有异，当下捻"入水"法中的避水诀，潜入水底。正自寻找，冷不防钻出一个水伯来，叫道："哪里来的水鬼？在这里游荡。"

原来明山轩只是一个银颅在水里晃悠，那水伯见了不免诧异，以为是个水鬼。

明山轩也不恼，笑了笑问："我不是水鬼，我乃岭东潮州境内，三山地面明山山神，你是何人？"

那个水伯无比诧异："你是岭南山神？岭南离此数千里，你怎么能离境来到此处？我乃此处水伯。"

山有山神，水有水神，水伯就是水神之别称。

明山轩嘻嘻笑道："原来是同僚啊，见喜。我因要降服一个一头十身的大怪物，所以找到此处，听说这里是他的跟脚之地。"

那水伯闻言大惊："你要找它？那可是上古之种，万年的大妖。真是，你小小一个山神，也敢去动它的主意。"

明山轩大喜："这么说来，你是知道它的来历了，还请见教一二。"

水伯瞄了他两眼，说："我看你怎么都不像个山神，怎么才一个头？"

明山轩道："我那三山地面，一地三山，三山相连，各有一神，结拜成兄弟，我排行第二，百年来倒也自得其乐。不料如今却被那一头十身的怪物搞成一片泽国，是我将北部山区硬生生抬高了地势，暂时阻住水势。我三弟心急着要救人，失手被陷，我因要擒那怪，以'支离'之法断二手擎二山，双脚再抬升地势，身躯擎我本山，只剩下元首以元神出窍，驾驭法宝万里奔波，辗转来到此处。"

水伯看他，就像看见鬼一样："你这是胡说八道。你一介山神，想来跟我水伯不过半斤八两，怎么能有这般大法力？"

明山轩呆了呆："这些法术，不是都记在天书神卷中吗？"

水伯道："天书神卷虽有记载，但我们能看到的、学到的不过是那几门小法术，那些个大法力我们哪里看得见、学得会？你你你……你做了几年神仙了？"

明山轩笑了笑："我不大记得年岁，大概有两百多年吧。"

水伯喷出一个漩涡来："不当人子！不当人子！你这小子吹牛扯谎，毫无顾忌，区区两百年修为，也敢吹有这般法力。"

明山轩的脾气是比较暴躁的，常常跟巾山杰顶嘴。这时三山地面危在旦夕，他来回万里奔波，内心本就焦急了，再见水伯东拉西扯，脸色一沉，秘银面皮就变黑了，喝道："你要问的我也告诉你了，信不信只在你！你跟我扯这些做什么！"

七十二卷天书中，载有一门"驱神"之法，他心念一动，捻咒一拘，水伯只觉得身体如被箍住，连声叫道："原来是上神降临，小老儿有罪，有罪！"

明山轩也不跟他聒噪，就问："那怪究竟是什么来历？"

那水伯也不敢再打听眼前这怪头的来历了，这才老老实实说道："上神恕罪，且听老儿道来。我们这处，原本不是湖泊，乃是一座古山，名曰'谯明之山'……"

一听到这个名字，明山轩只觉得脑子咚咚作响，有如打鼓一般，莫名其妙地就疼了起来。

## 第十一章　伪装

明山轩也不知道头为什么疼。如果是平时，他一定要好生思索，找出病症，这时急着降妖救人，便耐住头疼听那妖怪的来历，幸好这头疼也渐渐隐下去了。

"……听说在上古之时，炎黄大战，炎帝命千山助战，这谯明的山神也领了敕令去应战了……"

听到这里，明山轩的头又疼了起来，好一会儿才平复下来，错过了几句话。

"后来这明山就被轩辕黄帝派人连根拔起，也不知道流放到哪里去了，此处本是谯水之源，山走而水源仍在，山根处形成一个大坑，久而久之就变成了一个大湖。我是一百年前才到这里做的水伯，交接的时候听上一任讲，这湖底原本有一尾万年大鱼，是那谯明山古神所豢养，大概几百年前忽然莫名其妙地飞走了。那鱼乃是蛮荒古种，一头十身，名曰何罗，想必就是上神所说的妖怪了。"

明山轩问道："那鱼怪可有什么弱点、要害吗？"

"弱点、要害，却不曾听说。只听说那鱼十分依恋故主，这湖往东数十里有个荒谷，谷中有个秘洞，听上一任讲，那洞中有那谯明山古神的遗像，每年秋水大涨时，那荒谷也会被湖水淹没，那鱼还在的时候，都会趁机游过去朝拜。"

明山轩听了，心道："这么说来，要降服那鱼，多半还要落在他故主身上。"便请水伯指明那荒谷秘洞所在。

水伯惊问："你要做甚？"

明山轩道："我想去看看那神像。"

"不可不可！"水伯道，"听说那山洞之中，还藏有一洪荒大怪，是那古山神的本命神兽，比那何罗还要厉害得多！"

明山轩道："你哪那么多废话，只要你指路，又不要你进去。"

水伯连声再劝，明山轩的银面皮就变红了，吓得水伯不敢二话，指了道路，明山轩就飞走了。水伯看着那远去的飞颅，愣在水里，心道："这是山神？一个山神能有这等本事？"

忽然心头狂动，一个敕旨传来："谯水之源方圆五百里，一应山神、水伯、土地等上下神祇，悉皆避退。若有驱神之咒，可不应命。如律令！"

水伯闻令便欲行，忽然想："这敕旨怎么不早来些许，那就不用伺候刚才这位祖宗了。"忽然又是一惊："不好，这敕旨会不会就针对方才这个祖宗来的？只是来得迟了没赶上，我……我是不是多嘴了？"

那边明山轩按照水伯的指点，飞到那个荒谷之中。若说刚才那湖泊只是人迹罕至，此处就绝无人踪。在荒谷之中寻了一圈，果然找到了一个隐秘的暗洞，他略一犹豫，心想："刚才水伯说，洞中有个洪荒大怪，比那一头十身的何罗还厉害……嗯，此处是山，山与地连，如果形势不对，我遁入大地深处就是。"

只要是连着大地的地方，他的底气就足多了，当下潜入地下，也不深入，沿地表遁行。却就见地面一个小小的凸起向洞里移去，那洞好生深邃，岔路又多，然而不知为何，明山轩却感到一股无比熟悉的气息存在着。他循着那股气息直接探去，不久探到山体深处，果然就看到一个大洞穴，穴中蜷伏着一头怪兽，身形也不觉得有多大，乍一看就像一头豪猪，正在那里呼呼睡觉。

明山轩想："河伯说这怪物比何罗厉害，怎么我却不觉得它身上有什么危险的气息？嗯，还是小心为上。"

那怪物匍匐在一个石台下，石台上矗立着一个神像，却没了头，只是石像周围却缠绕着一股又熟悉又陌生的气息，这气息是被一种特异的力量禁锢在了那里。这股禁锢的力量倒也不甚强大，似乎只是为了将这股气息存留在此处而已。

明山轩微一沉吟，已有猜测："水伯说那古山神被流放了，那是不是这怪思念故主，所以施法将故主的一些气息封藏在此了？是了！定是如此，否则那何罗鱼何必每年都来朝拜？"

想到这里，明山轩已经有了主张，悄悄钻出地面。秘银飞颅一弹，刚好落在那无头神像的肩膀上。

"哈哈，这个石像，倒还挺合头。"

跟着他将银鼻子一吸，那缠绕在石像上的气息就都被吸进体内。也真是奇怪，这股气息入体之后，与秘银水乳相融，毫无窒滞。

石台下的怪兽忽地就醒了，眼睛睁开，满身刚鬣竖起，抬头望向明山轩，眼睛里充满了不可置信。

它的喉咙里发出了榾榾的声音："主……主人？"

明山轩心头一乐："看来果然没错，我吸了石像上的气息后，这货也以为我是它的主人了。"他也不敢多言，以免露馅，哈哈一笑，趁着怪物不备，忽然一个倒旋，落入山体之中，展开遁地之法，直至海边。这时已经入夜，朝天一看，云层水汽又厚实了起来。

"可得赶紧啊，三弟固然危急，若再来一场暴雨，三山那边也撑不

第十一章 伪装　　117

住了。"

明山轩急急飞到逆天水柱上空,秘银展开,按着石像的样子,化作一个身体来。石像没头,他也就不管了,立起来领子,遮了大半边脸。

那鱼怪已经察觉上方有人,轮子般的眼睛朝上挪动。

明山轩放开了那股气息,张口喝道:"何罗!你看谁来了?"

何罗感应到了他的气息,浑身一颤,口中发出犬吠般的声音,叫道:"主人!主人!你终于出来了!你果然出来了!儵蝞老爷说得没错,这样果然能救您。"

它竟是喜极而泣,巨大的眼睛滚下两行眼泪,就像瀑布一样滚入海水之中。

明山轩见它如此,倒是心头一动:"这怪物,倒是有情有义的鱼呢,只是祸害百姓,其罪须惩。"

他却不动声色,开口喝道:"你在这里做什么?"

何罗老老实实地应道:"儵蝞跟孟槐大人说,主人您被神道拘在三山,须得想个什么办法救主人出来。当时我就在旁边,于是自告奋勇,来到这东大洋上相机而动。最近儵蝞大人传来指示,我当下召集群妖,鼓动风云,水漫三山。"

明山轩道:"孟槐是谁?儵蝞又是谁?"

何罗大惊:"主人啊!你怎么连这都忘了啊?"

明山轩暗叫一声糟,含糊道:"我……我这不是才脱困吗?所以记忆有些含糊。"

"啊,对,对!"何罗叫道,"孟槐大人说过的,主人被那天杀的鬼容区洗了记忆,看我这鱼脑袋,怎么就忘了呢?"

明山轩没想到歪打正着,又听何罗问:"那主人怎么记得小鱼?"明山轩道:"我看到你,不知怎么就记得了,我以前在谯明之山时,你不常在我脚边游泳吗?"

何罗大喜："主人记得我！主人记得我！主人连孟槐大人都忘了，却还记得我！"

明山轩问："所以孟槐是谁？"

"主人啊！"何罗道，"孟槐大人就是您的本命神兽啊！"

明山轩恍然，心道那一定就是石台下守神像的那头神兽了，原来叫作孟槐，又问："儵蝠又是谁？"

"儵蝠大人，就是独山大人的本命神兽啊。"

"啊！你说什么？独山？"明山轩一怔，正要追问，忽然千里之外，传来榴榴之声。

何罗雀跃道："孟槐大人要来了！"

明山轩大惊，心想那货来了，自己非露馅不可，再不敢耽搁，指着下方那血池旋涡道："此是何物？"

何罗道："主人容禀。我们谯明之山，本有谯水，谯水本来是注入黄河的。当年主人被流放后，谯地水系混乱，我游到黄河避难，又随水乱闪，不知到了何处，恰到某时某地。在那里，水神共工悟道，得悉生命之本源。我适逢其会，也领略了些许，只是未得正宗。这些是主人被流放后的事情，所以主人不认得我新学的这个妙法。下面这个血池，能禁人之神，解人之身，造人之体，刚才有个怪人来妨碍我们的大事，被我以血池将他卷入其中，将他的元神散于剑外，又替他造了个傀儡之体，将他困住，只待傀儡体成，这人就要成为我的附庸。主人啊，他身上有天关之气，我不断吸食抽取，甚有好处。主人要……"

明山轩道："你将他送出来，我看看他的模样。"

何罗不疑有他，一股激流逆冲百丈，就将独山俊的傀儡伪体送到明山轩面前。这时这个傀儡身体已经七八成模样了，俨然有了独山俊七八分模样。

明山轩道："此人我另外有用，你解了他的傀儡身，还他玄铁剑，再将吸食的天关之气还来。"

他只是试着唬人，漫天开口，已等着那鱼讨价还价。不料何罗连质疑都不敢，反而很委屈地说："主人啊，这人厉害得紧，刚才以斩妖诀伤了我，那天关之气有部分我已用来疗伤了。"

明山轩只觉那榴榴之声已经近在百里之内，不敢多加逗留，挥手道："剩下多少，就还多少吧。另外我既然已经脱困，你这个飓风就不用再弄了，都散了吧。"

何罗道了声"是"，将已经吸食的天关之气尽数凝聚，吐出一个气泡飞来，同时轮子般的怪眼一阵转动，独山俊的那个傀儡之体就土崩瓦解，逆天水柱也轰然落入海面。飓风与水云失去本源之力，以肉眼可见的速度在消散。

明山轩大喜，抓住了独山俊脱体而出的元神就往玄铁剑上扔去，捏个法诀喝道："铁丸不复，更待何时！"玄铁剑就变成了一颗铁丸，明山轩再一牵引，那气泡上的天关之气就尽数回归铁丸之中。

就在这时，一头洪荒巨兽降临海面，身体之大，遮天蔽日。何罗有十鲸之体，与之一比，却如大海碗下的一颗蚕豆。

何罗雀跃道："孟槐大人！孟槐大人！我救出主人了！我救出主人了！"

明山轩看得咋舌，暗道："这是孟槐的本体？那何罗鱼我给它塞牙缝都不够，这个孟槐，何罗也只够给它塞牙缝！幸好该办的事情都办完了！"

他哈哈一笑，带着铁丸飞出孟槐的阴影，指着两怪道："你们两个上当了！"

孟槐在空中俯身，盯着明山轩得意扬扬的飞颀，眼睛里满是困惑。

## 第十二章　劫后

何罗愣在那里。

洪荒巨兽孟槐的身影微微倾斜，只这么一倾，便造成了巨大的压力。明山轩心道："那头何罗也就算了，老大或许能够对付。可这孟槐，怕是我们兄弟三人联手都摆不平的，可不能引到三山去。我得将它引到别的地方，然后再逃走。"

他在身后精金神线上微微一弹，暗道："老大！将老三带回去，我断后！"

"你呢？"巾山杰问。

"我断后！快点！"

精金神线一分为二，其中一根粘住玄铁丸子，迅疾无伦地拉了回去，另外一根仍然粘在明山轩背后。

明山轩也不远走，飞颅就在空中，吸引着两个巨妖的注意力，在空中兜着圈子，发出秘银震动，哈哈而笑："你们上当了！哈哈，哈哈！"

何罗之鱼正爆发出怒火来，却见孟槐身形缩小，从遮住数十里的天空与海洋，变成只有凡人之躯的七八倍大，向前凑了过来，问道："上什么当？"

明山轩心道:"这头神兽,脑子不大灵光啊。"他对眼前这头神兽莫名地就没有恶感,如果有可能,也不想和对方交恶,口中笑着:"老孟啊,其实咱们两家,原本井水不犯河水,你们家这尾大鱼搅得我三山天翻地覆,所以我才跑到你老家去,借了你故主的气息,假冒了他的样子,来这里骗了这尾呆鱼。咱两家一人一次,不如就此扯平了,你觉得如何?"

孟槐叹了口气,道:"原来……你还没记起来啊。"

明山轩愣了愣:"没记起来什么?"

孟槐咧嘴一笑:"你刚才说,你假冒了谁?"

明山轩愕然答道:"你的故主啊。"

孟槐又问:"那我的故主是谁?"

明山轩不知道他这么问是什么意思,随口反问:"你的故主是谁?"

孟槐道:"我的故主……便是谯明之主……"声音仿佛就像在明山轩的脑子里炸了开来:"明山之轩啊!"

明山轩只觉得自己的脑子嗡嗡作响,就像炸开了无数霹雳,引动了他生命极深处的记忆残痕。他从荒谷秘洞中吸过来以假冒谯明古神的气息,因为这句,残痕拼命地涌入他识海深处,气息引动气息,记忆勾起记忆,只是瞬息之间,无数画面就充斥了他的识海——那是孟槐在故主被流放后,上天入地所搜集的故主各种残留气息与记忆片段,此刻都变成了撕开明山轩识海的药引子。

"啊啊!啊啊!啊啊啊!"这种识海撕裂的痛楚转化为剧烈的头疼,让明山轩忍不住在空中飞转起来,飞颅展开变成莲花,莲花中又冒出百丈烈焰,唬得底下群妖都潜入海底。

与此同时,九天之上,一道灭神之雷酝酿了起来。孟槐警觉地望向天空,身子一张,再一次遮天蔽日,将火焰中的莲花给隐藏了起来。可是灭神雷的涌动并未停止。

何罗大叫:"孟槐大人,这是怎么回事,怎么回事?"

"你看不懂吗？这就是我们的主人啊！不过他还没恢复神识，所以跑到谯明旧址，吸了残余气息跑来这里假冒自己啊。"

何罗大叫："啊！那，那——"

就在这时，明山轩终于忍耐不住："头痛，头痛！大哥，大哥！"他已经痛到无法照顾周围的形势变化了，吼叫："带我回去！我撑不住了！"

神线一震，将他拉回。

就在此时，天外之天一道惊雷落下。这道雷不是云层形成的雷电，不是神鬼呼唤的雷电，不是天雷地雷神雷水雷社雷之属，乃是灭一切众生生命之雷、断一切精魂神识之电。

孟槐万千刚鬣展开，朝向九天之上："新天道吗？我呸！"呵呵怒吼中卷动风云，朝天冲了过去。

正在被精金神线拉回去的明山轩，眼睁睁地看着那头洪荒巨兽逆天而上，冲上去为自己挡雷。

雷兽两相冲击，发出地崩山摧一般的巨响，吓得方圆千里鱼群尽沉、群妖匿踪，震得万里云散、半洋水滞。巨大的雷电之中，洪荒巨兽的身形就这样被无情地瓦解掉了……

神兽消散之际，明山轩终于脱口而出，叫了出来："孟槐！"这一声叫唤，不是他从别人处听过了这个名字，而是他真的记起了这个名字。

那是他的本命神兽啊，从某种意义来说，那就是他的分身，是他另一个"自己"。

可是那可怕的雷电已经消解了一切，电光之中只剩下一片虚空，那里再没有什么能回应他了。

然而就在这一瞬，何罗分明看到雷电与孟槐抵消之余，还有余电袭向正在迅疾回返的明山轩。

"主人！"

第十二章 劫后　　123

一首十体的何罗奋力一跃，挡在了明山轩头上。那道雷电已被孟槐抵消掉了绝大部分，可余下的力量仍然不是何罗能够承受的。

电光如刀，将何罗斩首，十个身体纷纷掉落，落到海峡附近，变成了十个鱼种——黄墙、赤目、红目、油甘、那哥、巴浪、竹仔、白腹枪、金龙和带鱼，在附近水域繁衍至今。

明山轩再睁开眼睛，发现自己已在明山山腹深处，周围重重土壤砂石包裹着，让他无比安心。眼前站着个白衣神，在土壤之中却如立于虚空。

猛地想起了昏迷前的一切，明山轩垂下了两行热泪，口中道："孟槐死了！"

他的眼泪流入地底，变成了底下泉水。任由眼泪干涸后，他开口道："所以，原来我就是……"

"噤！"巾山杰堵住了他的嘴。

明山轩猛地就明白了："老大……你早就知道了！你早就知道了！"

巾山杰垂下了眼睑，没有否认。

"那你怎么……"

巾山杰再次禁住他的言语："不可说！"

明山轩怔了怔，忽然也就明白了。

巾山杰道："不可言，不可语，最好也不要动念，至少不能泄露你的念头。从上一次阻止地震的事看来，最好也不要妄动神卷之外的……洪荒之力。尤其是名字，不可出口。"

明山轩道："出口会怎么样？"

"我原本不知道会怎么样。"巾山杰道，"不过我们不是见识过两次了吗？"

明山轩心中一凛。

第一次是能够将他们碾碎的大地之力，第二次是能够让他们湮灭的雷电天力。

"我在昏迷前,听孟槐说是新……"

"嚓!"

明山轩硬生生将"新天道"三个字咽了下去,但他知道老大应该已经明白他要说的是什么。

"现在这个世界,跟我们……曾经的世界,已经不同了。"巾山杰朝着大地深处,轻轻一叹,"我们的朋友,我们的敌人,我们的宗主……全都不见了。就连天地的规则也都不一样了。"

地底深处,沉默了良久,明山轩再次开声:"你什么时候知道的?"

"我也不是一开始就全都知道的,不过我跟你俩不大一样,我从一觉醒,就已经有了一点觉察。"巾山杰指向天空,"我的山顶,在我觉醒之前一直有一片巾带状的云彩遮着,应该就是那片云彩,让我在觉醒之际就有所觉察。这种觉察,只要开了一个小口子,慢慢地就会裂开而逐渐涌出越来越多的……真相。"

"就因为你知道得比我们多、知道得比我们早,所以虽然是对同一部天书,但你却领悟得比我俩多,比我俩深。"

"是的。"

"那么,他们到底要干什么?到底要对我们做什么?他们的力量,要弄死我们的话,也不用那么麻烦吧?"

巾山杰又沉默了片刻,才说:"不知道,或者说,我还没完全想明白。不过你后面那句话,可未必哟。"

"嗯?"

巾山杰道:"现在的这个天地,现在的这片规则,是在我们……来到这里之后形成的。偏偏这规则形成的时候,我们没有参与,也未被纳入,所以……"

"所以?"

第十二章 劫后

"所以这也许就是我们特殊的地方。"巾山杰道,"我能感应到,他们对我们也未必是不留生路,只要我们能够……"

他没再说下去,明山轩已经接上了:"只要我们能够顺应他们,为臣为民,对吗?"

这话一出口,三山的上空,忽然祥云遍布,一道彩虹从明山飞出,跨越山下平原地带,直落到独山那边。灾后余生的山民们正走出神庙与山洞,看到这天地异象,无不欢喜雀跃。

小孩们叫着爷娘,妇人们唤着丈夫,风雨过后见到彩虹,让他们所有人的心里都充满了喜悦与希望。好些人欢喜地跳跃着,心里感谢上苍,也感谢山神老爷。

这份感激与喜悦,也迅速地汇集起来,充满了巾、明、独三神的内心。

独山之巅,独山俊也醒了过来,睁开双眼,就看到了雨过天晴的云天、欣欣向荣的土地,以及劫后重生的山民们。

## 第十三章　入史

大风彻底过去了，山民们走出山洞和神庙，看看晴朗了的天空，都感觉恍如隔世。山还是这三座山，地还是这片地，但风雨过后却又觉得一切都仿佛陌生了起来。

神庙里的人匆匆去检查粮食，山洞里的人跑出来去看看家园。家园大多数都毁掉了，不过粮食还在，好多人就号啕大哭了起来，哭着哭着就笑了。哭完再笑，导致脸上的表情很古怪。独山俊此刻却很能理解他们。

他感应到两个哥哥都在明山地底，马上就遁了过来，他有太多的事情要问。

"三弟醒了。"巾山杰道。

"要跟他说吗？"

"你觉得呢？"

明山轩闭上了嘴。

"大哥，二哥。"独山俊兴高采烈地问道，"那头大鱼你们是怎么摆平的？是你们摆平的，对吧？"

明山轩眼皮翻白，他不擅长说假话。

巾山杰笑了笑："你还记得多少？"

"我就记得自己被那鱼怪暗算，沉入那片血旋涡，之后就灵丸分离，感觉人被锁在某个地方，周围上下都是一片猩红，再恢复神识，就已经回来了。"

"哦，那你可错过许多好戏了。"巾山杰说，"你失陷之后，你二哥用'支离'之法，断二手以擎独山、巾山，身躯撑起明山，两脚抬起地面，元首存神，元神出窍，冒险出去救你了。"

"是二哥救了我？"独山俊打了个哈哈，有些尴尬，"我一直以为就大哥能耐高过我，二哥和我差不多呢，没想到二哥这么厉害。我虽然是被暗算，但那鱼怪一个照面就把我困住了，二哥却能救我出来，可真了不起。"

"也不是高你多少。"巾山杰笑了笑，"一来那鱼怪用的是上古秘法，又是背后暗算，所以你被打了个措手不及。二来你二哥见你失陷，所以行动就谨慎了很多，他先变化成个鱼怪，混入妖群之中，探听到了消息，知道那鱼怪来自中原谯明之山，于是又遁地数千里，找到那怪物的老巢，寻到它故主遗留的气息，然后跑回大海，冒充它的故主，骗得那鱼交还你的元神灵丸，吐还天关之气，解了这场天灾。"

明山轩瞪着他，就像看着一个怪物。

独山俊听得眉飞色舞，又十分遗憾："太可惜了，太可惜了！我竟然错过了这么精彩的过程。哈哈，二哥，可真没想到你这么狡猾。"

明山轩再次翻上白眼，心想我狡猾？狡猾的是跟你说话的那位！一句假话都没说，该瞒的却瞒得紧紧的，半句不漏。

独山俊又问："后来呢？那鱼怪怎么样了？"

"后来啊，"巾山杰道，"恰好有灭神之雷，动于九天之上，那雷劈下时，那鱼怪被偏锋所伤，身首分离，十个身体裂变成十种鱼类，落于海中。"

独山俊骂了两声："活该！活该！二哥，你怎么不说话？"

"该说的老大都说了，"明山轩嘟哝着，"我还说什么呢？"

三山地面重新走上了正轨，甚至比先前更加繁荣起来。

虽然风雨过后满目疮痍，但大灾之后人心齐，经历过生死劫难，短期内大家都不大计较眼前的个人得失了。老族长主持公道，将剩余的粮食按需分给每家每户，竟也没人有半句怨言。之后全族动手，修起一个又一个房屋。因为大风大雨、地面丕变，山间倒下无数树木，滚落许多山石，所以木头、石头不用开采，搬来就用，省了不知多少人工。一年过去，诸事初定，神庙也终于完工了，三个神像按照老族长梦中模糊的印象也塑了起来。

独山俊变成一只黑犬，躲在人群之中，哈哈笑着，觉得那神像半点不像自己。巾山杰扇了扇白色的蝴蝶翅膀："没什么所谓。神不神，主要看他们信不信，相信就是老爷，不相信就是柴头。"

红猫在屋檐上喵了一声，以人类听不懂的声音说："咦，那小女娃盯着三弟的塑像做什么？"

独山俊望了过去，只见刚刚落成的神像前面站着三个少女。他认出其中一个是韩家那个小女儿，女大十八变，这才一年多，已然亭亭玉立。她身边还有另外两个少女，年纪跟她差不多，听她叫她们姐姐。独山人口不多，独山俊对本山家庭户口了如指掌，有些奇怪："她还有两个姐姐吗？我怎么不记得这两个人？"

明山轩笑了："是她巾山村、明山村的两个姐姐。"

独山俊"哦"了一声，这才恍然。独山韩家本是从巾山村搬过来的，明山村那里也有一支，三人算是本族姐妹。

这时三个少女中的大姐姐正看着巾山杰的塑像怔怔出神，独山韩小妹低声问："大姐看什么呢，这么出神？"

巾山韩少女正在出神，竟然脱口说："大王爷这般英俊白净，将来若是能嫁给这般男子，那真是三生有幸了……"这是她心中所想，不料不觉察间竟然脱口而出，泄露了心中秘密，等意识到已经迟了。两个妹妹一起划脸蛋羞她，她耳朵都红了，啐了两个妹妹一声，扭头逃也似的走了。

临走前二姐姐瞥了二老爷的塑像一眼，说："我却觉得……"忽然一笑，也走了。

小妹跟着两个姐姐离庙，忽然一转头，看到一个黑影在庙门口晃过，竟然像一头老虎。她心里奇怪，随即想："我定是眼睛花了，这市集附近，怎么会有老虎？"

她们三个走了，三神立于冥冥处。明山轩笑道："老大，有人看上你了呢！"

独山俊也笑："咱们神仙也能有姻缘吗？"

巾山杰眼睛眯了眯，微微一笑，道："回山去吧。"

三人各自回归，明山轩却中途一转，折到巾山白莲洞中，口中道："老大，恭喜哈恭喜。"

巾山杰道："恭喜什么？"

明山轩笑道："你姻缘近了，还不恭喜吗？"

巾山杰眉头微蹙："你……你参悟到逆知未来了？"

明山轩微微一笑："我从东大洋回来后，一夜之间，七十二卷天书就尽通了，然后又向前推演，推演出几门新法，近来也是有点领悟了。"

巾山杰问："还参悟到了什么？"

明山轩脚一踏，一道银光闪过，整个莲洞顷刻间尽成白银，白莲变成银莲，岩石变成银块，这不是幻术，是山体真的金属化了。巾山杰点头："学会指地成钢了。"明山轩双手虚托，掌心就闪现出一个雷电光球，光球闪烁，一雷分五电，闪出五个闪电光球来，里头蕴含着极大的能量，而且每一个闪电光球的属性都不一样，哧哧声中，将整个山洞都耀得银光闪闪。

巾山杰点头："能掌握五雷了。"手挥了一挥，满山白银全变成了黄金，白莲变成金莲，银岩变成金岩，雷电照耀下的银光闪闪变成金光灿灿。再一挥手，金光灿灿的山洞恢复了原样。

"还有什么？"

明山轩道："还有三四样，动静却太大了，这里无法施展。"

"这就快追上我了。"巾山杰道，"一知过去根底，我们能掌握的力量就彻底不同。"

明山轩道："那我们的姻缘，也和我们……有关吗？"

"那不一定是好事。"巾山杰道，"我们现在修的是神道，神哪来的姻缘？"

明山轩笑道："土地公还有个土地婆呢，咱们有个夫人也不错。"

巾山杰微微笑了笑，向虚空凝视了半晌，悠悠道："是啊，土地公都有个土地婆呢……呵呵，安排得可真是妥帖周全啊！"

"安排？"明山轩眉心一蹙。

"嗯，安排。"


接下来的几年，整个三山地面都是风调雨顺，物阜民丰。往来这边赶集的人也越来越多，终于神庙旁边的三日集变成了市集，一些商贾在庙旁建起了房子，直接从行商变成坐贾，潮州方面的物资也向这边流入了许多，眼看不过几年，三山的一切就都兴旺发达了起来。被毁掉的家园已经重建，甚至一些原本困苦的家庭，也因为市集的繁荣而有了余钱。

独山俊在暗中忙碌着。这几年来，他让草长得更茂盛，让土地多长野豆，让牛吃得壮壮的，好帮村民犁田，又化身树石，引导打猎的猎户不要迷路，引导入山的少年不要撞失，保着村里的孩童，护着夜行的妇女，只要不违反天规，他愿意让这片土地的人们过得更好一些。忙是忙了些，山民却也都感受到了他的善意。数年下来，整个三山无人遭遇横祸，无人横死，一切平安，诸事顺遂。

神庙里的香火也一天比一天旺盛了起来。那些香火对独山俊其实半点用处都没有，但那片心意，却通过这香火沟通了起来。

人和山，在某种平衡下共处，甚至心灵相通。

明山轩站在远处，看着老三忙前忙后、忙上忙下，忽然低声说："这一切……都是安排？"

巾山杰没有回答。

明山轩手指往整个三山一指："这一切，这片土地上发生的一切，全是安排？"

巾山杰仍然没有回答。

明山轩道："如果一切都是安排好的，那为这一切忙忙碌碌的我们……跟一只猴子有什么区别？哦，不对，是三只猴子。"

"可是你发现没有，"巾山杰道，"三弟他很开心啊？"

"开心？可这一切都是假的！咱们明明是……如今上面不过用数十里地，就将我们安排得明明白白。如果不知道真相的话，我现在多半也跟老三一样，乐不知疲。"明山轩道，"你看老三忙得上蹿下跳的，如果有一天他知道了真相，会怎么样？"

"不知道，"巾山杰道，"我想不到他会怎么样，不过……他应该会是最大的那个变数。在那之前，还是让他先开心多些时候吧。"

"唉……"明山轩长长叹了一声，"做人也好，做神也罢，果然是越无知，越开心！"

巾山杰忽然"嗯"了一声，明山轩问："怎么了？"

"那个老人的寿元……"巾山杰屈指算了算，"好像也快了。"

老族长看着眼前这一切，无比欣慰。他如今已经很老了，老得挂着拐杖都有些走不动了，然而每日坐在庙前看着川流往来的人群，每条皱纹里都是欢喜。就算那个道士所说的"子孙繁衍，远及海外"自己看不见了，但能看见眼前子侄小孙们的幸福安康，他感觉也很满足了。

独山俊蹲在他身边，看着他欢喜的样子，自己也感到欢喜；看着他满足的样子，自己也觉得满足。然后，他就忽然看到，老人的寿元仿佛要到头了。

"大哥……"他用神语跟巾山杰说话，"他是不是快要死了？"

"快了。"

"人为什么一定要死呢？"独山俊忽然又想起了百年前的那个女人，那个第一次触动他的女人，也是这般老去、死去。那是他第一回考虑生死的问题。然而从那时到现在，他还是没有想通，因为神的寿命与人不同。

然而老人脸上并没有一点死亡前的恐惧，他看着眼前热闹的市井，脸上挂着僵硬了的安然。

"他是有福的。"明山轩也忍不住叹了一声。

"同时他也是真实的。"巾山杰接口说。

"嗯？"明山轩低声道，"老大，你什么意思？"

巾山杰用独山俊听不到的声音，说："如果新的天道有其合道之处，那对我们做的这一切，究竟是欺诳，还是引导呢？"

老族长的去世，固然给三山带来了一点忧伤，但很快就被时间给抹去了痕迹。他的名字被刻在了界石上，遗体被埋葬在巾山，清明时节也会有后人的香火。但除此之外，三山的生活便照旧了。

这一年，一场淫雨席卷整个潮州，州刺史派人前来，在界石边前祈祷。独山俊问："大哥，我们可以出手化解不？"他问的不是能不能，而是问是否有这个权限。

巾山杰抬头望了望天，说："雨云就在我们头顶，此雨可解。"

独山俊心头正蒙着阴霾，听得允可，深深吸一口气，朝天而吐，一股

第十三章 入史　133

无名震动从独山发出，风自谷发，吹得云散，千里晴空。

头一天来祈祷，第二天就放晴了，州府属官都吓了一跳。接到回禀，刺史写了一篇祝词，又备了少牢致祭，其祭文曰："淫雨既霁，蚕谷以成。织妇耕男，忻忻衍衍。是神之庇庥于人，敢不明受其赐？"

落款是潮州刺史，昌黎韩愈。

巾山杰看到祭文后的落款，心中一动，说："这人不是普通人，是能一言一文而勒于青史的。"

朝天空望去，只见神庙之上，一股青气冲天而起。

独山俊怔了怔，道："我听说九州之大，山神土地以万计，能入青史的万中无一……所以我们入了史书了？"

巾山杰道："应该是了。"

独山俊哈哈一笑："我们前面抗地动、斩妖魔，熬过了地灾、天灾，也没见什么回响。现在我吐一口气，吹散了几朵雨云，这就上史书了？"

巾山杰道："应该是。天下事常常如是：有心栽花花不开，无心插柳柳成荫——这也是天道的一部分。"

独山俊道："这……这也太……哈哈，太好玩了。"

他的心情一下子就转好了，漫山的草丛上，无数草蜢欢悦起舞。

## 第十四章　妖王过境

自三山神庙得了这股青气，独山俊更是心满意足，每日只是助田引猎、调风顺雨，闲来与两个哥哥讨论天书道术，每天都有进益，这小神仙的日子过得不亦乐乎。

只道这好时光就会这样长长久久地过下去了，不料这日西面刮来一股妖风，西北面夜猫林里传来一道符咒。那符咒一出，独山俊只觉得自己就像被箍住了，跟着整个元神就不由自主飞遁入土中朝那夜猫林遁去。

"怎么回事？"

那夜猫林的东南片恰好就在三山西北地界上，到了此处，独山俊就不由自主地冒出地面，滴溜溜转了三圈这才立定。自修炼神通以来，可从没有过这等事。

三山周遭地面独山俊不晓得跑过几十回了，一草一木无不熟知，这时睁眼转头扫了一圈，已知自己身在何处，却见林中隐隐约约的，不停有阴气冒出。依神卷所记载判断气息，陆续出现的大概不是山神，就是土地，林林总总有三四十个，巾山杰和明山轩也在其中。

独山俊本来有些恼火，但见到这么多神仙反而有些好奇兴奋。他自出世以来，除了师父老神仙和两个哥哥之外，可还没见过别的神呢。彼此打听消息，这位是东山神，那位是西山神，那位是梅山神，那位是猫山神，方圆两百余里，山神来了十七八个，土地来了二十几家，地域囊括了潮州和循州的北部山区。两州各有半州之地的山神都被叫了来，这怕是要出大事。

独山俊就问起大伙儿怎么会来这里，资格最老的梅山神说："还能因为什么？定然是有大能之辈，动用了'驱神'之法，把我们都拘来了。"

"驱神？那不是天书上记载的法术吗？学了这法术就能驱使我们？"这门道法独山俊倒也学过，只是他神力限于三山，而三山境内并无别的神仙，所以学了之后试不出什么效果来。

梅山神说："这三位却是面生。"

巾山杰含笑不语，明山轩翻白了眼皮，独山俊道："我们三个是巾山、明山、独山的山神。"

梅山神道："巾、明、独？那是三四千年前落到这里的新山啊。这等才几千年的新山，也孕育出山神了？你们几岁了？"

独山俊道："山中年月算不大清楚，我大概两百岁不到吧，我大哥、二哥比我大些。"

众山神土地都笑了起来，梅山神道："原来是个两百岁不到的小晚辈，我们这些人，三百年算最小辈的，五百年算起步，千年以上才敢称一声老夫，若老朽者，一千八百岁矣！"

独山俊一听，心中就生了敬仰，之前在东海绞杀的那些妖怪虽然也多有几百年修为的，不过它们那些都是旁门左道，可不能跟这些与自己一般得授神禄的老神仙们相比。自己才修炼了百十年的功夫，想必跟这些修炼上千年的老前辈不能比的。

梅山神又问："你们是自己悟道，还是有谁人帮你们开了灵窍？"

独山俊老老实实地说道："我们算是自己开了灵窍，不过有一位老神仙引我们入门，传了我们天书神卷。"

因说起老神仙的音容笑貌，梅山神笑道："原来是他啊！"

独山俊大喜："老爷爷认得我们师父？"

梅山神笑着说："他也算是一位老资格的土地，年岁与老夫相当，所以几百年前也常有往来，只可惜落在这南越蛮山之中，没什么人供养，品级也就一直没上去。直到几百年前，他所在的这一片忽然神界封山，我们都进不去了，所以就再没来往。不过听说他已调到衡山那边去了，做了祝融庙山门前的福德，那可真是他的造化了。"

明山轩嘴角一直挂着冷笑，这时忽然"哦"了一声，呢喃了一句："祝融庙吗？"只是没人听见他说什么。

独山俊问道："老爷爷可知道三山为什么会被神界封住？"

"不晓得，不晓得。"梅山神说，"不过今天你们怎么能出来了？"

猫山神笑了："他们可没出来，你看看他们所站地界。"

梅山神一看，笑道："是我糊涂了！"

原来这夜猫林有一小半延到三山界内，诸神看着是面对面说话，其实巾、明、独三神刚好都站在界内，其他诸神都站在界外，彼此音讯相通，却你进不来，我出不去。

便在这时，那股妖风又起，独山俊觉得头顶好像被束了一道。众山神土地都有些慌了，朝着那妖风一起行礼。

独山俊问道："那是什么东西？"

吓得旁边几个山神连忙低声叫："小心，小心！可别犯了忌讳！"

那妖气之中，一个声音咕噜道："怎么少了一个？"旋即不见了。

众神才稍稍松了口气。独山俊问："那到底是什么？"

旁边猫山神说："谁知道，总之能将我等拘到这里的，便一定是大能之辈，不是上界神佛菩萨，便是妖中大圣。这一个看来不是神佛菩萨，当是妖王无疑，待会儿，不要得罪便是，不要得罪便是。"他反复地叮嘱着这个新神。

独山俊问道："得罪了会怎么样？"

猫山神苦笑道："若是得罪了，痛打一番还是轻的，虽不见得就将我们当场杀了，毕竟我们都有神禄，然而若是抓了去，放在那阴湿之地锁个三五十年，或者放到火狱上烤个百八十年，或用铁索铜枷担个一二百年，到头受苦的还不是我们？！"

独山俊大惊："这妖王这么厉害？"

众神都道："那是当然，不然怎么能一咒就拘了我们过来？人家神咒动时，你可抗拒得了？"

独山俊心中便觉得委屈了，道："可我们不是神仙吗？咱们几十个神仙，对着一个妖怪，连抗拒都不得吗？"

众山神土地一听都笑了，梅山神笑道："果然还是年轻。若不是事出无奈，我等岂会如此认怂？"

独山俊一听，心想莫非那个妖王真那么厉害，所以众神都怕了？

便在这时，天上咕噜噜一阵风滚下来。那妖王拘着一个土地公掼在地上，骂道："本大王乃上古洪荒大圣泰北王座下神使，到此有要事来办，既然动了驱神咒，召集潮、循两州北部山神土地到此应命，你个老儿仗着自己身在循韶两州界线上，竟敢不应拘！若不教训你一番，怎么显我醒神大圣的能耐！"

便派了一个阴兵，全不管这土地的连连哭求，将这土地押到梵净山山顶雪洞去冻着，不冻满一百二十年不得放归。

独山俊就眼睁睁看着那土地公连反抗都没得反抗，就这么被那阴兵给抓走了。他心想："这位福德的穿着打扮，跟师父好像差不多，到了这个妖王面前全没半点还手之力。这妖怪莫非比师父还厉害百倍？师父传的天书我都还没练全呢，真斗起来我多半赢不了。"又想想自己也是被拘来的，想必这个妖王一定有什么厉害得要紧，当下更加不敢妄动。

那妖王就盘踞在夜猫林最高的那棵大树上，调派众山神土地，如驱奴仆，干的也不是什么大事，要这个去抓几只山猫，要那个去找十头鹧鸪，不过山猫要眼睛颜色不同的，鹧鸪要叫声怪异的，也不知道要干什么。这般分派了十几个小神，一时累了，就吩咐剩下的山神土地全都跪在这里等候，他自己在树颠打盹儿。

独山俊忍了半夜，到这里再忍不住，几乎就想不顾一切跳起来跟妖王拼命。旁边几个山神听到响动，赶紧劝住："你个小后生，可千万别乱来，你自己不要性命没关系，可别带累了我们，我们可不想被发配到大雪山洞里困个几百年。"

独山俊一来没把握能赢，二来想想也是，可别连累了别人，于是又忍住了。

偏偏那妖王却听到了动静，醒过来，朝这边问："怎么回事？谁在聒噪？"

这一片几个山神都吓坏了，那个猫山神颇有急智，脱口答道："这一位独山山神，他新建了一座庙宇，怕大王睡不舒服，故而想请大王到他庙里暂歇。"

诸神虽然进不来三山地界，不过随着庙集影响力的扩大，倒也听说三山这边建了一座庙。

独山俊心头火起，但看看身边诸神半是责怪、半是恳求的眼神，心道："也罢！且再忍一忍。"

那妖王却笑了："这么荒山野岭的地方，居然还有座庙，却也不错。庙在哪里？"

猫山神一指，妖王望了过去，笑道："哟，居然还有青气呢。行，今晚本大王就在那里享用。你们几个过来伺候。"便一个纵跃跳了过去。

众山神土地都催促这巾、明、独三人道："我们进不去，你们三个快去伺候吧。"

独山俊怒道："你们这是做什么！就算打不过，那也得奋起一战！这般窝囊样子，成什么体统！"

猫山神道："你这个晚辈小仙，逞什么能呢！咱们虽是神仙，但神仙也有品级。咱们这些,对下民来说是神仙,但在上头的人看来,不过就是守山守土的杂役。也不说神佛菩萨、妖魔大圣了,便是那些百姓,敬咱们的时候就给两盏残羹冷炙,若气恼了咱们,当面呵斥是小,遇到个狠辣的来拆坛砸庙就惨了,咱们又能如何?要魇他们一番,还得依着天条呢。天条若是不许,咱们还不能动他们呢。若那人有个神明祖宗做后台,或者是凶煞之气重些的,便是天条许可我们也动不了。"

独山俊怔了怔,仿佛记得天书神卷确实有着诸般天条束缚,只是这些天条束缚不是用来克己修心的吗?怎么就变成压制自己,让别人作威作福的了?

他心头火一起,人就不管不顾了,怒道:"就算那什么大王真有拘我们的能耐,就算它能将我们送去雪山火穴受苦,我们也应当跟他拼上一拼!拼他不过,最多不过一死罢了!"

众山神土地都吓了一跳,叫道:"你可别乱来,可别乱来!到时候惹了祸事,把我们都连累了!"

独山俊指着他们道:"若不想被我连累,那就走远些去!"

那些山神土地就想要走,但想想刚才妖王临走之前没许他们离开,便又不敢动弹了。

看着他们的㞞样,独山俊气得都要笑了,啐了一声,说:"我独山巍巍,岂能与你们这群㞞货为伍!"说着便朝三山神庙而去。

众神都叫巾山杰、明山轩:"你们两个,好歹年长几岁,快去劝劝他,别让他闯祸了。"

明山轩哈哈一笑,巾山杰微微一哂,跟着也都走了。

留下十几个山神土地,在夜猫林里面面相觑,不知如何是好。

独山俊一路回到三山神庙。他虽然心头一股冲天火,常常控制不住自个儿,然而却不是有勇无谋之人,走到半路已经冷静下来,心里盘算着若是那妖王真的厉害该怎么办。

就这么走到神庙外头,却听里头乒乒乓乓。进得庙内,只见里头一片狼藉,三尊神像都倒在一边,百姓供奉的供品被搞得乱七八糟,瓜残果缺,米散了一地,酒洒了一地。

神台上蹲着一头大蛤蟆,瞧见三神进来,吐着舌头招呼道:"怎么来得这么迟?快过来伺候本大王!"

独山俊看得无名火直冲泥丸宫,本来还按捺着的脾气再收束不住,大怒道:"你个癞蛤蟆!今天就算死,老子也要揍你一顿出气!"

大蛤蟆怔了怔,随即大怒:"你个小小山神,也敢口出不逊!"嘴里咕噜一声,就吟哦出一道符咒来。

独山俊只觉得身子一拘,就像上半夜一样被束缚住了。然而他这次有了防备,试着一挣,觉得那拘力也不是不可抗拒的样子。

这时大蛤蟆的舌头已经卷了过来,流着浓涎,十分恶心,几乎就要盘到独山俊头上。独山俊只感到一阵反胃,手忍不住就挣脱了束缚,将舌头抓住了,再一扯,那大蛤蟆就被他从神台上扯了下来,拖在地上。独山俊随脚一踩,蛤蟆就被踩在了脚下。

"咕"的一声,大如水牛的蛤蟆就变成了驴子大小。再一用力,蛤蟆就变成死狗一般大小。它舌头被独山俊拉住了,想求饶也说不出话来。

独山俊反倒愣在那儿了,怎么一抓一踩的,这不可一世、驱赶众神如驱奴仆的大妖王就变成这样了?

"你个什么醒神大圣,就这点能耐?"

他仿佛想到了什么,一时间又觉得这个念头无比荒诞。脚下的蛤蟆咕咕作响,独山俊听得心烦,怒道:"滚你的吧!"

他一个甩手,大蛤蟆就被远远地扔了出去。他的法身与神力等闲,出不得边界,被扔的蛤蟆却不受此限。这一扔,被扔到了后世梅云地界,砰地砸在榕江南河不远处,变成了一座蛤蟆山。

## 第十五章　本来面目

留在夜猫林的诸神虽然进不得三山地界,但蛤蟆大妖被独山俊一甩手扔出百里,这动静他们却也望到了,当下个个惊骇,神神惊慌。独山俊以土遁瞬息来到夜猫林,看了还没有离开的诸神一眼,心道:"我跟他们不一样!"

梅山神有些瑟瑟发抖地向他参拜,其余山神土地也慌忙躬身。

独山俊道:"你们也是山神、土地?"

众神慌忙道:"是,是。"

独山俊又问:"都注了神禄,得受天书神卷?"

众神忙道:"是,是。"

独山俊又问:"既然如此,为何还会怕这等妖怪?"他实在是无法理解。

众神面面相觑,竟然不知道怎么回答。

猫山神道:"这大妖术能驱神,我等如何不怕?"

独山俊道:"天书神卷所载法术,好几门都能制它。不说别的,光是《斩妖》一卷就能置它死地,你们为何不用?"

众神慌得纷纷道:"我等才几年道行,就能'斩妖'了?"

独山俊一奇："'斩妖'很难吗？嗯，那七十二门神卷法术，你们到底学了多少？"

众人面面相觑，不知怎么回答，最后猫山神道："能看见多少，就学多少，也有学了但不通的。"

独山俊更是奇怪："什么叫作能看见多少？不是七十二卷吗？"

猫山神苦笑道："哪有那么多，我们这些人，多的能看见三四卷、五六卷，少的就看见一二卷，而且大多看不齐全，也就是学个简单的道法，略有一技傍身。上神啊，难道你七十二卷天书都能看见？你什么时候看到的？"

独山俊道："当初老神仙，也就是我师父，他传授我们天书的时候，我看见的就是七十二卷啊，而且都很齐全。有一些也不用学，看见就会了。"

众神面面相觑，不知如何应答。

独山俊沉思良久，挥手道："你们去吧。"随即又道："往后初二、十六，请到此处一聚，我或有事情请教你们。"

众神都答应了，这才告辞。

独山俊回了神庙，看看满地狼藉，见两位兄长都站在堂上，问道："大哥，二哥，我们看的天书和他们看的天书难道是不一样的？"

巾山杰微微一笑，说道："并无不同。"

"那为什么我们看到的是完整的，而他们看到的是残缺的？"

"残缺或完整，不在天书，而在悟性。"巾山杰道，"天书还是那卷天书，悟性高的，能看到的就多，悟性低的，能看到的就少了。"

独山俊恍然大悟："所以不是天书有所不同，而是我们跟他们是不一样的。"

明山轩嘿嘿冷笑："当然不一样！"

独山俊想了想，又说："我们三个都能看到完整的天书，而大哥还能进而推演，那是大哥的天资悟性又比我们高多了。我学得最慢，可见天资

第十五章 本来面目　143

悟性是我最低了。"

巾山杰摇了摇头，道："我们三人，天资悟性并无高下。若有高下，咱们三个恐怕也是你最高。"

独山俊不信又不解："这怎么可能，若是我天分最高，为什么我学得最慢，修为最低？"

巾山杰被他问得一窒，一时竟不能回答。不是他不知道怎么回答，而是答案说出来，下面就要漏出更多东西了。

明山轩打了个哈哈道："你学得慢，因为你年纪小啊，你觉醒比我们晚好多年呢。"

"可我们是同时接触天书的！"独山俊不理他，直视巾山杰，"大哥，你来告诉我。"

巾山杰犹豫不决。

独山俊看看大哥，再看看二哥，忽然愠怒道："所以，你们是知道什么的！就瞒着我一个人！"

巾山杰叹了口气，知道再不开口要伤感情了，忙摇头："我们三人学这天书，进度有所差异，不在于天赋差异，而在于所见本源之深浅。"

"本源深浅？"独山俊若有所悟，又缥缈不知确切，"何谓本源深浅？"

"我们与他们……"巾山杰指了指界线之外的夜猫林，显然是在说已经离开的诸神，"是不一样的，其实我们无须修习，至少在这个阶段，无须修习。所见本源深者，所见天书就深，所习法术便快。因为这七十二卷天书所载，尚未能穷尽我们的本源之力。"

独山俊忙问："那我们的本源之力是什么？"

巾山杰道："我们的本源之力是什么，这就要靠你自己探索了。别人说不得。我觉醒最早，了悟也最早。你二哥次之，你最小，现在尚未了悟也不奇怪。"他指了指明山轩："你二哥如今也已经穷尽七十二卷绝学了,而且现在也能在此基础上,继续推演新的法门。"

独山俊又惊又喜:"二哥,真的?"

明山轩瞪了巾山杰一眼,"嗯"了一声。

独山俊又惭又愧:"原来大哥二哥的境界早抛下我这么多了,可笑我还为在三山地界内的这一点成就沾沾自喜呢。我这个么弟,真是差劲。"

巾山杰道:"那又不然。觉醒晚,成就未必就小,到了最后,说不定你是成就最大的一个呢。"

独山俊转喜道:"虽然知道是大哥鼓舞,不过我一定更加努力,勤修苦练,积累功德,争取早日得见本源。"他说完便转入独山深处,冥想去了。

明山轩瞪着巾山杰,低声道:"老大你可真厉害,长篇大论,却尽是假话!"

巾山杰手指微动,满庙狼藉即刻归置妥帖,口中说:"我并没有说假话。"

"没说假话?那你告诉我本源之力是什么鬼东西?我怎么不知道?"

巾山杰淡淡道:"你我如今修为之深浅,只在所见本来面目之完整,所见本来面目越是完整,则修为越深,反之则浅。"

明山轩"哦"了一声,亦有所悟,随即又说:"这么说倒也说得过去,只是你太狡猾了,把简简单单的一件事情说得云山雾绕的,若不是我已见本来面目,怕是也被你给拐偏了。"

巾山杰轻轻一叹,说:"二弟悟性奇高,虽然有时被指以偏道,但他还是能自己纠回正路上来。"

明山轩道:"我得见本来面目的时候,动静极大,如果不是孟槐替我挡了一劫,恐怕已经被雷霆神解了。你是怕三弟得知真相后也遭遇此难吗?"

巾山杰沉吟道:"恐怕不止。"

"嗯?"明山轩道:"我得知本来面目最早,但得到过额外之庇护,

第十五章 本来面目 145

又自己暗中收藏，未漏消息，所以躲过了灾厄。你得知于界线之外，遭遇灭神天雷。但三弟如果也得见了……那就是我们三个尽知，我们三人一体，三人尽知就是完解，我怕到时候不是灭神天雷那么简单，只怕这个界线也会崩塌。"

他伸手点了点，那看不见的界限穹庐上就泛起一个普通人看不见的涟漪："我原本以为，这个界线的存在是在限制我们，然而最近又有新的想法。我觉得，这个界线的存在，从另一个角度来看也是在保护我们。"

"保护我们？"

"是。"巾山杰道，"界线崩塌之日，就是大劫来临之时。"

明山轩悚然一惊："那界线什么时候崩塌？"

巾山杰道："就是三弟悟出本来面目之时。"

独山俊在独山深处冥想了七日七夜，要了悟那本来面目的存在，却什么也想不出来，了无所得。

他怅然若失，心想这事果然急不得，便出了关，去神庙听祈祷。听到其中有几个心诚的，他也不嫌事情微小，就化了七个分身，帮巾山村的老汉找到了一头跑失的猪，帮明山村的大婶安了媳妇不稳的胎，又替一个赶集被偷了钱的客商抓到了窃贼。

忽然听到了一个声音，许的愿望认真而纯洁："三老爷，您一向是最眷顾我们的，这次一定要帮帮我。我大姐姐日夜茶饭不思，整个人饿得都瘦了。"

独山俊就看到许愿的是韩家那个小女儿，她不是在神庙许愿，而是在独山上的庙食旧址。他与韩家素来有缘，就笑着问："你要我帮你什么？"

少女自然是听不到他的话的，然而却心有所领，默声说道："我大姐姐有心上人了，最近相了几回亲，她都不肯答应，家里头急，但我知道她一定是有心上人了。求三老爷帮帮我大姐姐，成全她的姻缘与心愿。"

独山俊心想这是好事啊，便应允了。

他这一答应，白莲洞中巾山杰心头就是一跳。

当天晚上，独山俊就用"嫁梦"之法，托梦给那位韩家大姐姐的父母，让他们不要着急，"姻缘自有我助，回头自有征兆"。

韩家的人醒来后都十分诧异，说梦见独山上石头开口，让他们不要着急女儿的婚事。

独山俊又跑到白莲洞来，问巾山杰怎么撮合姻缘。

巾山杰皱眉道："在天，月老是总管。在地，福德可以境内牵线。"福德就是土地公，给境内报户口、配婚姻，这些都是土地公的职责。

独山俊道："可我们这里没有土地公啊。"他们三个得授天书神卷之后，境内的土地庙就不见了，这实在是一件怪异的事。

巾山杰道："这个……"

独山俊道："没了土地公，但咱们得了境内百姓的供奉，就替土地公行个职责吧。"

巾山杰想了想，说："那倒也可以。只是我们没有姻缘线。"

独山俊道："那怎么办？"

巾山杰想了想，笑道："究竟是谁求了你，让你这么上心？"

独山俊嘻嘻笑道："三山子民，谁求我我都上心啊。"

巾山杰也不逼问了，就说："你可对天许愿，以你功德，牵线联姻。"

独山俊当下就开了口，对天许愿："若彼姝所悦男子尚未婚配，其所恩爱并无夹杂，愿天助之。"

他开口说一句，巾山杰的心就猛跳一下，这般连跳三下，不禁皱眉问道："你究竟替谁牵线？可别给我们惹了祸。"

独山俊笑道："我不知道啊，不过来许愿的人是好人，而且我刚才的祝愿之词应该也没问题啊，有前提的。"

巾山杰想了想，若是男方"尚未婚配"、女方的爱恋又"并无夹杂"，求天助之也确实没有什么问题。他心道："莫非是会牵连到三弟本来面目之事？因我对他不瞒而瞒，所以面对他的时候就心头跳？"不知道为什么，巾山杰就不愿独山俊在面前多待，将弟弟赶回去了。

第二日，三山神庙出了件异事：大老爷神像的一只靴子不见了！

村民们以为是被贼偷了，无比恼火，纷纷寻找，结果满市集没找到，又发动全村老小去找，结果在巾山村韩家家里、那位大姐儿的门口找到了。韩家家风素好，自然不会做贼，所以大家倒也没怀疑，以为或许是山猫叼了去，便将靴子拾了回庙。

不料第二日靴子又丢了，也是到处找不到。有人就说要不去巾山村韩家瞧瞧，结果一去竟然真在那里。众人心里就感觉有些怪异了。

这一日特地有几个人就守在庙里，也不睡觉，要看到底是哪里来的贼。

守到三更天，忽然一起打了个盹，再醒来靴子又不见了。众人连忙寻找，又在韩家大姐儿的房门外找到了。

这下众人就更奇怪了。一个婆婆就问大姐儿是怎么回事，却见她满脸羞涩，只说不知。众人满心都是疑惑，却也不敢多问。

事情传开，很快满三山的人就都知道了。


明山轩自然也就知道了，带着弟弟，跑到白莲洞哈哈大笑着，问："老大，你怎么回事？你莫非是看上了人家，半夜去爬人家的门吗？哈哈，哈哈！"

巾山杰皱着眉，道："不许胡说！我是何等样人，哪里会做这等孟浪之事！"忽然眉头蹙紧了，盯着独山俊道："三弟，那天来求你配姻缘的，配的是哪家的姻缘？！男方是谁？！"

独山俊愕然道："我说了我不知道啊！"

巾山杰掐指急算，算到一半，不知道该怒该笑，指着独山俊："你……你这个坑兄的弟弟！"

## 第十六章　小世界

明山轩问明了经过，不由得哈哈大笑，笑到整个白莲洞的莲花都颤了。他指着巾山杰笑道："你这是报应，谁让你对老三用话术？"

独山俊奇道："什么话术？"

明山轩笑道："老大说话绕来绕去，不肯直说。"

独山俊"哦"了一声，也没留心。

巾山杰已经飞下山去了。

当天晚上，韩家大姐儿只看见一只白蝴蝶在面前翩翩起舞，忽然就听到一个声音问她："你真的爱我吗？"

韩家人姐儿怔了怔，却自然而然就仿佛知道了什么。她低了头，脸颊发红，"嗯"了一声。三姐妹里头她素来是最端庄的一个，哪里说得出个"爱"字。

却听那声音道："我来日将有大难，所以你要知道，与我结缘，祸福难测！"

韩家大姐儿又怔了怔，随即脱口道："若得与君结缘，实在是百世之幸，自当祸福与共，九死不悔！"

巾山杰在冥冥中反而愣住了，不禁也心动了。

忽然见少女有些害怕，转头一看就瞧见一只红色山猫、一头黑虎，却是二弟三弟也跟过来了。他对两个弟弟哼了一声，转头对少女道："虽只一面之缘，亦可定千年之分。既已得卿一诺，后必两不相负。"

点了点少女的额头，蝴蝶翅膀一扇，梦境便散了。少女再醒来，却不再记得梦中之事了。

三神回了白莲洞，明山轩道："老大，怎么办，你还真个娶她？"

巾山杰道："她连'九死'之诺都许了，我不能负她。"

明山轩道："可我们是神，她是人，神和人怎么成亲？"

巾山杰道："上古之时，可没这界线，而我们……"他忽然就闭了嘴。

独山俊问道："我们什么？"

"没什么。"巾山杰含糊了过去，说，"然则还是依人间习俗行事吧。我们化身为人，我在人间娶妻。"

他取了几片莲叶，变出一身白衣，穿上这身衣服，便是斯文俊秀一书生。

明山轩笑道："大哥要娶亲，我可不能不列席。"也化了个人身，他不喜欢规矩，只穿着粗衣短袖。独山俊也学了二哥的样子变化。

巾山杰挥了挥手道："走吧。"

"咱们就这样入凡，可以吗？"独山俊问。

"可以，现在可以了。"巾山杰说着，就带着两个弟弟下了山。这时山下天色尚未明朗，他们走到神庙附近，转到庙后，那里是一堆乱石、几棵杂树、无数杂草。巾山杰手一指，大石头就成了地基，杂树就变成栋梁，杂草就变成墙壁，瞬间就变成了一座房屋，一进三间，一间卧室，一间客厅，一间书房，屋外一个小院，院子小，花池是不够的，却有一个大水缸，水缸中开了一朵白莲——地方不大，却十分清雅。

明山轩笑道："这座房屋虽然不大，却挺雅致的啊，比什么都没有的白莲洞好。"

"毕竟是指化出来的,过不得长久日子。"巾山杰道,"你们也各弄个住处吧。"

明山轩就走到庙左,找到了一片空地,倒是可以建个房屋,只是空地上什么都没有。"指化"是指物而使其变化,纵然树木变栋梁、杂草变屋墙,总得有个物件来变。

于是他调经运气,咬破嘴唇,精血幻化,捻个咒,朝空一喷,就无中生有地喷化出两间房屋来,前面朝着庙集做个猪肉档口,后面做个杀猪棚。

喷化未毕,独山俊道:"我不大擅长这些道术,二哥顺便帮我化多一间屋子吧。"

明山轩看看周围,已经没有空地,便远远朝靠山边的地方喷多了一口,那里就多了一间屋子来。

"地方跟老大那边比起来,有些腌臜,"明山轩笑道,"不过对付着住吧。"

独山俊忽然想起一事,说道:"明天村民们忽然看见这些房子,他们不会觉得奇怪吗?"

明山轩笑道:"只要老大让他们觉得不奇怪,他们就不会觉得奇怪。"

独山俊奇道:"这是哪门法术?我怎么不记得?"七十二卷天书他有还没练成的,但哪门法术、有什么功效却都是知道的,"是大哥推演出来的下半部吗?"

巾山杰还没来得及阻止,明山轩已经说出来了:"不是啊,在这三山境内,老大能调规改则的。"

独山俊"咦"了一声,问道:"什么叫调规改则?"

明山轩忽然发现自己说漏嘴了,张大了嘴巴,看着巾山杰不知如何是好。

巾山杰叹了一声,道:"说开了头,就把尾巴也说了吧,不然他也能

第十六章 小世界　　151

设法知道的。"

明山轩这才对独山俊说："老大早就发现，这界限穹庐之内的三山地面，其实自成一个小世界。然后老大他最近又发现，他触及了这个小世界的运行法则，既然触及了，就能跳脱，甚至修改了。"

独山俊听得似懂非懂。

明山轩道："就是说只要老大愿意，动动手指头，明天三山的村民们就会觉得我们的出现理所当然，甚至觉得我们一直就住在这里的，然后等我们离开，老大再动动手指头，村民们就会理所当然地把我们忘了。"

独山俊问道："这是一下子改变所有人的记忆吗？"

"不是修改记忆。"明山轩说，"是更深一层的修改，因为老大改定了我们哥仨是这个村的人，村民就自然会知道我们——因为按照修改后的世界，我们本来就在。然后老大再修改一次，村民们就不记得我们了——因为经过修改过后的世界，我们本来就不曾存在。"

独山俊骇然道："这这这！还能这样做吗？这也是天书下半部的法术？"

明山轩看看巾山杰，巾山杰道："等时候到了，你自然而然就会懂。"

独山俊问："什么时候我才能做到？"

巾山杰道："等你看透了这三山世界，你就能够做到。"

独山俊睁开艮眼，立刻山不能隔、石能透视，方圆数十里全被他看透了。

巾山杰笑道："不是这样透视，你看到了屋后之人、地下之水，可那人那水却还都是实的。你要能看破这些实物，一直到能看到这些实物后面的虚，那时候才算真的看透。"

独山俊苦苦思索："实物后面的虚……实物后面的虚……那是什么意思？"

巾山杰道："不要苦恼，等时候到了，你自然就能看透，现在不用勉强。"

明山轩道："是啊，我也还没到那一步，只是比你进了一层而已。"

想想大哥已经达到的境界，独山俊悠然良久，忽然又问："那如果小世界能够看透、修改，那外面那个大世界呢？"

九天之上，忽然间天雷滚滚，吓得半个市集的人都惊醒了。

明山轩也吓得脖子一缩，一副就要逃命的样子。巾山杰道："别怕，时候还没到呢。"

明山轩道："都怪老三，胡乱说话。"他叮嘱独山俊道："刚才那个问题，你可别再说出口了，最好连想都不要想。"

巾山杰道："谁让你刚才多嘴呢？"

明山轩埋怨道："这还不是你，是你先决定了要临凡，所以才不得不让村民们觉得我们本来就在，要修改得村民们觉得我们本来就在。这不是一定会引起老三的注意？他注意了不是一定会问？"

巾山杰道："但我临凡的决定，却是与老三有关——而老三会做那件事，却又与他的性子、行事风格，以及他跟韩家的特殊缘分有关，如此向前不停推导下去，你说会不会所有事在最开始就都已经决定了呢？甚至远在我们出生、觉醒之前就已经决定了呢？"

明山轩脸上肌肉抽搐了两下，巾山杰的问题，让他想到了一个自己无法解决的困境。他一下子躁动无比，猛地冲入猪棚，狂躁地叫道："我去透透气！"

巾山杰按住了同样在思索的独山俊，柔声说道："不要想这些了，以后到你该懂的时候，你就都会明白，现在多虑无益。"

独山俊也知道这些道理此时超出了自己能体悟的范围，当下也就强自按下了，却就听猪棚之内，传出了声音。

"怎么二哥的猪棚里……真的有猪？"

巾山杰笑道："本来没有猪，但他刚才的状态需要杀躁，所以就有了

第十六章 小世界

你听到的声音。"

独山俊"哦"了一声，道："可是他喷化猪棚的时候，还没陷入刚才的躁动状态啊。"

巾山杰道："可是他对'逆知未来'已有所悟，也就是说，在喷化的前一刹那，他对片刻后自己会陷入躁动状态已经有所预感，所以不知不觉地就喷化出了一个猪棚来。"

独山俊听得难受极了。这难受在于觉得自己和两位哥哥差得好生遥远，更在于对大哥、二哥说的话他半懂不懂，而且越是深入地想就越觉得难以明白，可要不想，又不甘心。

他冲向二哥喷化给他的那间屋子，却见屋子靠坡，坡面还有个炭窑，窑口堆着柴木若干。独山俊将柴木劈成几十段，推进窑中，窑火自然而起，一股黑烟冒了出来，熏得独山俊的脸黑多了一层。

独山俊赶紧封了窑。窑内密焰闷烧，他只感到五脏六腑一阵灼热，一低头，才发现这窑烧的不是木头，而是自己的身体。

独山俊"哦"了一声，忽然就明白了。二哥的喷化果然是不知不觉而有所预测的，他自己需要杀躁，所以就喷出了一个猪棚。"而我需要的是锻炼，锻我之精，炼我之体，化我之神。唯有这样，才能早日进益到大哥、二哥的境界！"

## 第十七章　大王娶亲

三人各自安排妥当，巾山杰又把陈大胆叫了来，将他显化，让他在自己的书斋洒扫执役。

第二日，三山本地居民见到新出现的房屋，果然习以为常，好像巾山杰的书斋、明山轩的猪肉档和独山俊的烧炭窑本来就有。三人与山民们互通姓名，各化俗姓，巾山杰自称姓连，明山轩自称姓赵，独山俊自称姓侨，三山百姓竟然都毫无质疑。

独山俊有些新奇地瞧着这一切，试图去理解山民们究竟产生了什么变化，竟就接受他们三人的存在，时而抓住一个人聊天，问这问那。明山轩却只是在那里卖猪肉。山居穷苦，村民们出不起钱，明山轩就许他们用山货来换，于是独山俊看着村民们用山货换了猪肉，拿回去吃得津津有味。在他眼里那些猪肉都是假的，只是二哥凝运出来的一点谷气，但因为有这一点气的存在，所以村民们也能吃饱。

巾山杰已经托巾山村的族长去韩家保媒，韩家家长得村长保媒，跑来相人，眼看巾山杰长得一表人才，又有屋舍田园、兄弟仆役，这般好亲事再到哪里找去？当下就答应了。

于是自有村中长老帮忙议定日子。山村荒僻穷苦，规矩不多，就取了个黄历一看，明天、后天都是好日子，于是就定在明日下聘，后日成亲。

巾山村的族长说："那就定在明日，在庙里下聘定亲。"

自庙宇建成以后，因是三山地面最拿得出手的宽阔房子，所以家家户户有什么婚丧嫁娶，多依着神庙内外举行，好事可以进门，恶事就在外头——这里成了村里最重要的公共活动场所。

独山俊拿了一筐烧好的木炭，在猪肉档放下了，说："怎么就这么巧，明天、后天刚好就是黄道吉日？"

明山轩一边斩着不存在的猪肉，一边笑道："是因为老大想要明天成亲，所以查黄历的就会查到明天是黄道吉日，懂？"

"老大动手脚了？"

明山轩笑而不语。

独山俊又说："你卖这不存在的猪肉，有意思吗？"

明山轩笑道："他们看起来觉得是猪肉，吃着觉得是猪肉，又还能吃饱止饿，那不就真是猪肉了吗？"

独山俊嗤之以鼻，指着陈大胆说："他看起来像人，碰着也像人，还能跟村民们说话谈事，可他是人吗？显化出来的，毕竟跟真人不一样。"

明山轩"嘿"了一声，要说话，却又忍住了。这时陈大胆跑过来说："二爷，大爷说了，明天、后天或有许多客人来，最好在庙前搭个棚子，款待来宾。"

"行，晚上整。"

当天晚上，明山轩就朝庙前空地一个指化，原本堆在庙前的杂物就自己化成一座棚子，棚子里堆了桌椅胡床，让陈大胆摆整齐了，好做明天定亲礼之用。明山轩又对独山俊说："明天下聘定亲，那边妻家来的都是人族的人，咱们夫家也总得有些三亲六戚的来捧场，免得太寒酸。"

独山俊道："我们就哥仨，还哪来的亲戚？"

明山轩笑道："这不前些日子，才认识了一帮山神土地吗？你到夜猫林跟周围的神友说一声,让他们派人来助助兴。"

独山俊道:"他们进不来啊。"

"神道进不来,人却是可以的。"明山轩道,"他们会想办法的。"

独山俊当即遁到夜猫林。当晚不是先前约好的聚会之日,猫山神却一直守在附近,见独山俊现身,也从山壁上显形来见。独山俊请他知会周围诸山神土地来此一聚,太远的就不用了。

自从上次见识了这位大神的神通,猫山神可再不敢将独山俊当寻常山神看待,赶紧传讯,不多时便来了十几位山神土地。

看看诸神咸集,独山俊便说了大哥要成亲之事,请诸神都派人来助助兴。

猫山神想了想说:"我们神道进不得三山地界,今晚托梦,叫人备礼来贺便是。"

诸神纷纷点头,各自准备礼物去了。

到了第二日下聘定亲,庙前棚子里果然比往常热闹得多了。巾山杰在庙里陪着女方的家长、村里的族老叙话,陈大胆拿了糖果在庙前一把把抛撒,村中幼童欢呼雀跃地就追着糖果跑。三村男女老幼听说韩家嫁女,也都赶来相新女婿,但凡见到巾山杰的人品样貌,就没有一个不夸奖的,纷纷称道韩家得了个好女婿。明山轩在棚里接待来贺宾客,将一切都安排得井井有条。

上午来贺的宾客主要是本地人,冲着韩家的关系来的。到下午就来了二三十个外乡人,都带了礼物前来庆贺。独山俊就知道是邻近诸神委来的人了,棚子几乎要坐不下。明山轩、独山俊忙不过来,韩家赶紧叫了本家子女过来帮手。明山村的二姐就帮着明山轩,独山村的韩家小妹就帮着独山俊。

到了傍晚时分,又跑来了个道士,看面目是个外乡人,却又空手而来,道了几句贺。明山轩有些嫌弃他,在庙门内陪长者们叙话的巾山杰也向这边瞄了一眼，道士看见，赶紧躬身，巾山杰便收回了目光。陈大胆忽然叫道："咦，这个道士眼熟！"那道士一转身，忽然就混在人群里不见了。

忙了有一个多时辰，一切才算妥当。独山俊便跑到一边躲清闲，口中道："成个亲原来这么麻烦啊。"

旁边竟然就有人搭腔："是啊，凡间俗世，都是如此，为着婚丧嫁娶忙忙碌碌，最后却又不知这么忙碌是为了什么。"

这时韩家小妹拿着个糖果，也来躲清闲，蹲在独山俊左手边。她虽然与独山俊初次见面，却自然而然地就与他亲近。独山俊瞥了一眼缠在她手指间的那一缕黑发，正是当初下水救她的时候被她薅下来的，笑道："小妹妹长这么大了……嗯，也可以嫁人了。"

韩小妹的脸一下子就红了，连忙摆手："我还小，等我二姐姐嫁了再说吧。"

独山俊随口问："你二姐姐在哪儿？"

韩小妹一指："喏，你二哥身边那不是？"

独山俊望了过去，只见二哥身边跟着一个少女，身形纤细倩丽，手脚却十分利索，与二哥十分合拍，两人一边干活，一边有说有笑的。

独山俊哈一声说："他们什么时候混一起去了？"

"不知道啊。"韩小妹说，"我大姐姐相了好多次亲，没一次能成的，这次见了你大哥哥，忽然就脸红红地答应了。这真是三老爷保佑了。"

独山俊笑笑道："你要不也求求三老爷，让三老爷也给你匹配个良缘？"

韩小妹啐了他一声，跳起来跑了。跑的时候，她手指有些激动地捏着指尖缠着的黑头发，忽然回头说了句："我才不需要呢！"

独山俊哈哈大笑，忽然觉得身边似乎多了个人，定神一看，却是那个道士。他愣了愣，叫道："你是茶道人！"

他的声音引来了别人的关注，便有几个年长的望过来，跟着赶紧道："真是那位道士啊！"有年轻的不认识他，便听人介绍说："就是这位道士，当年教我们建庙的！"

有人看了他好几眼，说："这些年月过去，您可半点不见老，果然好道行！"

于是好几个人纷纷围上来，独山俊也走了过来，笑着说："道士，多亏你当初教我们建庙，庙建成后你还没来看过呢。走，我带你看看去。"

这三山神庙虽是村民们一手一脚建成的，三神暗中也出了大力气，所以独山俊也当作是自己的作品，十分爱惜。自建成之后，他里里外外都不知道看了多少遍了，真是纤毫皆知、片瓦皆熟。

这时，他拉了道士看庙，巾山杰正坐在庙门内陪叙话，进去时总要经过的。巾山杰扫了茶道人一眼，唬得茶道人赶紧行礼。几个父老笑道："这位道爷，竟是十分谦逊知礼。"巾山杰笑笑，也不说破。

独山俊拉着茶道人看庙。只见这座庙坐西朝东，开面三间，前后三进，不过三间开面都略窄，只当城里的两间半，三进也是前面两进还足，到了后面就短了一半——三山地面土地倒不值钱，但村民贫苦，买不了太多木石料，所以建得紧张节省。

第一进半空着，算是前堂，村民们有个什么事都在这边聚集商议，或者小个好事也借了这里，比如此时便是巾山杰与父老们在叙话。

第二进是正殿了，供奉了三尊老爷像，此外无他。

第三进空着，给村民们堆放公共物件。

这是正中开间，左右两间都只半间房大，一边做了粮仓，另外一边做了两间通铺，给往来人歇脚。房梁上略作雕刻，屋角瓦片也都干净齐整。

独山俊带着茶道人兜了一圈，兴冲冲道："怎么样？我这个庙不错吧？"这座庙宽敞又实用，他是非常满意的。

茶道人笑道："方圆百里，山神土地的庙宇，能有片瓦遮头就很好了，就没这么大规格的。"

独山俊哈哈地笑，甚是得意。他也听往来商贾说过，若论山神庙，有的只是立个祠就算了，还有的只是把一块石头，或者是山壁上有几个字就当山神拜了，如这般有一座像样的庙宇，方圆几百里都没听过。

茶道人又说："只不过嘛，要跟名刹大寺比，那还是比不了的。"

独山俊怔了怔，忽然就想起那天飞去斩妖，中途见到的那座大城，以及城中那座大寺。那般盛景就在脑中一晃而过，不由得让他怅然起来，再看眼前这座庙宇，忽然就觉得有些索然无味。

好一会儿，独山俊才说："若似荔峰寺那等大去处，不敢想。"

茶道人说道："荔峰寺虽然有可观之处，却也只是寻常，不过下州之寺，仅得数百里信众罢了。"

"下州之寺？"独山俊问道，"那还有上州之寺？"

茶道人说："潮州僻处岭南，这里的寺庙能有多大规模？得如扬州、益州，那里的寺庙，才是青砖红瓦，高台实基，屋舍过百数，神像二十尺……"

他说着，瞥了正殿一眼，那三尊神像，也都不过四五尺大小罢了。

独山俊略感心惭，又听茶道人继续说："至于用料，门皆重木，柱装宝玉，雕梁画栋者，皆出第一流巧匠之手，寺内黑铁塔能存千年，汉玉桥横跨盛辉。僧道唱念，日夜不绝于耳，往来信众，不远千里而来。这才是上州之去处，一国之善区。"

独山俊正听得悠然神往，然而茶道人又说："然而若如扬州、益州之地，不过地方上之寺院，比那国都之所在，却又远远不及了。"

独山俊愕然："还有比这更好的？若那国都之寺院，却又如何？"

茶道人说道："若如国都之正寺，那才是天上宫殿下移，人间乐土之极也。其门琉璃造就，玉石为装，柱绕金龙耀日月，桥点彩羽凌碧波，瓦若明霞映天光，金兽蹲脊吞斗牛，七十二座宫殿，殿殿麒麟绕神座，三十六座高台，台台名花日夜换——真个是金碧辉煌、紫玉金章！神像之高高百尺，众圣拱列卫神宫，僧道排班唱经文，信众万里来朝圣！这才是大国之气象！这才是京师之丛林！"

独山俊听得怅然若失，再看这座自己颇为得意的小庙，那真如同一堆瓦砾一般了。至于信众，往来不过数十里之地，与那荔峰寺已不可比，若如益州、扬州之地，那真是望之不可及，至于京师之寺，更是不能放在一起提了。

他低下了头，连连摇晃："不敢想，不敢想。"

茶道人说："为何不敢想？"

独山俊道："那得是得天下人之信仰，才能有的功德。有那般的大功德，才能成就那般的大寺庙。"

茶道人又问："他们那大功德，阁下是见到过呢，还是亲历过呢？"

独山俊一愣。

茶道人进而又说："即便是有功德，却又请问，要有大功德才能成就大寺院，这又是谁规定的？"

独山俊一时失神，竟然脱口而出："老神仙是这样说的啊。天书神卷也是这般记载的。"

茶道人又问："老神仙又是谁？他说的就一定对吗？天书神卷又是个什么东西，上面写的就一定对吗？"

独山俊"啊"了一声，眼睛都瞪大了。只这两句话，便如撞出了一个火苗，开始灼烧独山俊的疑心。

茶道人还要说话，忽然一个目光投来，不知何时巾山杰、明山轩已经站在那里。他吓得一个躬身，赶紧闪走了。

第十七章 大王娶亲　161

## 第十八章　阴火灭身

巾山杰和明山轩站在角门外,明山轩道:"我去宰了那个道士!"

巾山杰摇头:"算了,疑火已生,杀了他也没什么意义。"

明山轩道:"方才就该趁他还未说话,将他远逐。"

巾山杰道:"其实这些年我诸般算计,在你们不知道的时候,已经设法避开了九百九十九回。然而只有千日做贼,没法千日防贼,总还是被寻到了罅隙。方才如果无缘无故将道士赶走,三弟不免会问,以他的悟性,问多两句,总归还是会引起他的疑火。罢了,罢了!"

"那就这么算了?"明山轩依旧不平。

"且因机应变吧。"巾山杰说。

三人相隔不远,但独山俊竟没听见大哥二哥在说什么,他的心思因茶道人那些话开始飘向别处。在外人看来,他迷迷糊糊的,忽然瞥见地上似乎有个什么东西,捡起来一看,却是一张没有字的纸,略一回想,似乎是那个道士刚才逃走时落下的。

第二日要迎亲了,明山轩备了猪肉、鸡公,让独山俊拿着鱼和香烛,陈大胆领着花轿,跟着巾山杰前去迎亲。

到了巾山村,二姐和韩小妹在里头把屋门紧关,明山轩、独山俊等在屋外。独山俊敲了三声竹梆,明山轩念个四句:"一拜老天公,好娘配好君。娘君好二家,富贵福禄春。"

屋内两个妹妹就用歌腔问:"真这好?"

独山俊又敲了三声竹梆,明山轩又念了第二个四句:"二拜司命公,老爷喜心胸。夫妻来敬拜,富贵添财丁。"

屋内两个妹妹又用歌腔问:"真心个?"

独山俊再敲了三声竹梆,明山轩再念第三个四句:"三拜诸神祇,床头食甜丸。夫妻来好合,齐齐赚大钱。"

两个妹妹这才欢天喜地开了门,韩小妹与独山俊交接了香烛。

韩家已经备了酒席,新郎官和陪客入座,却也只是动动筷子意思意思,没人多吃。新娘子在屋里梳洗打扮毕,父母回避,由兄弟送入花轿。

陈大胆大声呼喊:"起轿喽!"

花轿就稳稳地抬了起来,花轿后面拖着一条神树(榕树)的树枝,这叫拖青,乃是古俗。一路迤逦,朝着神庙那一边而去,然而走到中途,忽然间狂风大作,飞沙走石,把送亲队伍的眼睛都迷住了,连花轿也莫名其妙地重得抬不动,仿佛变成了一块巨大的石头。

明山轩眉头微微一蹙,望向天上时,就要发作,巾山杰急忙拦住了。

这时忽听云外传来奇异的鸟鸣:"奇吁、奇吁——"

一条如同巾带一般的云彩在空中拂过,紧跟着便风停沙止放天晴。

送亲的人都道:"异数,真是异数啊。那是什么云?"

独山俊怔怔地看着天上,那巾带一般的云彩忽来忽去。别人都只看到云彩,只有他隐隐约约瞥见云彩之上似乎藏着一只异鸟。那鸟的形状他仿佛是见过的,只是怎么也记不起来。

只有巾山杰仿佛什么也没看见,挥了挥手,陈大胆便领着花轿继续前行。

"老三!"明山轩拍了独山俊后脑勺一掌,才将他叫回神来。

庙前棚内已经摆了三十六桌酒席，坐着上百号人，见到迎亲队伍到达，都簇拥过来。队伍绕过神庙，来到庙后书斋前，明山轩将花轿后的榕树枝甩到屋顶。在众人欢呼声中，新娘被迎入书斋。

明山轩招呼众亲朋宾客到前面去："喝酒，开宴！"

百众欢呼中，酒菜流水般送了上来，好吃的就开怀大吃，好酒的就开怀畅饮，筷子你伸我进，酒杯交错碰撞。明山轩穿梭在各个席面间祝酒劝酒，宾客们欢喜地赞叹祝福，又有不知多少儿童在旁边跑来跑去，商量着要去偷看洞房，场面热闹得不行。

只有独山俊静静地坐在自己的位置上，冷冷地看着眼前这一切。场面越是热闹，他的心境就越是冷清。

他的泥丸宫忽然热了一热，眼前的一切就模糊了一下，又恍惚了一下，再一晃动，忽然发现三十六桌酒席上的酒肉都是假的——哦，那是二哥化出来的一盘盘谷气。和那些妖鬼弄出来的恶物不同，二哥化出来的这些酒肉吃了也能饱腹，跟吃真酒肉的效果是一样的。只是在独山俊眼中，一群真的人吃着一盘盘假的东西，这一切忽然就显得有些荒诞。

他的丹田也忽然热了一热，眼前再一恍惚，又一晃动，竟觉得眼前这些人都变得半透明，上百个人只是些人形的虚影，每个人身上有许多线条牵扯着他们行动。其中一种线条牵扯着长久的饥饿，让他们看到酒菜的幻影就不停地吃；一种线条牵扯着文教的约束，让他们忍着吃喝在那里说话祝福；又有一种线条铭刻着先天的好奇，扯着那些孩童去窥伺洞房……

人们以为自己是自由的，却不知道，自己只是在线条的牵扯下，做出行动，不管是吃喝、说话，还是好奇。有些事情看起来是偶然的，其实却是写定的。这些人看起来是自己在行动，落在独山俊眼中却和牵线木偶没区别。

独山俊抬头望了望，就看见这无数的线条在头顶的天空凝聚，凝聚成杂乱无章的线海。线海无比复杂，然而汇聚到中心却变得越来越简单，在最核心处就变成了几十个点而已——那是六十四种核心规则。

他伸了伸手指，就发现自己能够凌空拨动那些线条，扭曲它们，甚至掐断它们。他忽然就明白了大哥怎么让村民们接受他们哥仨的存在了，挪动线海核心的六十四个点，线海的形态就会跟着改变，如果能够熟知六十四个核点与线海之间的变化规则，再熟知线海的每一种变化对人类行动的每一种后续影响，那么……只要从最顶层的规则设计上加以拨弄，就能轻易地让下面发生巨大的改变。

他忽然又想起另外一件事情来："这些人被这些线牵扯着，那我呢？我的身后有没有一条我看不见的线在牵扯着我？"

想到这一点，他的整个心都不自在了起来。

一种无法压抑的涌动在内心深处迸发，独山俊忽然就觉得脚底下热了一热。

正在哈哈劝酒的明山轩吃了一惊，瞥了过来，以神语跟自家老大沟通："怎么在这个时候？！"

其实他们都预着老三会有所变化，只是料不到会这么快。

洞房里头，巾山杰轻轻叹了口气，抱了抱新娘，低声说："劫数来了，不要怕。"

新娘偎依着他，也是低声："君在，不怕。"

独山俊只觉得脚下越来越热，仿佛脚底要烧起来一般，低头一看，脚下并没有着火，鞋子也没有烧着。

然而再一抬头，整个三山都变了。

这一次他的眼睛看透的不只是人，还有物。

山不是山，水不是水，神庙不是神庙，都变成了一堆点和线，也不知道是什么东西。

"假的？假的？都是假的？原来不只二哥化出来的东西是假的，这些人可能也是假的，还有这个世界……都是假的？"

第十八章　阴火灭身

他的呼吸急促了起来，忽然觉得怀中有个东西在跳动，摸出来一看，却是茶道人留下来的那张白纸。当他摸了出来，那张纸忽然无火自焚，火光中显现出了茶道人的影子，他在呵呵而笑，笑声就在独山俊的耳边响起："有人托我，给上神带这几句话。"

火光中的茶道人就唱了起来，吟出一首诗来：

　　君本先天一灵根，

　　混沌初开有汝神。

　　寄迹山峰昭气象，

　　密运真元一始新。

　　欲问汝神名与姓，

　　未经父母养育人。

　　玄玄上圣恩赐号，

　　灵靖灵根并灵玄。

突然"轰"的一声，一团火焰在独山地底炸开！

独山俊再低头，他的脚底板真的起火了！

那火不是天火，不是凡火，而是冷冷的阴火。火焰在独山地底烧开的同时，独山俊也觉得那火在自己的脚底涌泉穴烧起，跟着往上烧了上来。

"哎呀！着火了，着火了！"忽然有人叫了出来。棚子着火了，火苗落下又烧到了桌椅，吓得众人赶紧或逃散，或取水，跟着整个酒席就乱了，原本欢喜无限、热热闹闹的婚宴，在刹那间成了一团乱麻。

独山俊再一低头，觉得火焰已经烧到了小腿，然而除了脚底板有火花连着地底的阴火，眼睛看到的小腿却是完好的，只是那股阴冷的火焰却从内部焚烧他的骨肉。远处就传来了一阵又一阵的惊呼声，山间竟然冒出了火苗。

"是山火，还是火山？"有人大叫。听说火山爆发的时候，就是这样各处地面冒火。

"我们这里没有火山！"

是啊，三山地面不处在火山地带，但此时却有无数火苗从各处地底冒了出来。

混乱的人群中，巾山杰和明山轩不知何时站在了一起。

明山轩怒道："又是那个道士！我当时就该宰了他！"

"没什么用处。"巾山杰道，"他背后应该有人……嗯，应该是一直有什么人在引导着这一切。"

明山轩眉头蹙起："是天？"

"应该不是。"巾山杰想了想，说，"应该是心。"

"不知道你在说什么！"明山轩道，"现在且先看怎么办吧！老三快死了！"

独山俊觉得那火已经烧到了肚子里，但很奇怪，他明明阴火焚身，可精神世界却前所未有地平静，半点也不惊惶，甚至带着点期待与明悟。

与之相应，三山地面所有屋舍农田都起火了。屋舍起火不奇怪，农田也起火就不合常理了，市集更是火光燎原，烧得到处都是。

到处都是浓烟，到处都是呼救。

整个婚宴已经彻底散乱了，整个三山地面也变成了灾难现场。

"老大！快想想办法！"明山轩怒吼着。他几乎要跳起来。

如果是外魔，是妖怪，他能奋不顾身地冲过去救兄弟，但现在这火是在独山俊的身体里燃烧，他是毫无办法。

不知什么时候，河流已经滚沸了起来，流动的水如同流动的汤，河里头所有鱼类都已经翻了白肚子。

巾山杰回了回头，新娘子不知道什么时候走出来了，站在那里看着他们。见到夫君回头，她很平静地微笑了一下，点头："该做什么，去吧，我等你，永远等你。"

巾山杰颔首，便转了头，拉着明山轩就向独山俊冲去，冲进了独山俊

第十八章 阴火灭身 167

身体里。

这是虚空的世界。

而大火正从下面烧起来。

世界的中心，悬浮着一个烧了一半的人影，那是独山俊。

"这是……？"明山轩问道。

"这里是三弟的天地。"巾山杰说，"他的根基已在崩塌，阴火正要摧毁他的一切。而且我们与山川一体，三弟毁了，外头的世界也会烧坏的。等到大火漫山，这片地面将无一个孑余。"

明山轩惊道："那怎么可以！"他冲着中心的独山俊叫道："老三！快停下！你要害死人了！"

"人？"独山俊的人影睁开了眼睛，那眼神让明山轩吓了一跳。那眼神并不凶狠，只是苍老，不再像少年，而像一个活了千万岁的老人。

"啊！"明山轩后退了，叫道，"老三！老三！你还是你吗？"

独山俊审视了明山轩一眼，似乎看出来什么："谯明，是你？"

明山轩心里咯噔了一下，好一会儿才点头："是我。你……你都想起来了？"

独山俊又看了巾山杰一眼，然后再往上一看，上空浮现了一个透明的圆盘。圆盘之外是正在燃烧的三山世界，无数百姓正在仓皇逃亡。然而火焰形成了一条界线，竟然将所有三山本地人都困住了。

他们已成瓮中鳖、汤中鱼。

"看见没有，"明山轩道，"你快想办法把这阴火阻住，不然要死人了！要死好多好多人！"

独山俊断然道："那些是人？那些都是假的。你杀的猪是假的，你给他们上的菜是假的，那些花轿、树木、山石，也全都是假的，那只是一股股凝聚成各种形状的气，气里面，只是一堆堆的数。这火烧过去，气不会消散，只会化作其他形态，而数本来就是上头的人拟定的……"

"你胡扯些什么!"明山轩怒道,"那些是人!是人!是一条条活着的命!是陪伴了我们十年、百年的人!"

"是这样吗?"独山俊呵呵笑着,转向巾山杰,"带,你说呢?"

巾山杰不答反问:"你记起多少了?"

独山俊沉思了一下,道:"不多,不过隐约记起我们是什么了。"

"我们是什么?"

"我们是神!"独山俊道,"我们跟他们……这些人,是不一样的。不只因为他们的生命短暂,我们的生命漫长,更因为我们从根子上,就跟他们是不一样的。他们是被造出来的。"

"不管是自生,还是被造的,"巾山杰道,"你也承认他们有生命,那他们的生命也是假的?"

独山俊皱了皱眉。

巾山杰又道:"地母究竟为什么要孕育生命,你还记得吗?"

独山俊眉头紧锁,想要记起忘却过的一切,却怎么也想不起来。

"你也不记得了。"巾山杰道,"我也还没完全想起来,不过过去可以慢慢回忆,眼前之事,却要先顾及。"

独山俊看着下方,阴火已经烧到了自己的胸膛,他的世界也已经崩塌了一大半。

外世界的河流已经被烧干了,村民们被火焰切割围困,已经逃无可逃,只能互相拥抱着,哭泣等死。

看着他们的惨状,独山俊八风不动的脸上,终于露出了一丝哀容。

"我控制不住了!"独山俊长长一叹,"你们走吧,再留在这里,你们也要跟着死亡的。"

"你胡说什么!"明山轩怒道,"我们是兄弟!当年那般劫难,我们也没有彼此离弃,现在自然也不会!"

"可我阻不住了。"独山俊抬头,看着圆盘中不停燃烧的外世界,

"很抱歉，既然你们也是生命，我很抱歉。"

"现在抱歉有个屁用！"明山轩怒道，"快想想办法吧！"

独山俊没有悲伤，也没有恐惧："对不起，我没有办法。"

"我有。"在其他两人的诧异中，巾山杰道，"我有办法。"

明山轩惊喜道："老大！你不愧是老大！"

独山俊则是不解："你要做什么？"

"办法很简单，"巾山杰的手指间，出现了一点凝聚的白光，就像一颗会发光的种子一样，"在你的世界坍塌毁灭的瞬间，我来创造你的世界。"

独山俊原本一直沉静的脸上，终于产生了明显的变化："你不可能做得到！你和我是一样的！你不可能造我！"

"我可以。"巾山杰道，"以我的生命，创造你的生命。"

明山轩怔在了那里。

独山俊不复平静，他的脸上终于不再是那种冷冰冰的样子，而是激动了起来："你知道你在说什么吗？带！你知道你在说什么吗？"

巾山杰没有回答，他指尖的那个白点越来越明亮，种子在萌芽，很快就发育成一个光苞，透明的光苞里，萌生出两股气，两股气又变成四股气，四股气又变成八个点，跟着八点互撞，重组变成了六十四个光点。

光苞产生了一种神奇的吸引力，头顶悬浮着的圆盘是通向外世界的门，外世界的顶端，那片线海的无数线条都被吸收了进来，纳入光苞之中。

再跟着，三山地面的生灵一个接一个地倒地，倒地的一瞬间，一组线条就被抽了出来，同样被吸入光苞之中。

"生命是最珍贵的。"巾山杰道，"唯有生命，是对抗宇宙湮灭的希望。我们不只要保住你，还要保住三山的众生。这片土地的生命伴随了我们这么久，保护他们的生命，保护他们赖以存活的世间，是我们的职责。用老神仙的话来说，这就叫护国庇民。"

"老神仙……老神仙？"独山俊忽然怒道，"什么老神仙！那只是派来诓骗我们的一个下等小神！"

"但他说的话是有道理的……"巾山杰道，"既然话有道理，那就无所谓什么上等、下等的区别了。"

独山俊怒道："但是你这样做，有意义吗？"

"有意义啊。"巾山杰道，"我们都知道宇宙最终会走向灭亡，但有生命就会有变化的契机，让生命延续下去，就会有希望。"

独山俊道："既然如此，你为什么不保住你自己的生命？！"

"我的生命在于彻悟过去，"巾山杰道，"而你的生命有机会打破未来。我可以为你的世界支撑起一片天，但你才是可能为我们撕开一条未知路的人。"

明山轩忽然也平静了下来，说："大哥，我不能坐看三弟灭亡，但我也不能坐看你为了拯救三弟而灭亡。我会用我的生命，如大地一般承载你的数列，维护你复活的希望。"

独山俊转头，看向他："那你呢？"

"我要将我自己化作维护的力量。"明山轩道，"只要这股维护的力量还在，我就没死。"

巾山杰掌心的光苞不停壮大，三山众生的数列已经收罗了一半，然而阴火已经逼到眼前。

"来不及了。"独山俊叹了一声，神色有些黯然。

就在这时，头顶忽然传来一声长嘶，一头神兽冲了进来，其形如马，一角有错。它冲进来后，一头扎入了火焰之中。

阴火被暂时阻住了。

"臁疏！"巾山杰流下了两行泪水，然而他没有阻止。泪水流尽后，眼神就变得悲悯。

阴火彻底吞噬了臁疏，而三山众生的数列也同时收尽。

第十八章 阴火灭身

阴火已经烧到了独山俊的头颅。

外世界，神庙也着火了。

悬浮在空中的独山俊的影子，他的脸在抽搐。

外世界的大火已经吞没了一切，所有生灵都化为灰烬。

就连巾、明、独三座大山也被阴火烧得崩塌了。

"结束了……"

内、外两个世界，在火焰中同时毁灭。

阴火烧尽了一切，连同那界限穹庐也跟着被烧灭了。

诸神设下的界线没有了。

而就在内、外两个世界即将毁灭的瞬间，一朵白色的莲花绽放开来。

"以我的生命，创造你的生命。"

崩塌了的巾山山根，重新隆起一座山来，清风吹拂下，被阴火烧成灰烬的众生被重构了身体。白莲花苞绽放，无数的数列飘散出来，回到各个身体里面。

众生的眼皮一起跳了跳，他们重生了。

就在他们重生之时，白色的莲花最外层的花瓣逐次枯萎，而内部有新的花瓣萌生。但新的花瓣颜色已经不同，新生的莲花逐渐化成一朵玄莲。

白莲变成玄莲的瞬间，那些白色的花瓣眼看也将飘散。这时一片红光将白色的残余收拢，融入了玄莲内部，变成了一个三色的花心。

"以我的生命，维护你的生命。"

下卷

## 第十九章　界石神

哗哗哗——

暴雨如注，一阵一阵地，摔打在潮州府北部的山岭之间。

独山俊很艰难地睁开眼睛，眼前是一片熟悉又陌生的土地。

他能望见东面的巾山、南面的明山，西北面的独山虽然遥远，但也能看得到，但是他已经感应不到这三座山跟他的联系。

这不应该啊！

三山是他们的本体，他们是三山的灵，作为山神，怎么可能会感应不到山体呢？

"大哥！二哥！"

他在大雨中呼喊着，却得不到任何回应。

独山俊心中恐慌了起来。他们兄弟三人同根同源，不管是什么样的处境，不管距离多么遥远，本来都应该是能感应得到彼此的，就像一个人能感应到自己的手足。

但现在他完全感应不到两位兄长的存在——甚至于，他几乎无法确定两位兄长存在过！

但他又记得，自己是有两个兄长的。

视野所及，他也见不到三山神庙了，因为动弹不得，他隐约只能感受到自己身下是一块大石头。

他已经醒来了七天。在这过去的七天里，倒是有人前来拜祭。他能感应得到祝祷信念是朝他汇聚的，不过没人呼唤过他的名姓，来祝祷的人没人默念独山神，或者三山神，只是默念界石神。

"我不是独山俊？我是界石神？那大哥呢？二哥呢？难道没有大哥、二哥，只有一个我？"

有一天，一个老者引了个外乡人来拜祭，对外乡人介绍说，这界石神十分灵验，大唐还在的时候，那位韩刺史还为界石神写过文章呢。

韩刺史？韩愈？

他记得那个人，因为那篇文章曾经让三山神庙青气冲天。可是——

"大唐还在的时候……"

唐朝已经灭亡了？那现在是什么时候?!

一天一天地过去，他感到自己的力量在缓慢地恢复。终于这一天，他发现自己有了触觉。猛烈的大雨打得他脸上肌肤生疼。

动了动手，再动一动脚——嗯，可以动弹了。

他坐起身来，坐在大石头上，仰头接受大雨的洗刷。在雨水的滋养下，干枯的肌肤渐渐红润，整个人也渐渐恢复了生机。

大雨渐渐停了。

一个乡村少女顶着一片荷叶，一手挎着个竹篮，赤着脚，在泥泞中走来。当她看到独山俊，忍不住大叫了起来："啊！你怎么坐在神石上！还不穿衣服！"

独山俊一眼就瞥见了缠在少女手指尖的黑发。

"是她！"

第十九章 界石神

这个发现让他原本空落落的心房猛地安定了不少。

终于见到一个"故人"了。

只不过少女已经不记得他了，她匆匆去叫来大人，说看到一个不穿衣服、坐在神石上的盲流。

村民们赶到的时候，却什么人也没发现。独山俊隐于附近的草木丛中，看着他们在那里胡乱寻找。

"是不是幺妹看错了？"

"也可能是逃走了吧。"

村民们没太将这件事情放在心上，只是留了两个婆子，陪着少女继续她的祭拜。少女从竹篮中拿出祭品来——也就是一碗残羹冷饭。香火纸钱都是没有的，这里太穷了，村民们能用一点剩饭来祭拜界石神已经很不容易了。

"界石神保佑，"少女祝祷着，"保佑我弟弟快点长大，这是我爹娘说的。"

祝祷完，少女就离开了。

独山俊将一片龙葵叶指化为衣服，穿上之后又用隐形术，跟在少女后面——他要看看这片地面究竟发生了多少变化。

他的兄长，他的大嫂，他的山民……

大家都哪里去了？

跟着少女，他走进了一条小村落。村落大概二十几户人家，离界石不算很远，少女走了大概半个时辰就到了。这一路，独山俊细看沿途地势，没错的，这片土地仍然是他记忆中的半山区，有山峰，有平地，还有一条不小的溪流——现在当地人叫它大溪，实为榕江之上游。不过又和他记忆中不大一样，河流走向有些变化，草木花石也跟记忆中不大相同了。这究竟是因为沧海桑田，还是说他的"记忆"其实只是一场幻梦？

少女的家非常简陋，仅是一座竹木屋，砖瓦都没有，隔成两间，屋子左边和后边各搭了个圈，左边养猪，后面养鸡鸭，猪的喘气声和鸡鸭叫声不时传来。

"幺妹，拜了石神没有？"

"拜了喽。"少女回应着一个中年男人，放下竹篮，然后就抱起旁边竹筐内一个婴孩，坐在屋檐下，摇哄着弟弟，"已经求了界石神保佑了，让弟弟快高长大。"

她说着，就唱起了歌谣："咻咻咻，猫仔拍胡溜。胡溜钻入土，阿公揩黄土……"

屋内又传出个妇女的声音："给你自己求了没？"

"求什么呢？我什么都不用求。"少女一边哄着弟弟，手指玩弄着指尖的那一缕黑发。

"怎么不用求？"屋内走出一个妇女来，"咱们绕着神石的这十八村，各村姓韩的，每代总有三个小娘嫁不出去，连续八代，都说什么自己不嫁凡人。这一代已经有两个立誓不嫁人了，你不求求石神，小心变成第三个！"

少女敷衍地应了一声："求了求了！"然后就继续哄着弟弟，也不将她娘的言语放在心上。

"好弟弟，快高长大，奉养爷娘……"她摩挲着指尖的黑发，用一种别人听不到的声音，"不嫁人，不嫁人……"

独山俊饶有兴致地看着她哄婴儿，也看不厌。天色已晚，他用手摩了摩婴儿的头顶，低声祝道："快高长大。"

少女忽然没来由地一惊，抬起头来，却什么也看不到。

第十九章　界石神　　177

独山俊御风而行，绕着界石，滑行于十八村之中。村落有大有小，却都非常贫苦落后。他当初常年在三山地区各处盘桓，对这里的一土一木都了如指掌，甚至对每家每户每个人也都十分熟悉，可是绕了十八村一圈，却已经找不到记忆中的任何人，只是从血脉之中，隐隐嗅到了一点联系，村落格局和记忆中的也完全不同了。如果十八村村民就是记忆中三山百姓的子孙，那这已经过去的就不是十年八年，而是过去不知几代人了……

晚上他分身三百，入了村民们的梦，梦中的村民告诉了他很多事情，只是已经完全没有三山神的痕迹了，也不记得有过什么三山庙，只都记得他们要拜界石。

仿佛有关三山的一切，全都只是他脑海中的一个泡影。

"所以，我不是三山神，不是独山神，我是界石神？"

独山俊坐在界石上，发着愣。苏醒之前的事情，有些记得，有些记不大起来。如果和村民们的记忆一对比，那更是混乱得可以：在三山做守山神的画面，混着上古神战的画面，以及和火神祝融的恩怨……

"所以，我到底是谁？我到底是什么？"

他坐在石头上，接受着十八村村民的朝拜。村民们看不见他，然而还是诚心地奉上他们仅有的祭品：一两碗残羹冷饭，或者是几个野果子，野果子会放在那里，残羹冷饭祭拜完还要拿回去吃的——是的，这里就是这么穷苦。香料烛火？不存在的。

一切仿佛回到了三山庙建成之前的样子，甚至比那时候还穷。不过村民们对界石的依恋让他感到一种熟悉感，没来由地，就觉得自己必须守护他们。尽管他们供奉的只是野果冷饭，可是那已经是他们能够奉献出来的所有。

寒酸的冷饭野果也好，贵重的香火蜡烛也罢，对真神来说真的重要吗？

"或许我的记忆不是假的，或许这些人就是记忆中那些人的子孙，所以才有血脉与信仰的牵连。"

只是这一切似乎被什么给篡改了。

除了村民之外，还有两个女子偶尔也会在没人的时候过来。她们总是看着界石怔怔出神，偶尔会默默流泪，然后什么也没说就离开了。

那个少女也会来。她比那两个年长一点的女子要活泼一点，有时候会跟界石说说话，这让独山俊想起那个常常在山壁下对自己说话的少女——嗯，或许她们本来就是一个人啊！

"八代未曾嫁娶，那就是已历八世了。"

独山俊在界石上坐了三百六十多天，经历了一个完整的寒暑。他看遍了环绕界石这十八村的每一个人，然而还是没能找到他心目中的答案。只是从村里唯一一个读过两本书的老人那里，知道大唐的确已经灭亡了，而且已经灭亡了好几十年了。

旧朝已经灭亡，而新朝似乎还没建立——至少消息还没传到这个穷乡僻壤。

"去外面看看吧。"独山俊决定了，"总得寻到我的根源所在！"

风吹了起来，他御风而起，漫无目的地飞了出去。

简陋的木屋中，少女忽然一阵心悸。她放下了婴儿，嘱咐家养的土狗看着弟弟，然后就发了疯似的朝界石奔去。土狗在婴儿身边朝她吠了两声，仿佛在问她做什么去，她全无回应，只是急忙地奔跑着。她也不知道自己为什么这样，只是很紧张、很担心、很怕。

半个时辰的路，她很快就跑到了，大石头上空空如也——本来一直就都是这样啊！可这一次她却没来由地哭泣了起来，仿佛不见了什么一般。

独山俊竟不知道这些。他知道东面是大海，所以御风向西，很快就到了那条界线处。出于上百年的习性，他谨慎地停了下来，然后试探着走出那条无形的界线。

一步、两步、三步……

第十九章　界石神　　179

没有窒息的感觉,没有力量被抽掉的感觉,没有任何不适的感觉!

仰头,他确定了,桎梏已经没有了!

可是大哥、二哥……再怎么呼唤也得不到任何回应!

亲人,也没有了!

## 第二十章　雷电致太平

独山俊出了界线后想:"当日海中斩妖是向东,如今且向西走走,到处看看,不知能否找到大哥、二哥的一些线索。"

他御风而行,离地不过十余丈,幸而是在夜里,也没引人注意。他也不赶路,只是循着东江沿途看风景。星光月色之下,但见这岭南地面处处蛮荒,一路望去,还没当初看到的潮州州城繁盛。

就这么飞了一夜,飞了有千余里,看着东江汇入珠江主道,再往前就要入海,心中忽有所感,暗道:"这个方向,与我缘分淡薄。"

忽而又想:"为何我会知道这个?以前是大哥才有这份能耐的。"

自他觉醒以来,不但自然而然会有许多明悟,而且心性清澄,平静清凉,感觉和往昔自己的性子不大一样了。

便要回头,却嗅到西南面一股怨气冲天而起。

"嗯?出了什么事情?"

他且又向西南飘去,只见那里有一座巍巍大城,背靠云山林吐翠,面临大海泊千帆,此地风景秀丽,财物丰茂,得尽方圆三千里地利之佳,聚成一座大都会,商业上已经繁华了上千年,比潮州城更胜多倍。独山俊按天书《识地》卷观其风水,忍不住喝了一声彩。

只是地方虽好，此时却是烟火缭绕，人声冲天。人声中有呼喊声、哭泣声、怒吼声、惨叫声，夹杂在一起便凝成一股怨气直冲霄汉。

独山俊不知何事，想了想，捻了个诀。他自醒来后，虽然身边寻不见天书神卷，但以前通读过的七十二卷天书在脑中一过就尽数通晓了，那些以前不会的也再不用修炼，自然而然就都通了。这时动用的是天书七十二卷中排在第二位的"驱神"咒，持此咒者，能够驱使神祇，那蛤蟆大王就曾用此咒拘得几十个山神土地应命。独山俊当时就见猎心喜，只是被界限穹庐所限，不能施为。这时没有了限制，便念动咒语，结果半晌不曾有动静。

他心里奇怪："难道我所学未精？"

此时东方已白，独山俊御风在半空中巡视了一圈，睁开艮眼透视下土，方圆数百里内并不见有神祇妖魔之属，只有海湾临岸处，蜷着一条眼看要化龙的白蛟。他将脑中所记得的七十二卷天书过了一遍，便进而触类旁通起来。眼前因要拘蛟，他心思一动，便在转眼间推演出一个"拘龙"的道法来。

"我也能推演新的道法了。"独山俊心道，"大哥、二哥当初也是这般吗？"

按下对两位兄长的思念，他掐着法咒，一口气化作冷风朝那白蛟吹去。那白蛟打了个哆嗦，哗啦跃出水面。它已修出人言人语的能耐，怒道："谁人用咒拘我？"

独山俊见它来得凶狠，也不和它客气，吐出那颗铁丸来，在朝阳下迎风一振，就变成了一把飞剑。他这把飞剑在东海斩过群妖，连那万年鱼怪何罗都被斩了十身，之后未曾洗淬过，所以剑上犹带杀伐血气。

那白蛟才不过区区千年修为，感应到飞剑上的杀气就厌了，蛟头就低了下来，角也软了，缩头缩脑道："不知哪位上神驾临？小龙拜见，拜见。"

独山俊经历过蛤蟆大王之事后，对自己的能耐早已重估，这时也不跟白蛟客气，不答反问："如今是什么甲子？此地是什么所在？"

白蛟心道："这莫非是个闭关多年的神道，所以才问如今是什么甲子？"也不敢欺瞒，老老实实说："如今是南汉①大宝十三年，此地是兴王府。"

独山俊一怔："汉？兴王府？"天书已失，但《知时》《识地》两卷所载古今朝代地名他都还记得，似乎均与眼前见闻不符。

白蛟忙说："这汉不是炎汉，是大唐灭亡后，节度使刘隐所建的小朝廷，如今已历数代，这兴王府就是以前的广州。"

独山俊"哦"了一声，低语："原来唐朝果真已经灭亡了……这里便是广州啊。"又问："如今天地之间，都已经没有山神、水神、土地了吗？"

白蛟慌忙道："哪会没有！此地旧称赤岸，也有一方福德在此。小龙虽然没什么能耐，也就近与这赤岸土地有过来往。方才小龙入睡前，还跟那小老儿一起喝酒呢。"

独山俊厉声道："既然如此，我方才以驱神咒拘附近土地神祇，怎么不见响应？"

白蛟听他能够驱神，更是敬畏，慌忙说："上神容禀，不知何故，昨夜上半夜，那赤岸土地正与小龙喝酒时，忽然有上旨传来，令自东江沿线直到南海，沿途土地、山神、水神，尽数隐蔽，遇咒不应，非敕不出。上神的法咒未得响应，不知是否此故？"

独山俊眼中神光闪了闪，道："现在那土地呢？"

白蛟道："自领了上旨之后，便已不知躲到哪里去了。小龙独自无聊，这才潜回海湾沉睡。"

这时兴王府方向杀声又起，独山俊指着道："那边是怎么回事？"

---

① 南汉，五代时十国之一。

第二十章　雷电致太平

白蛟道:"听那土地老儿说,是中原王师来伐,攻到这广州城了。"

独山俊就想起了几千年前的阪泉大战来,心中略有些唏嘘。因他当初是站在炎帝一方的,所以对势力弱小的一方天然就有同情心,便问道:"所以汉国的国主在守城抵抗吗?"

"那个昏君会抵抗?"白蛟呸了一声,"这昏君登基以来,只是信用宦官,所有臣属不是宦官的便不能进用,导致两广地面,竟有两三万人自宫求官。又宠爱一个波斯女子,每日只在后宫淫乱,不理政务,搞得天怒人怨,民不聊生。如今中原王师南伐,他也不想守城,反而把满城的金银财宝搜刮一空,准备坐海船逃走,临走前又放火烧城,用来拖延中原军队的进攻。这烟火呼号就是这么来的。"

独山俊听得怒道:"天下间竟然还有这样的昏君?"又问:"你一条蛟龙,怎么对人间的事情知道得这么清楚?"

白蛟道:"这些都是赤岸土地告诉小龙的。我有时候伏在岸边时,也听过路的百姓骂那个昏君。"

这时那兴王府的大火越烧越旺,独山俊心道:"且去看看,此地虽然与我无缘,但如果那昏君真的如此倒行逆施,那我就助力中原,早结战祸,减少百姓的痛苦。"

独山俊点了点那白蛟,说:"你给我当个临时坐骑吧。"白蛟不敢拒绝,低了头,任由独山俊骑在背上,驮了独山俊飞往兴王府。

到了广州上空,果然见处处火光,人人呼号,因有白蛟的介绍,很快他就分清了阵势。果然见有一帮无须官吏指挥着一支军队到处放火,反而是进攻的一方在救火,另外一帮无须官吏又指挥着人抢登海边大船。

独山俊颔首道:"果然是不管百姓死活的昏君。"双手掐了个诀,很快就招得乌云密布。

白蛟惊道:"上神,你要做什么?"

独山俊道:"待我下雨,灭了城中之火,助中原军队一臂之力。"

白蛟大惊道："怎可啊上神？！"

独山俊道："有何不可？"

白蛟道："小龙虽是个水生之属，但与土地他们相交，也知道神道的这些法术轻易不得在人间施展，以免搅乱了人间的因果祸福。何况如今是两国相争，上神如果施法，怕是会影响两国气运的啊，这不犯天条吗？"

"天条？"独山俊忽然就想起天规天条似乎是不许这么办的，只是如今自己那天书神禄都不知道哪儿去了，却哪里还管什么天条束缚？他轻轻一笑，手一挥，一阵大风刮起，将无须官吏的部队都给吹乱了，雨随风下，又浇灭了城中失火。

跟着他又掐了个诀，云层雷电轰轰，十几道闪电当头劈下，将那南汉昏君要用来逃走的大船桅杆全都劈断了，绝了这昏君逃亡出海的后路。

做完这些，他也不管城中百姓雨中欢呼，不管昏君贼宦失声哀号，更不管中原军队的喜出望外，拂了拂袖，道："走吧。"

白蛟又惊又敬又惧，不是敬畏他呼风唤雨的法力，而是敬畏他似乎不受天道束缚，这下子更是老实了，驮着独山俊飞出百余里。独山俊下来，解了对白蛟的拘束，许它回海。

白蛟低头说："上神身上这衣服，是用草叶指化的吧？"

独山俊点了点头，不知道它问这个做什么。

白蛟道："虽然是神术指化过的，但毕竟是假的，穿身上不合上神的身份。小龙修了千年，也修出了一百片龙鳞，愿将龙鳞献出，给上神造一副甲衣穿穿，还望上神不弃。"

独山俊凝眼细看，果然见它身上已有百片龙鳞，也不拒绝。白蛟一咬牙，硬生生就将自己身上的龙鳞撕了下来，顿时血流如注，染满了全身。

独山俊等他撕到第九十九片，阻止道："够了。"手指在最后一片龙鳞上敲了敲，一丝天关之气注了进去，白蛟发出长长一声龙吟，震动了方圆百里，被鲜血染红的蛟身颜色稳固，白蛟变成了赤蛟，身上蛟鳞尽脱，长出片片稚嫩新鳞，但皆是龙鳞，头上又长出一个角来。它在痛苦蜕变中上穿云汉下翻海水，长吟高呼："我成龙了！我成龙了！"

赤龙好久好久才平息下来，低头匍匐在独山俊脚下："上神恩典，百世难报，小龙愿从此侍奉上神左右。"

独山俊却道："不必了，你以龙鳞敬我，我自然有所报答。如今你龙鳞初生，新角初长，不宜招摇，且觅地修炼去吧，以期日后得成正果。"

赤龙含泪答应了，临别叩首道："上神，刚才既然已经施法，为什么不留个姓名，好让下面的军民知道尊号崇敬？"

独山俊道："我要这个做甚？"说完转身径朝东方飞去，却不知他随手这一场风雨雷电，却让这岭南地面少了许多的杀戮，得了三百年的太平。

赤龙心道："上神虽然洒脱，我却不能坐视这场功德无主，只是我不知上神法号，却该如何替他扬名？"

它与赤岸土地公相交，也学了一些神通，当下潜入广州城，给领军将领托了个梦，而后才潜入南海，寻了条深邃的海沟潜修去了。

## 第二十一章 妈祖

独山俊心道:"这一路御风低飞,结果就遇到沿途诸神奉旨走避,是走漏了什么风声吗?"想了想,一跌足,改为乘云,于极高处瞬息两三千里,下方已是一个大岛。再往前飞,飞了数千里开外也不见陆地,于是折了回来。

他降了云头落在岛上,却见岛上一片荒芜,人烟比三山地区更少。望了望大岛中间那列高耸千余丈的山脉,独山俊心道:"此地却是与我有缘。"

独山俊捻了个诀,依然拘不来山神水神,因无人烟,所以更无土地公了。

想想东西走动万余里,更不见有一个神祇,若不是有白蛟的那一番话,真要以为这个世界没有神仙了。

他想了想,也不乘云了,转身御风渡海,飞到中途,忽然大风狂飙,掀起百尺巨浪!独山俊御风向上百余尺,浪花便刚好在脚下拍过,半点溅不到他身上。忽然于风浪声中听到呼救声,独山俊便知道有人落水了,一时怜悯心动,便想救人。他睁眼看去,却见波涛翻涌之中,几十个渔民在海水中各自抱着一根筷子起起伏伏。

这情景真是奇哉怪也，筷子怎么能托人沉浮于波浪之中？却因独山俊是以神眼观物，所以能看到这些渔民各自抱着的是一根根的筷子，若是凡人以肉眼观之，看到的就是这些渔民抱着一根根的大杉木了。

"原来已经有人出手了，却不知道出手的是谁？"

他再度醒来后，除了那条蛟龙，走了数千里更不曾见一个神道，这时便有心寻那救助渔民的同道。他睁眼细看，却见数里外有三个男女在风浪中起伏漂荡，三人身边没有筷子，各自有一根丝线吊着呢。

"嗯，找到了！"独山俊循着丝线飞去，不久在莆田附近登陆，逆着丝线进入一个小渔村，最后在一间屋子里看到一个少女。只见她伏在一台织布机上，双目紧闭，一手持梭，一手拉线，脚踏机轴，汗流满面。那横跨不知多远、直伸到大海上吊着三个男女的丝线，两条抓在她的左手右手，一条噙在她的口里。

独山俊"咦"了一声，心道："这不是神啊，这是个人啊。一个人怎么有这样的神通？"

这时有个妇人走了进来，看到少女的模样吓了一跳，赶紧拍了她一下，叫道："奴仔，你有事无事？"

这一拍，少女"哎呀"一声惊醒。只是这一叫张了口，噙在嘴里的那条线就脱了。

独山俊心道："坏事了！"

却见那少女哇地哭了出来："阿兄死了，阿兄死了。"

那妇人显然是少女的母亲，还以为女儿在咒儿子，转忧为怒骂道："你个死鬼仔，说什么恶汁话！"

少女也不和母亲分辩，哭了许久不能停歇。待到半夜，自己一个人走到海边，望着大海又是流泪。阿爹和阿姐还没回来，而阿兄是永远回不来了。

独山俊静静陪伴在她身边，心道："她是个人，所以有亲情羁绊。"

忽然又想起："不啊！我也有的！我还有大哥、二哥。他们一定是存在吧！"忽然又想起山村中那八世不嫁的女子，心道："那位多半是大嫂吧。这次回去，须去寻寻她，见上一见。"

少女忽然望了过来，眼神有些发怔。

独山俊心头一动，道："你看得见我？"

少女抹了抹泪水，道："你不是土地公公，不是海里的夜叉，你是什么神仙？"

独山俊沉默了半晌，想想脑中无数碎片记忆，从炎黄大战，到接天书神卷，到斩妖护境，再到所有过去一夜间失落，所以现在自己是什么？是中原的独山神，还是岭南的独山神？可现在独山和自己也失去了联系，那自己多半不是山神了，那自己是什么？

他没有回答，少女只当他不愿意说，便也没再问，转头怔怔地看着月色下的浪花，哽咽道："为什么我阿兄会死？我已经预见到了会有风雨，预见到大家会在风浪中死去，村里没人信我，还是要出船。我交给了阿爸一把筷子，那把筷子救了所有人，偏偏他们自己没抓住。我再出手将他们三个捞住，我明明已经把人捞住了，为什么阿母会闯进来惊醒了我？……

"这一切都是注定的吗？若是注定，那阿爸、阿姐也会死，渔民们都会死；若不是注定，为什么我救了所有人，偏偏救不了阿兄？……"

她再次抬头，看向独山俊："你是神吧？你能不能告诉我为什么？"

她泛着泪花的眼睛里有悲伤，也有慈悯。

"嗯，她不是神，不是妖，她是个巫。"独山俊终于看出来了。

上古之时，人类部落中产生巫是很普遍的事，但从天书神卷的记载看，自神道确立以后，千年来已经不再有真巫的出现了。为何在这沿海小村落里，竟然会孕育这样的先天巫女？

独山俊看着她的眼睛，再往眼神深处探去。"逆知未来"被触动，便看到十余年后，巫之力变成仙之气，再数十年，仙气弥城，再数百年，仙

第二十一章　妈祖　189

气盖海。

独山俊没有再看，只是说："再过十几年，你也会死了。"

少女愣了愣，却没有惊慌，也没有意外，更没有恐惧，竟是出奇地平静。

好一会儿，她才说："这位大哥，你也跟我一样的吗？"

"不是。"独山俊摇了摇头，"我们不一样。你现在还小，但将来不可限量。"

"我不是问我的前程……"少女道，"我想知道的是我的过往。"

"过往？"独山俊怅然道，"莫说你的过往，便是我自己的过往，也不知啊。"他转了身，准备走了，临别道："你我都与这片山海有缘，将来或就做个邻居吧。"

即将御风而起时，听少女问道："大哥哥，你叫什么名字？"

独山俊停滞在了半空，这个问题，很久很久以前，大哥问过自己！

他脱口而出，仍然是当年的回答："我依天为名……"

还没说完，九天雷动。

少女仿佛没有听见雷声一般："我听村里的阿爷说，老天爷叫昊天上帝……所以大哥哥你叫昊？"

昊？不对啊！

独山俊抬头望向东北的天空——不对！不是昊，是俊！

天帝名俊！

但现在……

天是什么时候被改了名字的？

这个问题天书上当然没有说，此时却要问谁去？或许这个谜团，竟与自己的过往有关？

山神土地全都渺无踪影，各路神祇尽皆闪避，自己却该去问谁？去哪里知道自己的过往？去哪里找到自己的本源？

嗯，衡山？祝融？

心中闪过这个念头，他已经有了主意。

"我不叫昊，我叫俊。"

留下这句话，他再次御风而起，向三山而去。只听背后传来少女的声音："哦，我叫默，村里都叫我默娘……"

离开了莆田，仍旧回到三山，独山俊来到夜猫林——然而这里已经没有山林了，林木都秃了，变成了一片采石场。他念了个咒语，不出意外拘不来一个神祇。回到村里，抬头望去，只见天上有一条巾带状的云若有若无飘着，云下面是一间茅屋。他隐身潜行，却见茅屋窗边一个青年女子身旁放着织缁，正在午睡。独山俊就进入了她的梦。

这个青年女子日常的生活与村里其他女子并无不同，醒着的时候也未显露出什么出奇的事情，但她的梦境却让独山俊大吃一惊：这里竟是一个数亩大小的莲花池，池边一座书斋——正是当年大哥指化出来做婚房的那一个。莲池之中花叶绽放，空中有蝴蝶飞舞，水底有灵鱼游动，天上白云片片，远处青山隐隐——那山依稀就是巾山的轮廓。

这梦竟是一个独立的小世界，一个白衣女子坐在池边，娴静地看着蝶、鱼。她头顶盘旋着一只五色鸟，那鸟看到独山俊，惊骇得发出鸣叫。

白衣女子抬起头来，也看到了他，却未惊讶。

独山俊看她的眼神，就知道在梦里她的记忆与醒时是不同的，走上前去，行了个礼："大嫂。"

"原来是三叔。"白衣女子款款敛衽还礼，道，"三叔终于来了，妾身等得好苦。"

独山俊道："原来大嫂并未在轮回中泯了灵台。"

白衣女子道："我只是醒着的时候身在轮回，梦中却一直如此，未曾生灭。"

第二十一章 妈祖　　191

独山俊环顾了一周,问道:"这个小世界,是大哥留下的?"

白衣女子道:"当日大火袭来……"

"大火?什么大火?"

白衣女子有些诧异:"三叔忘记了?"

独山俊苦苦思索,似乎记得一些,却总是记不全。上百年前的事情,几千年前的事情,都像砸花了的玻璃里的影子,模模糊糊地叫人瞧不清楚。

白衣女子道:"我和你大哥成亲之后,马上便遇到那个大劫数,诸事所知不多,只记得大火袭来,烧灭了整个三山。我的肉身也都毁了,却恍惚间听到神鸟鸣叫,于是跟随着鸟叫声来到此处。从那以后,醒时轮回,梦时守中,一直守到现在。"

她说着,抬头望向空中的五色鸟。

五色鸟仍在空中盘旋。

独山俊喝道:"下来吧!你还要在上面待到几时?"

五色鸟竟发出如人类一般的叹息,这声叹息让独山俊心头微震,竟如听到大哥的叹息一般。五色鸟落下来,停在书斋前的梨树上,与独山俊隔着数尺,那眼神也与巾山杰十分相似。

独山俊心头一动:"你是大哥的分身?"

"不是啊。"五色鸟道,"独山,你不记得我了?我是鹞鹪啊!"

## 第二十二章　鹠鹐

"鹠鹐？"独山俊皱着眉头，若有印象，若无印象。

五色鸟道："你们兄弟三人，本是上古山神，各有本命神兽。你的本命神兽是儵蟱，谯明的本命神兽是孟槐，至于带山，他不但有本命神兽臛疏，还有本命神鸟——也就是我，鹠鹐啊！"

独山俊点了点头，听五色鸟继续说："当年炎黄二帝在阪泉大战，你们兄弟三人应炎帝敕令出战，力敌轩辕。不料对阵有乐圣伶伦诈作凤凰之鸣，我为羽生之属，闻得凤令不得不退，所以……"

独山俊冷笑："所以你就背叛了我大哥，临战脱逃了？"

五色鸟十分愧疚："凤凰是我祖禽，带山是我本命，我抗拒不了凤令，然而大战过后，才知道那凤凰之鸣是假的。又听说我退走之后，祝融叛变，以至于阪泉战败，你们二神被拘在帝丘，冉之后就被力牧将你们连山拔起，置放于此。我尾随力牧而来，数千年盘旋于带山之上，嗯，后来改叫巾山了。只是山还是那山，但你们的灵识我却感应不到了。"

"祝融……祝融！"独山俊眼睛微微一阖，别人提起这个名字他还没什么感觉，鹠鹐的声音带着远古的腔调，竟让他搅动了深藏在神识最深处的无名怒火。

自己当初是有多恨这个叫祝融的，才能让这恨意隔着数千年、隔着生死易世而持续到现在。

五色鸟继续说："你们三山被流放到这里，与中原音讯不通，我也一直守在这里，因此不知中原之事。然而有一年忽然天地震动，宇宙崩裂，西北有无名之气倾泻而来，到了这里被你们三个趁势一挽，竟将那股灵气收了一半。我与你大哥命脉相通，他得到多少好处，我便得到多少好处。得了那股灵气的滋润后，我竟然化而为凤，而后为了继续守护巾山，又回归了本相。

"如此又过了不知多久，你们才灵识重萌。我耐心地等待着，直到那一天三山开三莲，陆续绽放。随着你们灵气外发，三山也随着长高，日长千尺，夜长百丈，灵气冲霄，竟惊动了什么，不久便有无数大能耐者暗中降临。我虽得那股不知名灵气滋养，然而也自知无能与抗，因此便潜伏起来……"

独山俊冷笑："其实就是又逃了。"

五色鸟有些羞惭，也不辩驳，继续说道："那些大能耐者降临之后，削山顶，镇灵脉，以大法力布下穹庐界限，所以自那以后，我也再出不去了，只能继续守着巾山。约莫又过百年，白莲莲花之中，花苞绽放，你大哥终于出生了。

"感应到你大哥即将出生，臃疏便来了，它进不来，我出不去，所以只能隔着界限穹庐说了一会儿话，互道彼此过往。因阪泉之战我临阵脱逃，臃疏对我怀恨在心，不肯和我多谈，然而还是告诉我当初力牧拔山之时，医圣鬼容区曾调制灵药抹了你们三神神识。果然你大哥觉醒之后完全不记得我，也不记得三千年前的事情，然而当他听到我的鸣叫，便有恍然之色——我的存在，是你大哥觉醒得比你们早、知道得比你们多的原因之一。又过不久，便有一个后天小神，跑来'指引'你们大哥。"

"后天小神？"

"是被派驻到这里的一个小神,其力只限于一村之地,其性属阴,受地之束。"

独山俊便恍然过来:"是一个土地公。"

"嗯。我一直不习惯这些后来的称呼,我还是习惯我们洪荒的世界。"五色鸟继续说,"你大哥十分沉着,什么疑问也不曾出口,只是暗中寻思调查。如此又过了约两百年,谯明和你陆续觉醒,之后的事你便都知道了。"

独山俊道:"那八代之前的事情,又是怎么回事?是谁放的火,烧了三山?"他不知道自己沉睡了多久,只是按照大嫂她们肉身轮回了八次,而数之为"八代"。

五色鸟有些诧异地看着独山俊:"你真的忘了吗?"

"忘了什么?"

五色鸟道:"那火是你放的啊!"

独山俊瞪大了眼睛。

五色鸟道:"有些事情,你大哥心里有数,却从未开口,对我也不曾多说,所以我也只是猜测。据我推断,如今的天地已经立了新规矩,因你们三个十分特殊,似乎不受这新规矩所约束,所以那些大能耐者对你们十分忌惮,既怕你们失控,又怕你们觉醒,所以想尽办法要将你们引入这新规矩之中来。嗯,这些都是我从你大哥的行止中作出的推断。"

独山俊哼了一声:"其实他们跟轩辕想的都一样,就是想招安我们!"他就想起那个老神仙故作玄虚,传了大书,引诱自己兄弟三人受那七锁之缚、六牙之钉,其实都是要他们受其约束。

"嗯,我也是这样觉得。"五色鸟继续说,"我猜测着,你们如果觉醒而想起往事,后续有可能会引起这新规矩的垮塌,所以会引起激烈的反扑。因此你大哥知道许多事情,却一直压着自己,不使外泄,可谯明还是触发了觉醒。他为了救你外出界限穹庐,遇到了孟槐,这是你们三个的第

第二十二章 鹡鸰

一次觉醒之机外露。譙明的那次觉醒是二次觉醒，也是真正的觉醒，所以当时就引动了天外之雷，是孟槐以身挡之，这才度过了劫数。"

独山俊也想了起来，那是第一次他感到两个哥哥有事情瞒着自己，今天被鹳鹕这么一说，一切就都通了。

"而到后来，就在你大哥成亲的时候，你因感悟而突破了界限，冥冥之中似乎也二次觉醒了，竟引得阴火焚身灭界。当时局势混乱，我看见带山和明山冲入你的艮心……"

"艮心？"

"你们本体是山。艮心者，你们本体之最核心处。"

"是独山的山腹吗？"

"不是山腹，是在你们神识的无有之间。"

这话说得有些虚无缥缈，但独山俊一听就恍然大悟。

五色鸟继续说："当时带山不许我入内，所以我便不知道里面发生了什么，只看到阴火缭绕整个三山，连界限穹庐都烧裂了。就在界限穹庐烧裂之时，䴅疏冲了过来，冲进你的艮心，之后就万物崩裂，我感觉带山消失了，跟着譙明也消失了。这种消失，是所有存在的迹象都被抹去，就像天地间、历史上，从来就不存在他们两个一样。连我也几乎要忘了他们，幸而就在我对你们的记忆要消失的时候，带山的声音在我的识海中响了一下……"

五色鸟与独山俊通灵，让他也听到了那个声音。那声音清雅柔和，正是大哥的声音，却只有一个字："铭！"

只一个字，却就如同用文字刻在了甲骨青铜上一般，让记忆与历史留下了痕迹。再从这点痕迹，独山俊看到了大哥存在过的确证！

是的，大哥存在过，那不是幻觉！

这一声"铭"，让他的名字如同金属一般刻在了历史上。

"正是你大哥这一声'铭',让我记住了过往的一切。"五色鸟说,"我感应到了带山的心意,不再忧惧痛苦,也不去干涉三山发生的一切,只是按照带山所遗留的意志,守在了他妻子的身边。"

独山俊指着周围道:"这个小世界是怎么回事?"

五色鸟道:"这是大夫人心中世界的映像。"

"我大嫂有这个力量?"

五色鸟道:"映像是她的映像,力量是我的力量。"

独山俊总算是明白了,只是一些谜团仍未解开。他想了想道:"罢了,你好好守护我大嫂,其余的事,我去处理。"他也不想跟这只鸟计较了,它尽管怯懦,然而也忠诚。

旁边一直静静听着、从不插口的白衣女子忽然道:"三叔,我不知道你要去做什么,不过让鹔鹴跟你一起去吧。"

独山俊笑了:"我带着它做什么!这个胆小鬼。"

白衣女子道:"它总知道许多事情,而且三千年相随不弃,足见是可以信任的自己人。你单身一个出门在外,总是不妥,不如带着它,遇到事情也有个商量。"

正所谓长嫂如母,她反复叮咛嘱咐,如姐如母,独山俊有些不耐烦,然而又不好拒绝,只是想起另外一事,说道:"我若带它走了,这里怎么办?"

这个小世界既是依靠鹔鹴的力量才得以存在,鹔鹴若走,这个小世界也必然坍塌。

"不怕。"白衣女子十分随顺,随顺到了万事无惊、诸遇无碍之境,"我便梦中没有这个书斋,那便没有梦吧,也只是当一个人活着,无妨的。你早日将两个兄长带回来,这才是长久之计。"

独山俊看着她娴雅静默的神态,心道:"她跟大哥倒是天生的一对。"这才答应了,对五色鸟道:"来吧。"

第二十二章 鹔鹴

五色鸟展开翅膀，它停在枝头时只有一只乌鸦那般大小，然而腾空而起时，翅膀与尾翼却都极长，赤、黄、青、玄、白五色羽毛外透着五色光泽，极其漂亮。

独山俊忍不住喝了一声彩，但见五色鸟要落到自己头上时，却伸手抽了下它的脚筋。五色鸟一痛，只好落在了独山俊的肩头上，收回了自己的神力。

于是这个小世界的颜色就渐渐褪去了，从彩色慢慢变成黑白，跟着从黑白变成透明。独山俊知道等颜色尽失之后，诸景物会变成平面，再从平面变成线，再变成点，最后归于乌有。

"走吧。"然而就在他要离开的时候，本来已经变成透明的世界忽然又变成黑白，跟着竟然一点一点地着了颜色。

独山俊"咦"了一声，五色鸟也是十分奇怪："我已经收回力量了啊。"

白衣女子坐在池边，似乎没关注到眼前一切，然而颜色是从她脚下如同涟漪般渐渐荡开的。

独山俊心想："大嫂也自成了。"忽然开口："大嫂，我这次出门，得了九十九片龙鳞，我想将之制成三件衣甲，嫂嫂能否帮着串缀？"

白衣女子颔首："这本就该是我做的，留下龙鳞吧。"

## 第二十三章 我道人

独山俊留下了龙鳞,带着五色鸟退了出去。

他仍然隐身潜行,来到界石旁,忽然对五色鸟说:"石头是什么?"

五色鸟瞪大了眼珠子,不知道他在说什么。

"你说你是大哥的本命神禽,为什么我觉得不像?"独山俊说,"大哥睿智博学,让我总觉得他无所不知、无所不晓。你却好像什么都不懂,见事不明,反应迟钝。"

五色鸟尴尬地嘎了两声:"我的性情,是朧疏的镜像。朧疏倒是像足了带山。"

"哦,所以你跟我大哥是反着来的?"独山俊顿了顿,说道,"草木是山的衣衫,泥沙是山的皮肉,泉水是山的血液,石头就是山的骨头,而大地,就是山的根源。"

他指了指界石:"我和三山的感应断了,但最后仍在这石头上觉醒,是衣衫、皮肉、血液皆失,而骨头还在。骨头都还在,根源应该也未失。"

独山俊说着,跨上界石,坐在了上面:"我要悟道。"

五色鸟问:"悟什么道?"

独山俊道:"你说现在这个世界有'新规矩',这规矩就是道。我以前读天书神卷，只是按照里面的记载修习神通，却并未能穷究这神通的背后那规矩是什么，是怎么来的，为什么要设立这规矩。"

五色鸟道："这东西，是能够坐在石头上悟出来的？"

独山俊道："我曾经遵守过这规矩，也就是说这新规矩在我身上留过印记。有了痕迹，就能推知根源。"

他不再说话，闭了眼睛，耳垂上贴，断了听觉，鼻翼下贴，舌头上抵，不嗅不闻，皮肤石化，不与外触，如此便断绝了与外部的联系，艮眼内察。

他断开了五感之后，五色鸟低鸣着："你现在的样子，倒是有点像带山，冷静沉着，什么都懂，什么都通……难道是带山融进你身体里了？"

不知过了多久，独山俊却什么也内察不到，这才睁开眼睛，放下耳垂，松开鼻翼舌头，软化皮肤，看到了眼前的五色鸟，周围风光，也与方才不同。

闭眼的时候还是白天，睁开眼睛时天已经黑了。

"你终于醒了。"五色鸟说，"你睡了七天了。"

"七天？"他看看界石下面，村民们的供奉略有更换，野果子被过路的鸟兽吃了，村民又摘了新鲜的放置好。

"有个小女娃天天都来，别人只是拜界石，她却看着你坐着的地方，我觉得她应该看不见你，但又像能感应到你。不过到底是不是这样，我心里不是很有把握。"

"哦，是她。"独山俊就想起那个指尖缠着自己黑发的女孩，心道，"她弟弟不知长高些许没有。"

五色鸟问："你悟到那什么道没有？"在它所活跃的洪荒年代，"道"的概念都未成形呢。

"什么也没内察到。"独山俊支着颐，"可能是那阴火，将一切都烧得很干净……嗯？"他忽然就想起在大嫂巾山夫人的梦中，听的那个

"铭"字。

想到那个字，想到大哥留下来的声音，独山俊"啊"了一声，再次闭眼贴耳，收鼻抵舌，断绝外触。

大哥留下的声音在识海中回荡着，回荡着，独山俊追寻着这个声音……

"找到了！"

他看到了一条裂缝，将裂缝撕开，就看到一个自己在熊熊火焰中怒吼："你们这些后辈晚生！竟然用这种东西锁我、钉我！将老子当成什么了！将老子当成什么了！"

烈火中的那个自己，模样熟悉，感觉却十分陌生。那个人撕着缠在身上的锁链，拔着钉在身上的石牙，锁链千丈，从山腹一直盘绕到山脚，穿梭内外，石牙百尺，钉紧了大山的要害。锁链每扯一尺，脏腑就破裂一次，石牙每拔出一寸，更都是血肉纷飞！

但那个独山俊还是义无反顾地撕扯着。

只要锁链拔出一尺，阴火就将之烧掉一尺。只要石牙拔起一寸，阴火就将之烧掉一寸。

渐渐地，火焰中的独山俊就变出七张脸孔来，有欢喜脸，有愤怒脸，有忧愁脸，有思虑脸，有悲伤脸，有恐惧脸，有惊骇脸。

别人看的话只看到神情，独山俊自己看自己，却从这七张脸孔中，看到了一段又一段的记忆。

那张笑脸，是第一次学会法术之后露出来的，独山俊当时看不到自己的笑容，但那种欢欣却是一辈子也忘不了。那悲伤，是韩家那位老太太去世的时候显露的，独山俊至今无法忘记，第一次看见一个和自己有关系的人死亡的那种感触。那恐惧，是冲出穹庐界限去疏通江流，结果被吸尽生命时显露的，当时恐惧暗藏，但他欺骗不了自己的内心，那时候的确是害怕了的。还有那忧愁，那思虑，那惊骇……全都是一段又一段的记忆。

终于，前面六张脸都被最后的愤怒所吞噬。

"什么新天道！见鬼去吧！"

火焰中那个独山俊，不知忍受了多少痛苦，却仍然怒气冲天。七条锁链、六个石牙终于全部拔出，阴火将七锁六钉烧成了灰烬，可紧跟着那个独山俊也被火焰吞没了。

六个石牙，钉住的是眼、耳、鼻、舌、身、意，当六牙尽去，一种跟人类相同的灼痛感便传了过来。这种痛楚，比触牙钉着的时候强烈了百倍。

那个独山俊只剩下一个影子了，却还在火焰中大笑着。这笑声竟然包含了六种腔调，六种能让眼、耳、鼻、舌、身、意都整个放任放荡的腔调。

"哈哈，自由了！自由了！"

火焰中那个愤怒的独山俊大笑着，笑到愤怒脸也消失了，声音也跟着低没了。

独山俊怔怔地看着这一切，心道："原来七锁六钉，是这样烧没了。"

身体烧没了，因天书神卷而来的十三重压制也都没了。

身体内部没了钉子和锁链，而身外的三山，界限穹庐也没了，自己终于自由了。

彻底自由了！

可自由的代价呢？

是灭亡！

一个声音在无有中响起——

"以我的生命，创造你的生命。"

那是大哥的声音！

一朵白色的莲花先枯萎，后绽放，新生的莲花逐渐化成一朵玄莲。

白莲变成玄莲的瞬间，一片红光收拢白色残余，融入了玄莲内部，变成了一个三色的花心。

"以我的生命，维护你的生命。"

那是二哥的声音！

不知不觉中，独山俊泪流满面。

眼前的这一切，都发生在他"死后"。而现在，他终于知道怎么回事了。

大哥为了拯救自己而牺牲，二哥又为了替大哥保住一线生机而牺牲。

他摸着自己的心，现在这颗心是三色的了。它不只属于自己，而共同属于兄弟三人。

"三山聚一石，此石即三山。一体化三神，三神归一身。"

不知不觉中，独山俊已经睁开了眼睛。

第二个七天过去了。

现实的世界里大雨滂沱而下，大雨冲刷着他的脸，雨水夹杂着泪水，有一丝流进了他的嘴里，竟然是苦涩的味道。

"好像……尝到做人的滋味了……"

遥远的遥远，一个声音从地底发出："他记起来了！可以去了！"

"此去何为？"

"破已经完成，接下来要让他立！"

独山俊闭上了眼睛，在界石上又沉睡了七天。这第三个七天里，他却什么都感悟不到了，仿佛界石的一切都已经在前两个七天榨干了。

当他再睁开双眼，发现又是一个黑夜，又是一个雨天，不过这一次下的是淅淅沥沥的小雨。

岭东地区，雨天真多啊。

一阵歌声从远处传了过来，穿透层雨，进入了独山俊的耳中：

"山石本无异同，

参商差别西东。

一念生而放荡，

今日脱却牢笼。

灵台物，待峥嵘，

伏仙神，降虎龙。

洪荒何日再现？

只待换个苍穹！"

五色鸟叫了一声，忍不住骂道："什么人这么放肆，换个苍穹，好大的口气！"

独山俊透过雨幕望去，只见泥泞之中走来一个少年道士，也看不出有多少修为。他从雨中泥路走来，深一脚浅一脚的，身上的道袍都湿透了，尽数贴在皮肤上。

来到界石旁，他作了个揖，跟着捏了个手诀，将双眼一抹，跟着朝石头上一看，猛地跳了起来，大叫道："哎哟！祖师爷，祖师爷！我看到了！我看到了！山神老爷醒了！山神老爷醒了！"

鹆鹆叫了一声："小道士，你看得到我们？"

"啊哈！这鸟说话了！这鸟说人话了！"小道士兴高采烈地说，"这鸟一定也是神鸟，先拜拜再说。"

他说着就拜了拜，祝祷着："山神，鸟神，今日小我在此祝祷，愿山神和鸟神保我修行路上一切顺利，出门就碰到灵果天上掉，摔跤踢到灵芝，一炼气就通玄关，一凝丹就七纹，早日得成正果，咱们一起位列仙班。山神老爷保佑，鸟神老爷保佑！"

五色鸟啐了他一口："什么鸟神！你才是鸟神！"

在岭东的本地方言里，鸟神听起来可不是什么好话。

独山俊拨开五色鸟，问道："道士，你看得见我？"

"看得见,看得见!"小道士仍然手舞足蹈,"虽然山神爷你用了隐身法,但我祖师爷传过我开眼之诀,所以看得见老爷你。"

独山俊问:"祖师爷?你祖师爷是谁?"

"我祖师爷,是老爷您的故人啊!"小道士说。

"我的故人?当今之世,我还有故人?"独山俊是不信的。

他的故人,远的是几千年前的洪荒人物,近的也是八代之前,如今怕是都死尽死绝了。

"是啊是啊,我的祖师爷,单号一个茶字,人称茶道人。"

独山俊"呀"了一声:"这……可真算是故人了。道士,那你叫什么?"

"哈哈,我啊!托了我祖师爷的福,我们这一支,道号都有点怪。"小道士说,"我就叫我。"

"你就叫你?"五色鸟骂道,"这什么话!"

小道士笑着说:"不是你,是我!我就叫我,小道道号'我道人'。"

## 第二十四章　绝地天通

这个叫"我道人"的小道士告诉独山俊，他祖师爷茶道人在北方得明主供奉，为三位上神建了一座宏伟的寺庙。茶道人已经在那里主持，近期因有所感，觉得三山有变，所以派了徒孙前来察看。

"嗯？难道茶道人还记得我，而且竟然能感应到我觉醒了？嗯，他还记得我大哥、二哥。"

这可有些意外了。

自他觉醒之后，关于两位兄长曾经存在的痕迹几乎都被抹了，凡人寿命短暂，而神祇……到现在他都还没见到一个，如果不是遇到那条刚刚成龙的白蛟，几乎都要怀疑这个世界除了自己之外，是没有神仙妖魔的了。

小道士看看周围，一脸的嫌弃："这里太破落了，上神怎么能在这种地方受奉？太委屈了，太委屈了。"

独山俊轻笑："我只是一个山神，不这样供奉，还要怎样供奉？"

"那可不能这么说！"小道士叫道，"我祖师爷说了，三位上神可不是普通山神，你们是古神，是真神，和那些后封后敕的神仙是不一样的。"

"什么叫后封后敕？为什么说我们是真神？"独山俊问道，"难道其他的神是假的不成？"

小道士笑着行个起手礼："这些我可不知道，我祖师爷就这么说的，我也问过他，他却笑着不肯说了。"

独山俊心道："看来茶道人知道不少东西呢。如何让两位哥哥复活，怕是少不得去寻他一遭。"

"上神，上神，我们去吧，去中原吧。"小道士不停地鼓动着，"这种山野之地，实在不配上神的尊位啊。"

独山俊想了想，答应了："好。"

小道士大喜，独山俊又道："在此之前，我要先去一趟衡山，了一桩旧因果。"

"行，行。"小道士说，"上神说了算。"

五色鸟道："那现在就出发吗？"

独山俊道："四更出发，我先去看看大嫂。"

他意动而行，就入了大夫人的梦。这次梦里没有五色鸟的神力加持，整个小世界与上次进来的时候不大一样，一切都淡淡的，就像一幅水墨画。

大夫人坐在墨竹下，正在穿针引线，瞧见独山俊，推物而起，看了他两眼，说道："三叔要远行？"

独山俊有些诧异："大嫂也有未卜先知的神通了？"

"没有，"大夫人说道，"只是看见三叔，忽有所感，也不知道是什么缘由。"

独山俊心想："莫非是因为与大哥结了姻缘，所以渐渐有了某些神通？"这时也非细究此事的时候，只说："确实要远行，所以特来与大嫂辞行。"

大夫人取出一副衣甲来："先前的龙鳞，已经用了三十三片，串成一件，三叔且带着路上穿用吧。其他两件还需要时日。"

第二十四章 绝地天通

独山俊大喜道："好！这是好兆头。其他两件，等我带大哥、二哥回来，刚好可以穿用。"

大夫人有些触动了，脸上欣喜："有消息了？"

"还没。"独山俊道，"但大嫂放心，此事我必然做成。"

他取了衣甲穿上，出了梦境，在空中巡游了一圈，观看下方这方圆数十里之地，竟有些依依不舍，心道："地方确实偏僻贫穷，但毕竟是生我育我之地。"

上古的那些记忆过于久远，更像是"上辈子"的存留，在他心里已经很淡了，感觉倒是觉醒之后才是自己真正的神生。

"罢了罢了！又不是不回来！流连做甚！"

眼看已到四更，招呼了五色鸟与小道士便出发了。

数里之外，韩家小妹忽有所感，猛地从睡梦中惊醒。她赤着脚就往这边奔来，奔到界石边上，看着空空荡荡的界石，忽然莫名地流下了眼泪。

她也不知道自己为什么要流泪，只是无端端地伤感起来。

独山俊怔了怔，忽然回头，小道士问："上神，怎么了？"

独山俊沉吟了一下，便扭过头来："没什么，走吧！"

这一路要北上，以他的能耐，可以乘云，可以御风，然而独山俊却选择了走路。

小道士叫道："上神啊，为什么要这样走路啊？靠着两条腿，这是要走到何年何月啊？"

独山俊道："先前我西行御风，东行乘云，结果都走漏了消息。这一次北上，且走路过去吧，看看沿途能不能遇到些神佛妖魔之辈。"

小道士笑了："我听我祖师爷说，妖怪倒还有几个，佛是虚的，神是假的。在上神哥哥眼里，怕是没一个入得了眼的。"

"嗯？你叫我什么？"

"哟，我看上神的外貌没比我大几岁，所以嘴快乱叫了。"小道士道，"我改口，我改口。"

独山俊倒是不在乎："也没什么，不过为什么说佛是虚的，神是假的？"

小道士道："这我也不懂，只听我祖师爷说，那佛本来就是域外之事，虚妄得紧。至于神嘛，自绝地天通之后，那些神便都是假的了。我祖师爷还说，绝地天通之后，一开始也还残留着一些真神之力，但慢慢地真神之力也都散了。神灭而后有人修仙，不过那是不能和上古真神比了的。"

"绝地天通？什么意思？"

"我也不懂，好像是颛顼时代的事情吧。"小道士眼看独山俊似乎不明白，又解释了一句，"颛顼就是黄帝的孙子。"

独山俊再问，小道士也说不出个所以然来了，且见到茶道人再说吧。

两人一鸟就这样在山道上行走着。要从粤东前往衡山，必须穿过山峦重叠的南岭，这条路换了个凡人那是极其难行的，而且中途极易迷路。独山俊脚力无穷，此时只是不施展神通而已，且有天书《识地》卷的内容铭记心中，虽然过去了百年，山川走向在百年间却未大变，所以不会迷路。

如此走了三日路，小道士便叫苦不迭，独山俊却毫不在意。他的生命长到近乎永恒，这趟路要走一天还是走一年，这点时间差别于他并无意义。

走了七八日，小道士忍耐不住，说道："要不我弄个竹马？"独山俊只是自己不运神通，却也不禁他。小道士便找了两根竹子，一根黄一根青，取了一掬山泉水，口中念念有词，将山泉水喝下喷了出来，喝道："变！"那两根竹子就变成了两匹矮脚马，一匹毛色褐中带黄，一匹毛色青中带黑。

这点小能耐，独山俊和五色鸟自然是不放在眼里的。小道士自己骑那匹青马，请独山俊骑那匹黄马，虽然是两匹驽马，但腿短能走山路，这行程倒是快了许多。

第二十四章　绝地天通

不过在旁人眼中，两人是在骑马。但在独山俊眼中，自己骑的仍然是一根竹子，不免有些好笑，问道："你还会什么法术？"

小道士笑道："我这点小玩意，是祖师爷随便教的，跟上神是没得比。上神什么时候教我两手真活吧。"

独山俊既不拒绝，也未答应。

这一路行过去，沿途也有遇到樵夫，也有遇到渔人，也有撞见村落，看见了一些山神祠、土地庙，然而都有祠无灵、有庙无神。独山俊喃喃道："是又因敕旨避开我，还是真如小我所说，这世间已无真神？"

他问小道士："你见过神仙没？"

小道士指着独山俊："有啊！眼前就是一位。"

独山俊笑了笑："不算我。"

"那没有了。"

独山俊又问："遇到过妖怪没？"

"有一些怪祟吧。"小道士说，"北方有所谓五仙之说，比如什么狐仙、黄仙、白仙、柳仙、灰仙，其实就是一些得了点感应灵异的狐狸、黄鼠狼、毛刺、蛇、鼠。"

独山俊问："没有大妖怪吗？"

"能翻江倒海、推山移岭的那种？没有！"

独山俊又问："那如今的百姓信什么呢？"

"果然和祖师爷说的一样，上神在那穷山僻壤里都没出来过。"小道士笑了，"如今的百姓信仰的，不是佛，就是道。"

"佛道？和尚和道士？"

这两种出家人以前只是听过，三山地面偏僻到了和尚都没有，不过当初往东海斩妖时也曾经过荔峰寺，远远瞥见过一群和尚。至于道士，眼前这个小道士师公茶道人便是。不过佛和道是什么，却是未曾深了。

独山俊心中有所想，口中便问了出来："佛是什么？道是什么？"

小道士才说："佛是……"

忽然远处一声钟声响起，小道士笑道："巧了！才问起佛事，前面就有钟声，那应该是一座佛寺吧。百闻不如一见，上神哥哥，咱们瞧瞧去？"

独山俊道："可。"

他们脚力强健，这些天已经从粤东走到赣粤交会之地。如今是乱世之末，治世未来，太平时节是平原地带好，战乱时期百姓则往山林跑，所以在这粤北赣南之地，聚拢了不少百姓在山地间避难生息。

此处却正好有一座不小的庙宇，虽不能与潮州全盛时期的开元寺相比，建筑规模却也远超曾经存在过的三山神庙。

走得近了，才见那庙前似乎在开法会，人头乌泱乌泱的，聚了成百上千个百姓，似方圆百里赶过来聚集的。坛上坐着个老和尚，有几个徒弟侍立在旁，正在说法。坛下百姓焚香跪听，一个个如痴如醉。

## 第二十五章　见佛

独山俊骑着竹马，走得近些，一边问小道士："这佛教究竟是什么？"

小道士说："我祖师爷说，那是绝地天通之后，又过了一两千年，在我华夏西南方一个天竺小国里诞生的一个宗门。天竺原有一个宗门，多神多信，又分阶级，这个新的宗门一反其弊，无神而信，提倡平等，其觉悟者称之为佛。不过传到后世，又反过来被天竺原有宗门同化了，宗门创始者释迦牟尼被他的徒子徒孙奉为最大的神仙，其经典又杂入了许多天竺神话——这就是佛教。传入我华夏之后，这些年又吸收了一些道法自然的理论，以及儒家孝道的说法。"

独山俊问道："什么叫无神而信？"

小道士笑道："我祖师爷说，他们佛教最早的说法，其实是认为这世界没有什么神佛的，不过我也不是很明白是什么意思。"

独山俊沉吟不语间，竹马继续向前走着，已经近了法坛。就听台上老和尚说道："佛告须菩提：所有一切众生之类，我皆令入无余涅槃而灭度之，如是灭度无量无数无边众生，实无众生得灭度者。何以故？若菩萨有我相人相众生相寿者相，即非菩萨。"

小道士轻声笑道："这一段我听过，这是《金刚经》。这个老和尚我认得，这是见如和尚，是六祖惠能的再传徒孙。他们这一派最重《金刚经》了。"

独山俊在旁边听着，这佛经术语和天书神卷所载不同，其中有听不明白的便问我道士，搞清楚了几个佛门概念之后，再听经文便豁然贯通，字字皆明了。

因听经文反反复复，说的都是"如来所说身相，即非身相""所谓佛法者，即非佛法""如来说诸心，皆为非心，是名为心"，以及听到"离一切诸相则名诸佛"，独山俊蓦地就尽解了，对小道士说："这经文是有道理的。"

他这时已经来到坛下，旁边都是信徒。独山俊说话没压低声音，便影响到了旁边几个人。几个信徒怒目瞪过来，一个男子道："好好跪下，听法师说法。"

小道士笑道："为何要我跪你？为何不是你跪我？"

一个信徒道："不是跪我，是跪大和尚。"

小道士又笑："你们信佛的不老说众生平等吗？既然众生平等，和尚是不是众生？他若是众生，为何要人跪他？"

独山俊环顾一周，笑了笑，说道："经倒不是假经，只是传经的人有所夹杂，而你们这些听经的信众，却都是假信。"

这时恰好老和尚说法到一段落，他的弟子尚未敲磬，整个道场静得落针可闻，所以独山俊这句话竟传遍了全场。七八百人里头，至少有三五百人听清楚了。

连台上老和尚也听见了，注视过来。

周围的信徒闻言无不大怒，又见独山俊身边站着个小道士，便以为是道教的人来砸场子的，纷纷怒道："你这个黑脸后生，竟敢在见如大师父跟前胡说八道！你可知道，这里可是禅宗一叶，大法师乃是六祖真传！"

老和尚的弟子就要下来驱赶，那见如和尚看独山俊相貌不类凡品，止住弟子，在台上问道："这位施主，既言吾经乃是真经，为何却道众人乃是假信？"

　　独山俊问道："你刚才经文中提到七宝，什么是七宝？"

　　见如和尚道："七宝者，金、银、琉璃、砗磲、玛瑙、琥珀、珊瑚是也。"

　　小道士笑着接口："总之就是各种金银财宝。"

　　独山俊道："我没见过呢。我那三山穷乡僻壤，连铜钱都不多，这些可都没见过。"

　　周围的信众一听，无不哈哈大笑。一个财主模样的人笑道："连七宝是什么都不知道，就敢来辩经。"

　　旁边一个七旬长者道："什么辩经，看来就是个山村出来的穷小子，金银砗磲都没见过，他能知道什么是辩经？"

　　"我倒是都见过，"小道士说，"可惜身上没带着。我点石成金的本事又还不行，变不出来。"

　　独山俊道："你若见过，不妨在脑海之中过一遍，我便能知之。"

　　小道士真的就在脑中将七宝过了一遍，独山俊往他额头一拂，便点头道："原来是这些。"抬头对老和尚说："你刚才经文里说：若人满三千大千世界七宝，以用布施，是人所得福德甚多。若复有人，于此经中受持，为他人说，其福胜彼。"

　　见如和尚脸露微笑："小兄弟记性倒是不错，听闻一遍就能记得。"

　　独山俊道："如此说来，则是受持经文，远胜布施恒河沙数的金银七宝了？"

　　老和尚还未回答，信徒们已经纷纷道："这个自然！"

　　独山俊点了点头，伸出了手，五指向上虚托，手指之间就流出了沙子。

　　众人愕然，那个富商模样的道："这是什么？幻术？"

沙子越流越多，如水流一般，慢慢向经坛流去，积攒在了坛下，堆成了一个半人高的沙堆，沙流之中，偶尔有光芒闪动。

忽然富商眼睛一闪，弯下腰捧了一把沙子，抓在掌心一看，登时整个人都震颤了，脱口叫道："这……这不是沙子，这是金沙，这是金沙！"说出了这话，他当下就后悔了。

旁边的人听到，便有十几个人同时朝沙堆扑去，抓着检验。

"金子，这真是金子！"

这下子满场都轰动了，几十个人同时动身，后面的人推前面的，都朝坛下蜂拥而去。

"不只是金子，不只是金子！还有银子，还有银子！"

在这五岭山间，见过金子的人真不多，可见过银子且知道怎么检验银子的人就不算少。

"这是什么，这是什么宝贝？"

金沙堆里不只有银子，还有砗磲、玛瑙、琉璃、琥珀……

这一下全场都癫狂了，几百人都挤了过来，都冲着那金沙堆伸手扒抢。

台上见如老和尚的几个弟子都惊呆了，其中一个叫道："大家不要乱，这是幻术，别中了他的诡计！"

却见一个抢到了砗磲的人哈哈大笑："这哪里是假的，这是真的，这是真的！"

那砗磲就拿在他手里，手摸得到、眼看得到，用舌头舔一舔也能舔到，这如果是假的，还有什么是真的？

银子就都往怀里揣，砗磲琉璃都用手抓，金沙就脱了衣服来捧。那金沙堆能有多少？几十个人冲上来就抢没了，然而那金沙堆靠着讲经台，金沙堆扒拉完，信众就发现讲经台的砖头——"是金砖！讲经台竟然是金砖！"

小小的金沙堆不够分，讲经台这么大，如果都是金砖，那可就发达了！

几百人一拥而上，也不知从哪里找来的锄头、铲子、旗杆，没有弄到工具的就直接用手，连挖带掘，手挖出血来都不自知，片刻间就把讲经台给挖塌了。见如和尚亏得两个大弟子护持着才没摔下来。

不但信众，连老和尚的几个弟子，在看清真的是金砖金沙之后，也都忍不住了！

不知有谁叫道："讲经台是金砖，寺庙墙砖会不会也……"

他话还未落地，便有几十个人冲了过去，拿锄头砸开，露出砖里内质。"真的是金子，真的是金子！"

几百人的癫狂更进一步，都疯了一般朝寺庙冲去。小半日工夫，就将整座寺庙拆得一片狼藉，别说佛像、砖头，连锅碗瓢盆都拆走了。

只剩下老和尚和两个大弟子，以及十几个十分虔诚的信众合十念佛。这时太阳已经西斜，虔诚信众中为首的便是那个七旬长者，还有一个吃斋四十载的老妇。老者指着独山俊喝道："你个邪魔外道，竟敢用幻术惑人！"

小道士闻言一怒："老东西，你胡说什么！"

独山俊拉住了他，手一张，念道："寿者相。"掌心就生出一朵莲花来，独山俊道："闻一闻，白发转黑。吃一片，青春十年。"

说着将莲花丢到老者脚下，老者就闻到一股清香，才堪堪入鼻，就发现自己已白发转黑。

"天啊，天啊！不会是真的吧！"他忍不住掰下一片花瓣来，才吃下一块，就发现脱落的牙齿长回来了好几个，一身的病痛没了一大半——那正是他六十几岁时的身体状态！赶紧再吃一片，脸上的皱纹都减少了。再吃，再吃，再吃！只吃了四五片，人已经变成了少年！

"神莲，神莲啊！"他想赶紧将剩余的莲花捞起，不防旁边一只手已经将莲花抢走，一边撕下两片吞下，一边护着莲花逃走了。

"放下我的神莲，放下我的神莲。"

那老妇人本来步履蹒跚，但吃了两片莲花之后马上就变成步伐矫健的壮年妇女。她一边护莲逃走，一边喜极而泣："人生再少，人生再少了！哈哈，哈哈……"

可不止他们两人，剩下的信众目睹了这个奇迹，哪里还有犹豫，纷纷追着那抢了莲花的妇人而去了。

金银固然动人心，却又远不如恢复青春、延长性命——后者更叫人无法抗拒。至于佛法中所说的彼岸世界……那太遥远，也太虚妄了，远不如眼前能立刻青春延命更可把控。

太阳还没下山，偌大一间寺庙已经坍塌了，法坛一片狼藉，见如和尚的身边只剩下随他修持了四十年的大弟子和二弟子。

见如双目含泪，这个寺庙，这个道场，是他从无到有建立起来的。这里不是长安、汴梁那样的大都市，今天能有几百人聚到这里，很多是不远数百里、翻山越岭赶来的。出了今天这个事情，可不只是寺庙没有了，几十年来对方圆数百里的传道与教化怕都要崩塌了，这才是最令见如痛心的。

他的二弟子闭目念经，额头见汗。大弟子瞪着独山俊，怒道："你究竟是哪里来的魔头？"

独山俊笑道："我是魔头？"他双手合十道："法相。"

大弟子愕然："什么？"

独山俊道："你再看看我是谁？"

大弟子揉了揉眼睛，忽然跪了下来，叫道："菩萨！菩萨！"

二弟子闻言睁开了眼睛，就见眼前金光万道、宝象庄严，那光华只是看了一眼，便感到身心欢喜无限，念头无比通达，许多以前想不通的问题，似乎沐浴在这金光之中便能转瞬领悟。这等体验，哪里是歪道邪魔？必然是菩萨来点化自己了！

他也"啊"了一声，合十拜倒。

第二十五章 见佛

菩萨法相指了指西方，两人若有所悟，应道："是！是！"一步一跪，都朝西方去了。

山间道路盘绕，很快不见了两人身影。

偌大的道场——如果这坛塌墙倒旗杆断的地方还能叫道场的话——只剩下独山俊、小道士、见如和尚以及在独山俊肩头上睡觉的五色鸟了。

小道士问："刚才那两个和尚看到什么幻象了？"

独山俊道："不是幻象，他们只是看见了他们心目中的菩萨法相。"

小道士笑道："那他们一步一跪去做什么了？"

独山俊道："他们认为菩萨要他们往西方跪拜，所以就往西方跪拜去了。"

说着，独山俊再看向见如。老和尚勉强还能守住心神，自知今天遇到的是毕生未有的大考验，深吸两口气，问道："你是魔罗？"

独山俊问道："魔罗是什么？"

见如看他好像不是明知故问的样子，乃答道："魔罗者，传说乃欲界第六天魔王，残法夺慧，乃我佛门之大障碍。魔罗有大神力，能与修出世法者作留难事，扰乱身心，阻碍善法，破坏胜事，故名魔罗。"

独山俊道："我不知道你在说什么，但你忘了我们刚才的对答了吗？"

见如道："什么？"

独山俊道："我说，经不是假经，只是传经的人有所夹杂，而听经之人都是假信。"他指了指坍塌的法坛、寺庙，以及众人远去的方向，"喏，我没说错吧？"

见如长长叹了口气："所以你就为了一句问答，而使神通尽毁贫僧数十年之心血。"

"按照你刚才念的经文，"独山俊指了指周围的断壁残垣，"这些东西，重要吗？"

见如怔了怔。

独山俊又说:"你刚才念的经文说:凡所有相,皆是虚妄。若见诸相非相,则见如来。"

见如道:"不错。"

独山俊道:"所以这几句经文,你自己信吗?"

见如合十道:"自摩顶以来,深信不疑!"

独山俊笑道:"不,你是假信。"

见如神色十分坚定,并不因为对方的否定而生迟疑。

独山俊道:"你的心志比其他人坚定得多,但我仍然说你是假信,为何?因为你没有真正见到过诸相非相。你只是用文字义理去理解这四个字,用虔诚心去相信这个说法,但你其实并没有真的看到或证明这种说法,所以你不是真的相信。"

见如看眼前这人没有再对自己施展神通法术,倒似真要跟自己探讨经义,乃问道:"有请教。"

独山俊道:"什么叫诸相非相?"

见如说道:"凡人之所见、所听、所嗅、所闻、所触、所想者,皆是虚妄,而非实体。"

独山俊道:"你看,我并不知道诸相非相是什么意思,但你一说,我就明白了。知道为什么吗?"

见如道:"有请教。"

独山俊笑道:"因为我真的'见过'诸相非相啊。"

他说着,手一抬,掌心流出一股细流,在见如身前形成一汪泉水,水面如镜,让见如看见了自己。跟着,独山俊往见如眉心一点,见如眼前一个恍惚,就看见水镜中的"自己"一步步放大了。放大了十倍、百倍、千倍,然后见如就看到自己的身上、袈裟上,一厘之小,都有千万小虫栖息。见如看到这里,心生敬畏,忽然想到:"经文云:一钵水中,

第二十五章 见佛 219

十万百千虫，原来不是譬喻，而是真的！"

水镜中的景象，继千倍而万倍、十万倍……于是那些连肉眼也看不见的极小虫子，也变得如山般大。而其内部结构，都和自己的身体、身上所穿的袈裟一样没有区别，都是由极小粒子组成的。

然而再小的粒子，也终究还是实体。看这粒子继续放大，那至小的粒子之内，其已不知如何名状，其物似乎已经非实体，只是一团莫名之物。那团莫名之物在巨大的虚空之中，由不知如何形容的规则牵绊起来，构成粒子。

然而这规则究竟是什么？这规则又是谁订立的？

见如沉醉其中时，水镜中的景象回过来放大了，那些粒子再由莫名之规则牵绊起来，构成了极小的血肉之胞，血肉之胞继续放大，若如由可理解的规则牵绊起来，构成了血肉骨骼，骨血再组合起来，这才是一个自己……

然而此刻再看这个自己……想到自己不过是由无穷数的莫名，以某种规则组合而成，则自己这个"自身"，大而言之其实就是一个世界，虚而言之其实我不是我……

这一切体验只在转眼之间，却已经叫老和尚如同死去又活过来。良久良久，他才说道："请教，那至小的莫名，究竟是什么？"

独山俊道："你想叫它作什么，它便是什么。你可以叫它莫名，也可以叫它狗矢。诸微尘，如来说非微尘，是名微尘。世界，非世界，是名世界——你的经文里不经常这样说吗？"

"那微尘也不是微尘，只是将它叫作微尘。这世界也不是世界，只是将它叫作世界。这不是故弄玄虚，只是因为其本无名，所以暂且命名。"

见如恍然道："那至小之莫名，其实非物。而将此莫名牵连起来，抟成次小之物，进而抟成各种者，便是缘也！"

独山俊也不反对："你想怎么叫，就怎么叫吧。"

见如望着独山俊，合十而拜。

独山俊笑道："你拜我做什么？"

见如道："我以前只是在文字上试图去理解什么是诸相非相，又试图在心里让自己去相信经文，因为经文说'诸相非相'，所以我便相信了。然而正如菩萨所言，这种相信，不是真信，因为我没有真的看见。因为没有真的看见，所以我并非真的相信。"

小道士在旁边听到，笑了起来："你叫他什么？菩萨？不是说他是魔罗吗？"

见如道："经云：后五百岁，其有众生，得闻是经，信解受持，是人则为'第一希有'。菩萨使我得见诸相非相，而非言语上的理解、虔诚般地相信，令我真的看见凡所有相，皆是虚妄。经云：若见诸相非相，则见如来。见如今日，得见如来矣！"

他欢喜无限地笑了起来，回头看看被毁掉了的道场、寺庙，以及背弃自己而去的弟子、信徒，忽然再无悲哀，反而安然，说道："菩萨说得对，这些东西，不重要！"

他说着大笑几声，走到断壁颓垣之中，瞑目圆寂了。

小道士看他模样不对，走了过去，探了探他的鼻息，惊道："哎呀，上神，他死了！"

又是一个生命结束了，不过不知道为什么，这一次独山俊并未因为老和尚生命的结束而感到悲哀，反而觉得这一位的去世十分自然，就像眼前的日落一样。

小道士走了回来，将独山俊上下打量："所以，上神你真是菩萨？"

独山俊摊手道："这是他的说法，与我无关。"

第二十五章　见佛

# 第二十六章　得道

独山俊和小道士再次骑上竹马，向着西面走去。走了有一小段路，肩头上的五色鸟醒了过来，"奇吁"地叫了一声，问道："这是走到哪了？"

独山俊印证了一下天书《识地》卷的内容，说："应该是过了龙南了，再往前是大庾岭。"

五色鸟又问："我睡着这期间，见到什么神祇没？这一路都是山，没有土地，也有个山神吧？"

"没有。"

"一个都没有？"

"都没有。"

五色鸟说："看来不御风、不乘云也没用啊。还是有人算在我们前面。"

"也不是完全没有。"小道士说，"刚刚倒是见到了一座佛寺，度化了一个和尚。"

"佛寺？和尚？在哪里？"

"在后面，刚刚走过去几十里。"

五色鸟展翅飞到空中，向后面望去。它这双眼睛，等闲可望见几百里外，停回独山俊肩头后说："什么也没有啊。"

"佛寺被拆了，信众都跑了，和尚也圆寂了，自然就什么也没有了。"小道士笑嘻嘻地说。

五色鸟有些警惕地瞪了他一眼，又瞥了一下独山俊，却什么都没说。它忽然感到眼皮耷拉下来，便又"奇吁"地叫一声："我再睡一觉吧。"

竹马继续前行，走了不知多久，小道士指着前面说："要到罗霄山了，我那祖师爷就是茶陵人，当初在这里得的道。"

"嗯？"

小道士说："上神可还记得，当初是您赐下了一颗种子，我祖师爷的先人拿到这种子之后，就到此处觅地种下，三年出苗，三年成枝，三年出叶，等到第十年才采了第一拨茶叶，拢共只有三片，茶树随即枯死。他本来寻求这茶种是为了富贵，但将这茶树种下后，用第一片茶叶泡了一杯喝下，登时感到身轻体健，且有明悟，马上知道这不是凡品，哪里还会想着去卖，只想着借这神物证道飞升了。可惜那时候他年已老迈，虽然得了神茶滋养，终究只是延年益寿，没能更进一步了，这机缘就留给了后人。"

"这个后人，就是你祖师爷茶道人？"

"是啊，我祖师爷也得了一片茶叶，喝了之后脱胎换骨，且自然而然就悟到了许多天地自然之理，虽然还没能一下子就位列仙班，却也有了一些神通，就此入了道。"

走着走着，眼前一转，现出一座道观来。那座道观规模不大，上头却有烟气缭绕，那烟不像炊烟，也不像火光。小道士望了望说："哎哟，好像是有人在炼丹。那座道观，怎么像是我祖师爷老家的位置。"

"老家？"

"是啊，虽然我没来过，但祖师爷跟我说起过。看这山川走势，应该不错。"

　　两人策竹马前行。正所谓"望山跑死马"，那道观看着不远，独山俊又没有用神通，这路一走一绕，转眼间反而失去了方向。正在这时，对面走来一个老丈人，以杖荷蓧而来。

　　小道士就下马问路，说："丈人，我们刚才望见了一座道观，走着走着忽然迷了方向，能否借问一声这路该怎么走？"

　　老丈人看了他一眼，又看了独山俊一眼，说："是那个整天痴迷炼丹、想要长生不老的茶道人？"

　　小道士啊了一声："他还活着啊。没错，没错，就是他，他是我祖师爷的师弟。听我祖师爷说，他也是得了道的。"

　　老丈人说："厌死守尸之鬼，不知阴阳造化，孰为得道！"

　　说着也不管两人，走到路边旱田耕种起来。

　　小道士愣了一下，对独山俊道："这个老丈人真是无礼。"

　　独山俊却觉得眼前之事似曾相识，又听老丈人言语，似非凡流，当下也不急着去寻那道观了，下了马，守在路边。

　　老丈人这一通农活干到黄昏，看到两人还在那里，竟然也不意外，更不多问，就说："那道观离此看着近，实际远，入夜前是赶不到了，你们不嫌弃的话，到我家住一宿吧。"

　　独山俊应了一声，老丈人便带两人回家，杀鸡为黍作食。饭毕，独山俊问："刚才丈人为何称那茶道人为守尸鬼？"

　　老丈人嘿嘿一笑，道："人之生也，由无而有，聚气而成，顺时而来。人之死也，由有归无，散气而灭，顺时而去，此乃自然之理，故生无所谓喜，死无所谓悲。那茶道人偶得异物，逆自然之理，虽然强求肉身之不死，实不知大道之本源，非守尸鬼而何？"

　　小道士嘻嘻笑道："老丈人谈吐不凡，你也不是普通人啊。这番言论，我知道了，你是道家的！咱们乃是本家。"

老丈人啐道:"你是道士,与我道家何干?"再不言语,自去睡觉了。

独山俊想着老丈人的话,过了一夜,第二日便告辞。老丈人指了路,两人骑马绕了一圈,果然又见到了那座道观,上坡入内,只见观内好生荒芜,神案上积了好大一层灰,既没有信众,也没有香火。

小道士说:"我听祖师爷道,当日他先人自服了一片神茶,传下两片神茶,我祖师爷茶道人得了其中一片,这位茶道人得了另外一片,只是各有所得之后,选择各不相同。我祖师爷领悟了一些神通后马上寻访名山大川,以求大道。这位茶道人却守着老家,将神茶的枯枝败叶收拾起来视如珍宝,又想种活神茶,又想将枝叶炼成金丹。这会儿莫不是又在炼丹?"

两人寻到后院,果然看到一座丹室大门紧闭,上面烟气飘飘。小道士笑道:"果然是在炼丹。"上前敲门叫道:"师叔祖,师叔祖,晚辈我道人来看你了。"

门轰地打开,一个邋遢道人蹦出来怒道:"谁人扰我炼丹,不要命了吗?"

独山俊看出他身上颇有神通,这一睁眼精光四射,就是猛虎对上了也得匍匐。小道士吓得向后一缩,缩到了独山俊身后。

邋遢道人又瞪向独山俊,独山俊却不为所动。邋遢道人"咦"了一声,道:"你是谁?倒像是个有点跟脚的。"

小道士将头伸出来,笑道:"他是谁?他是你得道的本源。"

邋遢道人喝道:"胡说什么!小杂毛,你又是谁?"

小道士笑道:"我是茶道人的徒孙,你是茶道人的师弟吧?我是小杂毛,你岂非就是老杂毛?"

茶道人有些惊讶:"大哥还在世吗?"

"不但在世,而且寻到了神茶的根源了。"小道士指了指独山俊,"这位上神,就是当年赐下神茶种子的上古上神,独山老爷。"

茶道人哪里肯信?然而欲待不信,看了独山俊一眼,又着实看不清他

第二十六章 得道　　225

的深浅——茶道人这双眼睛是有神通的,能辨阴阳识神鬼看吉凶,但这时运法力望向独山俊,却只看到一团混沌,当即心下大惊。

独山俊也不管他,走进丹室。茶道人不敢阻拦,又怕他乱来,便亦步亦趋地跟着。

独山俊绕了丹室一圈,只见里头除了正中一个炼丹炉、旁边几个放满药物的架子外,更无他物,便指着丹炉说:"你这是在做什么?"

"我在炼丹啊。"茶道人说。

"炼丹?"独山俊问,"这有什么说法?"

茶道人踌躇不答,只道:"此乃我道门绝学,岂能轻易泄露于你?"

小道士哈哈大笑:"《南华经》曾记载,凤凰从南海飞向北海,途中非梧桐不栖,非丹果不食,非醴泉不饮。恰巧一只鸱鸟刚刚得到一只腐鼠,看到凤凰经过,赶紧护住鼠肉对凤凰喝叫,怕凤凰抢它的鼠肉吃。师叔祖,你可真像那只鸱鸟啊。"

茶道人大怒,只是碍着不知深浅的独山俊,不敢有所动作。

独山俊笑了笑,捡起药架上一段枯枝。茶道人急了:"放下神茶之枝!快给我放下!"

独山俊端详了那枯枝一会儿,说道:"确实是我给的。"他手掌伸出,手指尖便漏出沙土来,在地上堆成一个小丘,将枯枝插下,手指倒垂,指尖又垂下一道清泉,浇灌在小丘上。片刻之间,枯枝萌发生机,竟然发芽长叶,便如一棵小茶树一般,只是茶叶稀疏,只长出了三片。

茶道人"啊"了一声,趴到了茶树跟前,嘴角哆嗦,又是震惊,又是激动,又是难以置信——这两百年来他用了不知多少办法,都无法让枯枝再萌半点生机,不料眼前人反掌之间就做到了,而且当初先人种这神茶用了十年才生出三片叶子,眼前这位片刻间就将神茶催熟了,这是何等大神通啊!

想想小道士刚才的言语,茶道人再不敢不信,对着独山俊拜倒:"贫道肉眼未净，竟不认得真神，恕罪，恕罪。"

独山俊指了指小茶树说："这三片叶子，算是见面礼，换你为我解惑。"

茶道人有些不解："解惑？"

独山俊又问："什么是炼丹？"

茶道人反而有些诧异了："上神如此神通，竟然不知炼丹之术吗？"

独山俊笑了笑："我们那个时候，这些东西都还没有，也不需要。"

茶道人忙问："那上神是怎么得道的？"

独山俊道："我生来便是神了。"

茶道人整个人恍惚了起来，忽然想起某部残缺经典曾说：上古至人，生而为神，与后世求道成仙者截然相反。一时间怅然若失。

听独山俊道："回答我的话啊。"

茶道人慌忙道："炼丹者，又名黄白之术，古语云：食金如金，食玉如玉。故炼丹乃采金玉之质，融合神物异药，以古传之方，于炉鼎之中锻炼成丹药，服食之后，白日飞仙。故而阴长生云：'不死之要，道在神丹。'李少君[①]云：'致物而丹砂可化为黄金，黄金成以为饮食器则益寿。'"

独山俊听他说两句人话就掉书袋，微微摇头，问道："那有人炼成仙丹，吃了成仙的没？"

茶道人道："葛洪[②]曾云：'还丹金液，盖仙道之极也。服此而不仙，则古来无仙矣。'"

独山俊皱眉道："说人话——你见过没？"

茶道人呃呃地说："我……我没见过。不过我既然能凭一片茶叶就活

---

[①] 阴长生，东汉道士。李少君，西汉方士。
[②] 葛洪，东晋道士。

几百年,那金丹之术,怎么会是假的呢?再说吕祖、钟离权这等仙人……上神你应该知道吧?"

独山俊笑了笑:"我不认识他们。"

茶道人又说:"那……那……"

小道士提醒道:"上神是上古之神,他熟悉的年代久远得很,别拿春秋以后的人来说话。"

茶道人道:"那黄帝呢?黄帝也是在黄山炼丹,丹成之日,得道飞仙的。"

独山俊怔了怔:"轩辕也炼丹?没听说过啊。"

茶道人松了口气:"总算有一位是您知道的人了。"

"自然知道。"独山俊道,"虽然我们败在他手上,心有不甘,但他乃是一代雄主,这一点便是炎帝陛下也不能不承认。"

茶道人怔了怔:"败……败在他手上?"他陡然惊骇起来:"上神……你……你是黄帝时的人?"

独山俊不再理他,对小道士道:"看来他这一脉学说,大多牵强附会,不可深信,怪不得他空活了几百年也毫无所得。那位老丈人称他为守尸鬼,并非虚语。"

他对这道观丹炉已经失去了兴趣,转身就走,小道士也跟了出来。

茶道人愣了好久才回神,回神后发现人已经走了,惊得赶紧追出来,道观之外却空空如也,恰好他两个打水回来的徒曾孙碰见,忙问何事。茶道人哭道:"我遇到了真神,结果却失之交臂,失之交臂啊!"

转回丹室,看着那棵小茶树,两个徒曾孙得知乃是神茶重萌后,喜出望外,但茶道人想起刚才我道人的譬喻,忽然失声痛哭。

两个徒曾孙问:"太师祖,神茶重萌,又长出了三片叶子,这不是你几百年来孜孜以求的事情吗?如今夙愿得偿,怎么你反而哭泣?"他们这一脉虽然百年传承,但每一代都有寿限,只有这个开派祖师爷活了几百年，所以看到神茶都眼热呢。

茶道人却哭道："你们哪里知道，你们哪里知道！刚才来的上神，反掌之间就复活了神茶枯枝。可见这神茶于我们虽然珍贵，于他却如腐鼠一般，他本人才是凤凰啊！我空自见了凤凰却错过，如今只多得了这几块腐鼠之肉，我不是鸱鸟，却比鸱鸟还不如！"

其实独山俊还没走远，他哭泣之时，独山俊和小道士也都瞧在眼里了。两人叹息了一声，这才真的离开。

小道士忽然道："我这位师叔祖命不久矣。"

独山俊"嗯"了一声，有些不解："我看他神色，应该还有百年之寿。"

小道士说："宝物动人心。神茶重萌，多了三片叶子，这是能让人延寿几百年的神物。他走漏了消息，让几个徒孙辈看见，不日必动杀机。他自己又心神恍惚，不知防备，所以旬日之间必有大难。"

独山俊"哦"了一声，道："这就是人吗？"

小道士说："对，这就是人。"

第二十六章　得道

# 第二十七章　破山

独山俊和小道士再次骑上竹马，继续向着西面走。走了有一小段路，肩头上的五色鸟又醒了过来，"奇吁"地叫了一声，问道："这是走到哪儿了？"

独山俊印证了一下天书《识地》卷的内容，说："过了罗霄山了，现在是在湘南境内。"

五色鸟又问："我又睡着这期间，见到什么神祇没？"

"没有。"

"一个都没有？"

"都没有。"

五色鸟说："看来再往前面，也遇不到什么人了，要不我们飞过去吧？"

"也不是完全没有。"小道士说，"昨天见到了一个老丈人，看着不像凡人；又遇到了一个道士，是我的师叔祖。"

"师叔祖？老丈人？"

"在后面，刚刚走过两百多里。"

五色鸟展翅飞到空中，向后面望去，然后停回独山俊肩头后说："没看到。"

"大概是太远了，群山阻隔的。"小道士笑嘻嘻地说，"而且老丈人住的是间茅屋，那道观也很小。"

五色鸟非常警惕地瞪了他一眼，又瞥了一下独山俊，问道："到底是个什么老丈人、什么道士？"

小道士不厌其烦，就将经过说了一遍。五色鸟想了想，说："那个道人也就算了，那个老丈人……我怎么听着这么熟悉？"

独山俊有些奇怪："你见过那个老丈人？"

"啊！不对！"五色鸟说，"在三山我曾听带山读书，其中有一篇，是什么《论语》，里头讲了一个荷蓧丈人，跟你们见到的人一模一样！"

三山神中的老大巾山杰，常常化身白面书生，诵读人间的书。三山穷僻，藏书极少，但《论语》却还有半部。

"荷蓧丈人？"

"对，"五色鸟说，"我听带山说，那个什么荷蓧丈人，应该是道家的人。"

小道士一听笑了："那没错了，我们遇到的那个也是道家的，所以他们的言行举止都差不多。"

五色鸟仍然非常警惕，然而忽然又感到眼皮耷拉下来，便又"奇吁"地叫一声："我再睡一觉吧。到了衡山叫我。"

小道士看看已经睡着了的五色鸟，轻蔑地嗤了一声，说："这破鸟，怎么老这么看着我，像防贼一样？"

独山俊呵呵一笑。

小道士又说："再走个几百里，应该就到衡山了，不知道还能遇到什么。我们这一路走来，先遇到佛门的，再遇到道门的。上神，你说再走过去，会不会遇到儒家的？"

第二十七章　破山

"儒家？"

"对啊，炎黄大战后两千年，中原世界三家鼎立，便是儒、释、道三家。"小道士说，"所以我们接下来会不会遇到个书生？"

独山俊哈哈一笑，瞥了五色鸟一眼，说："这一路来，神祇皆避。然而我先遇到个老和尚，懂得了佛家的学说，再遇那位丈人和茶道人，知道了道家道教的事情，两教都通了。若真再遇到个儒门的人，那我这一路，可就是给人安排得明明白白的了。"

他笑过之后也不放在心上，继续策马走路。

然而两三百里走下来，沿途虽然也遇到些渔樵耕读，却并无神异，其中虽有一两个书生，也并没有让人感触的地方。

这日又走入群山之中，人烟越来越少，独山俊道："好像快到了。"

小道士说道："我听我祖师爷说，炎黄二帝在阪泉大战之后，炎帝南巡——所谓南巡只是说得好听，其实就是那个末代炎帝被流放到这边来，后来也死在了这里。同时祝融被封在这里做南方二百诸侯的方霸，负责看守炎帝陵，那炎帝陵好像就在赤帝峰。"

独山俊道："你祖师爷懂的可真多。"

"哈哈，他毕竟活了几百年嘛。"小道士说，"我还听我祖师爷说，自绝地天通之后一千多年，又有周公制礼、太公封神，而后华夏文脉所在，神道必微。但在边远之地仍有神踪，比如这湘楚之地，两千年来就一直有各种巫神传说。"

他话音刚落，山谷间忽而歌声袅袅，若断若续，若有若无，从云雾之中传来，听得人汗毛倒竖。

小道士大喜："有妖怪！"他神通不高，但身边有个大能在，还怕什么？所以不但不怕，反而兴奋。

独山俊道："是妖怪吗？"这一路走来没遇到神仙，遇到个妖怪倒也好，便如在珠江口遇到那条蛟龙，终究能知道一些事端。

小道士道："大神，我们要不要去寻寻那妖怪，还是不管它继续赶路？"

独山俊听音辨位，说道："两事不冲突，那音声来源，就在去赤帝峰的路上。"

小道士雀跃笑道："那好啊，那好啊，不妨碍咱们赶路，还能顺便会会那个妖怪。"

独山俊凝神看了他两眼，看得小道士不大好意思。

"上神，你这么看我做什么？"

独山俊道："我这次觉醒以来，便觉得自己的心志不大一样，整个人少惊少怖，无喜无乍，沉凝如渊，比之先前不像一个人。但此刻看你，倒似乎……"

"似乎什么？"

独山俊微微一笑："似乎你比我还像我一些。"

小道士哈哈笑了起来："真的吗？真的吗？那我和上神可真有缘分啊。"

"也未必是缘分，"独山俊道，"或许是有什么隐秘，也未可知。"

两人一路说话，策马走入山谷，越走越是深入，不仅人迹罕至，连鸟兽踪迹都少了。

小道士心中的兴奋都快按捺不住了："这妖怪一定不寻常。"

那歌声越来越近了，终于听出了一些味道来。小道上细细辨析，说道："似是楚音。"

"嗯？楚音？"

"对，就是楚国的音声。"小道士道，"我听我祖师爷说，那个楚国，是炎黄大战之后两千年南方的一个大国。炎黄之后，有虞夏商周四朝，那时候已是周朝，那楚国原是商朝册封过的，又远在南疆，所以不大服周朝管。周朝制礼作乐，以人道镇压神鬼，但楚国不奉其敕，所以境内神鬼仍多。"

又转过一座山峰，山坡上出现一个茅屋，一个老妇人在屋前种菜，看到两人骑马而来，慌张地招呼。老妇人年纪大了，语音含糊，湘地口音又重，两人都听不大明白她说什么，似乎大意是"前面有怪""不要过去"云云，却是善意。

独山俊笑了笑，随手拿起路旁一根断木，在菜地上一插，一股清泉当即涌出，形成了一口甜水井。第一波涌出的井水灌入菜地之中，菜苗在顷刻间就长得欣欣向荣。

独山俊道："人有些许善意予我，我自当涌泉相报。"说完带着小道士，不管惊呆了的老妇人，自管自去了。

再往前，山势越来越险恶，林竹岩石塞满了山道，竹马都过不去了。两人便弃了马，小道士笑着说："竹马竹马，你们驮了我们这一路，可谢谢了。"

将竹马仍然化为竹子，插在山坡上，独山俊轻轻吹了一口气作为谢礼，两根竹子竟然入地生根，相偕成林。小道士笑道："上神哥哥，你说再过几百年，这两根竹子会不会得道？"

独山俊笑而不语。

两人循着那楚音继续前行。

走了有半日，已经入夜。那歌声是越来越清晰了，不仅能辨出腔调，而且能品出其中暗含悲伤，甚至是痛苦。

又转过两座山峰，跨过一个山谷，眼前开阔起来。借着月色一看，独山俊和小道士同时感到悲从中来，差点就要垂泪。

他们看到了什么呢？

看到了一副惨状。

没有死人，却有一座死山。

只见那山高数百尺，整个儿光秃秃的，从上到下都是崩裂的石头。又整个儿干燥，全无一点水汽，草也不长一棵，更别说树木，因此更没有飞禽走兽，半分生机都看不到。

这完全是一座死山，或者说是一座山的尸体。独山俊自觉醒以来，从未看到如此惨的山峰，同生为山，如何不让他兔死狐悲物伤其类？

他又忍不住想道：若干年后，或数百年或数千年或数万年后，自己是不是也终究有这一天？

歌声就是从龟裂的石头缝里传出的，独山俊和小道士走了过去，借着月色，看到缝隙里塞着一个女子。女子的脸如同烈日下被晒成干砂的一抔红土，泥土抟成的脸上，一条条的裂缝盘绕得像人类的皱纹。她肩头上和腰间各自盘绕着两条枯藤，一双眼睛没了眼白，只剩下两个龟裂的石头丸子做眼珠子，脚下匍匐着一堆豹骨、一堆狐骨。

似乎察觉到有人来，她张开嘴朝这边赫赫发声，似乎要吃人，然而嘴巴张开了，却只是掉下一些泥沙来，整张脸更加变形了。她连神志都已经失去，闻到生机就想要来吞噬，简直就是一个怪物了。

小道士看到她这惨状，几乎都要哭出来了，对独山俊道："这是一个山鬼啊，她怎么变成这样？"

"啊——"女子翕动着嘴，"山鬼……山鬼……哈哈，是在说我吗？"

她仿佛因为触动而恢复了一点久远的记忆，就像一个痴呆了的老人，无意识地唱起了往昔的歌："若有人兮……山之阿，被薜荔兮……带女萝……"

那是楚国巫男对她吟唱的，她听得久了也就记住了，然而这歌声已经有上千年不曾再有。她失去了人类的信仰，渐渐也没了灵性。

当年的山间伊人，如今只剩下一堆石形。当年的薜荔、女萝，如今都变成她肩头腰间的两条枯藤了，就连她的两头灵兽赤豹和文狸，如今也只剩下两堆枯骨了。

走了上千里的山路，如今总算是见到一个神了。可是这一座古山的神

第二十七章 破山　235

灵，如今却落到这般下场。

独山俊伸出了手，却不敢触碰对方，担心这一碰到，对方就要土崩瓦解，担心一碰到，就会被对方的死气所感染。

他隔空轻轻吹了口气度过去。沾染了这一口灵气，山鬼的一张脸恢复了往昔的妖冶灵动，但头部以下仍然干枯，而且刚刚恢复的少女脸庞，也在一点一点地褪色，大概等不到天明，就会变回方才的模样了。

独山俊就知道她的神命已面临终结，自己救不了她。真个要救，除非将自己的性命也度给她——便如大哥对自己那般。

他的山心忽然有些疼痛，想到大哥以他的命来换自己的命，二哥又以自己的性命为代价为大哥复活留下一线机会，现在大哥二哥是处在什么样的境地中呢？是不是比眼前这山鬼还要困顿艰难？

想到这点，独山俊坚定了决心：自己无论付出什么代价，也必须让两位哥哥复活！

山鬼因为这一口灵气，神识也稍稍恢复。她借着月光看过来，眼中秋波流转，说道："几百年了……几百年了……终于来了一个同类。"

独山俊道："你叫什么，为什么落到这般下场？"

山鬼笑了："我叫若，若山之若。"

她回顾了一下自身，似乎就想起了失去神志前的种种，凄惨笑道："我这样的下场，不是很正常吗？"她又看了独山俊一眼："倒是你……现在怎么还有你这样雄浑完满的古山之灵？似你这般山灵，我有好几百年没见过了。你叫什么？"

独山俊道："我叫俊，独山之俊。"

"独山……之俊……啊！我记得你！我知道你！"若山激动了起来，脸上洋溢出一点红光，"你是我出世之前的古山神啊，我开神智之后，还曾听北方的石山山神说过你。你是古神啊，炎黄时代曾经留名的古神。可你不是好几千年前就已经被拔山了吗？为什么还能在这里？"

独山俊没有回答她，只是问道："你呢？你没有被人拔山，为什么却也沦落到这个地步？"

若山再次凄然一笑："我没有被人拔山，可也没有人记得我了。当初炎黄大战后，颛顼继位，绝地天通，第一次断绝了神界和人间的联系。那一次断绝后，人间灵性尚有存留，我便是在那之后觉醒的。我慢慢地成长，慢慢地学习，从巫歌中知道了许多历史，也用自己的神力庇护着周围的百姓，养育了赤豹文狸，也眼睁睁看着石山爷爷寿终崩塌。

"再之后，周公制礼，太公封神，神鬼之道在中原再一次被削弱。幸而我这里不是中原，而是楚蛮。在这南蛮之野，我受着楚巫之祝，度过了我一生中最快乐的几百年……"

独山俊也想起了八代之前，三山百姓在他庙基上跳的歌舞。那些歌舞不是娱乐百姓自己的，而是祝祭他们兄弟三人的。

"只可惜，楚巫也不长久，不知从什么时候开始，儒开始散播到整个天下。他们有他们的祭祀，把对天地社神的祭祀给限定死了，而将我们这些都叫作淫祀……很多人受了他们的教化，走出了大山，去到更广阔的天地去，而忘记了在山间时的过往，忘记了楚巫歌舞，也忘记了我……不过还好，仍然有一些穷僻地方的山民顽固地保持他们的习惯，哪怕他们成了被外面的人看不起的荒野蛮夷。可对我来说，他们就是我存续的根源……

"然而灾难并未结束，那种叫儒的没有彻底毁掉我，却来了一种叫佛的、一种叫道的，山民们听信了他们的话，竟然再不歌舞了。他们改为参拜，改为斋戒，改为焚香，他们不再与我联通，而去侍奉佛道了。到最后，我的脚下一个唱巫歌跳巫舞的人都没有了……再没有人记得我，这座山仍然还在，可我却变成了一个无人知晓、无人记挂的孤魂野鬼。

"慢慢地，我看到我的世界颜色在褪散，赤豹文狸一天天消瘦下去。有一日眼看文狸要饿死了，赤豹忍耐不住，下山去吃人——它不是吃人肉，而是去吸食人的精气。结果就被人当作了妖怪，被一个道士打得遍体鳞伤……回来后不久它就死了，跟它一起死去的还有文狸。

"我眼看着这一切发生，却又无能为力，因为我也快了。若山渐渐失去了灵性，山泉干涸，草木枯萎，裸露出了里面的岩石，岩石再被风化，山体也现出了裂痕。

"你也是山神，当知道山体发生的一切就是我们身上发生的一切。山体出现一条裂痕，我们便如同被割了一刀，无数的龟裂，便如将我们千刀万剐。这种痛苦让我忍耐不住，夜夜哀号。山民们听到这声音，就都说这里出了妖怪，剩下的几个山民住不下去也搬走了。

"渐渐地，我的神志也迷糊了。有一次一个猎人进山，竟被我吞噬了，吞噬的那一刹那我恢复了一点气力，也恢复了一点理智。我当时害怕极了，不是怕被人类报复，而是为自己变成这种恶神而惊恐……可是吞噬人类的事情，有了第一次就有第二次，当那一点精气耗尽，我再一次失去灵台的清明，然后再一次杀食了一个人类……

"不知过了多少年，我从一个与人共生的山灵，变成了一个与人为恶的恶鬼。人类的报复终于来了，他们寻到了我杀人的踪迹，确定了我的山体，放了一把大火，将我本就草枯石裂的山体，烧成了现在这副模样。"

说了这么长的话，耗费了山鬼大量的精神，她的脸庞又渐渐变得枯槁了。

"已经不记得过去多少年了……我再见不到一个人类，甚至连禽兽都见不到了。"山鬼呜呜哭泣着，啜泣不出泪水，只有一些泥沙从眼眶中崩垂下来，"再后来，又来了一个和尚，说要度我，只要我愿意成为他们教门的护法神，就能助我解脱。哈哈，哈哈！我怎么可能答应他！"

尽管已经变成了这副模样，但山鬼依然骄傲而固执："他们的创教始祖，比我还小千百岁呢，凭什么要我去他们的教门做什么法奴经仆？凭什么？"

"那个老和尚倒没说什么,只留了一句:'你会后悔的,因为你不知道死亡有多可怕。'"

说到这里,山鬼停了下来。

"那你现在后悔了吗?"独山俊问。

山鬼整个身体颤抖了起来,以至于泥沙噗噗而下。这阵颤抖,又加快了她的死亡。

"我……我……"

她忽然又哭泣了起来,竟无法回答这个问题。

好久,好久,她才重新诉说了起来,仿佛要转换眼前不愿意谈论的话题:"现在的山神,多是后封的,像我们那个年代留下来的古灵,不多了,不多了……我曾亲眼见过两位大能战斗,撞塌山岭,山摧而神毁。可那也不是一瞬间的事情,也有像石山爷爷那样自然崩塌。所以我觉得,死亡并不可怕……可是我错了!"

她又哭了起来,眼眶中两颗突兀的石子几乎都要掉落,看起来无比诡异:"自己的死亡,与别人看到的死亡是不一样的。我以为的死亡是一瞬间的崩塌、消失,然而不是啊!当我预感到自己要死之后,我的灵便陷入了无边的黑暗与孤寂。我知道自己要死了,可这死却来得缓慢而可怕,它像钝刀子一样,慢慢地割着,那种苦楚,并不比山体龟裂时的苦更激烈,然而却是每时每刻、长长久久地进行着。我求解脱、求速死,然而求之不得。

"就这样忍耐着,不知忍耐了几十年还是上百年,直到有一天,忽然之间我就知道自己的死期已经确定,知道我将在五百天后彻底消失。我欢欣过,觉得这一切就要结束了,可这种欢欣只维持了没多久。当知道自己真的要死了,要灭了,我又恐惧了起来。

"我不知道死了之后会怎么样,是继续黑暗、孤寂直到永恒,还是直接就什么都没有?我恐惧于这未知本身,又恐惧于可能会彻底地没有了。

第二十七章 破山

于是更大的灾难来了,当我求死的时候,时间过得可真慢啊,慢到每一刻都如同一年。而当我怕死的时候,那日月却像梭子一样飞速轮转!啊!啊!啊!"

山鬼惊慌痛苦地惊叫了起来:"不要,不要!那个老和尚要来度我的时候,曾跟我讲过一些地狱的事情。而我现在终于懂了,我不就在这地狱之中了吗?我不想要那点骄傲了,我现在只想好好地有个依归。佛也好,道也好,让我有个依归吧,让我免于恐惧与孤寂吧,让我免于未知吧……我后悔了,我后悔了……"

山鬼脆弱地滚动着那两颗眼珠子——如果还能算眼珠子的话——用只有同是山神者才能听得懂的言语,叫唤着:"救我!救我!求求你了!"

独山俊整个人都僵在了那里。

他不是没见过死亡,长久的岁月让他见惯了山脚下只有短短几十年寿命的人类生死,所以并无感触,直到那与他建立了联系的韩姓女子的死亡,才真的触动到了他。

可是那次的触动,又远不及这一次的触动,因为这一次要死亡的不是一个人类,而是一个神灵,而且是和自己一样的古山之灵。

她的现在,会不会就是自己的未来?

抬头望去,这样的死山,是不是也将是独山的未来?

就算没有遇到别人烧山,可是直到有一天自己被人遗忘,或者更极端些——人类灭绝,无人奉祭,那时候自己也终有这样一天。

若结局终究是走向幻灭,到底应该如何才能避免这种苦与惧,从而得到解脱呢?

就算耗费自己的性命来帮山鬼延长性命,也终究无法从根本上解决问题,甚至于山鬼现在的问题,不就是自己将来的问题?

忽然之间,他想到了来此的路上,那个老和尚讲的佛经,以及那位荷蓧丈人的言语。

当初与二人对话的时候，他以神自居，所以对二人的经文言语触动不大。而如今将自己拉到与二人一般的维度，想到自己也将有幻灭的一天，即便这幻灭的时间长度能有几百几千几万倍，但不管有多长，"那一天"，总会到来。

而到来之后，眼前的山鬼，岂不就是"那一天"的自己？

"救我……救我……"

当——

似乎有钟声响起，将独山俊的深思拉到冥冥之中。他不似若山这般脆弱，只在转念之间，已经得悟。

"没人能救你的，你只能自己救自己。"独山俊对山鬼若说，"明白吗？"

"不明白……我不明白！"

独山俊伸出手——在刚才他是惧怕这个动作的，因为本能地抗拒沾染同类的死气——而此时却抚摸了山鬼的头颅。

这个碰触，让山鬼异样地安静了下来。她不再烦躁，尽管仍然不解，却似乎看到了解脱的希望。

在碰触到山鬼头颅的那一刻，独山俊也忽然知道如何帮对方解脱了。

而当他忽然知道如何帮对方解脱，他的身上就自然而然地发出了佛光。他明悟了那道理。那道理他先前听见如说过，他还指责过见如其实不懂，然而此时想想，自己当时不也没有真的懂吗？

而现在，独山俊懂了。

因为他懂了，所以身上便发出了佛光。不过就在他发出佛光的时候，却没有注意到小道士的眼里有一丝怪异的精芒骤现。

"啊！"山鬼突兀的石子眼珠，忽然就流下了泪水来——是的，不是泥沙，是泪水。这是她的灵第一次得到了滋润。

"菩萨！度我！"

第二十七章 破山

山鬼艰难地挪动自己干枯的双掌，合十。

百里之外，一座土地庙里，一个土地公紧张地看着这一切，口中呢喃："度她吧，度她吧！度了她，你自己也就成了！"

## 第二十八章　镜通

土地庙中，土地公对着一块玄光镜，有些紧张地呢喃着："快度了她，你自己也就成了。"

土地婆凑了过来，赶紧遮了玄光镜，很惊诧却又压住声音："当家的，你好大的胆子，怎么又在窥视？！那是我们能窥视的？我们还是快点走吧，他离我们只有不到两百里了。"

"去哪里？能去哪里？"土地公有些忐忑地说，他仍然戴着他的宰相帽，只是圆圆的脸上已经没了笑容，"我和别的土地不同，别的福德跟他没因果，奉了敕旨走避就是。我和他是有因果的，当初既然冒充高人当了他们的师父，这笔账迟早要算。现在要避，未必就避得开，不然他为什么哪里都不去，偏偏要来衡山？"

"或许他来衡山，是有别的缘故。"

"就算是为别的缘故，"土地公皱起了眉，"那几百年前，上面为什么偏偏就安排我来衡山？祂们……"他将声音压得更低了，"会算不到这一点吗？所以我觉得，我这次多半是避不开的。"

土地婆也有些丧气："当家的！当初……你就不该接那事！"

"又来说这个了，那是我能选的吗？"

土地婆忍不住埋怨:"这上面……怎么就这么为难人!"

土地公赶紧捂住了浑家的嘴巴说:"可别乱说话,千万别乱说话!这件事情咱们又不是没得到过好处。"他谨慎地看了看上面,这座土地庙没有破洞,也宽敞了许多,可比三山大榕树下的那座好多了,"上面也是有安排的,其实我也只是……只是瞎担心。"

"安排,是什么安排?"

土地公犹豫了一下,终于凑到土地婆耳边说:"上面算到他会来衡山,又算到他会从地上走来,一路上早有安排,置放了一卷佛门真经、两简道家真言和一缕山鬼残魂在路上。那卷佛门真经据说是迦叶尊者听佛祖讲经后亲笔写在贝叶上的,那两简道家真言是孔门十哲与道家先贤辩论后所记。"

"就是我们在玄光镜中看见的那三片贝叶、两根竹简?"土地婆听得眼热,"这等至宝,若是给了我们,我们当场就能立地正果了。竟然就这样放在路上了?那山鬼残魂又是做什么用?"

"咱们哪能跟那位比?若能就此将那一位引入正途,那这佛门真经、道家真言可就都用得值了。"土地公说,"如今那一位通了佛理,悟了道言,那一缕山鬼残魂,就是给他学以致用的。希望他用领悟了的佛道正理,来度化这一缕古魂。"

土地婆点点头:"听了道理是第一层,得有极大的机缘;听了道理能懂是第二层,换了咱两口子,怕不得再修几千年才能领悟;领悟之后能行道理,那更是真正的了不起。我曾听人说:行得正神道,便会成正神;行了菩萨事,就会成菩萨。"

"对,对,只要他能行正道,那就会真正进入正道。"土地公道,"只要他进入正道,那这个天地,以后便能少几番天翻地覆了。"

土地婆有些踌躇地问:"那佛门真经和道家真言,他都能看懂了吧?能度得了那山鬼古魂不?"

土地公苦笑道："人家是什么来历？跟咱们是不能比的。我以玄光镜远窥，见那佛门真经和道家真言遇到了他，竟然自成具象。他于真经真言之中历事，多半是自然而然就明悟了——就像当初他们看了天书自然就懂、自然就能用一样。度那山鬼古魂，不在能不能，而在做不做。罢，我再用玄光镜看一看吧。"

土地婆道："你老用玄光镜窥视他，不会有什么后患吧？"

"应该不会。"土地公道，"此镜是百余年前在炎帝陵偶得的至宝，怕是件上古神器，我用它窥伺三山，从来没出过什么意外。"

独山俊见山鬼陷入生死大苦之中，心下不忍，动了慈悲心肠，因念及刚刚领悟不久的佛理中似乎能帮到对方，便要用佛法度化她。

山鬼亦有感应，双手合十，原本因痛苦而扭曲狰狞的脸上，微微露出了一丝解脱的笑容，于佛光之中，痛苦逐渐消解。

"菩萨度我，菩萨度我——我愿皈依……弟子……愿意皈依。"

独山俊见她如此，心中也产生了一丝微妙的变化，心道："我虽然生于远古，自有其源，但佛道两家能行于世，却自有他们的道理。若我也依了这新道，行了这新道，其实……也没有什么不好啊。"

他伸出手来，正要摩其顶——这一伸手，既是度人，也将自度。

小道士忽然怀中一震。

独山俊伸出去的手停了停，回头问道："怎么了？"

小道士摸出一个婴儿拳头大的玉球来，说："这东西不知道为什么忽然震动。"

独山俊问："这是什么？"

"这是祖师爷在黄帝陵偶得的一块宝物，"小道士说，"他让我带在身上，也没说为什么。"

独山俊接了过去，手掌在玉球上一阵摩挲，脑中自然而然就闪过一段

第二十八章 镜通　245

知识来，说道："这是尧光阳玉。"

"尧光阳玉？那是什么？"

"在我们那个时候，有一座尧光之山。山之阴产金，能制玄光镜。山之阳产玉，能制反景仪。"独山俊举起手中玉球，"这应该就是一块用尧光阳玉所制的反景球吧。"

"这东西有什么用啊？"小道士说，"我试了好几次，都不知道怎么用。"

独山俊道："玄光镜能窥千里之外，反景仪能反窥……嗯？"

"上神，怎么了？"小道士连忙问。

"有人用玄光镜窥伺我们。"独山俊将反景球一晃，球中就闪现出一男一女两个人来，那男的是个头戴宰相帽的老者。

独山俊忽然失笑："原来是个故人。"

土地庙中，土地公和土地婆吓得魂飞魄散，就要赶紧遮蔽那玄光镜，却哪里还来得及？

就见镜像之中，独山俊拔了五色鸟的一片羽毛，五色鸟惊醒过来鸣叫道："怎么了？咦，这里怎么有个山鬼？现在居然还有山鬼！"

它的那片羽毛已经被独山俊投入反景球中。玄光镜和反景球一阴一阳、一反一正，衡山土地庙这边还来不及遮蔽，早有一片羽毛破镜而出。跟着，两人一鸟三个虚影冒了出来，片刻间虚影化作了实体，正是独山俊、我道人和五色鸟鹠鹟。

土地婆惊叫一声，躲到了土地公的背后。土地公拄着拐杖勉强立定，看着突然出现的独山俊，面无血色。

独山俊端详着，许久许久，才开口道："老神仙，好久不见。嗯，或者我应该叫你一声……师父？"

土地公哆嗦了两下，牙齿有些打战："久见，久见。"

独山俊直视着他，土地公心中惊愧，垂着头不敢回看。独山俊看了他半晌，走出庙外，只见山谷幽深，树木参天，这座山底蕴固然极厚，生机也是无量无穷。"这里就是衡山吗？"他转回土地庙，说道，"这座庙不错啊。"

当年三山那座土地庙不过两三尺高，当初如果不是被施了幻象神通，正常人根本进不去。

独山俊又问："当年师父在三山也是土地吧？不知道这座庙比三山旧庙如何？"

土地公打了个哆嗦，新庙越是胜过旧庙，越说明他是卖徒得荣。

土地婆见自己当家的说不出话来，鼓起勇气绕出来叫道："上神，上神啊！我们只是小小地祇，上面有所安排，我们哪敢不听？再说了，我们虽然听从了上面的安排，对上神有所欺瞒，但做过的事也并没有伤害到三位上神。"

小道士"呸"了一声，道："你们是什么东西，竟然冒充高人来当上神的师父，这事我想想就觉得恶心！这等大不敬，就是不可饶恕的重罪！"

土地婆捅了土地公一下，土地公一个哆嗦，赶紧道："小老儿有辱上神地威，实属大罪，但看在我毕竟传了你们天书神卷的分上，饶了小老儿则个，饶了小老儿则个。"

小道士见他整个人吓得软了，嗤笑道："没用的老家伙。"

独山俊道："一日为师，终身为父。虽然你们对我兄弟三人有所欺瞒，但终归有些香火之情，这事我可以不放在心上。"

小道士有些诧异，土地公、土地婆已经喜出望外，就要叩谢，独山俊截住道："慢着！我虽然可以原谅你们的欺瞒，但有些事情，却仍然要向你问个明白。"

土地公震了震："不知道上神要问什么？"

独山俊道："上面指派你来做这么多事情，究竟是有什么目的？"

土地公叫苦不迭："上天至公，大道无私，哪有什么目的，还不就是

第二十八章 镜通

要引导上神走上正道？"

小道士"呸"了一声。

独山俊道："若真是要引我们走上正道，何必行事偷偷摸摸？又为什么不一开始就告诉我们前因后果？真要传道授业，为何不派遣真正的大能下凡，却要起用你一个小小土地，做这些鬼鬼祟祟的勾当？而且既然是要引我们走正道，又为什么要设界限穹庐，把我们困在那里两百年，如同坐牢？七锁六钉那炼狱般的痛苦也就算了，界限穹庐更是差点要了我的命。这些是一句'引上正道'能解释的吗？"

"这……这……"土地公叫苦，"这等大事，我等小神，哪里能够知道？"

他说的虽有点道理，独山俊却并不相信。

"我看你是言不由衷！"小道士冷笑一声，"上神，他身份虽然低微，但既然是要他来冒充高人，上面总要交代什么，而且亲历此事又经过这么多年，我就不信他什么也不知道！我看不如先将他抽魂夺魄，贬到黄泉里浸上两浸再问，多半就老实了。"

土地公大惊，忙道："上神饶恕，上神饶恕啊。小神就算知道些什么，可是天机不可泄露。小神如果泄露，只怕要遭天谴啊！"

小道士道："说了后会不会遭天谴不知道，但你再不老实交代，抽魂夺魄浸黄泉就是眼前事了！"

五色鸟鹔鹴瞄了小道士一眼，那边土地公和土地婆面面相觑。土地婆道："当家的，说了未必死，不说现在就得死。没办法了，还是说吧。"

土地公叹了口气，只得道："其实上面真的未多说什么，有好些事情，小老儿也只是猜测。今日上神见问，小老儿也只能直说了。若有说得不对的地方，还请上神……饶恕则个，饶恕则个。"

"好，你说。"

土地公又叹了一口气，这才无奈道来。

## 第二十九章　炎帝陵

　　土地公对独山俊说："上古的历史，多被战火尘埃所掩埋，后人听到的故事多经篡改。上神你是上古之人，故知上古之真相，只是中间有千年沉眠，所以所知亦有欠缺。小老儿乃三国时期人物，生前行善，死后得封为一方福德，见识局限于方圆十里，所以所知亦甚有限。"

　　独山俊道："无妨，但言你所知。"

　　土地公道："远古之时，本无佛道。听说那时神人杂处不分，不知是不是？"

　　独山俊颔首："不错。至少到我被拔山之前，仍是这样。"

　　"但后来情况就变了。"土地公道，"小老儿听说，第一重大变，乃在颛顼午间。颛顼是谁，不知上神知道不？"

　　独山俊道："我闻今人有三皇五帝的说法，五帝是黄帝、颛顼、帝喾、尧、舜，颛顼是五帝中的第二帝，不过他是我被拔山后才诞生的人物，听说是姬轩辕之孙。"

　　土地公道："在轩辕黄帝和颛顼之间，有过一次巨大的动乱，其中真相迷茫难知，似乎有一帝者继位，其人为轩辕黄帝之子，名曰少昊金天氏。"

独山俊冷笑道:"真是胡说八道,少昊出自东夷一脉,与出自羲娲的轩辕黄帝怎么可能是父子关系?"

土地公诧异道:"少昊是黄帝以后人物啊,上神也知道他?"

独山俊道:"少昊不是一个人,乃是一族之主,此族名曰少昊,历代族长亦名少昊。这种情况在上古十分普遍,如祝融者,如神农者,都是如此。若我所效忠之炎帝,其姓姜,其名榆罔,其号炎帝,也是炎帝一族最后一位帝者。炎帝非指一人也,少昊亦然,所以在我拔山之前,少昊早已存在两千余年了,源流之久远尤在炎黄之前。东夷有太昊、少昊两大主脉,炎黄蚩尤大战之时,太昊本宗式微,派下诸部或归蚩尤,或归黄帝,唯少昊在东北仍得自立,因此成为当时东夷诸部落的共主。"

土地公道:"原来如此,那么今人所知的那段历史,想来是完全混沌了。"

这时小道士忽然笑道:"也不完全混沌,伏羲、神农、黄帝三代的史书《三坟》完全丢失了,不过大禹和伯益所著的《山经》,里面还有一些历史残余。"

独山俊问道:"《山经》是什么?"

小道士说:"《山经》是大禹治水、划分九州后,让伯益按照山系将神州山川见闻写成的一本书,取名《山经》。汉朝时有后学者加入了一些后来的内容,变了个名字,就叫《山海经》。"

独山俊道:"你知道的可真是不少。"

小道士嘻嘻笑道:"都是听我师公说的,哈哈。"

独山俊对土地公道:"你继续说。"

土地公瞪了小道士一眼,这才继续道:"黄帝到颛顼之间那段历史发生了什么,小老儿也不敢妄言,只知道颛顼继位之后发生了一件大事。他开始斩断天上世界与人间世界的通道,区隔天上地下,隔离神界人间,要让神与人各行其道,互不干涉,这就叫绝地天通。"

独山俊问道:"他为什么要这么做?"

"不知道。"土地公说,"只听说从那以后,神界和人间就有了区隔,人神不扰,各得其序。不过这事也不是一次就做成了的,因为上古时人神混杂,所以绝地天通一开始并不彻底,但后面几代帝者仍沿着这个方向继续努力,中间还曾有过反复,直到商周之际,神州大地便彻底向人道上行走。其后儒道等学说才得大兴、西方佛老之说也是在此之后。越往后,人间的神迹神力越是淡薄,人类也越来越不依靠神鬼,而靠自己的努力开辟世界、自食其力。这就是周朝之后,神人关系的新秩序。"

独山俊点了点头,土地公道:"上神,我听说你们那时候的真神,都是自生自成的。"

独山俊道:"不错。"

"我们却不是了。"土地公说,"若我这等土地小神,也得人间百姓的香火信仰,才能维系自身的存在。什么时候百姓不信我们了,香火断绝,我们也就会消失。然则在这新的天道下,不是人依靠神,而是神依靠人了。那些失去人类信仰的神仙,很快就会变成土偶泥塑,什么都不是了。可以说,你们是先天神,我们是后天神。"

独山俊"哦"了一声,脸上不置可否,心中却隐隐觉得,这种情况也未必不好。

小道士却脸现冷笑:"你们这样的神,听着都是假神。"

土地公苦笑道:"假神也罢,真神也罢,都不是老朽这等小人物能置喙的。然则上神你们三兄弟乃上古良神,拔山之后流放东南,避过了中原绝地天通等几次大变,竟成了硕果仅存的先天神种,对后天神的种种限制是在你们自生自成之后才形成的,所以怕是这新秩序也未必能限制你们。因而后来的许多事情,或也是……也是可以理解的。"

他说得委婉,小道士却冷笑:"说来说去,还是怕我们上神不受控制,对不?"

第二十九章 炎帝陵　　251

土地公忙说："当时三位上神刚刚觉醒，心性未定，上面设下这个界限穹庐，是限制，可也算是保护啊。其后更是多方引导，也算用心良苦不是？当然，这只是小老儿自己的猜测，作不得准，作不得准。"

小道士冷哼一声，对独山俊道："上神哥哥，别听他的。既然咱们是先天神，为什么要受这些后天规矩辖制？"

"嗯？"独山俊道，"咱们？"

小道士连忙笑道："说顺嘴了，我是说您。"

独山俊沉吟半晌，说道："先天也罢，后天也好，我现在且不理会。如今我只想知道，怎么样才能让我两位哥哥复活？"

"这个，这个……"土地公道，"上神这个问题可把我问倒了，小老儿哪有那个能耐回答？"

"那就说件你能回答的事吧。"独山俊道，"你干涉了我兄弟三人的觉醒与成长，其中多有隐瞒，乃至欺骗。如此行径，你觉得我应该如何处置你？"

土地公面如死灰，一时无言。

土地婆鼓起勇气站了出来，说道："上神，我们当家的冒犯神威，自然罪在不赦。只是我们乃是蝼蚁般的小人物，从来只能奉命办差，正所谓龙凤之令，兔燕如何能违？还请上神念在我们两口子实出无奈，宽饶一二。"

独山俊还没回应，土地公已经摆了摆手，说道："当初既领了命，没有违抗，事后也确实得到了好处，这里头就有了因果，有了责任，不是一句无奈就能推卸一空的。"

小道士冷笑道："你倒还算有自知之明。"

土地公道："其实看到上神朝衡山而来，小老儿心里头就早有准备，只是还有点万一的希冀。然而现在看来，这点希冀也只是妄想。如今小老儿已经想通了，该如何责罚，全凭上神旨意，无论是贬黄泉、塞海眼，小老儿都更无怨言。不过此事主要在我,我这浑家是受我牵连,还请上神看在我们同出三山的分上,饶我浑家一条性命。"

土地婆一看急了,叫道:"不可,不可!我们两口子夫妻一场,真要贬黄泉也好,塞海眼也罢,老婆子都随你去。"

两人一个要独承罪过,一个要有祸同当,争执得面红耳赤。独山俊轻轻"哼"了一声,两人便都赶紧噤声了,看着独山俊,不敢开口。

独山俊伸出手指了指土地公,又指了指土地婆,道:"那我就处置了。"

土地公叹了口气,抓紧了拐杖。土地婆将手伸过来揽住他的手臂,紧紧抱着。

独山俊道:"这衡山,你们也别待了。"

土地公垂头应:"是。"就放开了拐杖,做好了下黄泉的准备。

独山俊道:"粤东三山绕着界石,如今有一十八村,却还一个土地都没有。你们仍回那大榕树下,守护那一方生民吧。"

土地公和土地婆一时惊喜得不敢相信。土地公还在那里惊愕,土地婆戳了他一下,夫妇俩赶紧躬身拜谢。

小道士有些不满道,"这未免便宜他们了!"

独山俊道:"他们说自己无奈,的确不是虚语。"

小道士道:"但冒犯就是冒犯,欺瞒就是欺瞒,身为上神者,有过不惩,如何立威?"

独山俊道:"他们虽然有过错,但知错之后既敢承担责任,落难之际又能彼此不弃,这样有情有义的人,应该给予宽容的余地。更何况他在我兄弟三人刚刚觉醒的时候,也曾有引领之功,这功过就算相抵了吧。"

小道士叫道:"那不是引领,那是误导!"

独山俊看着小道士:"此事上你怎么好像比我还上心?!"

"这……"小道士道,"我也是怕上神哥哥神威有损。"

第二十九章 炎帝陵　　253

独山俊笑道："宽饶一方土地，能损什么神威？"不等小道士再说，摆手道："此事就此告一段落，不用再说了。都到衡山了，且去寻一寻祝融，了结了这边的事，我好早一点去见你师公。"

小道士看着独山俊，微微发怔："上神，你可变得真不像你了。"

"哦？"独山俊道，"我应该是怎么样的？"

小道士道："刚烈奋勇，恩仇必报，这才是你原本应该有的样子啊。现在这样宽和温厚，实在……实在不像你！"

独山俊道："为什么你会知道我原本应该有的样子？我们很熟吗？"

小道士一时语塞，好一会儿才说："是我祖师爷说的。"

独山俊道："我跟你祖师爷也并不很熟。"

小道士道："那……那我就不知道他是怎么知道的了。"

独山俊盯了他半晌，倒也没有再纠缠下去，对土地公道："衡山是五岳南镇，天下知名，我那三山却是穷乡僻壤，无人知晓，你回到那里可别嫌委屈。"

土地公喟然道："何来委屈？我自来衡山，虽然庙宇增广了，香火旺盛了，但百年之中戚戚不安，如今得了上神重新指派，心中反而安乐无碍。可见人生在世，得失不在殿宇，而在心中福田，心之安处，一瓦一砖，皆是千金难换。"

他说了这话，语音方落，身上光华大放。土地婆看着丈夫这样，不禁又惊又喜。

独山俊道："你有这份领悟，能保你香火千年不衰。"

土地公大喜："多谢上神赞语，多谢多谢。"

独山俊望了望峰顶，说道："带我去寻寻祝融。"

"是。"土地公让土地婆在庙里收拾家什准备搬家，自己领了独山俊向祝融峰而去。

祝融峰是衡山五大主峰之一，乃南岳最高处，"祝融之高"为南岳四绝之首，因此香火鼎盛，游客如织。独山俊在祝融峰转了一圈，却没找到一丝熟悉之处。

小道士说："这祝融殿挂着祝融的名号，却早变成道教的庙宇了。"

独山俊道："你是道士，祝融归入道教你不高兴吗？"

小道士笑道："我也只是穿着一身道士的衣服罢了，其实前途都在上神这里，上神高兴，我就高兴，至于道教是不是兴旺发达，和我其实也没什么关系。"

独山俊"嘿"了一声，忽然想起了什么，对土地公说："当年我们战败后，炎帝陛下被轩辕流放，名曰'南巡'，流放的终点，似乎是在赤帝峰。"

土地公道："小老儿带路。"

然而到了那赤帝峰上，也不见有末代炎帝姜榆罔的踪迹。想来数千年过去，草木都不知换了几百轮了，哪里还能找到上古的痕迹？

不经意间转到后山，独山俊忽有所动，道："此处有异。"

土地公不解。

独山俊睁开艮眼，上下扫视，来到一处，指着地面道："下。"

小道士和土地公就觉得身子一沉，跟着独山俊融入地底。土地公也是土属阴神，入土之后能够视物，小道士也全不慌乱。三人迅速下沉，不知深入地底几百上千丈，眼前忽然一变，本该岩土塞满的地底猛地一片开朗，竟然是坤下有天地、峰下更有峰。山间有草木，空中有浮云，只是无日无月，但周围光线却一如地面。

这座隐藏在地底的山峰，整个儿的气息都与地面山峰不同，山势挺拔雄峻，摩天接云，气势犹在祝融峰之上。

小道士眼神一亮，忽然道："上神哥哥，这个会不会是真正的赤帝峰？"

"真正的赤帝峰？"土地公讶异道，"那么上面那座是假的？"

独山俊带着他们，绕着山峰转了一周，就见后山矗立着一座极其古远的宏伟陵墓，墓碑用的石料也十分奇特。独山俊上前敲了敲，说："这是单狐之石。"

土地公问道："什么是单狐之石？"

小道士说道："我在我祖师爷的藏书中读过那本《山海经》。据那《山海经》记载，北方群山之中，有一座单狐之山，是漨水的源头，山水之间产有奇石，纹理甚美，水火不侵。莫非就是这种石头？"

众人细看那陵碑，虽然经历了数千年，碑身却没有半点风化的痕迹，碑上有文字，一笔一画不像是凿刻出来的，倒像是用火烧出来的，字里行间带着火焰余烈。

土地公活了千百年，却也认不得那字。

独山俊却读了出来："神农末皇，炎帝至尊！嗯，这才是真正的炎帝陵。这应该是炎帝陛下的陵墓。"

小道士道："炎帝陵怎么会在这里？哦，这是那位被流放到这里的末代炎帝姜榆罔。"

土地公有些讶异："可炎帝陵怎么会在地下？"

小道士道："那自然是被什么人藏起来了。"

土地公骇然道："什么人能将整座山峰连同陵墓一起藏在千丈地底？"

这炎帝陵周围的一切，草木生长都与地面无异，只是此处深处地底，无日无月，也不知道这些草木是怎么生长的。离炎帝陵不远处，还有一个小小的帐篷，由兽皮缝成，十分粗陋，然而扎在那里，也不知已度过了几千年。

土地公走了过去，想入帐篷一看，忽听一个声音喝道："小地祇，你要做什么？！"

土地公吓了一跳，赶紧缩身，环顾周围，不见一人。

独山俊环顾一周，竟也找不到一个人影，于是对空中施礼道："独山之俊，恳请此间主人现身一见。"

周围空荡荡的，也无人回应。

独山俊想了想，便朝小帐篷走去，靠近后伸手就要触碰，那个声音才忽又响起："退！"独山俊没有觉得自己受了力，但伸手已摸了个空，回神一看，才发现自己整个人已经出现在了十步之外，似乎是在不知不觉中被人向后移动了十步。

土地公看得大惊。他刚才只是眼前一个恍惚，就看见独山俊忽然消失，跟着出现在十步外位置上，心想以独山老爷这样的根底与神通，竟然也着了对方的道，藏在暗处的也不知是什么样的人物。

小道士叫道："上神小心些，这可能是宇变。"

独山俊略一沉吟，再次向前迈去，仍然要去触碰那小帐篷，但手没碰到整个人就再次被后移了十步。连续两次都是如此，他不由得心头火起，喝道："再不现身，我就不客气了。"

第三次迈步向前，要触碰那碑文时又被后移，他手一缩，帐篷下的地面都动了起来。他人不再向前，但整个地面却被他以移山之法向他挪来。

空中的声音喝道："止！"

地皮一震之后便宁定了，小帐篷也恢复了原位。

独山俊道："来！"

地皮又动。

空中的声音喝道："止！"

独山俊喝道："来！"

这片地面将动而不动，地下山根欲震而又止，两股力量交缠在一起，最后令整座赤帝峰的空间都开始扭曲。

空中的声音道："你到底是什么人？"

独山俊道："独山之俊。"

"没听说过。"

独山俊问道："你又是谁？守陵人吗？"

"守陵人……我曾经是的。"

独山俊道："我来到此间，本无冒犯之意，只是想找一位故人。"

"谁是你的故人？"

"祝融。"

"哪个祝融？"

对方竟然也知道祝融分代，被他提起，阪泉之战的场景便在心中掠过，原本平和的心境竟也受到了干扰。独山俊不自觉地咬牙切齿起来："阪泉大战中，临阵脱逃的那个祝融。"

空中的声音"哦"了一声，道："原来……你要找的是我的祖父。你来迟了，他已经死了三四千年了。"

独山俊道："神也会死吗？"

空中的声音哈哈一笑，似乎觉得独山俊说的话十分荒谬。

忽然之间，他似乎就知道了什么："哦，我知道你的来历了。你是阪泉战后，被力牧拔到南方的三座山之一。但你来这里做什么呢？来报仇，还是来释怨？"

"都不算，"独山俊说，"我只是想来找他问问，三四千年前，他为什么要临阵倒戈。如果不是他，我们当时仍有一战之力。"

空中的声音笑了，笑声带着嘲讽的味道："类似的问题，我也一直想问另一个祝融。只可惜，他们不会回答你的，尽管那个祝融对我做的事情，比对你做的，过分百倍。"

"另一个祝融？你是祝融的孙子，但不是祝融？祝融对你做了什么？"

空中的声音没有回答，只是道："我已经知道你的来意，也知道你的去向，这里没有你需要的答案，你离开吧。若你不离开，我将送你离开。"

独山俊有些诧异："你刚才还在问我是谁，怎么现在忽然就知道了我的过往，甚至还说知道我的去向？"

空中的声音道："时间就像道路，你站在路的这一头，然后望向路的那一头，不就看到了？往前看是未来，往后看是过去。我刚才扰动了你的心境，跟着就看到了你的未来和过去，因此就知道了。"

这番话他说得理所当然，土地公却听得无比震撼，小道士也是惊疑不已，独山俊则若有所悟。

"我的未来是怎么样的？"独山俊问道。

空中的声音笑道："你已经踏在门槛上了，差不多就也能看见了。"

独山俊道："我也能用'逆知未来'进行推算，但并不能看得十分真切。"

空中的声音道："你自己的未来，你自己看去。不过我有个忠告。"

独山俊道："请说。"

空中的声音道："有些事情，强行改变，未必是好事。言尽于此。"

独山俊琢磨着这句话，一时无言，良久才道："阁下神通广大，在下能否请教一件事情？"

空中的声音道："你想问如何救回你的两位兄长？"

这人不但能看到自己的过去和未来，而且竟似能洞悉自己的想法！不过这时独山俊也不诧异了，应道："正是。"

空中的声音道："类似的问题，我曾经问过；类似的事情，我曾经做过。结果……"

"结果如何？"

空中的声音道："结果是没有得到我想要的结果。最后我还是不得不回到宇宙的起始点，修正了被我篡改过的世界。"

听到最后一句话，后山三人同时动容。小道士似乎猜到了什么，一

第二十九章　炎帝陵　　259

时间屏息缩手,暗中退了半步,躲在独山俊身后。土地公更是心中浪涛汹涌,惊骇得难以形容。

独山俊最先回过神来,说道:"听你这个说法,莫非要救回我的两位兄长,就必须回到过去,修改历史?"

空中的声音道:"那倒也未必,你的情况与我不同,修改未来,也是可以的。"

独山俊道:"未来还没发生,谈何修改?"

空中的声音笑道:"如果你也能清楚地看到时间那一端,你就不会问这句话了。"

独山俊道:"所以你有办法帮我救回两位哥哥?"

空中的声音道:"如果你愿意,你当然可以做到,不过……"

"不过什么?"

空中的声音没有直接回答,沉默了一阵,道:"有些问题,你很快就自己能知道答案了。看在你我略略算是同病同忧的分上,我送你份见面礼吧。"

独山俊前方的空中,忽然间无火自燃,那团火焰燃烧到变成一团灰烬,跟着凝结成一个东西掉了下来。

那像是一颗种子,落到了独山俊的掌心。只是这颗种子非金非木,非土非石,却像一团火苗,又像一滴水珠。

"这是什么?"

"这是后悔树的种子,你可叫它悔种。"空中的声音道,"你此番北上,或许会后悔。如果你后悔了,可以选择把它种下,让它生根发芽,便能修正你所后悔过的选择。不过,要让它生根发芽,代价却很大。"

"有多大?"

"到时候你就会知道的,如果你使用它的话。"空中的声音顿了顿,又说,"我能知道你的将来,但未来的道路是有岔道的,在岔路口如何选择的权利，其实还是在你手上。去吧，这里不是你该来的地方，这里也没有你需要的答案。"

独山俊只感到眼前一阵恍惚，三人已经站在了赤帝峰的地面上了。

土地公惊惶不已："这……这是什么神仙？这是什么神仙？"

"神仙？"小道士冷笑了一声，低声自语，"什么神仙能有这种手段？"

独山俊看着掌心的那颗神奇种子，说道："他似乎能看到我的过去，甚至看到我的未来。"

土地公满脸骇然，小道士却冷笑："我看只是装神弄鬼。"

独山俊将种子收了，对小道士说："走吧，我们去北方，去你说的那个地方。"又对土地公道："那位大能既说我会后悔，或许北方要发生的事情，非我所能掌控。你不要跟着了，这就到三山去吧。若我能回来，一切另有安排。如果不能……"

他忽然想到了那个少女的身影，对土地公说："转告我大嫂，让她安排好后事。还有，让还在等待我们的人，都不要再等了。"

## 第三十章　围城

送走了土地公，独山俊就要北上，忽然想到了什么，带着小道士转到若山，却见那山已经整个儿崩塌了。山鬼那一缕残魂也已经荡然无存。

独山俊黯然道："我错过了拯救她的时机。"

小道士冷笑道："她不过是被人安排在这里，企图误导我们的一颗棋子，上神哥哥何必为一颗棋子自责？"

独山俊道："如果我当时不去见土地公，就在这里度了她，我会如何？"

小道士蹙着眉。

独山俊道："如果我当时以佛法度了她，佛之行既成，或许我就成就佛门的菩萨果位了。然而这一切却没有发生。过去的已经过去，但是立足于我还没做出选择的那个时间点而言，则我还有选择的余地。那位大能说得对，未来是有岔路的。还没做出的选择，是我们所能拥有的最大的权利。"

"上神哥哥，"小道士道，"你后悔了？"

"后悔？"独山俊淡淡道，"还谈不上，有所感触罢了。倒是你……"他深深地看了小道士一眼，"小我，我越来越觉得你很熟悉……"

小道士哈哈笑着:"我们处的时间久了,当然就熟悉了。"

"不是,"独山俊道,"你不像你,倒像是……我曾经认识过的什么人。"

小道士眼睛一亮:"什么人?"

独山俊摇了摇头:"想不起来,我应该也没有什么朋友是你这个样子才对。再说了,以我现在的神通,如果你有什么变化遮蔽,我应该能够看透才对,除非你是像炎帝陵那位一样,其能耐远胜于我……但你看来也不像比我更强。"

小道士听到他说"想不起来",神色一黯,随即哈哈笑道:"当然不可能,这个世界哪还有比上神更强的?您可是硕果仅存的先天古神啊。"

"硕果仅存?说什么大话呢。炎帝陵的那一位,不就比我强吗?"独山俊淡淡一笑,"走吧,我真想看看前方等待我的未来,究竟是什么样子。"

独山俊带着小道士,一日数千里,越过长江洞庭,潜过嵩山黄河,没多久便到了北方。

从地下升出,回到地面,举目一望,映入眼帘的竟是千里荒凉。

独山俊道:"三山是穷乡僻壤,怎么中原也是这般景象?"

仔细再看,却发现这中原大地,似乎比岭东蛮荒还要惨淡,那边只是蛮荒贫苦,这中原大地却是白骨露于野,千里无鸡鸣。

独山俊只看了几眼,就心中戚然,不忍再看。

小道士道:"上神有所不知,自安史之乱后,中原就没几天安生日子。大唐灭亡后更是战乱频起,今天你称王,明天我称霸,来来去去杀得人头滚滚,所以才会变成这样。"

独山俊道:"这边的百姓如此惨淡,还能有余力奉神?"

小道士笑道:"瘦死的骆驼比马大!再说了,百姓能有多少力量供奉

第三十章 围城 263

神仙？有力量供奉的还得是将相王侯。"

他又用两根竹子喷化出两匹马来，和独山俊一人骑一匹。

骑着马向北走，前方地势渐渐变化。循着一条大河往北，大河两边是一片宽阔平坦的河谷，再往两边则是山岭。

独山俊是山神，天生亲近土地，只看了一眼就知道马蹄下土壤的情况，不禁有些奇怪："这里的土地很肥沃啊，怎么都荒废了？"

他用了"荒废"这个词，因为看出很多土地原本是开辟成田野的，只是后来又荒废掉了，这跟岭东地区大片土地未曾开发是不同的。

小道士说："上神哥哥啊，中原这边的灾难不在于没有土地田亩，而在于战争啊。"

"嗯？这里是战场？"

"差不多，应该是没多久前打过。"

独山俊睁开灵眼，果然见数百里河谷之地，零零落落散布着无数血腥，泥土里不知道埋藏了多少尸骨。他一时间叹息道："岭南虽然蛮荒穷苦，但比起这边来，百姓反而安生。"

小道士道："但只要能致天下太平，这边恢复起来，十年生聚，十年发展，几十年下来就是一片繁华世界了，这可不是岭南岭东能比的。那边没有个几百上千年，要富裕昌盛是别想了。"

独山俊点头道："倒也有理。"

再往前，渐渐发现气氛不对，有军士前来拦截盘问。独山俊使了个隐形术，把小道士也一起隐了，如此潜行向北，往来人类谁也看不见他们。越过了一座县城，城外安扎着绵延十余里的军营，再往北人群越发稀少。

看着往来奔袭藏匿的若干骑者，小道士对独山俊道："这些是侦察用的斥候，通常是大战之前，派来侦察地势军情的前哨。"

"又要打仗了？"

"多半是。"

这片地区，数十里一片荒凉，野外别说稻麦，连棵树都没有。小道士说："果然要打仗了，这是在坚壁清野。"

独山俊问："何为坚壁清野？"

"就是打仗之前加固防御工事，同时把野外的粮食和各种物资都清空，因为树木可以用来作投石炮，所以通常会连树都砍了。"小道士说道，"上神是上古时人，所以不知后世打仗，与上古不同。上神那个时代打仗不知道是怎么样的。"

独山俊悠然远思，说道："我曾受天帝俊之命，在大羿麾下参加过寿华之战，也正是那一战使我得到天帝赐名。不过那次对战的是魔兽，不是神人。人类主导的战争，我参加的只有阪泉一役，涿鹿斩蚩尤也只是听说。上古神人之战，双方对垒，诸神降临，行狂风，降暴雨，抬山岳，闪雷电。听闻涿鹿大战之时：应龙现身，洪水淹没三千里；蚩尤旗展，大雾笼罩河北原；飞廉出，飓风西卷；商羊叫，洪水倒冲；而后旱魃临场，百国之地泥干土裂；风后布阵困蚩尤，伶伦击荡夔牛鼓，百层雷云汇长空，万亿闪电划碧落……"

说着说着，独山俊忽然沉默了下来。

小道士问："怎么了，上神？"

独山俊道："或许祝融是对的。"

"啊？"小道士不解了。

独山俊道："跟你一说这事，忽然发现阪泉之战，惨烈远不及涿鹿之战。这应该是祝融没有出手的缘故，如果当时祝融出手，神火卷九原，战争伤亡只怕会惨烈百倍，至于胜负……"想到轩辕黄帝手中那些还没出动的底牌，则炎帝阵营想要取胜，希望实在是渺茫得紧，唯一的指望就是两败俱伤，但这是自己愿意看到的结局？

心中正自沉思，忽然听小道士道："喏！我们到了！"

举目一望，就看见眼前一座都城，只见那城好生威武！北、东、西三面群山巍峙，东据太行，西依吕梁，向南俯视晋中平原，状若簸箕，襟四塞之要冲，路通八面，控五原之都邑，虽处围困之中，却不失王霸之气。

小道士道："到了！"

独山俊道："这是长安，还是洛阳？"

小道士笑道："不是长安，也不是洛阳，那两座都城如今早破败了。这是太原。此城建于晋赵，兴于秦汉，千余年间一向为河东之首府。唐高祖李渊兴兵于此而有天下，因此此城乃是大唐龙兴之地。唐朝衰微之后，长安、洛阳屡遭战火，反而让太原更显重要。只要掌握此城，便能控制河东千里江山，西则入关中而逼长安，南则渡黄河而有洛阳，东则卷河北而下汴梁，中原名都尽在肘腋之间。退可山河表里自成一国，进可问鼎中原席卷天下，真可谓千古之名城，神州之肩背。"

独山俊道："你祖师爷就在城内？"

小道士笑道："上神的庙宇，也在里头。"

独山俊道："那我们进去看看吧。"

小道士道："且慢。"

独山俊问："怎么？"

"咱们不能这么进去啊。"小道士说，"所谓君子不重则不威，人性皆贱，易得则不珍惜。上神这样轻忽现身，不能便收满城军心。"

独山俊问道："那该如何？"

小道士说："不如先临而不显，等到时机到时才现身。"

独山俊笑道："我们本来就隐身着呢，走吧。"

弃了竹马，带着小道士御风而起，越过城墙，来到太原城上空。小道士指着道："那里，那里！"

循着他的手指望去，只见城中正中偏北处有一处巍峨寺观：殿阁巍巍，清泉隐隐，烛烟飘摇冲霄汉，香气凝聚透碧空。门是琉璃造，窗是玉石装，金龙绕梁柱，彩羽点拱桥，瓦若明霞，脊蹲金兽。映天光，吞斗牛，排排数十座宫殿，间列十余座高台，殿殿麒麟绕神座，台台名花飘远香。

独山俊忽然就想起当初三山神庙落成，茶道人看过之后，讲述上州之寺的规模、国都之寺的繁华，眼下这片寺观，不就如当年茶道人描述的那般吗？不由得对小道士说："你的师祖，诚不我欺。这里是供奉哪个神仙菩萨的？"

小道士笑道："能是供奉谁？当然是供奉上神你啊！"

独山俊一时也不由得愕然。

观殿之中，有两排僧道正在唱念经文，为首的正是茶道人。他忽有感应，对天空道："上神到了，上神到了！"

僧道都朝上看去，只见天空中只有白云数朵，哪有什么神仙？

小道士道："上神哥哥，咱们是不是显一下圣？"

独山俊微微一迟疑，说："有这必要吗？"

小道士嘻嘻笑着说："上神哥哥不显一下圣，我祖师爷在下面下不来台啊。"

独山俊凝神下望，果然见茶道人在下方干等着。那些僧道中有一些平日不服茶道人的，已经露出怀疑、看笑话的目光。

独山俊"哼"了一声，身上龙甲闪动，凝成龙形云显现于空中，他自己的形貌也在龙云之中现身。

下面一下子就都轰动了，先是满观僧道皆惊叹膜拜，跟着轰动传到外头，城中军民百姓望见，无不惊拜拱伏。如今神道被天条拘着，等闲不得直接干涉人间之事，因此神仙显圣，从来只是听说，谁曾真正见过？何况是当着满城百姓的面在天空中显圣呢。

独山俊收了龙云神影，仍然隐身降下来。小道士引他来到寝殿，寝殿位于正殿后方。独山俊环顾，只见殿内金碧辉煌，紫玉金章，里头有三尊神像，都用帷幕遮了起来，地方倒也清静。

第三十章 围城　　267

这时外头仍然有欢呼之声隐隐传来，满城都在叫嚷着："上神降临了！上神降临了！我们太原有救了！我们大汉有救了！"

独山俊疑道："大汉？"

小道士道："乃此间国号也。大唐灭亡之后，中原混战，数十年前大将刘知远在这太原称帝建国，国号为汉①，改元乾祐。乾祐帝横扫中原，几乎一统北方后，迁都于汴梁。不料天不假寿，乾祐帝建国后不久便驾崩了，新帝继位后叛乱又生，国都沦陷，新帝被杀。乾祐帝的弟弟当时在太原，领河东节度使，闻讯便在这太原称帝，领有河东一十二州，是为汉国②世祖。世祖传睿宗，睿宗传景宗，景宗又传于当今之国主，其名刘继元，乃是一位虔诚有信的王者，因景仰我祖师爷道法精深，进而信仰上神，倾耗国力，为三位上神造此宫观，愿奉上神教诲，定为国教。"

这时门外脚步声响，就听茶道人的声音说："你们退后十步伺候着，不得入内，不得窥听。"

十几个声音道："是。"跟着退去。

门被推开，茶道人走了进来，欢喜上前拜道："上神在上！弟子茶道人顿首叩拜。"

独山俊睨了他一眼："上次见面，你可没这么恭谨。"

茶道人忙躬身说："上次见面，上神显化为人，弟子不敢戳破，这才斗胆无礼了。"

独山俊道："但你的一番话，引得我阴火灭身。"

茶道人惊慌跪地道："弟子从道经之中领悟了一些奥秘，所以告诉了上神，原指望对上神有所帮助，却不料会造成那样的后果，这实在是始料未及。若早知那番言语会让上神受厄，弟子当时是万万不敢做的。"

---

① 指后汉，五代之一。
② 指北汉，五代时十国之一。

独山俊沉吟半晌，终于道："罢了，你也只是个引子。阴火灭身之劫，于我只是迟早的事情，不是你来也会有别的机缘。起来吧。"

茶道人大喜，这才起身。

独山俊又道："庇佑一方，为一方之正神；庇护一国，为一国之尊神——可是我于此方百姓无德无功，你却为我造出如此巍峨寺观，实在不合适。我不能虚受万家香火，空得万民景仰。"

茶道人道："这寺庙不是我要造的，是弟子与那国主说起来上神的神迹，以及当年与上神的一些讲论，那国主听说上神曾听我讲论国都级寺院之辉煌，似乎意动，竟就存了孝心，倾尽全力，造此丛林以期上神光降。"

我道人说："上神哥哥，你也别觉得有什么不好的。现在没有德，回头你就对百姓布德一番。现在没有功，回头你就对城邦垂恩一轮。那这楼台宫殿，就不算虚受。"

茶道人听他叫独山俊"上神哥哥"，忍不住看了他一眼。

独山俊沉吟道："当年我还年轻，所以看到比三山庙辉煌的大寺观不免有些见猎心喜。如今颇经沧桑，心境已非当年。如今我只求能救活大哥、二哥，别无他愿。楼台馆阁这些外物，不再萦怀。"

茶道人忙说："上神自然早已外物不萦于心，不过有这一片寺观，亦能壮上神在人间的气派，有利于百姓对上神归心，早闻真言教诲。而且三山剧变之事，弟子也一直记挂在心里，所以百年来周游九州，遍访名山大川，甚至远至海外，终于找到了个办法，或许能够帮大爷、二爷复活。"

独山俊心中倒是掠过一丝惊喜来："你竟然真有办法？"

茶道人道："我在荒野之中，曾偶遇到一尊上古神兽，它提起过一个办法。"

独山俊道："是哪个上古神兽？"

茶道人道："那一位不肯透露自己的名号，更不许我向别人描述其形

第三十章　围城　269

貌。"

"那就罢了,"独山俊说,"你且说它的办法。"

茶道人道:"那尊神兽说,三位上神乃是先天古神,与如今天下间的后封之神不同。当初颛顼绝地天通,断绝了神界与人间的通道,因此神界灵气不再向人间流动,来自天关之上的真神灵气,人间虽有残留,但用一点就少一点,无法重生。然而在绝地天通之前,共工曾撞倒不周山,导致西北天关处天柱崩折,天关之上有一股巨大的灵气泄入东南。据那尊上古神兽言,当时巾、明、独三位上神虽未觉醒,可山体却刚好就在东南,所以顺势一挽,竟将这股天关灵气收了一半。经过这么几千年下来,如今天下间来自天关之上的真神灵气已经消解殆尽,唯上神身上仍保有极大的存量,而这就可以作为复活大爷、二爷的关键了。"

独山俊点了点头,说道:"听着挺有道理,却要怎么做?难道是能够利用这股灵气为大哥、二哥重塑神体吗?"

"不是的。"茶道人继续道,"首先,上神你不受后天道规矩的制约,可以施展神通干涉天下气运,若能助得一天子定鼎,则能得其国运。得一国之运者,其为一国之正神;得天下之运者,其为天下之正宗;若能尽收万邦百姓之信仰,则天下神威尽在掌心,那时便是扭转乾坤也不在话下。"说到后面,茶道人的声音竟然微微发颤,不知道是激动还是害怕。

独山俊蹙眉道:"可我并没有收尽天下神威的野心,我只是想救活两位哥哥。"

茶道人看了我道人一眼,稳了稳心神,忙道:"若能尽收天下神威,再利用上神身上的天关之气为媒介,就有机会重建通天树,打开神界通道,把后天道的秩序转回先天道,则神州灵气恢复远古盛况也未可知。那时候上神您是神州新秩序的裁决者,为大爷、二爷再塑神体也是轻而易举之事了。"

独山俊觉得茶道人所言应该是不虚,他也听说得国运者其力甚大,其能不可思议，且遥想上古洪荒世界的情景，心中倒也颇有怀念："只是恢复远古灵气盛况，就一定能复活大哥、二哥吗？"

茶道人道："神能造人，不能造神。但听说远古之时，有造神之神。"

独山俊大惊："你说什么！"忽然想起了一个传说来："你是说……女娲之肠！"

茶道人道："《山海经》中，确实有这项记载，只是十分模糊，不知真假。"

独山俊沉默了好久，这才说："在我久远的记忆之中，的确是有这个传说。但是要恢复到女娲之肠再现……这、这……便是轩辕、蚩尤这般雄主，也未曾尝试过。"

我道人说："别人做不到，未必我们就做不到！至少总得试一试，对吗？"

独山俊又沉默了好久，道："如果没有其他的办法，或许只能一试了。不过，必须确保此事于天下无害，于苍生无害。"

我道人道："这个自然，我们要做的，不只是复活大爷、二爷，还要能利天下、益苍生。这二者之间，本来就没有冲突。"

独山俊终于被说动了，颔首着，道："所以，要先得到国运？"

茶道人道："是，是。"

独山俊道："所以你为我找的天子候选，就是太原城里的这位刘……"

我道人接口："刘继元。"

"嗯，就是这位刘继元？"

茶道人忙道："是。"

独山俊想了想，说道："如今天下大乱，百姓亡丧，国家崩坏，民不聊生，若是能扶持一位明君定鼎天下，开创太平，倒也是一件好事。"

第三十章　围城

茶道人忙道:"自然,自然!若不是好事,弟子也不敢为。"

"不过,"独山俊道,"我要先看看那个刘继元其人如何,是不是有天子气象。"

便在这时,门外有人声传进来。

"刚刚听说上神显圣了?茶仙师在哪里?我要见仙师。"

门外守候的是茶道人的弟子,因为叮嘱不敢应声。

茶道人向独山俊请示,独山俊道:"我便见见他吧。"

茶道人道:"好,弟子这就安排。"

他出了门去,在门外与那刘继元交代了一番,便将人引了进来。

来人战甲在身,只是没有戴头盔,长相倒也颇为威武,进门后四处环顾,却只看见了我道士一人,更不见有真神存在。却原来独山俊仍然隐着,刘继元没有法力,看不到他。

刘继元四下寻找,有些不耐:"仙师,上神呢?上神真的来了吗?"

茶道人望向独山俊,刘继元循其目光望去,忽然若有所悟:"我看不见?"

见茶道人点了点头,刘继元微一犹豫,终于朝着独山俊所立的方向拜了下去,垂泪道:"上神,救救太原,救救大汉吧。如今叛军兵临城下,大汉兵穷势微,上神若不出手,则太原危矣,我大汉危矣。"

独山俊没有回应,只是看着刘继元的头顶。刘继元干跪在那里,有些尴尬,又目视茶道人求助。

茶道人望向独山俊,刚要开口,独山俊挥了挥手,大殿无故刮起一阵大风,竟把刘继元平平送了出去,跟着寝殿的门也关上了。

刘继元在门外怔了怔,随即脸现敬畏。他原本因为看不见心中是有疑虑的,被这阵大风刮出来,反而消解了疑虑,赶紧跪下继续叩求。

门内,独山俊对茶道人道:"此人没有天子气象,扶不起的。"

茶道人尴尬起来:"这,这……"

我道人道："上神哥哥，不是我祖师爷特地找个孬的，实在是寻遍神州，也没找到个更合适的。"

独山俊沉吟道："若是不存在这样的人，那按照顺其自然的道理，此事也只好作罢。"

我道人道："按照顺其自然的道理，自然只好作罢。但就为了枯守顺其自然四个字，就要让国家继续崩毁、百姓继续受苦受难吗？上神哥哥既然拥有扭转国运的能力，为什么就不能出手干预？百姓早一日离战乱，就早一日享太平，世上就少了许多人间惨剧。"

独山俊道："但扶一个没有天子之德的人，强逆天道运行，恐有不测发生。复活大哥、二哥虽然是我的心愿，但我不能为一己之私，而干预天道平衡。"

我道人道："如果这天道是天下太平、百姓安康，强逆天道当然不对。可这天道是征战不休、百姓受苦，依我看这错的就不是百姓，而是这个天道了。既然是天道错了，那么修正它不也是一件好事吗？"

独山俊沉吟难决，知道这一步踏出去或者收回来，干涉极其重大。

我道人看了茶道人一眼，茶道人开腔道："上神，小我所言有理啊。而且上神您想，虽然天道是如此安排，然而为什么又降下来一个有能力修改天道运行的您来？既然有了您，那是不是意味着，世上或是比这天道更高者的存在？或者您的出现，本来就是为了要修正这出错了的天道啊。"

独山俊怔了一怔，一时间竟觉得茶道人所言颇有道理，只是按照天书的说法，天道本就是至高无上的了。

就在这时，外头忽然喧哗声起，跟着远处有极大的响动层层传来。独山俊道："怎么了？"

茶道人匆匆出去了一趟，回来道："不好，宋军开始攻城了！刘国主已经出去守城。如今不但全军出动，连百姓都上了城头。"

我道人道："上神哥哥，要不我们先打退了围城的军队，再定大

第三十章 围城　　273

计？"

独山俊点头："先出去看看。"

他带着我道士，仍然隐了身，来到南城门，只见南方一支大军列阵逼来，独山俊虽然没见过后世这种人类战争（广州那一次没真正打起来），但对军队气势却还是很熟悉的，一看之下，不由得愕然，问我道人："对面就是刘继元所说的叛军？这军队可比刘继元的人马雄壮多了啊。"

我道人答道："那是宋军。乾祐帝死后，继位者倒行逆施，所以其部将郭威造反，建立了周国。郭威没有儿子，死后皇位就传给了养子郭荣，他们父子两人南征北战，几乎统一了北方。尤其是那个郭荣，甚有横扫九州的气概，祖师爷原本是找上了他，不料郭荣却英年早逝，他的一个大将叫赵匡胤的，欺负孤儿寡母，竟然黄袍加身，窃取了大周天下，改国号为宋。对面这支就是宋军。"

独山俊听了后不禁皱眉："这般欺负孤儿寡母而得国，的确是不正。"

我道人冷笑道："何止不正，简直是卑鄙无耻。"

独山俊再一举目，说道："但对面军中，似有天子之气，这是一个有皇帝气运者御驾亲征？莫非就是那赵匡胤？"

小道士道："那赵匡胤已经死了，听说是被他弟弟赵光义烛光斧影弄死了。这个赵光义弄死他兄长后，又架空了侄子，自己做了皇帝。"

独山俊第三次皱眉，怪不得茶道人看不上对方。相比来说，刘继元虽然庸碌，至少还看不出多卑劣。

然而此时宋军不但几乎一统中原，就是南方割据的几个国家也已经相继投降，国力远非退守河东十二州的北汉能比。

便见攻城器械层层推进，投石炮已经如冰雹一般砸了过来。城头军民竖起装满糟糠的羊皮袋，列成软墙抵挡投石，巨石砸到羊皮墙被弹回落到城下。但有一部分飞过了软墙，落到城墙上，砸死了若干兵士，落到了城内，砸坏了十几间房屋。

为了这次攻城战，对方准备得十分充分，尽管汉军已经坚壁清野，宋军仍然从百里之外伐木削圆，一路滚到附近，制成了几百架的投石炮车。第一轮一百架炮车被挡住，第二轮就用火油烧了火球投过来，一时间软墙烧了几十领，宋军弩手列阵逼近，向城头射击。一轮箭雨飞了过来，夹在火球石弹之中，中箭的捂伤，着火的滚地，被石炮击中的更是当场粉身碎骨。

城头守军士气稍馁，刘继元急带诸将激励士气。在城头助守的百姓则不断哀号，又有人叫着："上神呢？上神呢？上神不是显圣了吗？快来救救我们！救救我们吧。"

幸而太原乃是百战之城，正所谓百年埋甲，三尺皆兵，虽居下风却还能顽强抗守。北汉军民这一日付出了巨大的伤亡，总算在日落之前，堪堪将攻城之势挡住。

本来白天有龙云神影显圣，太原军民还有所期待，谁知打了大半天不见神迹再显，城中士气反而低落了下来。

刘继元再次进观恳求茶道人请上神降临退兵，独山俊却是未许。我道人问道："上神哥哥，不帮他们吗？"

"不是不帮，"独山俊道，"人当自助，而后天助之。若是他们不能有所作为，什么都要靠我们施法，这样的人便不值得扶持。"

刘继元得不到回应，当晚召开军事会议。军中颇有敢战能战的将领，认为守城不能不野战，若不能出城作战，则城不能久守，诸将也深以为然。

刘继元道："若是明日出战，上神能够显圣助力就好了。"

提出出城作战的那名大将姓杨名业，闻言慨然道："自古以来，从没听说两国军争是靠神仙下凡赢的。老夫也不是说上神就一定是虚妄，但战争要依靠的还是庙算无遗、将士用命。神仙之说可以借来提振士气，却不能作为倚靠。"

独山俊带着小道士隐身在旁，闻言非但不以为忤，反而连连点头，对小我道人说："这是真正的大将！"

第三十章 围城

# 第三十一章　逆胜负

此次军事会议便因杨业一言而决，定在第二日开城出战。要设法扫荡了对面的投石车，冲垮宋军在城外的攻城工事，以减少守城的压力。独山俊听了整个布置后颔首："敢出城野战，这股气概可以立国！小我，今晚我们去宋军营中看看。"

小道士道："咱们去将宋军里的皇帝杀了，还是去刺探军情？"

独山俊冷笑道："这么低劣的事情，是我们做的？"

这天晚上，宋军主营辕门守兵只觉得忽然刮来一阵怪风，纷纷打了个哆嗦，却不知独山俊已经带着小我道人隐身入内。

独山俊望气寻路，直接寻到一座大帐，里面灯火通明，只见一个男子隆准白胖，正在灯下看地图，旁边侍立着一个宦官，正是宋朝第二任皇帝赵光义，即位后改名赵炅是也。

独山俊朝他头顶望其气运，一望愕然，立了个无声秘境，对小我道士说："这个人有天子之气啊，当为人君。"

小我道人道："那我们舍了那刘继元，改而来扶持他？"

独山俊蹙了蹙眉，道："我且看看他的心地。"

他双手掐了个诀，双眼看赵光义之过去，看了之后，嘿嘿不语。我道人问道:"怎么样?"

独山俊冷笑道:"其兄窃取别人的天下,他就窃取其兄之天下,他们家族得国不正,他自己得位不正,心地阴暗又不择手段,急功近利又急于登台,小人一个,私德不足论。"

我道人说:"不传子而传弟,或许是乱世之中,需要长君。"

独山俊笑道:"若按照这个说法,国家安稳下来后他就该将帝位传给侄子,然而可看不出他有这个打算。说到底还是为了一己之私。"顿了顿,又说:"不过对帝王来说,私德倒在其次,待我看看他有没有平定乱世的军略。"

独山俊闭上眼睛,再睁开双眼,看赵光义胸中底蕴,倒也满腹经纶。然而只看过往,生怕未为全面,再掐法诀,竟然运起逆知未来之事。略略几个画面闪过,看得独山俊眉头大皱。

我道人问:"怎么样?"

独山俊皱眉道:"此人慨然有削平天下之志……"

我道人赞道:"有这等雄心,倒也和天子身份匹配。"

"有削平天下之志,又好为三军之帅,却不知兵。"

我道人听到这句话,扑哧就笑了出来。

独山俊接着道:"好为三军之帅,却不知兵,坐拥百战劲旅,却治军无能,喜欢御驾亲征却领兵无法,又不能放权给手下将帅,所以外战皆败,军事上无能也。"

我道人道:"那内政如何?"

独山俊道:"好,我观一观他的政略。"掐诀再观,越看越是皱眉:"其政略亦甚平庸,因得位不正,自己又能力不足,所以心底对天下出现英雄人物不会欢喜,只会忌惮。若其成为天子,便只能重用柔弱之人来抑制刚强之人。外战无能而忍,内政猜忌而残,内残外忍,其国其朝,恐将腐朽而软弱。"

我道人道:"刘继元只是庸碌,这赵光义简直是烂泥啊。"

独山俊轻叹一声:"我看看他的子孙吧。既然他有天子气运,或者是他本身一般,而子孙运佳呢。"

因为看的是天子世系,窥测的将是天下国运,干系极大,独山俊凝目许久,这才睁开双眼,目中发出青色光芒。

赵光义忽然全身一震,旁边侍立的宦官慌忙问道:"官家,怎么了?"

独山俊眼前晃过一个又一个的画面,只一瞬间,便看了两三百年。他双目流下泪水来,泪水中竟带着血丝。我道人大惊,慌忙拉了拉他:"上神哥哥,这是怎么了?别看了,别看了!"

独山俊闭上了眼睛,长叹一声,拉了我道人退出军营。赵光义又是一震,这才回过神来,旁边的宦官十分紧张,赵光义道:"无事,只是忽然蒙了神。"

退到外头,独山俊抹去血泪,对着月空长久无言。

我道人问:"上神哥哥,你刚才是怎么了?看到什么了吗?"

独山俊太息道:"若由此人登上帝位,中原能有百年休养生息。但其立国政略既偏,其子孙又暗弱无能,最后会导致神州陆沉,华夏脊梁打断,胡马铁蹄南踏,万姓流离,国家沦丧,尸积山血漂橹,神州大地披发左衽,甚至有亡国灭种之虑,惨状亘古未有。"

说到最后,想起刚才看到的惨状,独山俊又忍不住垂下悲悯的泪水来。

我道人听得咬牙切齿:"这、这、这……这就是天道为华夏选的人君?"

独山俊默然不语。

我道人大声道:"上神哥哥,别想了,换了他吧!换了他吧!我们另立一个人君!"

独山俊道:"我们以神道助凡人打赢几场战争容易,可一旦干涉了天下国运,后面恐将一发不可收拾。一子改易,满盘皆变。"

我道人道:"再怎么改,还能比你看到的结局更差吗?"

独山俊道:"华夏接下来这一轮遭遇虽惨,但应该是许多因果集合而成,这样的结局应该是百万潜因运行后的结果,或许自有其道理。"

"道理?什么道理?"我道人说道,"其实就是天道无能,不能导天下入善果。"

独山俊道:"天道无私,不仁不虐,无善无恶。"

"这是什么屁话!"我道人道,"难道这就是天书上所写的谬论?"

小道士这两句话说得难听,但独山俊却隐隐产生了一股快感。这是他对《天书》上所载天道的逆反,这种逆反心理在他二次觉醒后已经淡了很多,但是仍然存在。

我道人说道:"上神哥哥,我们动手吧!既然这个赵家建立的朝代没什么好结局,那就别犹豫了,从一开始就打破它,从头来过,再烂再差,还能比你看到的场面更坏吗?刘继元自己不堪,你就赐他一个麒麟儿,一张白纸好作画。咱们自己来书写这个世界的新史。"

独山俊听得怦然心动,出手干预凡世、再写新史,这是内心不能抑制的冲动。

"既然诸神都已经隐匿,那么就由你来将这个世间导向至善,这不是更好吗?"我道人说,"而且再造明君,完成定鼎,则得天下之运。得天下运力加身,便能打破绝地天通的禁制,重现上古灵气之繁盛,便有机会得到女娲之肠,再造神身,复活人爷、二爷。这样一来,既助益了天下,福荫了苍生,也实现了上神哥哥你的心愿。"

独山俊不由得点头,终于道:"你说得对,此事于天下、于苍生、于我,三者皆利!那我们就干吧!"

便在这时,天亮了。

远处更鼓四响,小道士聆听了一阵,对独山俊说:"上神哥哥,我祖师爷传讯于我,说太原城内,三更造饭,四更饱食,如今已经整装待发

第三十一章 逆胜负

了。"

"既然如此，"独山俊道，"这一轮，先打退了宋兵再说。"

我道人喜道："上神要出手了？"

独山俊问："领兵的是谁？"

我道人道："一个叫杨业的大将。"

独山俊道："此人堪用。有他领兵，我们都不用太过干涉，甚至也不需要我出手。你附耳过来。"

我道人附耳过来，独山俊传了一道真言、一种道法，听得我道人心痒难耐。独山俊又凝聚了一道天关之气，送入我道人体内，说道："我不直接出手，你代我行法吧。"

"是！"

宋军对太原城的动态监视得十分严密，城内稍有动作，望敌车上的侦察士兵已经察觉到端倪，迅速回报。

围城部队是守城部队的五倍以上，一直有一部分是夜里监视的，闻讯便即出动。

赵光义也在睡梦中被叫醒，闻言笑道："继元小儿，竟敢出城，倒也有几分胆色。"当下命令集结精骑五千、步甲两万应敌，要将出城野战的北汉军队全部吃掉："匹马不令回城！"

太原守军是出击方，掌握了主动权，所以兵马集结较快，四更过后便即出动。杨业以千骑当先，一声炮响，军马出城，城头擂鼓助威，整个太原登时杀声雷响。

赵光义的迎战部队集结了七八成，杨业已经领兵冲杀了出来，沿途摧毁宋军的攻城工事。赵光义道："不着急，且让他们得意半晌。"

待得宋军集结完毕，杨业的出城部队已将投石炮车摧毁得七七八八。

这时赵光义精锐部队也集结完毕，两万步甲列阵迎上，五千精骑从两翼包抄，要截断出城部队的后路，将汉军歼灭于城外。

杨业虽然勇猛，却知进退之道，眼看出城作战的目的已经达到，便准备领兵回城。

独山俊在空中看到，暗暗点头："这个杨业是名将。赵光义却果不知兵，若我不加干预，这一仗等宋军合围，杨业部早撤回城里去了。不过宋军军势远较汉军强大，若我不加干预，宋军仍能以力取胜。"

就在这时，我道人出现在太原城头，咒语念动，一阵狂风无中卷起，风是北风，夹带着砂砾向南疾冲。

汉军是立北面南，宋军是立南面北，这时杨业部尚未转身，所以汉军略无所感，宋军却个个眼睛都睁不开了，行军速度几乎停顿了下来，甚至队列也都开始歪散。

杨业应变甚速，心道："天时利我也！"他本来已经让前军勒马准备回城，眼看战场风变，如果这时北归，军马反而要迷眼不利，马上当机立断，下令继续进袭。他没有直接冲击正南面的步兵阵，而是冲击东南开来的宋军骑兵。

我道人掐诀念咒，见杨业冲向东南，他就将狂风风向调为西北风，风沙便从西北卷向东南。

这一部宋军骑兵登时被风沙吹得眼睛都睁不开，又是逆风而行，汉军骑兵却背风而来，风助马力反而越发迅疾。一个冲击，宋军登时人仰马翻，队列皆乱。

杨业兵马冲击宋军，宋军败兵倒走，反而冲动了步阵阵脚，宋军登时乱了。杨业千骑不停冲杀，见人挑人，见马斩马，见到营帐就放火，风沙又助其攻势，往来几乎全不费力。如此几轮冲击下来，马力竟未见疲。不觉冲到一处，竟是粮仓所在，杨业大喜："烧了此处，如官渡之烧乌巢，太原安矣！"

这时宋军已乱，杨业趁势放起火来。我道人在城头望见，再调风势，来自北方的风尽是燥意，一吹一鼓，火势就不可收拾。

第三十一章　逆胜负　281

独山俊在空中观看，不由得道："小我虽然得了一道天关之气，但道术只是过耳一遍，这也才是第一次施展，竟然就能如此娴熟，不意他竟有这等天赋。"

刘继元早从茶道人那得知此战是上神默许，但因为日间之事，一时不敢完全相信，所以只是做了两手准备。这时看到果然有风变助阵，再望见宋军已乱，便再没有任何犹豫，尽起太原全城军民杀了出来。

这时朝阳还只是将出未出，宋军的粮仓已经烧起，火舌吞吐，照耀了大半个战场。不过宋军一共有三座粮仓，两大一小，现在被杨业烧掉的只是那个小粮仓，两个大粮仓还在后头呢，所以宋军虽被突袭，但士气尚未崩溃。

猛地一股怪风从起火的粮仓卷起，飘火四散落了十余处，其中两处正是后方的两座大粮仓。

赵光义闻讯大惊，急派人去救火，却哪里还来得及。我道人用飘火探查到了宋军粮仓所在，更催风势，燥风鼓动火焰，将位于后方的这两座大粮仓也烧了起来。在短短数刻间，火势就冲天而起，不可遏制。

所谓兵马未动粮草先行，眼看三座粮仓同时起火，赵光义便知此次围城之战已不可为，心萌退志。他乘胜则好功，遇败则易颓，周围战火四起，箭雨乱飞，方圆数十里内再无一个安全的场所，便在亲军的护卫下向南退去。

此时白日已经高升，杨业部冲杀了一个凌晨本已十分困倦，不料竟看到对面宋军皇帝旗帜动，而且是向南退避。他大喜若狂，深知机不可失，高呼道："宋军皇帝要逃跑了！追杀宋帝，追杀宋帝！"

数百骑齐声高喊："宋军皇帝要逃，宋军皇帝要逃！追杀宋帝！追杀宋帝！"

宋军眼看大纛移动，又听皇帝要逃走，士气瞬间崩塌。刘继元率领太原军民从后掩杀过来，宋军围城战线乱上加乱，登时全线溃退。

赵光义没想到一点小小失误，竟然在天时变化中变成不利，跟着又因自己一时怯战变成大败。

独山俊在空中看得暗自点头。这一战他在空中观看，对如今人类的战争形势便有了全面的了解。他忽然心头一动，往北一瞥，望见太原城北数十里外似乎驻扎着一支军队，对五色鸟道："你去瞧瞧。"

五色鸟飞去复来，只一顿饭工夫就带回来消息："是一支叫契丹的部队，但暂时没有加入战场的打算。"

"契丹？胡人？"

这时候北汉军队已经在追亡逐北，一路横扫过去。这一战史称"太原破围"。刘继元与杨业一战成名，原本北汉只占据河东北部一十二州之地，此战之后，河东中部州县望风披靡，尽皆归附。便是河北、关中，也都因此战而人心涣散，其豪强之辈多生骑墙之心。

刘继元下令杨业率军继续南下追击，让亲信将领打扫战场，清点战果。他自己带着满面硝烟之色，欢天喜地地来三山神观中朝拜谢恩。

他正在正殿参拜，却见我道人从空中凌空飞下，悬在大殿中空。看到这等神迹，刘继元固然惊喜，跟随而来的亲信文武更是匍匐在地，无不高呼上神。

我道人道："刘国主，上神有召，你随我来。"

刘继元跟着我道人来到寝殿，其他人更不敢动。茶道人安排弟子散布在殿外，自己也随后入内，只见刘继元已经跪在三神像前，正在聆听我道人传达独山俊的教诲。

刘继元不断磕头，说以后将更加虔诚地来供奉上神，待得了天下，定奉上神为国教正宗。我道人却道："上神说了，他不需要你的金玉宝石之类的供奉。你要广行仁政，施惠于百姓，百姓得益，便是对上神最好的供奉。"

刘继元连忙应是。

我道人又问："上神有一事问你，围城鏖战之时，有一支胡人军马潜

第三十一章 逆胜负

伏在北面,那是什么人?"

刘继元忙道:"宋贼势大,继元唯恐孤城难守,所以请来了契丹人为援军。"

我道人斥责道:"中原争鼎,岂容夷狄染指?以后不可再犯!"

刘继元慑于风变破敌之威,一时不敢顶嘴,口中应是,又讨好地说:"此战我军威震海内,待我稍作休整,便起兵杀到汴梁,平定九州,让上神成为万邦之正宗、天下之正神。"

"战争之事却是不急。"我道人道,"上神谕示,要你先在境内施行仁政,仁政既行,而后自然天下归心。如今城内城外,军士虽还雄壮,百姓却都面有菜色,你回去之后要减税九成,与民休养生息。"

刘继元面露难色,说道:"不是继元故意盘剥百姓,实在是以十二州之地敌宋贼三百军州,赋税低了,无以养军。"

我道人道:"上神既然吩咐了,你依着就是。你的国用缺口,上神自会有所安排。"

刘继元半信半疑,但想刚刚打了一场胜仗,获得宋军辎重战利品无数,便是减税个半年,也还能够支撑,且先遵旨糊弄着吧。当下退了出去,传令全境:商税农税,十减其九。消息传出,全境轰动,就是朝中文臣颇为担忧,怕这样下去难以为继。

之后我道人又将一条条的吩咐传下来,要刘继元在与民休养生息的同时,发动军队兴修水利,开垦农田,印刷书籍,广兴教化。

刘继元更是为难,军队养着已经费钱,要让他们行动起来,就得有加倍的钱粮和犒赏。我道人只是说:"这个不用你担心,上神自有安排。"

就在当晚,太原忽然地震,百姓无不惊惶,幸而这次地震并不剧烈。第二日我道人来传旨意,要刘继元组织一帮人马入吕梁山采金,又给了一张地图、一封书信,要采金队伍到达地图所指地点后打开信封。

北汉朝廷上下愕然,刘继元却还是依言照办,组织了一支人马,准

284

备好工具，按照茶道人所给的路线图进入吕梁山，来到地图所指地址，只见一座山峰崩塌了大半边——原来那夜太原地震乃是被此间山崩波及的余震。人马近前一看，几乎都要疯了，却是崩塌的山峰露出许多矿石，竟然都是金矿！

主事的文官卢匡打开书信，上面只有一个数字：三万三千三百三十三斤三两三钱。

主事文官不知何意，却也不管了，赶紧下令开采金矿。花了一个月，将因山崩而露出地面的金矿开采完毕，共得黄金万余斤，兴高采烈地搬金回城。

人马才到太原城下，就看到一支军马迎了上来，为首的却是杨业。主事文官上前问讯，喜道："杨将军凯旋了？恭喜恭喜！"

原来杨业这一趟乘胜追击，一路杀到晋南，宋军渡了黄河，他这才回归，晋中已皆归汉，晋南也投降了大半。他刚回到太原，还未交令，就领了新的军令来迎采金队伍。

杨业听了恭维无喜无怒，只问："一共采了多少黄金？"

主事文官道："一共采了一万三千六百五十四斤七两二钱。"

杨业脸色一变，当即下令将整支采金队围了。主事文官大惊："杨将军，这是为何？！"杨业冷冷道："陛下给了杨某旨意，若采金少于三万斤，便当场扣押搜检。"这一搜，整个采金队几乎个个藏私，最后将搜检出来的黄金连同入账黄金一加，不多不少，一共正是三万三千三百三十三斤三两二钱。

杨业本不太相信有所谓上神的存在，但看到这个数字，也不禁喟叹，便将采金队押到御前。刘继元听完大怒："卢匡！朕以心腹待你，结果你却如此报朕！你若只贪昧个十之一二，朕也就睁一只眼闭一只眼了。但三万多斤黄金，你敢给贪了大半，如此蠹虫，如何容你！"当下将之押解下狱，秋后斩首，采金队从犯皆依律惩处。

有了这几万两黄金，北汉的财政一下子宽裕了起来。太原之战让刘继元威震天下，辽与赵宋一时都不敢来犯，军方将领有意扩大战果，但刘继元眼看神迹连连，知道自己供奉的这位尊神果然灵圣，因此不敢造次，便将将领们的意见压了下来，再则以杨业为首的一批将领也觉得大战之后先作休养更加合适，因此北汉上下在太原大捷后没有继续扩大战果，反而安心于内政，让满朝文武发动军民，沿着汾水及其大小支流的沿岸兴修水利，又广印书籍教化百姓。杨业在水利工程告一段落之后，又领军队在无主农田上屯田。

教化虽非一日之功，水利兴修却十分顺利，两年下来就多开辟了许多田亩，灌溉了许多荒废了的旧田园，到第三年，耕地面积就扩大了三四倍。四方百姓听说河东广施仁政、分田减税，更是不避路远，老少相扶而来归。

偏偏在刘继元推行仁政之后，整个河东竟是风调雨顺，连续三年境内全无半点天灾，尤其是太原附近，不但天时皆符合农时，更有鸟兽常到军队屯田处便溺，使得数十万亩屯田异常肥沃，光是这屯田所得，便已足以做几万大军的口粮了。

田亩既广又连续丰收，导致北汉农税虽减，国家仓库却反而充盈，百姓安乐，商路通畅，商税反而增加了。国库里那三万多斤黄金花了一大半后，便不再减少，反而日益增加。

一时之间，颂神之声盈野，颂君之声满城。

刘继元出外视察四方，眼看着国泰民安，耳听着颂神颂君，却又知道能有今日成就，不但全凭上神恩赐，而且连施政方针也都不是自己的，全都是按照上神的教诲来，自己虽居君位，却又似祭台上的牵线木偶，心情不由得十分复杂。

刚刚进城，刘继元又收到好消息：晋南三十二城暗中串联，献来了降书，愿意一起归顺北汉。

刘继元大喜，收了降书，派人前往接掌城池，又召集文武，商量接下来的国策军略。这时北汉兵强马壮、仓廪充实，如今又有几十座城池一起来投，文官们便都认为民心已弃宋归汉，军方将领更是雄心勃勃，纷纷上奏请战。

杨业却道："宋君虽然暗弱，却颇知爱惜民力。晋南虽然归附，余下三百军州不见得就都离弃宋室了。且汴梁禁军数十万，我太原军马不过数万。兵法云：十则围之，五则攻之，倍则分之，敌则能战之。纵然我军士气高涨，但以少攻多，也非良策。"

他说的乃是兵家正理，殿前指挥使郑立却反对道："太原一战，我军以一当十，可见宋军人数虽多，何足畏惧？"

杨业道："太原大捷，一是陛下福德所至，二是天时利我，三是我守彼攻。若是南下进兵汴梁，攻守势易，则我军兵力当更胜宋军，方可进兵。"

郑立道："如今国库充实，又有许多远方百姓前来投靠，正可趁机征兵。来归百姓，三丁征二，太原在籍人口，二丁征一，如此可得十万人。若再不足，可向契丹借兵为援。"

杨业厉声道："向契丹借兵，那是与虎谋皮。石敬瑭引狼入室，导致幽云十六州至今沦落敌手！此事万万不可！"

双方争执不下，刘继元也知道向契丹借兵非上神所愿，就问宰相李恽扩军之事是否可行。李恽为难道："国库虽然暂时充盈，但扩军十万，大概也只能支撑两年。"

郑立哈哈大笑："两年！何必两年！一年就能把汴梁打下来了！"

李恽说道："只是来归人口三丁征二、太原在籍人口二丁征一，则休养生息的政略就断了，百姓将重归疲敝。"

郑立道："这不过是战时权宜之计嘛，等打下了汴梁，再给他们休养好了。"

刘继元道:"朕知道了。待朕再细思一番。"

满朝文武都知道他要请示上神。

自太原大捷以后,刘继元将战胜所获金银珠宝全都用来装饰三山神观,神观因此更添辉煌,百姓也感谢神恩,因此香火不断。

刘继元果然来到正殿参拜,又请仙师茶道人向上神转达扩军之意。

茶道人去了寝殿一遭后,传他入内。我道人对刘继元道:"太原不过休养生息了三年,百姓才堪堪缓过一口气来,汉弱宋强之势并未扭转,上神认为不能再启战端。远人来归是因为你广施仁政,若是三丁抽二,那仁政就变成暴政,这些人怕是很快就要逃亡。"

刘继元向神像叩首道:"弟子不是好大喜功,实在是希望早日统一天下,使万邦百姓都能蒙受上神恩泽。"

我道人聆听了一阵,说道:"你的孝心,上神已经知晓,此事上神另有安排。且下去吧。"

刘继元唯唯而退。

独山俊轻叹道:"毕竟只是一个庸人,不足君临天下。"

"但他能实心用事,毕竟有心。"我道人道,"听说神道之中,有洗心益智之法,不知是不是真的?"

独山俊道:"我可以帮他增长智力,但他心地污浊,心性之根本,非外力所能及。"

我道人道:"那就帮他增长智力,至少让他成为一个有谋略的君王。至于明君圣主,我们可以从他的子孙血脉中设法。"

这倒是先前已经议定的事,独山俊便领首答应了。茶道人说:"那扩军之说如何回应?刘国主说要一统天下,这个想法倒也没错。"

独山俊道:"兵在精,不在多。增强军队战力,不一定要军队数量。"

第二日,我道人就向刘继元传达神旨,要他以杨业为将,于军中选三千精锐另外立营训练,再召集巧匠五百人备用。

刘继元虽然不知道上神要做什么，却也不敢耽搁，赶紧召集巧匠。我道人又传了他两卷图谱、一盒玄铁精华。那第一卷图谱是如何建设炼炉锻灶的图纸，建成之后让巧匠入驻，再将第二卷图谱示意诸匠头，却是兵器甲胄的打造图式。

几个匠头按照图谱所示，花了三日三夜，打造出了第一具玄铁战甲。这具战甲轻得像穿了一件棉衣棉裤，薄得如纸一般。如果是寻常铁甲，薄成这样只能做装饰品，刀剑一刺就穿，但这些战甲在打造的时候，铁水之中掺入独山俊从地底铁矿中提取的玄铁精华，所以这盔甲竟是刀枪不入、箭矢难侵，就是巨锤砸击也能卸掉大半的伤害。而且不但护住了胸背要害，还有头盔、护膝，穿上这套战甲，可以说是从头武装到脚，却又因为轻便不影响战士的行动，因此有重甲兵之长，无重甲兵之短。按照那一盒玄铁精华的量，刚好可以打造三千玄甲，外加三千件削铁如泥的兵器。玄甲上铭了龙纹，因此叫作玄龙战甲。

观看了战甲的效能后，将领们个个看得心痒难搔，就连杨业也不禁感慨道："穿上此甲，再拿上玄铁兵器，经过训练之后，一人可敌五，十人可敌百，百人可敌千，千人可破万。若有三千精锐，善为调练，列阵而前，只要将领不出错，足以破敌十万！"

刘继元闻言大喜，赶紧命宰相李恽负责玄龙战甲的打造，让杨业好生训练军队，以备后用。郑立满脸艳羡，来见刘继元求告道："陛下，这玄龙战甲军为何要让杨业带领？我郑家二代为人汉鞠躬尽瘁，先父出使契丹，连命都赔上了这才求得援军，延续了大汉国运，臣对陛下更是忠心不二。这玄龙战甲军练成之后必定是国之重器，如此重器怎么能让一个外人来统领？不如还是交给臣吧。"

他是刘继元的心腹，刘继元倒也真的更加信任他。然而刘继元此时却面有难色，说道："杨业是上神钦点，不好随便更易。"

郑立低声道："陛下，上神虽然有恩于社稷，但您才是皇帝啊。石敬

第三十一章　逆胜负

瑭孝敬契丹，自称儿皇帝，为世所笑，但国内的事情也还是自己说了算。如今陛下却事事都要听神观那边指派，您……这是比儿皇帝还不如啊。"

刘继元乍然变色，郑立慌忙跪下叩头："陛下恕罪，陛下恕罪，臣胡言乱语，罪该万死，罪该万死！"

便在这时，观中来传，刘继元赶紧抛下郑立，赶到观中。我道人微笑道："玄龙战甲，效用如何？"

"战甲之功用，天下无双无对。有此神器练成强军，攻下汴梁易如反掌，一统天下指日可待！"

我道人笑了笑说："打造三千战甲还需要几年时间，等有了这支强军，足以帮你摧破强敌。不过战甲只能有助于战场得胜，真要一统天下，根本上还是需要广施仁政。上神说了，得民心者得天下。"

刘继元忙说："是，是。"

我道人又说："上神不但能助你增加国用、增强军力，还能增强你自身。如今有一神法，能让你洗心益智，你可愿意一试？"

刘继元大喜："此是上神恩赐，弟子何其幸也！"

我道人拿了一根木杖，在寝殿中央一点，那里就忽然下陷，涌出一缕清泉。我道人指着道："下去吧。"

刘继元就跳了下去，整个人没顶入水，就觉得水流从眼、耳、口、鼻涌入，钻入脑中，那股细密的清流在刘继元的大脑里帮他洗淤清塞，过程十分痛苦。然而阵阵剧痛之后，忽然觉得心智开朗，大脑一片清明，转速急增，以前想不通的事情，现在也能想通了，知道自己果然已经增谋益智。

我道人将木杖再点，那眼泉水便消失了，地面砖瓦一如先前。

刘继元亲身体验了这等神迹，更是敬畏，跪地向神像叩拜。

我道人又说："你宫中可有怀孕的妃嫔？"

刘继元想了想，说："有一妃子姓吴，有孕三月。"

我道人道："上神更有一法，能为你的血脉子嗣易经洗髓、增益灵气。经此神法，将来生出来的孩子智勇器量不可限量。"

刘继元又惊又喜，却踌躇道："只是吴妃出身低贱，不如等弟子的正宫、贵妃怀孕之后，再行此法？"

我道人说："不必。这是逆天改运之法，其母如何并不重要。她既然赶上了，那就是她的缘法。"

刘继元这才答应了。

我道人道："你可前往晋祠，派人引难老、善利、圣母三泉汇入一池，名孕龙池。池成之后，将此木杖植于其中，择一吉日良辰，令吴妃入浴。将来诞生，其仁若圣，其智若神，汝可立为太子，继汝功业，可令江山得到百代太平。"

刘继元听了这话，脸上无喜无怒，说道："是。"

我道人挥手："去吧。"

## 第三十二章　造明君

独山俊自与我道人定计，决定扭转青史走向，整个人便忙碌了起来。崩吕梁以取金，调风雨以顺时，这都还是小事，从地底深处提炼出玄铁精华用于锻造战甲、兵器，也不算难，倒是如何再造明君，却让他颇费了不少心思。

他前往北方，取冰洋至纯水气；前往西方，取昆仑至锐金气；越过大洋到东大陆的南陆，在亘古森林中取得生生不息的木气；又往南方海外火山中取得熊熊至烈的火气；最后潜入地底深处，以地母之土气。调和五者，成为一团五行皆备之炁，以此为育人之根基，对应改造人体之精。

跟着又遍访古今圣贤遗迹，采集三达。三达者，仁智勇也。德心无迹无形，所以要靠独山俊进行领悟，而后将领悟沉淀下来，成为三达。于是他往曲阜读碑，萌发仁者之心；至文王陵东观太公兵法，得智者之思；往漠北燕然勒石处，瞻冠军侯遗迹，得勇者之概——就此而在心中沉淀为仁者之传承、智者之深思、勇者之余烈，融汇后成为能改易人心之神的三达之炁。

南行途中，偶获一截不同寻常的树枝，取回后茶道人遍翻典籍，发现竟是上古神树建木的残枝。我道人无比欢喜："我等正要打开神人通道，便得到建木残枝，这不是天从人愿吗？"

独山俊便以自身的天关之气为媒介，将那两股以五行为基、三达为脉的炁汇入建木残枝之中，残枝登时发生变化，变成了一支木杖，只是还未有生根发芽的迹象。

茶道人看了我道人一眼，说："故老相传，要让这等神木生根发芽，必须以气运为食。食小气运则小生发，食大气运则大生发。"

我道人道："这么说来，要让建木长成冲开绝地天通的参天巨木，需要天下一统，混一神州？"

茶道人道："应该如此。"

独山俊沉吟道："传唤刘继元吧。"

刘继元到来之后，我道人用建木杖点地，五行三达之炁在刘继元的眼中便形成一潭泉水。刘继元没顶而入，泉水中的五行三达之炁便为刘继元益智改气。刘继元离开后，独山俊睁开法眼观其背影，轻叹道："他的智谋勇烈大有改观，唯仁意难入。"

我道人说："为何会这样？"

独山俊道："人之初，性本善。这个善不是善良的意思，而是良、好之意。人之初生大多根器良好，但人在世间打滚，逐渐有了积习，积习多了，本性就被掩盖，最后积重难返，虽有五行三达之炁，不能改易。"

我道人道："这么说的话，如果是从胎儿开始，应该更有奇效。"

独山俊点头："是。"

因此命刘继元掘成一池，引难老、善利、圣母三泉注入形成孕龙池。池成之后，我道人将建木杖插入其中，这三眼泉水本来就是天下间第一等的灵泉，这时建木杖一插入，登时灵气缭绕，几乎肉眼可见。

独山俊道："让吴妃来吧。"

刘继元选了个良辰吉日，让人将惴惴不安的吴妃送了来。吴妃来到此间，忽然就感全身舒泰，小心翼翼地问我道人应该怎么办。

第三十二章　造明君

我道人道："你不用紧张，只当是寻常沐浴即可。"说完便退走了。吴妃在婢女的伺候下宽衣解带，跨入池内。灵气缭绕中，五行三达之炁渗入吴妃体内，替代了羊水，包裹住了胎儿，五行固其根骨，三达入其灵台，天关之气疏通正在形成的气脉。吴妃原本十分紧张，入水之后只觉得全身舒坦，竟然从白天泡到黄昏，等到回过神来已经是月上中天。

她又羞又涩，赶紧让婢女服侍自己穿衣。奇怪的是，泡了大半天的水，皮肤却没有一点儿水肿的样子，反而异常光洁平滑。她回到宫中复命，刘继元看着她的样子，眼神有些奇怪。

那边独山俊降临到孕龙池上空，发现建木杖已经生根发芽，从死物变成生物了。

我道人喜道："建木已经得到气运了。这个孩子，果然是有气运的。"

独山俊道："刘继元如今已有问鼎天下的潜力，这胎儿出生之后必为太子，如今在母胎中便受五行三达之炁的滋养，出生之后一定强健聪明，圣智仁心。自身有这样的材质，又处在这样的家族背景之下，成为天子几乎是顺理成章之事，既然已是命定天子，身上自然会有气运。"

我道人笑道："这么说来，这气运其实还是我们给他的。"

"本来就是如此。"独山俊说，"是我们扭转了青史的走向，这孩子是青史改变后的气运之子。"他忽然皱起了眉头。

我道人问道："上神哥哥，怎么了？"

独山俊说道："有些事情……似乎和预想的不大一样。"

他三睁艮眼，就看到建木的根部出现四条线，这线非气非烟非丝非纱，更非五行之物，而是一种因缘的牵绊。这四条线一条连着自己，一条连着吴妃肚子里的胎儿，一条连着刘继元，最后一条却连着我道人。

"上神哥哥，怎么了？"我道人又问。

独山俊便施法让他也看见这四条因缘之线。

我道人有些惊讶："这是什么？"

独山俊道："这是因缘的牵绊。建木是我得到的，五行三达之炁是我提取的，北汉的国运是我扭转的，那孩子相当于是因为我才有资格成为问鼎之人，将来若汉军一统九州，刘家君临天下，建木就会长成国运柱。这条因缘线就会成为我和这孩子之间的契约，进而成为我和刘家的契约，此为不言之诺。"

顿了顿，独山俊又道："刘继元是这孩子的父皇，这娃儿因为刘继元才有其身、才有其国，所以有所牵连很正常，但为什么你也有？"

我道人道："会不会很多事情都是我经手办的，所以我也被牵绊住了？"

独山俊沉吟着："应该不会这样简单。不过……"

他看着我道人："真是奇怪，为什么我一直看不透你的过往与未来呢？我每次要察看你时，总是一阵恍惚，然后看到的总是模模糊糊的自己。"

"啊？这样的吗？"我道人打了个哈哈，"为什么会这样呢？"

六个月后，吴妃果然诞下了一个强健的婴儿。这婴儿一出生便与众不同，落地之后哭了三声，哭声划破整个皇宫的夜空，然而只哭了三声就停了。睁开眼睛后，虽不能言，却似乎就能知道人意。

满月之后，刘继元为其取名刘圣，按照我道人传来的旨意，将他立为太子，吴妃也被立为贵妃。她有些忐忑地对刘继元说："陛下，听民间说，小儿贱名易养。他才这么小，就取一个这么大的名号，会不会不好？"

刘继元冷冷道："他有大靠山、大气运，不要紧的。别说叫刘圣，我看叫刘神都行。"

吴贵妃听他语气不善，便不敢再问了，只是夜梦神人，便将孩子小名唤作天赐。

幸好这孩子无灾无难，而且成长速度异乎寻常，三月能言，五月能行，而且开口之后，说话便不像婴儿，而似乎有自己的思考，一岁之后便能读诗书。刘继元让宰相李恽亲自来给孩子启蒙，结果传授的诗书，孩子

第三十二章　造明君

听过一遍就能背诵，可把李恽吓了一跳。如此一年，就六艺经传皆通。

虽然这是一个喜欢神童的年代，但这孩子如此神异，还是让满城军民都十分诧异。后来听说太子出生之前，吴妃曾奉神旨到陛下新开的孕龙池沐浴，而孕龙池的水经过上神秘法点化，百姓便不奇怪了，反而掀起了让家中怀孕的妻媳寻"龙泉"沐浴的风潮。

孕龙池已经被刘继元派兵圈禁了起来，不许别人靠近，但当初建池的时候乃是设计成活水池，所以三泉引入一流引出，百姓就将孕龙池流出来的水叫作孕龙河，在下游取水给孕妇沐浴。刘继元倒也无法禁止，不知是否偶然，那些洗过孕龙河水的，后来果然出了好几个聪明的小儿，虽然不如太子那般神异，然而百姓便都信这孕龙池是神迹所在，对太子的种种表现更加觉得理所当然了。

就是刘继元自己，也让几个相继怀孕的妃子入内沐浴，但生出来的孩子却远没有刘圣这么神异。

不知不觉中刘圣已经三岁了，两年间他饱读诗书，说出来的话全然不像一个三岁小儿。按照我道人的指示，每逢朝议还让宦官抱了他在旁听政，有时候几个时辰议下来，成年人都觉得难受，这孩子却不哭不闹，反而听得若有所思。

这几年间北汉国运蒸蒸日上，太子三周岁这年，宰相李恽统计丁口，发现全境户籍竟然达到五十五万，人口二百万有余。于是诸将又议南征，郑立说道："我大汉既然有五十五万户，只要户抽一丁，便是五十万大军！"

李恽大吃一惊："这怎么可以?!"

郑立道："有什么不可以的？当初太原围城的时候，城内不只剩下几万户？照样有数万大军。"

李恽忙道："不能这么算的。"

杨业道："当时可不是太原一城供养这几万人，而是以一十二州之地来供养，就是那样也让百姓尽皆疲敝。"

郑立道："就算不户抽一丁，那也应该扩军。当年我们就有五万大军，打下整个河东后，州县增加了三四倍，人口增加了七八倍，军队却只增加到八万。若是早些扩军，现在都打到汴梁去了。"

杨业道："兵贵精，不贵多。虽然只是八万军马，却已足以保境安民，这几年契丹人不敢南下，宋人不敢北窥。境内轻徭薄赋，百姓安居乐业，这才是明君当国。"

李恽道："正是，正是！正因为境内轻徭薄赋，所以才能百姓安居、远人来附。若非如此，哪来的五十五万户？"

郑立道："轻徭薄赋！轻徭薄赋！就是因为轻徭薄赋，赋税当初减下来之后就没增加回来，百姓倒是安乐了，百官和将士却都苦着呢！这几年朝中官员和军中儿郎却都淡出个鸟来！我们轻徭薄赋是为了什么？难道就是为了轻徭薄赋而轻徭薄赋吗？忍一时之苦，为的不是杀入汴梁，享受那花花世界吗？渡过黄河，洛阳就在眼皮子底下；出了虎牢关，汴梁就在掌心！要是契丹人有这样的好地势，他们早就南下牧马了，还能等到今天？我大汉莫非比契丹还不如？"

杨业道："自太原战败之后，赵光义便励精图治。洛阳虽近，却是严防死守，汴梁看着不远，却有几十万大军拱卫。敌强我弱、彼守我攻，轻起战火，最后只怕会引火烧身。"

郑立道："正是因此，才要扩军啊。八万大军能够守境，不足以攻敌。"

李恽道："广抽一丁绝不可行，但征兵十万，国库尚可支撑。只是这么一来，就不得不加赋税了。百姓又要受苦了。"

郑立道："咱们的赋税本来偏低，让他们休养了三年还不够吗？早就该加回来了。最多等打下汴梁，再给河东的父老恩免几年赋税。"

刘继元听得微微点头，郑立所言颇合他意。就在这时，工部上奏：三千玄龙战甲，终于在今天全部完工。

刘继元大喜，便问杨业："玄龙军练得怎么样？"

杨业忙道："兵马早已练成，只待披甲。"

刘继元喜道："天助我也！神兵既成，还怕什么宋军！李相即日点户征兵，征点十万人马。军资若是不足，便增加赋税。旧军留三万守境，朕要亲率十五万大军，破洛阳，下汴梁，一统天下！郑立为副元帅。"对杨业道："你的玄龙军便是先锋。"

李恽问道："此事重大，是不是请示一下上神？"

刘继元脸上掠过一丝阴霾，不过只是一闪而过，随即笑道："这个自然。太子随我前往。"

他带着太子，来到观中，向我道人禀报了此事。我道人道："待我向上神禀报，太子留下，你且回去。"

刘继元走后，我道人留下太子，带到寝殿来。当初刘继元看不见独山俊，太子却出世就能看见他，第一次来到寝殿便对独山俊十分亲近。我道人转述了刘继元的说法，独山俊道："他终于还是忍不住了。"

我道人道："这有什么忍得住忍不住？当初打造玄龙战甲，不就为了这一天吗？"

独山俊道："当初是有这样的想法，不过当时只道赵光义战败之后宋军会每况愈下，不料他回去之后痛定思痛，这几年励精图治，在黄河沿线严防死守。宋军人多，汉军人少，又是宋守汉攻，这一仗，汉军就算有玄龙战甲，也未必能有胜算，就是胜了，也是惨胜。"

我道人道："惨胜也是胜。"

独山俊道："惨胜对天下破坏太大，百姓若因战争伤亡惨重，岂是我等之愿？"

我道人道："到时候我亲临战阵，以风变助之，必能成功。"

独山俊掐指算了一下，说："宋军经太原战败早有防范，风变不能左右战局了。"

我道人道:"那上神哥哥就再教我几门新的法术吧。"

独山俊道:"凡事当顺其因、就其果,干预太过,非是好事。"

我道人皱了皱眉头:"上神哥哥,你怎么说起这样的话来了?你又不是后天神道,本来就不受那后天道的拘束,为何要拘泥于什么因果?"

"因果不是后天道立的规矩啊,它是亘古存在的。"独山俊道,"自从注意到了因缘之线,我便知道神道不干涉凡尘的规矩,不是无由而发。这个规矩,未必是为了限制我们,而可能是为了保护我们。为神者,本该超脱于尘世上,逍遥于天地间,但是如果总是无故卷入尘世的纷争,那么这超脱与逍遥就将不复存在。"

他指着自己与太子之间的那条线,说:"你看,我跟刘圣之间的这条线,如今便剪不断了。与一介凡人之间多了这样坚固的牵绊,这对我们而言,岂是好事?"

我道人"哼"了一声,说道:"牵绊便牵绊!只要我们足够强大,则天地也任我们驰骋,牵绊再多又如何?有恩仇便报它,有阻碍便推平,何必管这么多!"

独山俊道:"若能了结因果,报恩报仇皆可。若是恩仇纠缠,越报则牵绊越来越多,最后只会陷进去难以脱身。"

我道人皱紧了眉头:"上神哥哥,你……你越来越不像你了,至少,不是我祖师爷说的,当年那个敢爱敢恨的你。"

独山俊道:"那或是你从来不知道真正的我啊。"

我道人听了这话,欲言又止。独山俊问太子:"天赐,你觉得呢?"

太子便开口,他灵智早开,说话却仍带着点奶声奶气:"父皇要打洛阳、汴梁,为的是什么呢?"

我道人道:"当然是为了统一天下。"

太子又问:"那统一天下为的又是什么呢?"

我道人心想,若不统一天下,哪来的国运加持?不能得到国运加持,

第三十二章 造明君 299

建木如何参天而起？如何破那绝地天通？如何再开神界？若不再开神界，如何能重现女娲之肠？若不重现女娲之肠，如何能复活大爷、二爷？

然而此事也不烦多言，只是说："为的是赐福于神州，让百姓得享太平。"

太子道："是为了让百姓得享太平啊。但现在不就太平无事吗？"

我道人说道："如今天下分裂，这太平只是暂时的。"

太子道："如果赵宋那边倒行逆施、祸害百姓，那我们吊民伐罪，正是理所应当。可刚才听说赵宋那边如今励精图治，则我们轻起战火，恐怕师出无名。"

独山俊"哦"了一声，道："你反对开战？"

太子道："不是反对开战，而是觉得时机未到。"

独山俊颔首："天赐所言有理。"

"时机！时机！"我道人道，"什么是时机？若论时机，几年前汉军就该覆灭了，太原就该堕城了。既然我们能够逆天改运，还在乎什么时机！遇到障碍，破之便是！遇到不顺，踏平就是。上神哥哥，你不是凡人，你是能够改变、掌控这个天下的！不，若是再进一步，你是能掌控整个天地的！你是神！不是人！"

独山俊看着我道人，忽然道："为什么你会知道几年前汉军就该覆灭了？"

我道人愣了愣，随即道："你不是说赵宋原本会统一天下吗？如果那样，汉军当然要覆灭啊。"

独山俊道："那你为什么会知道太原会堕城？赵光义打下太原之后，的确会毁堕城池，但这可不是一定会发生的事情。"

我道人愕然不能回答，好久才道："我随口说的。"

独山俊默然半晌，倒也没有追问，只是道："天赐所言有理，你就去回复刘继元，告诉他时机未到。"

我道人道："那时机什么时候才会到？"

独山俊问太子："你说呢？"

太子道："兵法云：昔之善战者，先为不可胜，以待敌之可胜。不可胜在己，可胜在敌。"

独山俊喜道："善！"对我道人说："将天赐的话转告刘继元，告诉刘继元，好好治理国家，内圣而后外王——只要国家治理好了，百姓迟早归心，天下终将一统。至于时机，敌人不会永远没有破绽的。"

我道人默然，出了寝殿，来到正殿，屏退余人，对刘继元道："上神旨意，不许发兵。"

刘继元的嘴角微微抽搐，随即平静，问道："敢问仙师，上神为何如此？"

这一次我道人竟没有如以往一般，用一句"上神自有安排"就将话头给说绝了，反而默然。

刘继元这时早已智谋大开，心头一动，低声道："莫非仙师也是赞成进兵的？"

我道人睨了他一样，道："上神有上神的想法，我虽然有不同的意见，但改变不了他的主张。你且回去吧，我再帮你想想办法。"

刘继元没有再问，只应了一声"是"，要离开时，忽然道："仙师，其实我已经能看见上神了。"

"嗯？"对丁刘继元突如其来的言语，我道人有些意外。

刘继元又说："弟子从茶仙师处，偶尔得知仙师喜饮，最近宫中恰好收得百年佳酿三瓶，不知今夜三更，有没有福气得仙师光降宫中，弟子愿奉美酒向仙师请益？"

我道人再次深深看了刘继元一眼，冷笑道："收起你的小心思，要知道你动什么歪念头，上神都能晓得的。"

刘继元听了这话，大为惶恐。

我道人忽然又道："不过今夜三更，我刚好是有空的。你等着吧。百年佳酿算什么，到时候让你尝尝什么是千年佳酿！"

刘继元大喜而出。望着他的背影，我道人忽而喃喃道："你已经不是你了……你果然被后天道异化了。我不能……不能袖手坐观。如果这个天地一定要有人介入才能回归正道，你若不做，那便我来做吧！"

寝殿之中，太子忽然一阵颤抖。

独山俊问："怎么了？"

太子道："不知为何，忽而一阵莫名寒冷。"

独山俊掐指而算，却非常诡异的，什么也没有算到。

刘继元回到朝中，阴沉着脸，宣布南征之事暂停。杨业松了一口气，郑立却诧异不已。然而刘继元又下令，让李恽征兵十万，调高赋税以作养兵之用。赋税倒也没有调到多高，只是按照唐中期以后的标准，比盛世为高，比乱世为低。

消息传到三山观，独山俊让我道人责问为何如此。刘继元对我道人说："先前得上神旨意，减税九成，这本来就不是长远之计。减税之初，有吕梁崩山之金、鸟兽便溺之饶，如今吕梁不再出金，风雨天时也渐渐恢复正常，则税率也该恢复正常才对。至于征兵，太子说得对，我们应该做好自己、等待时机，可等待时机不是什么也不做。现在不南征，不等于说现在不备战。"

我道人倒也没有为难他，回寝殿转达。独山俊沉吟良久，才问旁边的茶道人："你觉得呢？"

"这……这……"茶道人讷讷说，"刘国主所言，好像也有道理。"

"的确是有道理。"独山俊轻轻叹了一口气，"他的智谋的确是大有增长，只是……"

"只是什么？"我道人问。

"人类的心……"独山俊喃喃道，"果然是不可控的。"

北汉征兵加税，因为五户征一丁，赋税只是恢复到正常水平，境内百姓倒还承受得起，但辽宋同时感到了压力。北汉增兵十万后，兵力大为充裕，河东又是山河四塞、易守难攻的地形，所以刘继元抽三万人马固守四方要塞，剩下十五万大军都作为机动人马，虽不大举南下，却常耀兵于南北，震慑周边势力。西面的党项人、幽云的汉族豪强见状都蠢蠢欲动。

恰好第二年有白达旦部南下劫掠。那白达旦部是契丹的附属部落，游牧于契丹西南疆域，偶尔会越过银山，在河套、大同西部、太原西北劫掠汉家村落。对这种事，契丹人历来是睁一只眼闭一只眼，只让大同守将出面斥责，党项人则会陈兵北境拒之，太原以前的主事者则都是闭关自守，任由白达旦人劫掠边关外的百姓。

不料这一年刘继元却作出了出人意料的反应，闻得白达旦人逼近，便让杨业率玄龙军出关，在当地胡汉豪强的帮助下打了个歼灭战。在三千玄龙军面前，白达旦人竟是一触即溃，一场接触就被歼灭了大半，而玄龙军竟一人不折。目睹此战的西北豪强无不大为震惊。

跟着，杨业以千骑尾随，追亡逐北，渡过黄河直追到阴山脚下，将溃逃的白达旦人又歼灭了大半，剩下一两千人全部投降。杨业将俘虏带回，夸耀于边关之上。消息传出，东北的幽云、西面的党项无不震惊。刘继元能以三千人打包围战、追击战，跨河越原，几乎毫发无损地全歼了白达旦七八千人，那如果是出动三万人呢？十万人呢？甚至是十五万大军一起出动呢？

因汉军这一次相当于是跨境追击，又深入辽国境内，辽主闻讯震怒，派人前来谴责。刘继元强硬地顶了回去，说道："贼人犯境，侵犯百姓，朕派兵围剿贼人，贼灭则回，何过之有？白达旦乃契丹部属，屡次犯境而契丹不加制止，朕还未遣使问罪辽主，辽主有何面目来问罪于朕！"

眼看刘继元如此强硬，而辽并未有后续动作，整个北方边境的豪强就开始人心浮动了。幽云的汉族豪强都暗中前来联系，在边境上亲眼看见了玄龙军战斗力的党项更是直接派人前来称臣，刘继元竟不拒绝，将之纳入羁縻。自此汉军的势力，北则能牵动幽云，西则进入陕西的北部。两三年过去，太原大捷与灭白达旦之战继续发酵着，北汉国势大涨，而作为国运柱的建木也长得更加繁茂。

刘继元原本是通过太子而与国运柱有牵绊，如今因其功业，其与国运柱的牵绊日益深厚，渐渐竟与太子不相上下。

这一年，太子七岁了。辽国、幽云不稳，而宋军在关中、河北的统治也有所松动，潼关以西、黄河以北，不停有豪强跟太原方面暗通款曲。

这一年秋季，辽宋两国同时派遣使者来到太原。辽国派了林牙来传话，说辽主即将南巡，愿与大汉天子会猎于雁门关。宋国则派人前来传话，要以武功郡王赵德昭为特使，与汉国商议国家大事。赵德昭是宋太祖赵匡胤之子，若不是赵光义夺位，就该轮到他君临大宋。本来赵光义继位之后已将赵德昭架空，但太原战败后，赵光义威望大跌，朝廷上下尤其是军方多有思忆太祖皇帝者，觉得如果是太祖皇帝领兵，太原不至于战败。为了安抚内外人心，赵光义又渐渐恢复了赵德昭的尊荣，甚至有传言说赵光义有意不传子而传侄。

刘继元将两方面都应承了，自己亲率汉军，而让太子监国应对赵德昭。

太子如今虽才七岁，但聪明智慧不亚于青年人，说道："赵德昭身份尊贵而特殊，此番前来，或为求和，或为结盟，儿臣当如何应对？"

刘继元道："你是我的儿子，是大汉的太子，我既托付你监国，你的决断便是我的决断，一切事宜，任你处置。"

太子道："儿臣的决断，可有上限？"

刘继元道："没有！"说完便领兵马北上雁门关。

这一次辽国有心耀武扬威，竟然出动了十万大军，列营于雁门关外。刘继元却丝毫不惧，只领三千玄龙军就出关与辽主会盟。

独山俊在空中看着，喟叹道："经过五行三达之厄洗革之后，虽然仁念不能入其心，但他的确已是一代雄主。只是……为何我最近忽然看不透他了？是国运柱帮他遮蔽了吗？"

刘继元出关的同时，赵德昭也进入了太原城，太子安排宰相李恽作盛大的接待。宰相设接风宴，跟着是太子出席国宴，赵德昭虽然听说过汉国这个太子是个神童，却仍然觉得七岁小儿不能决断国家大事，只是想等刘继元回来。

不料国宴上几番交谈下来，这才惊异地发现这位太子的聪慧果然远超旁人。

两人身份相若，言语又颇为投机，于是国宴之后，太子又安排私宴。酒过三巡，两人彼此有意，便撤了一席，共席同饮。

赵德昭带着微醺，对太子道："北上之前，我叔父向我微露意，似愿将皇位还我。"

太子欣然道："那恭喜王爷了。"他年纪还小，没有喝酒，喝的是孕龙池的雾气凝结成的陈露。

赵德昭道："奈何北境未安，我即便坐上了那个位置，怕也是坐不稳。"他顿了顿，忽然豪情勃发，说道："不过若有外敌来侵，便是其军强悍，其势四出，大宋三百军州，丁口数千万，届时唯有死战而已。"

"大兴兵戈岂是我愿？"太子道，"君若能保境安民，善待百姓，圣愿与王爷为兄弟之国。然而君若不能，则圣当行吊民伐罪之事。"

赵德昭道："若我继位为帝，保宗庙，安百姓，则天赐当如何？"

"刚才说了，"太子道，"愿与日新结为兄弟，共保天下之安。"

赵德昭大喜："天赐能做大汉的主吗？"

太子道："临行之前，父皇托国于我，誓言道：你的决断，就是我的决断。"

赵德昭道："若如此，愿与天赐南北平分天下，保万姓平安。"

太子道："诚如所愿。大宋那边，王爷能做主吗？"

赵德昭道："来之前叔父已经有明言，若我此行能有成果，保赵氏江

第三十二章 造明君

山稳固,他愿将天下归还于我,若违此誓,祖宗不容。"

太子道:"只是河东要立国,尚有缺憾。"

赵德昭问哪里来的遗憾。

太子道:"缺上党。"

上党在河东之东南,乃是河东、河北、河南交界处的战略要地,如今还控制在宋军手中。

赵德昭犹豫道:"若我当国便割地,恐怕朝中不服。"

太子道:"若我助军取辽国南京道、恢复幽燕故地又如何?"

赵德昭大喜道:"若能恢复幽燕,上党不足道也。"又说道:"此约天赐敢落诸文字吗?"

太子道:"愿与王爷换契。"

赵德昭一扫酒意,屏退侍从,各拟一契,落款后互换为凭,跟着再传酒露,两人尽兴而别。

半个月后,刘继元回到太原,赵德昭已经出境。太子问会猎之事如何,刘继元淡淡道:"辽主不怀好意,会猎结束后兵马仍然留在雁门关外。我已让杨业在雁门关看守。雁门天险,有杨业名将,此事无碍。等辽军粮尽,自会退去。"

他问起宋使之事,太子将盟约说了。刘继元道:"宋国虽大,但到处都是破绽:河北面对幽云无险可守,关中面对党项一马平川,就是我们,从晋南渡过黄河就能兵逼洛阳。所以宋军虽多,却要分散四境,是守势,我军虽少,却是攻势。眼看我们随时能攻打关中、洛阳,这时候结这个盟约,于我们有什么好处?"

太子说道:"赵光义自太原战败以后励精图治,宋军战线虽长,却并无破绽。我军如果贸然南下,代价太大,而且战争一旦陷入纠结拉锯,百姓伤亡必定无比惨重。反倒是契丹那边,幽云十六州如今人心浮动,我军如果与宋国结盟,两路并进,取胜机会十分大,而且有机会一战成功,不会让战争牵延日久。因此儿臣觉得，与其先攻击有备的宋国，不如先北而后南。此其一。"

刘继元颔首："不错。"

太子继续道："与宋国之盟约，在以幽云而换上党。上党在宋军手中，而幽云在契丹手中，则这个盟约，是以契丹之物，换赵宋之地。天下便宜，何过于此？此其二。"

刘继元笑了："只是这么明显的便宜，姓赵的居然会答应，由此可见，赵家对我大汉是心虚得紧。只是此事答应的毕竟是赵德昭而不是赵光义，万一他不认账，又该如何？"

太子道："儿臣依这些年的见闻推断，赵光义比赵德昭只会更加软弱，所以这个盟约他是有可能认的。万一不认那更好，那就是他对赵德昭背信了，如此宋国内部就会分裂。如果宋国一统天下、内部安稳，则赵德昭面对赵光义必定无能为力。可如今赵光义新遭挫败、外有强敌、内部不稳，则赵德昭便有机会。若赵光义对他背信，他必然心生异志，到时候我们便可做他的外援，宋国内部便有了破绽，父皇也可以趁机调整战略，经略汴梁了。此其三。"

刘继元哈哈大笑，赞道："不错不错！我儿果然其智深远，其谋若神！"

独山俊以天眼观其父子对答，对茶道人、我道人说："太子仁智皆备，长大之后，足以君临天下。"

我道人听了说："却还是有些迂腐了。乱世争衡，当以取胜为第一要务，这时候还担心什么战争陷入拉锯、害怕百姓伤亡惨重。如果因为这种妇人之仁而导致失败，不说对方境内的百姓如何，自己境内的百姓才是第一个遭殃呢。"

独山俊皱眉沉吟，茶道人见我道人竟然敢反驳上神的论断，大为惶恐，身子忍不住打了个战，却不敢开口说话。

## 第三十三章　天下大变

独山俊凝目看着我道人，在一片浑蒙之中，忽然略有所感，只是还未明确。为什么看别人容易，看我道人就这么难呢？

我道人看到了独山俊的眼神，口气也软了下来，说："上神哥哥，我是想到什么就说什么，你别介意。"

"没什么。"独山俊说，"只是你发现没有，自从我们修改了青史之路，世道就变得不可控了？"

我道人说："那是变好，还是变坏了呢？"

独山俊叹道："尚未可知也。不知为何，如今我竟看不清刘继元了。天下大势，似乎越来越系于他身。看不清他，就看不清未来。"

这一次刘继元回来后，并未马上接掌国政，而是继续让太子监国，他自己跑到孕龙池内静修，不但群臣愕然，就连独山俊也有些诧异。宰相小心翼翼地来问缘故，刘继元说："这个天下终究是要交给他的，不如现在就交给他试试。如果他做得好，那我就可以放心了；如果他出了什么错漏，趁着我年富力强，还能帮他拾遗补阙。"

因此他竟是全面放权，而太子也是不负所托，将国家大事处置得没有半点错漏，又慧眼如炬，调整了许多不合理的行政程序，纠正了数十件冤假错案。只短短十余日间，太原城就满城称赞。

那边赵德昭回到汴梁，将和刘圣的约定告知赵光义，赵光义沉声道："上党在我大宋手中，而幽云还在契丹手里，以一个需要我们去攻打的地方，来换我已有之地，当我是傻子吗？！"

赵德昭道："刘氏要进攻我们，不一定要经过上党，他们可以从井陉入河北，从晋南渡河入河南，甚至从党项所控制的北地入关中。而契丹要入河北，唯有幽燕。如果取了幽燕，有了燕岭的屏障，我们抗拒契丹的压力至少能够减少一大半。而且如今大宋、契丹、刘汉三国争衡，我大宋最怕的就是刘继元和契丹勾结攻我，如果能用区区上党之地就挑拨得刘汉与契丹交恶，我们是占了大便宜。"

此次叔侄密谈，只有与赵家关系极其密切的宰相赵普在侧。眼看赵光义踌躇，赵普道："郡王所言有理，只是要防刘继元不认账。"

不久就有消息传来，刘继元回太原后让太子继续监国，一应军国事务，全部都交给太子处置。赵德昭闻讯，大赞刘继元此举真有尧舜之风。赵光义忍不住瞄了他一眼——刘继元与刘圣是父子，自己与赵德昭是叔侄，称刘继元放权有尧舜之风，赵德昭你这是在暗示什么？

然而此时，赵光义还需要维持内部稳定，便将部分密约的内容提取出来，派遣使者前往太原，要将密约变成明约。结果刘圣竟十分配合，就将盟好之谊加盖国玺，成为两国盟约之书。

刘圣又进一步示好，建议彼此交换部分前线城寨——上一轮汉宋战争中，双方在前线形成犬牙交错的局面。按照刘圣的建议，换了城寨之后，的确有利于双方的防守。此时形势，汉军处于攻势，刘圣这个建议其实对宋军有利。

双方交换前线城寨后，刘圣又提出第二项和约：汉军勒令党项，匹马不得过延河，太原方面会每年输送盐千石、粮万石作为党项领命的赏赐；与此同时宋国则每年向河东输送银五万两、布五万匹作为友证。这项和约将能大大减轻大宋关中方面的军事压力，每年减少的军费以及边疆所受损失的减少就远远不止五万白银、五万布匹了，正是双赢之事。

汉宋双方的约定达成后，党项果然向北收缩，关中平原的北部几乎全然不见党项骑兵的影子了。而汉国拿到岁币之后，刘圣将宋国输送来的银两、布匹补充国库，又再一次宣布境内税赋减半，还给宋国送来幽云地区的地图——这是幽云豪强暗中送给太原方面的。

赵德昭道："兵马未动，粮草先行，刘汉减税减赋，这是不欲动兵了，又送来幽云地图，那更是愿意与我修好的确证了。"因为一连串外交上的成功，使得赵宋在关中、洛阳的防线压力大减，赵德昭在宋国的威望也一步步提升，汴梁军民对立他为储君的声音也越来越大。

宋国这边局面渐渐安稳，河东那边更是形势大好。眼看与宋国之间有解甲和好的指望，太子又下令再次减税，所以太原满城百姓，人人欢喜。

我道人到城内城外考察了一遍后十分喜悦，跑来对独山俊说："太子仁圣，上神哥哥，我们成功了。有这样一个明君，只要汉军取得天下，然后交给太子治理，他至少能坐五十年江山，那天下就有百年太平了。"

独山俊也有些欣然："若如此，则的确是天下之幸事。"

我道人道："怎么上神哥哥还有些不释的样子。"

独山俊道："似乎还是有什么不对，然而眼前依旧一片迷雾。"

我道人道："管它呢！现在一切顺利就好。若有什么不好的变故，我们再出手不迟。你有这个能耐。"

独山俊点了点头。我道人又想起一事："对了，"他取了一个瓶子来，说，"最近得了一件好物，太子如此争气，我们庆祝一下。"

"这是……？"

我道人笑道："酒。"

"我不饮酒。"独山俊说。

我道人笑道："如果是普通的酒，我也不敢拿来献宝啊。这是大禹治水成功之后，中原获得大丰收，天下第一次有了粮食剩余，虞舜的女儿仪狄将一些剩余粮食酿成了酒，进献给大禹——这是最早的酒，所以叫作始酿。"

独山俊也有些吃惊："那这酒得几千年了？"

"是啊，而且是人世间最早的酒，一共才九坛。大禹喝了一坛，剩下的八坛就不知所终，我最近因为机缘，得了一坛呢。"我道人说着，拍开了酒坛。

独山俊还来不及阻止他，酒坛已经被拍开，酒香四溢，其气沁人心肺。独山俊乃是上古神祇，寻常酒水对他难有影响，但这酒乃是人间第一坛酒，连大禹都喝醉过，又存了几千年，更是香醇得难以形容。

我道人笑道："开都开了，不喝浪费啊。"

"好吧。"独山俊道，"既是始酿，倒也值得一饮。"

这一夜，天下皆安，神人俱醉。

然而没多久，马蹄声踏乱了汴梁的太平，河北方面急报：辽军南犯！

赵宋君臣对这个消息都感到诧异，不过一开始还不是非常担心，因为宋军在河北边境集结的是全国数一数二的强军，辽军南犯也不是第一回，料他能来却未必能回去。

不料接下来的变故却出人意料。第二日警报再次传来，竟然已是定州陷落。定州是宋军在河北的军事重镇之一，辽军如果攻克了定州，撕开了宋军防线的缺口，再往南就一马平川了。

赵光义这才焦急起来，急问城池陷落的详情。不料前线情况竟然无比恶劣，报信的人也是趁乱杀出，不能窥知全局，只知道辽军骑兵黄夜间忽然兵临城下，定州猝不及防，城池因此陷落。

辽军攻下定州之后没有停留，大军南移，没等宋军反应过来就直逼大名府。大名府是整个河北地区的第一大城，大名府如果陷落，河北也就完了。赵宋赶紧组织人马前往营救堵截，不料辽军这一次不但有备而来，而

第三十三章 天下大变　　311

且兵强马壮，相反赵宋方面则是仓促行事，所以派去的人马纷纷被击破于大名城下。

赵光义甚是苦恼与不解："为什么会这样？定州怎么会那么容易就失陷？"

就在这时，北汉派来了使者，却是他们也得到了消息，知道辽军南犯，来问宋国是否需要援军。赵光义问策群臣，赵德昭便建议趁机与刘汉联手北攻，那样不但能将辽军逐出河北，甚至兵力北移，趁机将幽州给收回来。

赵普为人沉着冷静，说道："宋汉盟约初结，我们对刘汉还是要防着几分。若放汉军入境，后果难以把控。但辽军已经攻入河北，盟友有意来援，却之不恭。"

赵光义便问赵普有何良策。

赵普道："不如行'围魏救赵'之策，请汉军进兵大同府，攻击辽国后方。"

赵德昭大喜："妙计！妙计！"

赵光义也颔首称是，当下便派大臣依计行事。

经过一轮讨价还价，汉军使者答应了宋国的请求，然而要宋国输送银五十万两、布匹二十万匹、粮草三十万石作为军需，只要达成协议，银、布、粮草可以慢慢运来，汉军会先动兵。

负责谈判的赵普满口答应，赵光义也松了口气，觉得汉军肯收钱就好——宋国国用充足，这些钱粮不算事。甚至赵光义都不指望汉军进攻大同有什么成果，只要刘汉的注意力北移，宋国就能专心对付辽军。

当下赵宋调集兵马往救大名府，将洛阳防线的部分兵力也调了过来。大军刚过黄河，忽然西线传来噩耗：黄河防线被突破！汉军大将郑立渡河偷袭，烧尽了宋军在河南的城寨，跟着兵锋东向，如今已经向汴梁挺进！

赵光义大吃一惊，急忙回师，结果与汉军前锋遇于汴梁西北郭桥镇。这支兵马数百里疾驰，只有几千人，却一兵配二马，个个精神抖擞。宋军有三万人，将领眼看敌少我众，对方穿的又都是轻甲，便下令围攻。不料一个接战，对方将士个个刀枪不入，而且兵器犀利，几乎是斩金断铁，战况竟是一边倒，不到一顿饭时间，三万宋军就全线溃败。

"玄龙军！那是刘汉的玄龙军！"

三千玄龙军冲杀败兵，直逼到汴梁城下。汴梁守将赶紧关闭城门，忽然一个地动，城门竟然塌了半边，汉军趁机冲杀进去，夺取了城门后，汉军也不着急继续进攻，就围绕着城门改建工事。赵光义的主力部队赶到时，玄龙军已经据城门内外立了营寨。

赵光义主力回到汴梁后，派兵攻打汉军，要夺回城门。结果玄龙军摆开阵势，宋军去一军灭一军，派一将死一将，五日之中三战三败。宋军士气大为沮丧，汴梁满城惊惧，赵光义更是慌了，满城军民但听到"玄龙"两个字，连小儿都不敢啼哭。

这时汉军后续部队也渐渐赶到，沿着汴梁西北门驻扎下来。

赵光义远望城门上那旗号，竟然是君王大旗，难道刘继元亲自来了？他却不知道刘继元不仅是亲自来了，而且一开始就是率领玄龙铁甲军作为先锋部队，郭桥之战就是他打的。

赵光义又惊又疑，派遣使者谴责汉军背信弃义。刘继元哈哈大笑："那是我儿子跟你定的契约，与我何干？亏你还是一国之主，一个七岁小儿说的话，你也敢信！"

赵光义气得差点吐血，将赵德昭叫来道："这就是你做的好事！定的好约！"

赵德昭羞愧万分，当晚伏剑自尽了。

刘继元占着西北门，也不急着攻打内城和皇宫，只是不停蚕食周边的战略要地。因汉军来得急，赵宋方面没来得及坚壁清野，所以刘继元轻而易举地就找到了宋军的几处粮仓。汴梁是近百万人的大城市，城内城外粮储之丰天下第一，随便一个粮仓里头都有数万人之食。得了这几个粮仓的存粮之后，汉军在汴梁地区就无乏食之虑了。

由于城门失守，整个汴梁已经无法据城御敌，赵光义几次反扑却都被打得满地找牙。满城军民渐渐失去了信心，一些宋臣甚至动了小心思。

　　更为糟糕的是，辽军听到消息，也舍了大名府，直接向汴梁扑来！契丹人也不是第一次兵临汴梁了，不过以前都是孤军深入，这一次却有刘继元接应。到达之后，刘继元便派人押送粮草过来，辽军足兵足食之后士气大涨，安扎阵营，游骑四出，从东北面进攻汴梁城。这一次辽军南下出动了接近十万骑兵，几乎是倾国而来，其意在于与刘继元平分中原。

　　这时郑立率领后续军马也都到达。由于宋军连连失利，沿途不断有人叛变，以至于郑立抵达后，刘继元清点兵马，麾下已经超过十五万人。

　　自此，各方消息不断汇集，赵宋方面总算基本复盘了整个战争的因果：先前刘继元放任太子与宋签订盟约的种种行为，全是为了麻痹宋。等到赵氏入彀，马上放开边关，让一直在雁门关外等候着的辽军从井陉口进入河北。井陉口的守将已向刘继元暗中投诚，辽军不费吹灰之力便通过井陉口，绕到定州之南。所以辽军攻打定州，不是从北面正面攻打，而是从后方偷袭，定州才会那么容易地就陷落。打开定州的通道后，辽军兵逼大名府，汉军又假意施援，等到赵光义抽调黄河南岸的防卫力量，汉军又马上渡河偷袭。跟着，刘继元以玄龙军为先锋，一人二马日夜兼程，直逼汴梁。

　　赵光义到这时才算大略知道了整个战场详情，然而汉军在西北、辽军在东北，双方皆兵强马壮、粮食充足，而且城防又有破口，两面夹击之下，汴梁更是岌岌可危。赵光义急调天下各地前来勤王，然而应命的却只有十之二三。

　　郑立问刘继元："陛下，既然已经夺取了城门，为何不入内扫荡赵宋余孽？"

　　刘继元大笑道："我在等宋国的援军。"

　　郑立道："为何要等宋国的援军？"

刘继元道:"赵氏得国不正,对天下施恩不久,顺风局时天下不敢不奉命,现在既落了下风,天下豪强必定望风骑墙,不过烂船也有三斤钉,终归会有几个忠诚之辈。我等的就是他们。待他们齐聚汴梁城下,我聚而灭之,而后天下可传檄而定。"

郑立大声颂扬:"陛下算无遗策,臣等拜服!"就在这时,宦官报太子求见,刘继元道:"好,我去看看这个小儿。"

汉军营中,刘圣看着走进营帐内的刘继元,忍不住问:"父皇,为什么要这么做?"

"为什么?"刘继元冷笑道,"那又为什么不这么做?"

刘圣道:"天下大势已渐渐于我有利,何必如此?"

刘继元冷冷道:"按你那温吞做法,没个二三十年,别想一统中原。"

刘圣道:"父皇此番运筹帷幄,虽然大获全胜,然而却失信于天下人。"

刘继元冷笑:"失信于天下的是你,不是我。"

刘圣听到这话,欲语还休,张了张嘴巴说不出话来。若刘继元还当他是儿子、当他是储君,哪有父亲这样对继承人的?现在要将锅都丢给他来背,他将来如何继位?或者……刘继元早就没这个打算了。

"父皇……"刘圣压低了声音,"儿臣替父皇受过本也应当……"

刘继元冷笑:"什么叫你替我受过?这本来就是你的过!"

刘圣不敢顶嘴,只是道:"然而引胡入塞,让河北生灵涂炭,这……这不应该啊!"

刘继元哈哈大笑:"打仗哪有不死人的?再说你以为契丹能占什么便宜?"

刘圣有些讶异:"父皇的意思是……"

刘继元冷笑道:"你个迂腐小儿,好好看你老子怎么摆弄这个天下吧!"

太原城外，孕龙池中，建木生长得越来越高了。太原人偶尔举目而望，只能看见一片迷雾上接层云，没人看得清楚那迷雾之内，一株参天巨木已经成形：青色的树叶如罗网，紫色的树干如铁柱，黑色的花，黄色的果，百仞无枝，就这么笔直上去，有如天梯。

我道人看着这一切，脸上止不住地露出笑意。

就在这时，一直栖息在建木上守护的五色鸟忽然醒来，惊道："我怎么睡着了？"跟着有些警惕地冲着我道人叫了两声，飞往三山观而去。

在五色鸟的鸣叫声中，独山俊悠悠醒转，微一转念，遍观全城，只见太原城池半空，君主不在，储君也不在，只留杨业领少数兵马守城。他再睁艮眼，遍观寰宇，不由得脸色一变，但随即又沉默了下来。

就见我道人带着茶道人走了进来，脸上无喜无怒。

独山俊道："那究竟是什么酒？"

"就是始酿。"我道人说，"昔日大禹饮此酒，一醉经日。当然，当日君饮醉后，我又用了点小功夫，所以君沉睡至今。"

他的容貌还是先前那个模样，但说话的语气已经完全变了，连对独山俊的称呼也变了。

独山俊道："你有这等本事，可不是什么小道士了。茶道人教不出你这样的徒孙。说吧，你究竟是谁？"

茶道人被独山俊睨了一眼，在旁边瑟瑟发抖。

"我是谁？"我道人脸上现出古怪的神色来，"你竟然到现在还认不出我吗？"

"你我认识？"

"认识？哈哈，哈哈！哈哈哈哈！"我道人放声而笑，笑声中竟然带着一点愠怒，"我是谁，我不是一开始就告诉你了吗？"

"你告诉我了？"

"我是'我'啊——我就是你啊！"

独山俊看着他，一时仍未得解，倒是五色鸟忽然发出惊鸣："是你！是你！"

我道人笑了："没想到，还是个外鸟先认出了我！"

"他是谁？"独山俊问。

"他是儵螭，你的本命神兽，儵螭！"

汴梁城内，皇宫之中。

赵光义已经处死了十几个宦官头目，却仍然止不住内侍外逃。

就在过去这几天，赶到汴梁勤王的宋军纷纷惨败，外头的恶劣局势已经影响到了宫中。

赵普和几个亲信将领站在他身旁，赵普沉声道："官家，真的……真的要弃城？"他的声音已在颤抖。放弃汴梁对赵宋意味着什么，谁都能够想到。

"如果城门完整，我们还能倚城一战。可是现在，汴梁无城可守了。"赵光义道，"西北面已在刘继元手中，他的玄龙军如果冲过来，谁能挡得住？"

在赵光义的目光下，几个将领都低下了头。这段时日宋军跟玄龙军的接战不下十次了，结果都是败、败、败！如果有兵力、地形和多兵种配合的优势，或许还能一战，可如今这种优势也并不存在。宋军连败之后，或逃或俘或死，如今只剩下二十几万人，而汉军那边兵马却越打越多——因为不断有人投降过去，现在就是在兵力人数上，宋军也比不上汉军了，何况对面还有契丹为援呢。

"再等等吧。"赵普说，"四方勤王之师正陆续到达……"

他说到一半就说不下去了，这些天来，四方勤王之师的确到了不少，然而却被刘汉与契丹围点打援。赵光义龟缩在城内又不敢出援，结果就是来一部灭一部，援军不但不能增益汴梁城防，反而打击了城内守军的

第三十三章　天下大变

士气。

"我意已决！"赵光义道，"暂且退到应天府，重整旗鼓，再作打算。"

赵普本来不想说，但形势逼到这份上了，便忍不住脱口道："如果来的只是契丹，彼辈难以在中原久驻，我军暂退之后，还有机会卷土重来，但这次来的还有刘继元啊，刘汉一旦夺我京师，势必海内震动，届时三百军州是不是还听我大宋号令就难说了。还是……还是……再想想有什么万全之策吧。"

赵光义脸色一变，这个后果他不是没有想到过，只是如今自己还有更好的选择吗？

"报！"一个宦官颤抖着手，将一份紧急军情递上来，却是契丹有一部游骑兵竟然绕道东南，准备截断汴河通路。

赵光义的脸都黑了，汴梁的钱粮仰仗东南，而汴河就是通往东南的交通生命线，而且赵光义要退守的应天府也在东南。汴河通路一旦被截断，赵光义连逃都逃不了了。

"来不及想什么万全之策了！"赵光义捏紧了军情急报，断然道，"走！"


"絛蠛……絛蠛……"独山俊喃喃着，"原来是你！"

忽然之间，许多事情就都明白了。

"所以，从一开始，你就在注意着我了……"

"那不是本就应当的事吗？"我道人脸上竟带着几分伤感，"我是你的本命神兽，独山孕育你为神，孕育我为兽，你我一体而双身，你是主我是从，可是……"

他的声调忽然提高了："觉醒之后，你却没有感应我，召唤我！那时候我就知道，你被他们改变了！我不知道改变你的是轩辕黄帝，还是这个后天之道，总之你就是变了！

"不只是你！带山、明山，他们也都变了。可笑的是，带山甚至连名字都改了！说是顺应民心，但是，难道不应该是我们为神者主宰人类吗？什么时候竟然是要由人类主宰神祇了？连名字也听凭人类来改动！

"孟槐、臛疏不听我的劝告，还是以为你们是曾经的主人，结果落得个什么下场，大家都看见了。我与它们不同，我从一开始就察觉你们变了！你们被改变了！

"尽管如此，我还是不停地想将你们引领回来。只可惜，最后你的选择还是让人失望。"

前尘往事在脑中一一掠过，独山俊忽然就明白了许多事："原来是你！原来是你！在天道以外，干涉着那一切的原来是你。"

我道人没有回答，也没有否认。

独山俊道："所以茶道人一开始就是你派去的，何罗鱼是你派去搅动风云的，还有那只癞蛤蟆，也是你做的好事。"

"不仅这些……"我道人道，"然而我做了这么多，终究还是没将你引回正道！"

"引回正道？"独山俊道，"什么是正道？难道你认为，你代表的才是正道？"

"难道不是？"我道人厉声道，"还保留着洪荒初心的我不是，难道那些后起的佛道才是？"

"道之正旁，不在于出现得早晚。"独山俊道，"实际上道一直都在，亘古至今皆如此，佛家也罢，道家也罢，都只是对道领悟的一种形式。如果他们对大道的领悟胜过洪荒时期的我们，那我们就应该接受他们，而不是抗拒他们。"

"我就知道，我就知道！"我道人放声大笑，"你果然异化了，你果然被佛道给异化了！被后天道给修改了！你不是你了！你不是你了！"

第三十三章 天下大变　319

"不是我被佛道异化，只是我接受了他们。"独山俊道，"或许将来在佛道之后出现对大道更加深入、更加本源的理解，那么我们便连佛道也抛弃也是无妨的。"

"不知道你在胡扯什么！"我道人道，"我是你的本命兽，你是我的本命神，这是不能改变的事实！我们孕育于辟地之初，你得名于帝俊酬功，这是我们的起始，可是如今你失去了初心！哪怕你能回忆起千万年前的过往，但你也已经失去了初心。洪荒的记忆你只当是一场梦，但那不是梦，那是我们的根本！我曾经是你的从者，你曾经是我的主人。可是失去了根本的，你没资格做我的主了！"

"所以，你才做了这么多的事情……"独山俊黯然道。

"我做了什么？我有对不起你吗？"我道人怒道，"我做的一切！不是在提醒你，就是在帮助你！甚至连你想复活带山、明山，我不也在帮助你吗？可是你呢？做事婆婆妈妈，顾此失彼。你分明已经打破了七锁六牙的限制，可是有形的牙锁消失了，你心里头的牙锁却成形了！"

"我以前也觉得，那七锁六牙是在限制我。"看着激动愤怒的我道人，独山俊反而显得很平静，"但看到你这样子，我已经彻底明白，那七锁六牙不是一种限制，而是一种保护，保护我不至于像你一样，远离正道而不自知，失去自我而不自明。"

"我远离正道？我失去自我？"我道人哈哈大笑，对五色鸟道，"看到没有？你看到没有？他被修改了，还有你的带山，也都被修改了！他们不是他们了！"

五色鸟沉默了下来，这一回，它没有敌视我道人，但也没有表示赞同。

"你这只蠢鸟！还有孟槐、臚疏，都是蠢货！也不管主人已经被修改了，还是一根筋地要替主人效死，哪怕他们已经被异化，也还遵守那本不需要再遵守的命令！我就知道不能指望你们！"我道人盯着独山俊，"我跟它们不同！因为现在的你不是你了。你不再是我的主人，甚至，你也没资格做神了！"

独山俊的眼中，没有震惊或者愤怒，反而是一种明悟的平静："你想做什么？"

"做什么？"我道人笑道，"明明这个世界上只剩下你拥有干涉人间的神权了，你却选择了克制与退避——所以，你没资格代表独山，那就由我来代表。你没资格成为神，就让我来成为神！你不是觉得自己主宰不了这个世界吗？那就由我来主宰！"

独山俊沉吟："如果我不允许呢？"

我道人冷冷道："那就用洪荒的规矩，用实力来判断胜负，用胜负来决定谁才是主，谁才是从！"

"你要开启神战？"

"怎么，你不敢吗？"

"这个世界……承受不住的。便是天地承受住了，也会造成生灵涂炭。"

"生灵涂炭那又有什么所谓！"我道人道，"人类于我们，与蝼蚁何异？死了一片，过不久便又长出来了。便是真的都死绝了，等我们重开洪荒，再设法造人不就是了！"

"不！众生的生命是宝贵的。"独山俊道，"我们存在的价值，是守护众生，是护国庇民，而不是为了主宰世界而去主宰世界。"

我道人冷笑着。他已经对独山俊彻底失望，连批驳的话都不想说了。

独山俊也明白了对方的想法，更知道这一战难以避免。他抬头，望向五色鸟："我不希望生灵涂炭，所以，你能展开一片天地吗？让我跟他在你展开的天地里打吧，尽量减少对人间的伤害。"

"你确定吗？"五色鸟道，"你和他是一体的，你的力量无法超越他，你是他的神体，他是你的兽体，所以他才能够遮蔽你的眼睛，让你看不清楚刘继元的用心与未来。因为他就是你，只有自己才能完美地遮蔽自己。

"带山将我留下，就是希望在需要的时候帮你一把。可如果我架起天地作为你们的战场，那就没办法帮你了。"

"大哥把你留下，应该是为了帮我。"独山俊脸上流露出悲悯来，"这是我和自己的一场胜负对决，但是众生的生命，在我的胜负之上。"

我道人嫌弃地看着独山俊此时的深情，无比厌憎，不过他也没有阻止五色鸟开辟战场空间。因为五色鸟说得对，它架设天地而不加入战局，对他是有利的。

五色之翼，化为五行之柱，一个空间在虚无中形成，那是一个小世界。小世界里头却大得无穷。

"我们到里面打吧。"独山俊说，"这个世界，承受不起你我决胜负的力量。"

我道人冷笑着，任由五色鸟架设的世界将自己纳入。

独山俊忽然"哦"了一声，点了点头。

"你又怎么了？"虚空之中，传来五色鸟的警告，"大战当前，不要分心！"

"没什么，"独山俊道，"我只是忽然明白，从颛顼开始的诸神与人王，为什么选择要绝地天通了。"

"哦？"五色鸟问，"为什么？"

我道人也忍不住投来询问目光。

"因为众生承受不起诸神的矛盾。"独山俊道，"所以，我们应该减少对众生的干涉，甚至应该逐渐断绝这种干涉，让众生对自己负责。我们应该相信他们，让他们自己寻找出路，寻找未来，寻找真正的大道——一个没有神的世界，或许也不是什么坏事。"

# 第三十四章 和"我"的战争

赵光义这一次是想静悄悄地走,然而赵宋朝廷就像个筛子,什么都漏,何况这样需要调动十几万兵马的大事?所以禁军还没开始动,军方诸将就都知道了,跟着汴梁的满城百姓也都知道了。

百姓哭爹喊娘,或要跟着逃亡的,或不知如何是好的。军中兵将的想法可就更多了,其中将近一半望向西北,准备转投明主,更有小部分将领剑走偏锋,竟然去投了辽军,故而辽军也知道了宋主要逃。

辽主耶律贤体弱多病,因此这次领兵的主将是冀王耶律敌烈。他得到消息后汇集诸将,诸将都道赶紧包抄东南,截断宋主的退路。耶律敌烈却笑道:"截断东南,便是抓到了赵光义,于我契丹有什么好处?"

诸将便问:"王爷有何高见?"

耶律敌烈道:"当日与刘继元有约,火了宋国之后平分中原,河北、山东归辽,河南、关中归汉,打下汴梁之后,由得我军在这个花花世界劫掠十日。但我看那刘继元为人无信无义,未必就会守约,我军抵达汴梁城下后问他要粮食,他都是按日供给,这分明是想掐我们脖子。契丹男儿岂可将要害授人?宋主南逃,与我无关,不如我们趁乱杀入汴梁城内,把这花花世界的金银财宝搬回去吧。"

有较为持重的人道:"若是如此,恐将与中原汉人结下深仇。"

耶律敌烈哈哈大笑:"我契丹与汉人结下的仇还少吗?不差这一桩!"

各方计议各定,唯有西北汉军不见动静。当晚赵光义果然借着夜色从南门撤逃,不料他人未出城,城内就已经乱了,无数官员百姓见军队果然要撤,纷纷跑出来哭诉,有拦着求皇帝别走的,也有拖家带口要跟着逃的。赵光义大怒,下令开道。

幸好西北面的汉军一直没有什么动作,没有趁机杀来,这才让赵光义有了喘息的时间。原本计划带着十万人走,但是一片混乱之中,军队也多生异心,最后只剩下三四万禁军撤出南门,跟着逃走的还有十几万人,却都是百姓——其中大部分是官员的眷属。

汴梁有近百万人,赵光义只带走三万军队、十几万百姓,剩下的大部分就还是都留在了城内。百姓都恐慌了起来,而兵将则更加混乱。

汉军没有动作,城内已经火光四起,更有将领叛变开了东北城门,不久便听有人惊呼大叫:"契丹人进城了!契丹人进城了!"

耶律敌烈得了城门之后,纵兵劫掠。汴梁百姓哭声冲天,惊动了已经身处五色空间的独山俊。

独山俊手一指,玄光镜显现。里头映射出了汴梁的夜景,只见满城仓皇,万姓流离。独山俊慈悲心生,双目垂泪,对我道人说:"此战延后,你我先救人如何?"

我道人冷笑:"你还是先想想怎么救你自己吧!"

他朝天一指,又朝地一指,大地裂开。他开始造山。

五色鸟展布的这个小世界,有方圆五千里的山河,五千里之外便是大海,大海之外便是虚空,五千里山河的布列与神州大地相似而不同。

我道人这一指,地裂山出,一列山脉耸起,山作南北走向八百里,状若太行。

"嗯,"独山俊看出来了,"太行之力。你要以太行山为体吗?但你的山，只有山体，没有生命啊。"

独山俊身形转动，朝地一指，又朝天一指，太行山南方数百里也隆起一座山。他不愿与我道人彻底对抗，所以山脉只作西北东南走向，也是绵延八百里，状若伏牛。

手指一转，伏牛山上四季轮转，生机盎然，林木遍布，生气灌入独山俊口鼻之中，形成生生不息的生命源力。

"山就是山！要什么生命！"我道人哈哈一笑，"看我烧了你的伏牛山！"

"山为上，火为下！"我道人催动地力，喝道，"猛火燎山，玉石俱焚，草木皆尽。"

太行山猛地震动，火焰在地底冲突着，终于化为熔浆喷涌而出，倾泻往南方，淹向伏牛山。眼看千里熔浆淹至，伏牛山必定成为一座死山。

我道人笑道："无生无死也就罢了，先有生后有死，那才是悲哀啊。"

独山俊却临危不乱，低声道："山为下，水为上，山石嶙峋，水流曲折。君子观此，乃知行道不易，故当反身以修德也——蹇！"

道道细流从伏牛山林石之间流下，万千细流又汇合成小溪，几百条小溪不足以对抗千里熔浆，但溪水清凉，熔浆遇到清凉溪水，很快就都化作熔岩与土壤，在太行山与伏牛山之间化作数百座山峰与百里沃野。

独山俊一挥洒，百万颗种子播入沃土之中，数百高峰长出了林木，百里平原开满了鲜花。生命的种子不断向北延伸，逐渐绵延到了太行山下。

"柔弱不能胜过刚强，"独山俊说，"但是可以化解刚强。"

我道人怒眉倒竖："胡说八道！在实力面前，这些说辞都是胡扯！死来！"

轰隆之声，忽然从山峰之间响起："山在上，雷在下！雷出山中。"

山间闪耀着雷电，一座山谷就是一道惊雷，太行八百里，数百峰谷同时震动，惊雷照耀着闪动着，向南袭来。雷能击神，所以这雷电丛云是直扑独山俊的本体。

独山俊吟哦道:"山在下,风在上。物不可以终止,君子居贤德、善风俗,不躁不急——渐!"

刚才熔浆遇水化为岩石与沃野,那股热气却冲到了空气中,这时独山俊导引着那股热气,使得热气上升化为风。这风不是旋风,不是飓风,而是向北漫卷数千里的长风,风吹云动,云带雷因,雷电被挟持了,照耀着孕育在植物下的微生命,树木鲜花在风雷之中死去又生,它们的尸体经过微生命的存在而解化,让土壤更加肥沃。

生命的轮回不但没有被摧毁,竟然还向北继续蔓延,植被爬上了半个太行山。

我道人大怒:"打就打,老弄这些花草来恶心人。看我将你连根拔起。"

独山俊错愕:"你要做什么?"

"合山!"

独山俊急睁艮眼,就看到大地之下,太行山的山根蔓延过来,跟伏牛山的山根纠结在了一起。他和我道人本来就是源出一体,被他们造出来的两列山脉有着相同的源力,所以融合起来几乎就是水乳交融。

我道人冷笑:"拔!"他向上一托,八百里太行山竟然被连根拔起。山是他造出来的,他就是山神,与山同体相互感应,山体被拔有如骨肉离体,痛苦已经让他全身抽搐发颤,但他仍在大笑。

由于太行和伏牛的山根已经在地底相连,太行被拔山,连带着将伏牛山也跟着拔了起来,我道人有多痛苦,独山俊感同身受。

牵扯之下,两山中间的平原与山峰也都翻了个面。山根之下是百丈深渊,所有的植被或者被翻埋入土,或者堕落深渊。而庞大的山体飘浮到了天上数百丈高,冷冽的罡风一吹,所有生命全部被冻死。

我道人哈哈笑道:"在我的神力面前,山永远在上,现在就连天都在我的脚底下了！"

独山俊看着我道人强行拔山，无数生命因此毁灭，悲悯道："地母，原谅狂者的狂妄。"他双手一撑，解化了空中的伏牛山山体。因为两山山根被我道人连在一起，所以连同太行山也被解化为土壤。土壤落入深渊后，独山俊又双手一合，大地移动，填平了数千里深渊。独山俊吟哦："山为下，地在上。地中有山，居高不傲。称物平施，君子有终——谦！"

大地在耸动中渐渐恢复平静，一轮生命从萌发到归无，竟然在这次神战中已完成了一个轮回。

化身为天地的五色鸟发出一声叹息，它知道独山俊为什么要在小世界中打了。这一轮神战如果直接发生在现世界，那就是上百万人类惨灭的悲剧，谁又能担得起这个罪愆呢？

然而就在这时，我道人笑道："你上当了！"

"嗯？"独山俊一低头，发现自己不知道什么时候落到了地面，脚下是一片沼泽。我道人那边也一样，他也落到了地面，双腿也陷入了沼泽。

我道人笑道："你以为我是要跟你玩这个无聊的胜负游戏吗？"

太行山和伏牛山是两人的显化，人山一体两面，所以刚才我道人攻击伏牛山就相当于攻击独山俊，独山俊要改造太行山其实就是要改造我道人——他希望我道人能体会生命的可贵。

而此刻，天空中的山脉解成土壤后埋入大地，太行与伏牛互相渗透，已不分彼此。山既然互相融合，他们的人也将互相融合。

五色鸟惊了，空中传出旷远的声音："独山！他要跟你融合！"

"是啊，是啊。"我道人笑道，"咱们本来就是一体，现在是应该重新融为一体了。不过这一次，我将成为主体，而你将成为我的附庸。"

空中传来五色鸟的声音："这不是融合，这是吞噬，他要吞了你！独山，让我解开这个世界吧！"

"行啊。"我道人冷笑着,"那就让我们将这边山体震动、大地变迁的灾难,带到现世界去。我想你应该不愿意的,对吗?"

独山俊默然了。

"我就知道你会这样选择!"我道人哈哈笑道,"这个世界没有比我更加懂你的了,你有了人类的心,有了仁慈,有了不忍,可就是这仁慈与不忍,在这个关头要你的命!"

五色鸟叹道:"这就是君子可欺之以方。"

"这不是君子,这是蠢蛋!"我道人冷笑,"山在上,泽在下。进来吧,独山之俊!"

独山俊和我道人同时化为山峦,泽水侵蚀山脚,将两山连接起来。两山渐渐重合,融为一体,成为新的独山。

独山俊也没有反抗这融合,任由我道人施为。

五色鸟有些焦急了,大叫着:"反抗啊!反抗啊!独山!别被他吞噬了!"

不料独山俊没有反抗,而是任由山体融合。融合过后,两人在山体之内你中有我、我中有你。他们双方是彼此的自己,力量是相通相同的。当初独山俊吸食了天关之气,但他得到了多少好处,我道人也就得到了同样多的好处,所以难分轩轾。我道人一时间无法吞噬独山俊,独山俊一时也无法感化我道人。

"你因为愤怒而入了旁道。"独山俊说,"我不恨你,但我不会让你在错误的道路上继续远走。就这样吧。我们彼此牵制,在这个小世界里直至永远,除非你能够接受我。"

"你做梦!"我道人冷笑,"你以为这就结束了吗?蠢蛋,好好看看现世界吧!中原的国运,应该已经变了。"

玄光镜的光照射在泽水上,水面映射出了现世界的过去和现在。

独山俊和我道人的神战是经历了一轮生命的萌发到灭亡，虽然其中有两神的催发助力，但仍然是持续了好些年。汴梁的那一场劫难终究没能避免，胡马杀入汴梁，开始了一场惨绝人寰的劫掠与屠杀。汴梁军民忍受不了，终于奋起反抗，同时向刘汉的军营求援。

　　太子刘圣看到汴梁军民的惨状，也向刘继元泣血求告，求他救救汴梁的百姓。

　　"求我？你用什么来交换呢？"刘继元冷冷反问。

　　"只要父皇答应救他们，凡我所有，父皇都可拿去。"

　　"好，很好，"刘继元大笑，"我要的，就是你的所有！"

　　繁华的汴梁在大火中悲鸣，于辽军来说却是一场狂欢。狂欢的当晚，许多人吃饱餍足。就在这时，玄龙军冲了进来，郑立负责堵塞城门。辽国虽然也防着刘汉，却也没想到刘继元会这样明目张胆地背盟杀来。在不熟悉地形的巷战中，汴梁军民乱其内，刘汉大军杀其外，辽军大败，然后就是可怕的溃散，以及复仇。

　　这时的汴梁城，已成关门打狗之势。而这个势，是刘继元用无数汴梁无辜百姓的性命换来的。

　　"哈哈哈，哈哈哈——"夜色中，回荡着刘继元肆无忌惮的笑声。

　　刘圣沉默了，他终于看明白了父亲的图谋——原来从一开始他就这么做了。为了指向胜利，对刘继元来说，百姓的生死存亡在所何惜？

　　这一战，辽国南下的大军几乎匹马不得北还。

　　"哈哈哈，哈哈哈——"

　　刘继元的笑声响彻寰宇，尽管几日之内汴梁就多了二三十万枯骨，但这一仗却让他威震天下，河北、山东、河南，百余军州望风而从。他放了几千辽军俘虏，赶着他们一路北上，以玄龙军破坚拔固。辽军因汴梁一役元气大伤，竟然无可抵挡，被他轻而易举地就收复了幽云。

　　天下再一次震动了，关中传檄而定。赵光义也被手下背叛，从应天府绑了送到汴梁。当刘继元还师汴梁时，宰相李恽已经建立了新的朝廷，湖广、江南也都送来了降表。

三年后，天下一统。刘继元定都洛阳，用我道人所传的秘法，将那孕龙池也移到了嵩山。

独山俊和我道人这时看到的，就是刘继元在嵩山孕龙池边举行的封禅大典。茶道人站在一边主持大典，他已经失去了先前的超脱与从容，在刘继元面前唯唯诺诺。

孕龙池内，建木参天而上，不过却被层层云雾包裹着，普通人看不到神木的本体，只能见到云层弥漫直到九天。

"看到了吧。"我道人笑道，"我选定的人，比你选定的人如何？"

山体之内，独山俊一脸平静："他是为了胜利而战，而不是为了百姓而战。这样的成功，不是好事。"

我道人冷笑："你就嘴硬吧！"

遍观寰宇，独山俊搜寻着一个人："太子呢？"

一个幽暗的密室里，一条白绫系在横梁上，一个太监在催促着，太子一脸平静，似乎在等待着什么。

独山俊怒道："偹蝲！你要做什么！你让刘继元做什么！"

"我没吩咐。"我道人笑着，"不过他要做的，我也应该想得到。"

便在这时，独山俊心头一动，艮眼再动，观照到了岭东地区。数万大军将三山十八村给围了起来，从没见识过这等阵仗的村民在刀兵之下瑟瑟发抖。

三个女子拢着村子里的孩童，安慰着老弱。所有人被逼在界石周围，拢在了一块。他们都不知道发生了什么，更不知道自己即将到来的命运是什么。

三个女子之中，独山俊一眼就认出了她，她已经出落得亭亭玉立。在她的身旁有一个英气勃勃的青年，那是她的弟弟吗？也已经长大了，因为反抗被打得满身是血，被姐姐拉住，让他不要轻举妄动。

"倏蝻，"独山俊眼中闪过怒色，"这又是要做什么？"

"哦，你终于有了怒气。"我道人笑道，"我还以为你已经完全没有七情六欲了呢。呵呵，这也不是我吩咐的，不过刘继元做的，比我想到的更远啊。独山，他原本是一个很平庸的人，是你给了他智慧的。这一切，有我的造就，也有你的造就！"

独山俊的怒气只是一闪而过，因为他很快就看到了因果。人看透了因果，就不会再有情绪。他又看到了三山百姓的未来有两条道路：一条是生，一条是死。

不用我道人发出威胁，他已经知道对方要的是什么。

就在这时，人群之中，大嫂抬起了头，跟着，另外两个女子也抬起了头。

穿透了空间的隔阂，独山俊忽然就明白了她们的心意。

"不要管我们！救护苍生！"大嫂传来的声音娴雅而平静。她不知怎么做才是对的，只是告诉独山俊要按照正确的道去做。

二姐没有传来消息，只静静地站在大嫂身边，揽住了她的肩膀。

只有韩家小妹的目光与别人不同，那穿透时空的眼神中，带着几分喜悦，似乎在说："我终于能看到你了。"她摩挲着手中的黑发，向空中丢了上来。

她丢开了黑发，因为他与她之间的牵绊，已经不需要这有形之物了。

他忽然也明白了她的心意。

"嗯，这就是人类的情感吗？"我道人笑道，"所以你打算怎么做？顺应她们的意愿，还是保全她们的生命？"

独山俊冷冷地盯着我道人："你打算怎么样？"

"这不是很明显的事吗？你我仍然一体，但从今往后，我是主，你是从。"我道人指着建木，说，"我会助刘继元一统四海，催生建木，打开神界，恢复洪荒时代灵气塞满天地的盛况。作为你的主人，我会满足你的期待。等洪荒重现之后，我会寻到女娲之肠，为你的两个兄长再造神体，甚至是孟槐、臃疏，我也不介意帮他们复活。"

"无所谓了。"独山俊竟没有因为两位兄长可能复活而产生期待与欣喜，"以无数生命为代价，这样的重生，两位兄长不会乐意的。"

我道人哼了一声，对虚空道："鹕鹕！你看到没有！这就是一个被修改了的独山俊！他不是他！他连复活你主人的初心都已经忘记了！"

五色鸟没有回应。独山俊道："我的初心，不是这个。"

我道人冷笑："不是这个，那是什么？"

独山俊叹息了一声："你很快就会知道的。"

就在这时，不肯自尽的刘圣被带到了孕龙池边，独山俊和我道人的注意力又被牵引了过去。

刘继元冷声问："你还在等什么？"

"等父皇的一句承诺。"太子说道，"父皇要的东西，我都可以给予。但我希望父皇答应我一件事，只是一件事。"

"说！"

太子整了整衣冠，对着刘继元道："我走之后，请父皇善待百姓。"

刘继元笑了："这个你有什么不放心的？我要的只是皇位，一个真正掌控天下的皇位。战场上用的阴谋诡计，只是形势使然。天下既然一统，虐待百姓于我有什么好处？"

太子凄然一笑，他已经是一个少年，不是一个孩子了，这时脸上的神情却带着天真，竟比他七岁的时候更像一个孩童。

"我知道的，我相信父皇。"他整束好衣冠，走向孕龙池，走向孕龙池内的建木。池水忽然由清变浊，刘圣却没有停留，只是口中唱着古朴的歌："长太息以掩涕兮，哀民生之多艰……亦余心之所善兮，虽九死其犹未悔……"

一条白绫，挂在了建木上。这是国运柱，如今却收回了与它相牵绊的承受国运之人。

空中的云层，天雷滚滚。地底的熔岩，隐隐闷动。

独山俊没有出手，我道人也没有干预。

我道人道："看来你已经做出了选择。"

"我的确已经做出了选择。"独山俊道，"刘圣并不相信他父亲的承诺，然而他还是接受了。"

我道人冷笑："因为他没有选择。"

"不，"独山俊道，"他选择了。正如同刘继元遇事选择了残忍，刘圣则选择了不忍。不忍，是一切仁义的源。保留这个仁义的源，这个人间才有价值和意义。"

我道人冷笑："但是他失败了，他死了。"

"失败与死亡并不是最重要的。"独山俊道，"在时间的维度上，所有一瞬都是永恒。求仁得仁的那一瞬间，才是最重要的。"

"所以你怎么选？"

"我和刘圣一样，我也是不忍。"

大山之内，独山俊脸上没有悲，也没有怒，看着我道人，脸上甚至还带着怜悯，这怜悯却让我道人狂怒起来。

而在现世界，国运柱失去了在人间的牵绊者，所有因缘线都缠向了刘继元。刘继元举目望天，他的双目已能透过云层，甚至穿透空间，看到了独山俊和我道人所融合的新独山。

"哈哈，哈哈哈哈——"

狂放的笑声从这个世界，传到那个世界。

当国运的承继者彻底转向刘继元后，我道人也发生了变化。原本他跟建木之间的关系是通过独山俊，而现在这层关系改了，他变成了直接的关系者，建木所系的国运之力直接与他驳接，然后再通过他流向独山俊。

"哈哈，哈哈哈哈——"

我道人大笑着，仿佛在响应着那个世界的刘继元。

方才因为独山俊那怜悯表情而产生的暴怒，变成了耻笑，我道人讥讽着独山俊："看看你自己！看看你自己！你本来还有力再战，结果却自己放弃了！你放弃后，就只能看着我施为了。你自己想想，你现在和当年的祝融有什么区别？"

"没有区别。"独山俊道，"所以我现在也已经理解祝融了，他是对的。"

我道人狂怒道："你说什么？！"

"我说，祝融是对的。"独山俊道，"他的投降，在当时的我看来是怯懦，是背叛。然而将历史拨回去，如果他不那样选择，天地与苍生遭受的祸害更大。他比当时的我看得更远，所以他做出了正确的选择。"

"闭嘴吧！你可闭嘴吧！"我道人怒道，"我就不应该跟你说话！不应该让你开口！"

独山俊道："你现在还没有反省，但是你很快就会后悔了。"

"闭嘴！"我道人喝道，"我不是你！别用你那可悲的想法来揣度我！"

"我不是揣度。"独山俊望向前方，不是空间上的前方，是时间上的前方。他的眼睛不知什么时候已经再不需要动用"逆知未来"就能直接看到未来了，而且看得越来越清晰。他说："我是看到了。"

我道人大笑，他觉得独山俊是在嘴硬。

他的笑声冲破了空间，到达现世界。

笑声中一场大雨洒下。

大雨之中，建木生长得更加茁壮。这株神木已经成为国运之柱，联系着天下，联系着苍生，联系着独山俊和刘继元，又通过刘继元，联系着我道人。

建木的顶端，已经开始产生空间裂缝。那条裂缝通向的似乎是异世界的大门，即将引入的，是谁也不知道的存在。

五色鸟的声音从旷远处传来："独山，我还有力量，再加上你的力量，或许可以阻止这一切。"

"不用。"独山俊说，"由他融合我吧。到了最后，他会觉悟的。我知道他，因为他就是我。我是他的神性，他是我的兽性。他是我的始，我是他的终。"

我道人冷笑。

而独山俊没有再抗拒，甚至没有阻止，反而长长地吟哦了一声，竟也助力加速这种融合。他吟哦道："山在上，山在下。两山相重，君子以思。不出其位，不获其身，不见其人——艮！"

在独山俊的吟哦中，两山的融合不但是外部的重叠，更是内部的交融，山和山在一起，成了新的独山。

五色鸟长叹了一声，收拢了五色翼，五行之柱逐渐消失，小世界崩塌。

新的山峦在小世界消失，然后在现世界屹立而起，屹立在了黄河边上。孕龙池移位，移动到了新独山的山谷之中。建木继续向上生长，连接上了月亮，月亮被建木连接上后也产生了变化，仿佛一个明镜一般，透射出更加不可知的历史、不可测的未来。

新独山之内，两个神体也在融合，被融合的独山俊没有犹豫。这时候，反而是我道人产生了一丝改变。独山俊的过往，就是我道人的过往，但独山俊已经改变了的，我道人却还没有经历，所以当独山俊接受他的吞噬，我道人得到的触动远比想象中的要大。

他不但融合掉了独山俊的力量，而且还融合了他的心。

悲悯之心、护国庇民之心、对苍生的眷顾之心，一点一点地渗入我道人的识海。融合虽然分主从，可是影响从来不是单向的，而是相互的。独山俊放弃了对自己的控制权，却反而让自己的精神进入我道人的精神世界里去。

我道人似乎没有察觉到，他的神体站在建木的顶端——已经停止转动的月球上，看着大地发生的一切。

五色鸟停在了他的肩膀上，问他："感觉如何？"

我道人抬起手，无喜无怒："原来真正的神，是这样的。"

俯视人间，人间又发生了变化。

刘继元一统中原之后，继续发动征战。他灭了辽国、高丽、日本、大理、吐蕃等，恢复了汉唐最盛时的大一统，但他并没有停下脚步。

休养生息了十年，蓄积了足够的国力后，他又海陆两路继续进发，陆路以骑兵越过了葱岭，海路以舰队抵达天竺，兵锋所向，南北披靡。他的军队在神力的加持下，攻陷了一个又一个城池，灭亡了一个又一个国家，终于他的前锋到达了大陆的另一端，看到了西大洋。

"这是姬轩辕也没有建立的伟业啊！"我道人欣然笑着，对肩头上的五色鸟说，"傻鸟，你看到了吗？我所庇护的人间帝王，即将一统人类足迹所到之处。"

五色鸟回头看了看他："既然这样，那你为什么要流泪？"

我道人嘴角微微抽搐了起来，他的确觉得他的脸湿了，那是两行长泪直流下来，因为他的耳朵听到了无数国破家亡后人类的惨号。

"独山俊！独山俊！"我道人怒道，"不许你影响我！你给我回去！不许出来！"

"他没有出来啊。"五色鸟说，"听到人间号叫的是你，双目流泪的也是你。独山俊已经不存在了。"

"不存在了？他不存在了？"

"是啊，他不存在了。"五色鸟说，"他已经成为你的一部分，不再存在了。"

就在这时，人间传来了剧烈的震动。

在刘继元的要求下，葱岭被移平，从陇西到天竺之间形成了一条康庄大道。水汽运行道路被改变，在葱岭西面形成了一片方圆三千里的沃野，上千万的人类被驱赶到了这里，建立了一座新的都城。这是整个大陆的地理中心，也将形成新帝国的政治中心。

新独山也挪到了这里，月球已经不再绕大地旋转了，它被建木连接着，就一直挂在独山的正上方。

全世界所有人类都失去了月亮，他们要看月亮，只能到帝都来，只有来到这里才能膜拜到他们祖先千万年以来一直抬头就能看见的月亮。

## 第三十五章　人灾

刘继元建立了人类有史以来前所未有的功业。

万邦万国，亿兆生民，全部都拜倒在了他的脚下，而他的生命也将走到终点。

就在这时，他向建木的顶端发出呼喊。我道人感应到了，降到人间，来到他的面前。

"我需要你帮助我。"刘继元有些虚弱地说。

我道人抚摸了一下他的头顶，刘继元就恢复了生机与力量，不过他仍然衰老。

"帮我恢复青春吧，上神。"

"这是没有办法的。"我道人说，"我激活了你的生机，让你能少病少灾地多活三年，不过这已经是你的极限。"

"为什么不能让我恢复青春，永恒地活下去，就……就像你一样？"

"那是不可能的，你只是一个人。"我道人说，"好好地过好这三年，安排好继承人的事情。"

他又摩挲了一下刘继元的头顶："这一辈子，你做得很好，我会赐福于你的。"

"赐福于我……"刘继元喃喃地说,"我都要死了……你不肯给我生命,却还说什么赐福,有意义吗?上神,我想要活着,我想要长生不老。"

"我说过,那是不可能的。"

"那你为什么能活着?你已经活了不知道多久了,几百年?几千年?可我才活了几十年,一百年都还没到。"

"我拥有神体。"

"那就让我也拥有神体!"

我道人冷厉地看着刘继元。

"不行吗?不行吗?"刘继元软弱地低下了头,"就快可以重开洪荒了吧?我好像听茶仙师说,洪荒开启之后,能够寻到女娲之肠。有了女娲之肠,就能创造神体……上神,帮我也创造一个神体吧。"

"不要有过分的要求。"我道人冷冷地道,"好好走完你最后一程路,做好你的事情:选好你的继承人,延续好这个帝国——这才是你应该做的。"

"我的儿子们……他们也老了……"

"那就选你的孙子。"我道人说,"你的第十七个儿子的第五个血脉,以及你的第十九个儿子的第三个血脉,都很有潜质,在他们中间挑选一个,选定之后我会改造他,让新帝拥有和你媲美的智慧,以便统治这个天下。"

"可是他们都有很人的缺陷,我不喜欢他们……"刘继元想了想,说,"能不能请上神将我所有血脉都找出来,我想在他们中间,另外找出一个我喜欢的来做我的继承人?上神无所不能,哪怕我最后挑选的人其性庸劣,上神也一定能改造成你所需要的样子。这……这是我最后的请求,请上神看在我一生为你征战的分上,答应我这个请求吧。"

我道人沉吟着,看着虚弱哭泣着的刘继元,终于答应了:"可。"

刘继元一生征战,不知留下了多少血脉,其中有养在宫中的,也有一

第三十五章 人灾 339

不小心流落在外的，数量实在是难以估计，连他自己都弄不清楚。我道人给了茶道人一道口诀，茶道人用这道口诀，找到了刘继元的所有血脉，子孙重孙，孙子孙女，儿女之孙，孙女之子……一共一千九百三十九人。

刘继元把国事交给了宰相，将子孙全部叫来，聚集在了建木之下、孕龙池边，一个个地接见，一个个地说话，一个个地了解。见他如此用心，我道人也颇为欣慰，回到了月亮上，看着即将打开的神界通道，对五色鸟说："再过五年，洪荒就会降临，到那时我会寻到女娲之肠，复活你的主人。"

五色鸟拍了拍翅膀，却说："真的会这么顺利吗？"

"嗯？"

五色鸟说："我觉得刘继元可能在骗你。"

"嗯？"我道人冷笑，"没有人能骗得了我！现在的我，无所不知，无所不能。"

"可他可以啊。"五色鸟说，"当初是你帮他遮蔽，让独山看不到他的所想。独山看不到，你也一定看不到了，对不？"

我道人脸色微微一变。就在这时，凡间再次传来惨号——惨号似乎是一声，又似乎是一千九百三十九声。

我道人大惊，瞬间来到地面。

孕龙池的水已经彻底染红了，作为刽子手的禁军已经退出，在场的只剩下两个活人——坐在龙椅上的刘继元，以及目睹一切疯掉了的茶道人。

而刘继元的子孙，已经全部死绝了，一个都不剩。

我道人看着这幕惨剧，几乎不敢相信自己的眼睛。

人类的狠毒竟然可以达到这个程度吗？这是洪荒时期的魔兽也不会做的事情啊！是神也想象不出的恶！

"呵呵，"刘继元轻笑着，指着建木说，"你能到达这个地步，和国运柱有关吧？你能强大到吞并独山神，靠的是国运的加持，而你与国运柱的牵绊在我身上,我的血脉已经断绝,我死了,天下马上会陷入混乱,建木会跟着萎靡吧?国运柱会跟着崩塌吧?你的图谋也会跟着完蛋。说不定你虚弱之后,被你压制的独山神又会重新出来把你打回原形。"

他撩起龙袍下摆:"我不会再有子孙了。从今往后,国运系于我一人之身。你可以选择杀了我泄愤,但你自己也得跟着完。你也可以选择与我合作,我要的不多,只是要你找到女娲之肠,为我制作神体。从此你管你的天上神界,我统治我的地上人间。我会继续让万邦百姓奉你为上神,直到永远。"

听着刘继元的话,我道人只觉得脑袋嗡嗡作响,一个声音在他的识海中回荡着:"你控制不了他的,你控制不了他的……"

独山俊消失之后第一次,我道人不由自主地颤抖了起来。

忽然之间,我道人在没有运用"逆知未来"的情况下,看到了未来:无数的因缘线,能够交织出不同的未来,而现在这个情况再发展下去,所有未来都不是自己所愿意看到的那样。

"怎么?"刘继元冷道,"这还需要考虑吗?你我合则两利,不合就一拍两散,这还需要考虑吗?"

他的身体仍然虚弱,但凌厉的眼神却不再是人对神的仰视,而带着威胁。

这个人类的雄者啊!

"他不但要控制人,他还要控制神!"

五色鸟不知什么时候,停在了我道人的肩膀上:"你后悔了,对吗?"

"你现在还没有反省……"

"但是你很快就会后悔了……"

我道人想起了独山俊消失之前所说的话。

"后悔?不!我没有后悔!我不会后悔!"我道人怒吼道。

"你在做什么?!"刘继元厉声喝道,"给我答案!告诉我你的选择!"

第三十五章 人灾

我道人不由自主地往后退了一步。

他一伸手就能捏死这个衰老的人类，但就是这个衰老的人类，此刻竟然在威胁他。

"咯咯——"五色鸟带着嘲讽，"倏螭……你也有今天。"

我道人忽然感到无助。他拥有通天彻地之能，然而却连一个人的心都掌控不了，甚至被对方给算计了，道法在这种人心变幻面前竟然也变得局限。

"难道我真的错了吗？"一个声音在他内心深处隐隐闪动着，但他又很快地拒绝承认，"不，不是的！我没有错！我没有错！"

他这样告诉自己，但那呆滞的神情已经泄露了内心的动摇。

五色鸟轻轻叹了一声："你终究还是不如独山。"

我道人双目一睁："你胡说什么！我会不如他？他已经被我打败了，被我吞并了，被我消融了。一个败在我手底下的人，我会不如他？"

五色鸟道："独山也经历了成长，不过在他消失之前，我看出他已经非常坚定，非常明澈。他知道了一切又能接受一切，你显然还没有到达他那个境界。"

"你胡说！"

"看看，"五色鸟笑道，"你明明也知道自己已经失败了，却还拒绝承认。"不理会我道人的暴躁与狂怒，五色鸟用拍翅膀来表达嘲讽，"你也是可以预见未来的，那么你现在不如就预见一下，看看照现在这样下去，世界会变成什么样子，你自己会得到什么。"

我道人不由自主地睁开观看未来的眼睛，因自己不同的选择，未来通向了两条歧路：其中一条路世界崩塌了、生命灭绝了；另外一条路他自己崩塌了……

他只看了一半就拒绝再看了。

我道人颤抖得更厉害了。

五色鸟看不到我道人看到了什么，不过它仿佛猜到了："怎么，你连看都不敢看了吗？那这个未来一定非常可怕。"

"不是，不是！"

听着我道人的怒吼，五色鸟轻嘲："你都已经混乱到不愿意承认事实了吗？"

"那还没有发生，不是事实！"

"没有发生就不是事实吗？"五色鸟说，"那只是无法看到时间流向与因缘之线的凡人的想法吧？你拥有神力，然而你的心莫非还停留在凡俗？"

我道人闭紧了嘴，依旧抗拒着。

"算了，算了，让我来帮助你吧。"五色鸟说，"看你这个样子，这个未来一定非常可怕，我可不想看到一个连倏螭都害怕的未来变成现实，但很显然你已经无法改变这个时间走向了，那就让别人来吧。"

"你要做什么？"我道人警惕地说。

五色鸟展开了翅膀，五色毫光布满整个孕龙池上空。跟着，它自己变成了一个光团，光团慢慢变化，从向外放射转为向内坍缩，随后因为五色光不向外射，它就反而变成了一个黑点。

"真是想不到，我怯懦了一辈子，到最后却选择自我牺牲。"五色鸟嘲讽了自己一句，然后那团内敛的五色之光，忽然就投入我道人的身体里，深入他识海的最深处。

旁观的刘继元没有看懂眼前的一切，但我道人却是全身一震。

一个存在被唤醒了，我道人知道，那是独山俊的意志。

"不！不！你这只蠢鸟！你做了什么？！你做了什么？！"

但五色鸟已经不能回答他了，为了这次唤醒，它付出了一切。

独山俊在冥冥之中睁开了眼睛，因为与我道人同在，所以他瞬间就明白了一切，包括已经发生的一切，以及即将发生的一切。

"这就是'人灾'吗？"他轻轻地叹息了一声，说道，"终究还是变成了这个样子。"

"你幸灾乐祸个什么！"我道人冷笑着，稍稍恢复了冷静。他发现独山俊虽然被唤醒，但自己的神力仍然强大，而对方只剩下一点意志力而已。

"为什么你会觉得我在幸灾乐祸呢？"独山俊说，"我就是你，你就是我啊。你会因为自己的挫折而幸灾乐祸吗？如果你不会，那我就不会。"

我道人愣了愣。

独山俊说："自一开始，拒绝自己的就不是我，而是你。我的确远离了我最初的样子，但那是因为我成长了，而你拒绝成长。你觉得我变了，因为你对自己的认知还停留在几千年前。人是必须成长的，因为时间与空间都在变化，我们必须因顺这种变化。"

"可我们是神，是神！不是人！"

"人、神，那只是对某种有意志的生命的称谓。"独山俊说，"这不是最重要的，最重要的，还是你和我要彼此接受对方，对吗？"

我道人怔住了，这是第一次，他隐隐觉得独山俊的话有道理，只是他还是无法完全接受。

借着我道人的眼睛，独山俊再次遍观这个世界，看到了布满整个空间的血污与尸体。他说："这个现在，不是你想要的吧？因这个现在而即将导向的未来，也不是你想要的吧？"

"所以你有办法吗？"我道人质疑道，"蠢鸟说我无法改变，所以要让你来。可是我都改变不了的事情，你也不可能改变！因为你比我还弱！"

"我不比你强，也不比你弱。"独山俊说，"不过你没有说错，已经成为事实的事实，的确是无法改变的。"

我道人冷笑了起来："果然如此。"

"不过，也不是完全没有办法的。"独山俊说，"你所厌弃的后天道，安排我接触了佛道等学说。这些学说里有一个说法，叫作'下凡者畏果，上达者畏因'。我们不应该等因已种下，才去畏惧结局的到来，而应该在恶果还未萌芽之前，就掐灭我们不希望发生的那一切的因。"

"你这是废话！"我道人指着满地的尸体，怒道，"现在所有事情，该发生的都已经发生了！"他又指着建木："还没发生的，也已经很难逆转了。这个时候，你还来说教，有个屁的意义！"

"也不完全是说教。有一位大能，赠送了我一样东西，我想或许有用。"

我道人有些错愕："什么东西？你都已经被我消融了，怎么还能保有什么我不知道的东西？"

"也未必是你不知道，也许只是你忽略了……"独山俊在我道人的识海中，伸出了手，"那位大能说，这叫悔种，是后悔树的种子，我想应该就是后悔的时候用的。现在你已经后悔了，对吗？"

我道人闭紧了嘴，他不愿意承认，但他的确后悔了……

这一点悔意，就像一滴水，滴在了独山俊的掌心。那颗种子吸纳了这滴水后，开始发芽。

"这……这是……？"我道人惊呼起来。

"嗯，原来如此，"独山俊说，"我明白了。"

种子开始萌芽，当它萌芽的时候，时间竟然开始逆转——不是小逆转，而是大逆转——整个世界的时间开始倒流！

这竟然是一棵时间之树！

"这……这……"我道人惊呼着。

独山俊道："很好，很好。果然是悔种。"

不过很快，时间树的生长迟延。它要继续生长的话，需要营养。

"嗯？"独山俊说，"我已经没有什么东西了，只剩下我的意志……罢了，给你吧。"

我道人惊道："你要做什么？你要做什么？"

独山俊没有理会我道人，开始散离自己的意志。与此同时，时间之树也继续生长着，时间也就继续逆流。

对时间逆流层面的变化，刘继元毫无察觉，很快所有被他杀死的子孙复活了——或者不应该叫复活，只是时间回到了刽子手残杀他们之前的那一瞬。

我道人大喜："停住！停住！够了！"

但时间树却没有停止，它一生长就一发不可收。

时光继续逆流着，很快就来到了刘圣自杀前的那一瞬。独山俊微微一顿，看向这个被自己造出来的仁慈太子，心中对他产生一种愧疚。

太子竟然转过头来，两人眼神交会，仿佛越过了神人隔阂与时空障壁，产生了对话。

"对不起。"独山俊说。

太子微微一笑："我本来就不曾存在，然后很快也将不曾存在，而我曾经存在的那一段时间，我没有对不起我自己，所以你也没有对不起我。"

时间树没有给独山俊留下多少停留的工夫，很快刷了过去，来到了汴梁剧变的当晚。这是独山俊希望制止而没能制止的悲剧，而现在也因为时间的逆流一扫而过。一切已发生的都变成了未来，死去的人还活着，悲惨的事件变成了还未发生。

时间继续逆流着，不知不觉中，独山俊和我道人已经分开了，他们不再融合。因为是时间树的种植者，所以他们暂时经受住了时间逆流的冲刷，还保留着那段"未来"的记忆。在这段被修改的过去里，还有另外一个变化：五色鸟不存在了。

"够了！够了！"不再是在识海之中交流，而是面对面了，我道人对独山俊说，"已经够了！"这一次，他不是因为这个世界已经回到他觉得自己能掌控的节点而想阻止，而是因为再不阻止，独山俊就要毁灭了。

但独山俊还是没有停下。

已经拿回自己神体的他，感觉自己意志的散离已经无法停下。随着意志的散离，他感觉仿佛是囟门中有一股风吹入脏腑，过丹田，穿九窍，渐渐骨肉消疏，身体也面临瓦解。

"独山！够了！"我道人竟然流下了泪。长久的争斗让两人走向对立，但当对方面临灭亡，他才忽然发现对面这位的消亡，对自己来说意味着什么——那是自己的所有啊！

他曾经嘲笑孟槐、朧疏和鵸鵌，可当自己面临和它们一样的处境时，他才忽然发现这些古远的同伴为何会做出那样的选择。

"已经来不及了。"独山俊并没有因为死亡而感到恐惧，他微笑着对我道人说，"我不在以后，你自己要好好保重。"

意志散离到了这个地步，两个深藏着的灵也被分离了出来。

一团白色的光和一团红色的光在时间逆流中闪现，那是巾山之杰与明山之轩。

"大哥、二哥……"独山俊欣慰地呼唤，"又见到你们了，只是没想到是这样。"

巾山杰和明山轩略一环顾，便知道了已经发生的一切——三山一体，所以独山俊知道的，他们也就都知道了。

"很抱歉，"独山俊说，"本来想寻到女娲之肠，为你们再造神体，没想到最后不但无法复活你们，连我自己也赔进去了。"

明山轩哈哈大笑："傻瓜啦，其实我们三人一体，你的选择，就是我们的选择。"

巾山杰道："那你现在后悔吗？"

"现在的话，不后悔了。"独山俊指着已经长成参天大树的时间树，"后悔已经在那里了。"

巾山杰道："我们兄弟一体，既然你不后悔，那我也不后悔。"

明山轩笑道："不错。虽然我们诞生有先后，但消亡却是一起的，天上地下，还有比这更牢固的情义吗？"

独山俊微微含笑，至此不再执着。巾山杰和明山轩互相点了点头，再次与独山俊融为一体。

就在身体全部瓦解的前一瞬间，时间树也长到了极点。

而这个世界，也回到了宋军围城、两军对垒的那个凌晨。

独山俊望着下方，知道终于来到了历史的拐点——在这个拐点之前，世界的运行还未被自己所改变。

"所以，你不想改变了，对吗？"我道人在对面问他。

独山俊看看现实，又望向未来。这一瞬，他的目光变得无比深远，一下子就看到了千年以后。

赵宋的确将会软弱，不过汉民族也得到了百年生息，丁女繁衍，人口过亿，这一切为这个民族扛住历史剧变的风暴打下了基础。

之后虽经过百年黑暗、六百年起伏而始终没有灭亡，终于在千年之后触底反弹，一个无比光明的未来照亮了整个人类的天空。

那三兄弟再次植根的三山山根，也向海外蔓延：三分之一根在粤东，三分之一蔓延向台湾，三分之一蔓延向南洋……

地脉的力量越过了海底，在海岛上挤出更高的山峦。

独山俊笑了。

"永远昌盛是不合道的，也不可能存在。"独山俊微笑着说，"不过能经历沧桑而不倒，跨过灭亡而复兴，这不是更加可贵吗？"

我道人怔在那里，良久，才说："好，我……我懂了。"

然后他就看见独山俊的笑容停在了那里。时间树长到极点之后，散作了漫天星辰，跟着最后的那点意志也开始消散了。

我道人看着这一切，再度流泪："我终于失去了我……"

下方传来战争的呼号，我道人说："我帮帮你们吧。"

但他不是帮助负隅顽抗的刘汉，而是帮助已经占了上风、即将一统天下的赵宋。

大军对垒之际，金甲神人忽然出现在了空中，引领着宋军突入敌阵，刘继元的部队在惊惧中溃败，战争以最快的速度、最小的代价结束了。

"祝融的行为，我也理解了。"我道人说，"对天下有利的，有时候并不在于自己的胜负，而在于减少百姓的灾殃、苍生的苦难。他在关键时刻投降了，但他是对的，因为大义在姬轩辕那里。"

"道之义也，惟精惟一。神之义也，护国庇民。"

望着空中即将消散的意志微尘，我道人说："独山，你也是对的。是你指引了我，那么现在，让我来保有你。"

他仰天发出长啸，没有人类听得见这长啸，却又惊动了天地冥冥。

长啸中他蜕了人类的躯壳，化作洪荒神兽，状若黄蛇而背页鱼翼，光芒裹其身。那光芒上彻天，下彻地，照亮了整个太原城。

这是我道人的本体——神兽鯈䗰。

茶道人在城中惊讶地望过去，似乎意识到了什么。

跟着他就看见——也只有他看得见——神兽鯈䗰在那团光芒中瓦解了。

他全部的生命，融入了天空中一粒弱不可见的微尘中去。

## 尾声

哗哗哗——

暴雨如注,一阵一阵地,甩打在潮州府北部的山岭之间。

独山俊慵懒地睁开眼睛,眼前是一片熟悉又陌生的土地。

他能望见东面的巾山、南面的明山,西北面的独山虽然遥远,但也能看得到。他已经能够感应到这三座山跟他的联系。

一只白色蝴蝶闪避着雨帘飞了来,同时一只红色的山猫在风雨中纵跃而至。

"三弟醒了呢。"山猫来到界石旁,回头对蝴蝶叫唤了一声。

"大哥!二哥!"

界石流下了泪水——或者,那只是雨水。

"你们……怎么会这样?"

"怎么会这么寒酸是吗?"山猫笑道,"雕梁画栋没了,万姓崇奉没了,现在我们所有的……你看看你脚下。"

界石下面,就是两个破碗,里面是被大雨冲刷得所剩无几的残羹冷炙。

跟太原城内盛极一时的供奉比起来,这的确太寒酸了。

但独山俊心里没有不满,反而充满了喜悦。

看到了两位哥哥，他还有很多的话想说，很多的事情想问，然而这时，有一双草鞋在雨水中奔近。看到了白蝴蝶和红山猫，他激动地跪下了，匍匐在界石前哭泣了起来："回来了！终于回来了。"

独山俊认出他是谁了，这是茶道人。

"三位上神，太原一役，上神终究还是选择了帮助赵宋。如今刘氏已降，大宋一统天下，百姓也得了太平。上神虽然不居功，但贫道又岂能让上神之迹随事湮灭？所以还是做了点障眼法，为上神留下了名号……"

独山俊问："他在说什么？"

山猫口鼻间嗤了一声："谁知道。"

白蝴蝶扇了扇翅膀，却没有说话。

就在这时，又有一双赤脚踏着雨水而来。

"哎哟，小妹来了。"山猫很古怪地笑着，"老大，咱们回避一下，回避一下。"

白蝴蝶翩翩飞走了，红山猫忽然露出爪牙，恐吓着道人。茶道人一惊，也被红山猫给赶走了。

红山猫回头，拍了界石一爪子，笑道："哈哈，哈哈。"然后也跑了。

"大哥，二哥，你们做什么？干什么去？"独山俊叫道，但白蝴蝶和红山猫却没有理会他。

这时大雨渐渐停了，却听一阵山歌传了来。

跟山歌来临的，还有一双赤足。

一个乡村少女顶着一片荷叶，一手挎着个竹篮，赤着脚，从泥泞中走来。

史载:"宋太祖开基,刘铢拒命,王师南讨。天雷电以风,铢兵败北,南海以平。"

又载:"太宗征太原,次城下,忽见金甲神人,挥戈驰马突阵,师遂大捷,刘继元以降。凯旋之夕,有旗见于城上云中云:潮州三山神。乃下诏,敕封明山为清化盛德报国王,巾山为助政明肃宁国王,独山为惠威宏应丰国王。赐庙额曰明贶。"

肇迹于隋,灵显于唐,受封于宋,以迄于今,呜呼盛矣。

是为三山记。